BODY OF EVIDENCE

THE NO.1 SCARPETTA SERIES

PATRICIA CORNWELL

BODY OF EVIDENCE

소설가의 죽음

퍼트리샤 콘웰 지음 | 홍성영 옮김

RHK
알에이치코리아

Media Review

"순식간에 독자를 사로잡는다. 이 소설에서 법의국장 케이 스카페타는 정신이상자를 다루어야 한다. 범인은 수개월간 여류 소설가를 스토킹한 후 살해한다. 범인을 추적하는 과정에서 피해자의 어두운 과거가 드러나는데…… 콘웰은 스카페타를 통해 멋진 게임을 보여준다." _**시카고 트리뷴**

"매혹적이고…… 생생하다. 빈틈없이 짜인 플롯…… 케이 스카페타가 다시 나타났다!" _**로스앤젤레스 타임스**

"읽는 즐거움을 주는 소설! 심리 치료 과정이 흥미롭게 묘사된다." _**월스트리트 저널**

"신경을 긴장시키는 활력과 재능, 뛰어난 드라마! 콘웰은 정교한 플롯을 만들고 빠른 속도로 사건을 반전시키며 끌고 나간다." _**뉴욕 타임스**

"뛰어나다…… 온몸이 긴장될 정도. 콘웰은 대단한 발전을 이루었다." _**커커스 리뷰**

"흥미진진하다. 스카페타는 낚싯바늘에 걸린 것처럼 살인범과 끔찍하게 대면한다. 콘웰은 마치 시간에 맞춰 폭발하는 폭탄처럼 교묘하게 서스펜스를 이끌어나간다."

_모스틀리 머더

"콘웰은 주변 상황과 사실들을 냉철하게 그려나간다. 복잡한 미스터리가 펼쳐지는 어두운 공간의 어귀마다 거의 매번 시체가 발견된다." _로스앤젤레스 데일리 뉴스

"콘웰과 소설의 주인공인 케이 스카페타는 최고의 모습으로 되돌아왔다."

_버밍엄 포스트 헤럴드

"독자들을 환상적인 법의학연구소로 이끈다. 거듭되는 반전과 복선이 깔린 복잡한 작품이다." _워싱턴 포스트북 월드

차 례

프롤로그

친애하는 M.

한결같은 햇살 그림자들이 지나가고, 이리저리 바람이 부는 사이 어느덧 한 달이라는 시간이 흘렀습니다. 머릿속은 온갖 생각으로 가득한데 꿈은 꾸지 않습니다.

오후가 되면 루이 레스토랑의 테라스에 앉아 글을 쓰면서 바다를 바라봅니다. 모래사장에 밀려오는 바닷물은 에메랄드빛으로 일렁입니다. 깊은 곳으로 갈수록 물빛은 더욱 짙어집니다. 하늘은 끝없이 펼쳐져 있고, 하얀 솜 같은 구름은 연기처럼 흘러갑니다. 쉴 새 없이 불어오는 산들바람은 수영하는 사람들의 소리도, 막 암초를 비켜 닻을 내린 배의 고동 소리도 실어가 버립니다. 늦은 오후가 되면 테라스를 덮고 있는 차양이 갑자기 몰아치는 폭풍우에 들썩거리기도 합니다. 그럴 때면 나는 테이블에 앉아 비 냄새를 맡으며 거꾸로 선 털처럼 솟구치는 빗방울을 바라보곤 합니다. 햇빛이 빛나는 와중에도 비가 쏟아질 때가 종종 있습니다.

이곳에는 나를 귀찮게 구는 사람이 아무도 없습니다. 이제 나는 루이

레스토랑의 한 가족이 되었습니다. 가족 중에는 원반던지기 놀이라면 너무 신나서 물웅덩이에도 뛰어드는 검둥이 개 줄루, 그리고 조용히 돌아다니며 발톱으로 긁을 기회만 호시탐탐 노리는 길 잃은 고양이들도 있습니다. 루이의 네 발 달린 동물들은 사람들보다 더 잘 먹습니다. 세상의 피조물들이 잘 대접받는 것을 보는 일은 커다란 위안입니다. 나는 이곳 키웨스트에서 보내는 요즘 생활이 너무나 만족스럽습니다.

내가 무서워하는 것은 밤입니다.

내 머릿속에 있던 생각들이 어둠 사이로 기어들어 가 그 끔찍한 거미줄을 짜기 시작할 때면, 나는 사람들로 붐비는 올드 타운 거리로 뛰쳐나갑니다. 그리고 불나방이 불로 뛰어들듯 시끄러운 술집으로 끌려 들어갑니다. 월드와 PJ는 나의 야행 습관을 예술 작품처럼 만들어줍니다.

어두워질 무렵 하숙집에 가장 먼저 들어오는 사람은 월트입니다. 맬러리 광장에 있는 월트의 은 장신구 가게는 어둠이 내리면 곧 문을 닫기 때문입니다. 월트와 나는 맥주를 마시며 PJ를 기다립니다. 그리고 PJ가 오면 우리 셋은 밖으로 나갑니다. 이 술집 저 술집 돌아다니다 대개는 슬로피 조 술집에서 마감합니다. 우리는 서로 떨어질 수 없는 사이가 되어가고 있습니다. 나는 그 두 사람과 언제까지나 헤어지지 않기를 희망합니다. 나를 아껴주는 그들의 사랑이 내겐 더 이상 평범해 보이지 않습니다. 평범해 보이는 것은 아무것도 없습니다. 내 눈에 보이는 죽음 이외에는.

사람들은 수척하고 침울해 보입니다. 그들의 눈을 통해 나는 상처받은 영혼을 들여다봅니다. 에이즈는 이 작은 섬의 모든 것을 집어삼키는 대재앙입니다. 사람들은 고립된 채 죽어가고 있는데, 나는 이렇게 편안한 것이 이상하게 느껴집니다. 나는 그 모든 사람들보다 먼저 죽을지도 모릅니다. 선풍기 돌아가는 소리를 들으며 잠 못 이룬 채 누워 있는 밤이면, 나의 죽음이 어떻게 다가올까 하는 생각에 사로잡힙니다.

전화벨이 울릴 때마다 나는 그 소리를 기억합니다. 누군가 내 뒤를 따라오는 소리를 들을 때마다 나는 뒤돌아봅니다. 밤마다 옷장을 열어보고,

커튼 뒤를 살피고, 침대 밑을 들여다봅니다. 그러고 나서 문 앞에 놓아둔 의자가 잘 있는지 살펴봅니다.

아, 나는 집으로 돌아가고 싶지 않습니다.

— 8월 13일, 키웨스트에서 베릴

친애하는 M.

어제 루이에서 브렌트가 테라스로 나와 내게 전화가 왔다고 말해주었습니다. 안으로 들어가는 동안 내 심장은 빠르게 뛰었습니다. 전화는 긴 침묵만 이어지다 갑자기 끊어졌습니다.

아, 그때의 기분이란! 나는 편집증이 너무 심한 것이라며 나 자신을 계속 타일렀습니다. 그가 무슨 말이라도 했다면 두려움 속에서나마 희열을 느꼈을 겁니다. 내가 어디 있는지 그가 안다는 것은 불가능합니다. 이곳까지 내 뒤를 밟는 것은 불가능합니다. 웨이터 가운데 스투라는 사람이 있습니다. 그는 최근 북부에 사는 친구와 갑자기 연락이 끊긴 상태에서 이곳으로 왔습니다. 어쩌면 스투의 친구가 전화했을지도 모릅니다. 브렌트는 연결 상태가 나빠서 '스투'를 '스트로'로 잘못 알아들었고, 내가 전화를 받자 스투의 친구는 전화를 끊어버린 것인지도 모릅니다.

누구에게도 내 별명을 말해주지 않았더라면 하는 생각이 듭니다. 나는 베릴입니다. 그리고 스트로이기도 합니다. 난 공포에 질려 있습니다.

책은 아직 완성되지 않았습니다. 하지만 돈은 거의 바닥이 나고, 날씨도 바뀌었습니다. 오늘 아침엔 햇볕도 나지 않고 세찬 바람이 불었습니다. 나는 계속 방 안에만 있었습니다. 루이에서 글을 쓰면 원고지가 바람에 날려 바다로 날아가 버릴 테니까요. 가로등이 계속 깜박이고 있습니다. 바람에 맞서 심하게 흔들리는 야자수 잎사귀는 뒤집힌 우산 같습니다. 창 너머로 보이는 세상은 마치 상처를 못 이겨 신음하는 듯합니다. 빗방울이

창에 부딪히는 소리는 마치 키웨스트로 진입한 야간 부대가 온 마을을 점령해가는 소리처럼 들립니다.

나는 이제 곧 떠나야 합니다. 이 섬이 그리울 겁니다. PJ와 월트도 보고 싶을 겁니다. 그들 덕분에 나는 보호받고, 안전하다고 느꼈습니다. 리치먼드로 돌아가면 무엇을 할지 잘 모르겠습니다. 아마 당장 이사를 해야겠지만, 어디로 가야 할지는 모르겠습니다.

— 9월 30일, 키웨스트에서 베릴

01
핼러윈데이

나는 베릴이 키웨스트(플로리다 주에 있는 미국 최남단의 항구도시로 휴양지로 유명하다-옮긴이)에서 쓴 편지들을 두꺼운 봉투에 다시 집어넣은 다음 수술용 장갑을 벗었다. 그리고 검은색 의료 가방에 봉투를 넣은 뒤 엘리베이터를 타고 아래층에 있는 부검실로 내려갔다.

타일이 깔린 복도 바닥은 막 걸레질을 했는지 물기가 남아 있었다. 부검실 문은 잠겨 있었고 모두 퇴근한 후였다. 엘리베이터에서 대각선으로 마주 보는 곳에 스테인리스스틸 냉장고가 있었다. 그 거대한 냉장고는 시체를 보관해두는 곳이었다. 시체보관실 문을 열자 늘 그렇듯이 기분 나쁜 냉기가 훅 끼쳐왔다. 나는 시체보관함을 당겼다. 발가락에 붙어 있는 꼬리표를 번거롭게 확인할 필요도 없었다. 하얀 시트 밖으로 비어져 나온 가느다란 발만 보고도 알 수 있었다. 나는 베릴 매디슨을 머리끝에서 발끝까지 잘 알고 있었던 것이다.

가늘게 뜬 눈 속에 희미한 푸른 눈동자가 초점 없이 멈춰 있었다. 여윈 얼굴은 선명한 칼자국으로 심하게 훼손된 상태였는데, 상처는 얼굴 왼쪽에 집중되어 있었다. 목에 난 넓은 칼자국은 척추까지 이어졌고, 어깨 근육은 심하게 손상되었다. 왼쪽 젖가슴 부위에는 칼에 찔린 자국이 아홉 군데나 선명하게 나 있는데, 커다란 붉은 단춧구멍처럼 보이는 이 상처 자국은 거의 정확하게 수직을 이루고 있었다. 짧은 시간에 연속적으로 찔린 상처가 분명했다. 연이어 찔러댄 힘이 너무 폭발적이어서 피부에는 단도 손잡이까지 찔러 넣은 흔적이 발견되었다. 가슴과 손에 난 상처들은 3센티미터에서 13.5센티미터까지 길이가 다양했다. 이 외에 부러진 목을 제외하고도 스물일곱 군데나 찔린 자국을 보면, 그녀가 범인이 휘둘러대는 칼날을 피해 얼마나 애써 달아나려 했는지 짐작이 가고도 남았다.

사진이나 신체 도표 따위는 내게 필요 없었다. 눈을 감으면 베릴 매디슨의 얼굴이 떠올랐다. 범인이 휘두른 폭력에 그녀가 얼마나 고통스러워했는지 눈앞에 보이는 듯했다. 왼쪽 폐는 네 번이나 찔렸다. 경동맥은 거의 가로로 절개되었고 심장과 심막은 관통되었다. 그 살인마가 베릴의 처형식을 거행할 즈음, 그녀는 범인의 의도대로 이미 죽었을 것이다.

나는 상황을 추측해보았다. 누군가가 그녀를 죽이겠다고 위협했다. 그래서 그녀는 비행기를 타고 키웨스트로 갔다. 그녀는 정신을 잃을 정도로 공포에 질려 있었다. 그녀는 죽고 싶지 않았다. 하지만 리치먼드로 돌아온 날 밤, 그녀는 살해되었다.

베릴, 왜 범인을 집 안으로 들어오게 했어요? 도대체 왜 그런 거예요?

시트를 다시 덮은 다음 나는 벽 저편으로 시체보관함을 밀어 넣었다. 내일 이맘때면 그녀는 화장되고, 유골은 캘리포니아로 보내질 것이다. 베릴 매디슨은 다음 달이면 서른넷이 된다. 그녀에게 혈육이라고는 아무도 없었다. 다만 프레즈노에 이복동생이 한 명 살고 있는 것 같았다. 시체보관실의 육중한 문이 굳게 닫혔다.

계절에 걸맞지 않은 따스한 햇볕 때문인지 법의국 뒤에 있는 주차장 바닥이 따뜻하고 단단하게 느껴졌다. 기찻길 가대(架臺) 근처에서 크레오소트(목재 가대가 썩지 않도록 방부 처리를 해주는 화학약품으로 휘발성 냄새가 난

13

다—옮긴이) 냄새가 났다. 오늘은 핼러윈데이였다.

건물 현관은 활짝 열려 있고 부검 보조원 한 명이 물로 콘크리트 바닥을 청소하고 있었다. 그가 장난스럽게 호스를 들어 올리는 바람에 내 발목에까지 물이 튀었다.

"스카페타 박사님, 은행 퇴근 시간에 맞춰 가시는 겁니까?"

그가 소리쳤다.

4시 30분이 조금 넘은 시각이었다. 나는 6시 전에 사무실을 나선 적이 거의 없었다.

"차로 모셔다드릴까요?"

그가 한 마디 덧붙였다.

"다른 사람이 태워줄 거야. 고마워."

내가 대답했다.

나는 마이애미에서 태어났다. 베릴이 여름 동안 몸을 숨기고 있던 키웨스트에서 멀지 않은 곳이다. 눈을 감으면 키웨스트의 색조가 눈앞에 떠오른다. 눈부신 초록과 푸른빛, 그리고 조물주만이 창조할 수 있는 아름다운 노을……. 베릴 매디슨은 절대 리치먼드로 돌아오지 말았어야 했다. 그런데 그녀는 돌아오고 말았다.

포드의 신형 차 LTD 크라운 빅토리아가 검은 유리처럼 번쩍이며 주차장 안으로 서서히 미끄러져 들어왔다. 차창이 스르르 열리더니 오랫동안 알고 지낸 친숙한 얼굴이 고개를 내밀었다. 나는 깜짝 놀랐다. 놀란 내 얼굴이 차창에 그대로 비쳤다.

"버스 기다리는 거요?"

피트 마리노 경위는 버튼만 살짝 눌러도 열리는 자동 창문이 자랑스럽다는 듯 거드름을 피우며 물었다.

"대단한데요."

나는 자동차에 올라타 문을 닫으며 말했다.

"승진하면서 뽑은 거요. 쓸 만하지 않소?"

마리노는 기어를 넣었다.

오랫동안 고물차를 끌고 다니던 마리노가 드디어 새 차를 장만한 것이다.

담배를 꺼내 든 나는 그제야 시가라이터가 장착된 자리에 구멍이 뚫린 것을 알아차렸다.

"라이터나 전기면도기를 꽂아두는 건가요?"

"젠장, 빌어먹을 어떤 놈이 내 시가라이터를 훔쳐갔소. 세차장에서 말이오. 글쎄 하루밖에 안 된 차를…… 믿어집니까? 세차장에 차를 세워두고 그 사건에 정신이 빠져 있었는데 그 사이 안테나는 자동 세차 솔에 부딪혀 부러지고…… 이 꼴이 된 거요."

마리노를 보고 있으면 때때로 어머니 생각이 났다.

"……한참 지나서야 라이터가 없어진 걸 알았소."

내가 성냥을 찾기 위해 주머니를 뒤지자 마리노는 잠시 말을 멈추고 셔츠 호주머니를 뒤졌다.

"담배 끊는다고 하지 않았소?"

마리노는 일회용 라이터를 내 무릎에 놓으며 약간 비꼬는 투로 말했다.

"끊을 거예요."

나는 중얼거렸다.

"내일부터."

베릴 매디슨이 살해당하던 날 밤, 나는 외출 중이었다. 부산스러운 오페라를 겨우 참아가며 관람한 다음 퇴직한 판사와 함께 겉만 번지르르한 영국풍 술집에서 한잔했다. 그 판사는 시간이 지날수록 품위를 잃어가고 있었다. 나는 당시 호출기를 휴대하지 않았다. 경찰은 나와 연락이 닿지 않자 부국장 필딩을 현장으로 불렀다. 그래서 나는 지금 베릴의 집에 처음으로 방문하는 참이었다.

윈저 팜은 그런 끔찍한 일이 일어나지 않을 것 같은 동네였다. 으리으리한 주택들이 완벽하게 조경된 길가에서 멀찌감치 떨어져 자리 잡고 있었다. 대부분의 주택에는 도난 경보장치가 달려 있고, 모든 창문을 일일이 열 필요가 없도록 중앙 환기 장치가 되어 있었다. 돈으로 영원함을 살 수는 없지만 어느 정도의 안전함은 살 수 있는 것이다. 윈저 팜에서 살인 사건이 일어난 것을 나는 한 번도 보지 못했다.

"베릴에겐 돈이 나오는 데가 있었던 것이 분명하오."

마리노가 정지 신호에 걸려 차를 멈추자 나는 무심코 주변을 둘러보았다.

백발의 여인이 하얀 몰티즈와 함께 산책하고 있었다. 개가 잔디에 코를 킁킁거리자 여인은 우리를 곁눈으로 슬쩍 쳐다보며 지나갔다. 마리노가 가만있을 리 없었다.

"아무짝에도 쓸모없는 털북숭이요."

마리노는 지나가는 여인과 개를 경멸스런 눈빛으로 바라보며 말했다.

"저런 강아지 새끼는 질색이오. 모가지를 비틀어서 내동댕이치고 싶단 말이야. 나도 개나 한 마리 키워볼까, 이빨 튼튼한 놈으로."

"같이 있을 친구가 필요한 사람들도 있어요."

"그럴 테지."

마리노는 잠시 아무 말이 없더니 앞서 했던 말을 다시 꺼냈다.

"베릴 매디슨에게는 돈이 있었소. 대부분의 돈은 통장에 들어 있었지. 얼마나 많이 저축했는지는 모르지만 키웨스트에서 모두 써버려서 바닥이 났소. 지금 그녀의 서류를 검토하고 있는 중이오."

"확실하게 드러난 단서는 없나요?"

"아직 없는 것 같소. 작가로서는 그다지 나쁜 일을 한 건 없고…… 아주 현명하게 처신했소. 어데어 와일스, 에밀리 스트래턴, 에디스 몬터규 등 여러 개의 필명을 사용했더군."

사이드미러에 비친 내 모습을 보자 또 딴생각이 들었다. 스트래턴 이외에는 들어보지 못한 이름이었다.

"그녀의 중간 이름이 스트래턴이에요."

"아마 그 때문에 별명이 스트로였던 것 같소."

"그 필명과 금발 때문이겠죠."

내가 자신 있게 말했다. 스트로(straw)는 밀짚, 지푸라기라는 뜻과 함께 누런색이란 의미를 지니고 있다.

베릴의 머리는 햇빛을 받으면 황금빛으로 빛났다. 평범하지만 세련된 얼굴을 가지고 있었고 몸매는 아담했다. 그녀는 열정적으로 살았다. 그녀의 생전 모습을 담은 사진은 운전면허증에 있는 것이 전부였다.

"베릴의 이복동생과 얘기해봤는데, 가까운 사람들은 그녀를 스트로라고 불렀다고 했소. 베릴이 키웨스트에서 누구에게 편지를 썼는지는 모르지만 그녀의 별명을 아는 사람인 것 같소. 그냥 그런 느낌이 들어. 그런데 왜 편지를 복사했는지 도무지 모르겠소. 자신이 쓴 편지를 복사하는 사람이 노대체 넷이나 되느냔 말이오."

마리노는 차양판을 조절하면서 말했다.

"당신 말에 의하면 베릴은 기록될 만한 것은 무엇이든 보관한다고 했잖아요."

나는 그 사실을 상기시켰다.

"맞소. 그 점 역시 골치 아프오. 그 살인마는 베릴을 수개월 동안 협박한 것 같소. 도대체 그녀에게 무슨 짓을 했는지, 무슨 말로 협박했는지 모르겠소. 베릴은 범인이 걸었던 전화를 녹음하기는커녕 아무것도 받아 적지 않았기 때문이오. 사적인 편지는 복사해두면서 자신을 죽이겠다고 협박하는 사람에 대해서는 아무런 기록도 하지 않다니, 도대체 말이 되는 소리요?"

"모든 사람들이 다 똑같이 생각하는 건 아니에요."

"그럴 수도 있겠지. 아무에게도 알리고 싶지 않은 상황에 처한 사람들이라면……."

마리노가 반박했다.

진입로(대문에서 집 현관까지 이어지는 차도로, 정원이 아주 넓은 저택에서 볼 수 있다-옮긴이)로 접어든 마리노는 차고 문 앞에 차를 세웠다. 제멋대로

웃자란 잔디 사이로 촘촘히 나 있는 민들레가 바람에 흔들렸다. 우편함 근처에는 집을 판다는 표지판이 걸려 있었다. 회색 현관문에는 범죄 현장을 알리는 경찰 통제선이 여전히 둘러쳐져 있었다.

"베릴의 차는 차고 안에 있소."

차에서 내리며 마리노가 말했다.

"근사한 검은색 혼다 어코드 EX. 차에 대한 몇 가지 사실을 알게 되면 흥미로울 거요."

우리는 진입로에 서서 주변을 둘러보았다. 등과 어깨 그리고 목 위로 비스듬히 내리쬐는 햇볕은 따스했다. 공기는 선선했고 주변에 들리는 소리라고는 가을벌레 울음소리뿐이었다. 나는 천천히 그리고 깊게 숨을 들이마셨다. 갑자기 피로가 몰려왔다.

베릴의 집은 국제적인 스타일이었다. 모던하면서도 단순한 멋을 살린 위층의 커다란 유리창을 아래층의 기둥이 떠받치고 있었는데, 그 모습은 아래층 갑판이 열린 선박과 모양이 흡사했다. 화강암과 회색 무늬 목재로 지은 그 집은 부유한 젊은 부부에게 어울렸다. 넓은 방, 높은 천장, 여기저기 놓인 고가의 가구와 장식품은 물론 빈 공간도 넉넉했다. 진입로는 차고까지 이어졌다. 사건이 일어났을 때 아무도 알아차리지 못했던 이유는 이 집의 주변 환경 때문이었다. 참나무와 소나무가 양쪽으로 둘러싼 저택의 유리창에는 두꺼운 커튼이 드리워져 있었다. 집 뒤뜰은 덤불과 작은 바위가 있는 골짜기로 바로 이어졌고, 그 골짜기는 끝없이 뻗은 거대한 숲과 연결되었다.

우리는 뒤뜰 주변을 둘러보았다.

"젠장, 이 정도면 사슴도 키울 수 있겠군. 안 그렇소? 창밖을 내다보면 세상이 마치 다 내 것일 것 같아. 눈이라도 오면 대단할 거요. 난 이런 곳이 좋단 말이야. 겨울이 되면 벽난로에 장작불을 지피고 버번위스키를 마시면서 숲을 내다보는 거지. 부자가 된다는 건 멋진 일이오."

마리노가 꿈을 꾸듯 말했다.

"그 부를 즐기려면 살아 있어야 해요."

"여부가 있겠소."

우리가 저택의 서쪽 옆을 돌 때 발밑에서 낙엽이 바스락거렸다. 옥외 테라스와 같은 높이의 현관문에는 밖을 내다볼 수 있는 작은 구멍이 있었다. 그 구멍이 마치 초점 잃은 작은 눈처럼 나를 응시하는 것 같았다. 마리노가 담배를 비벼 끄더니 허공으로 던졌다. 담배꽁초는 허공으로 떠오르다가 잔디 위에 떨어졌다.

마리노는 하늘색 바지 주머니를 뒤지기 시작했다. 재킷의 단추는 풀어진 상태였고 벨트는 불룩한 배 위에 걸쳐져 있었다. 흰색 반소매 셔츠의 어깨 부분은 권총 멜빵 때문에 구김이 심했다. 마리노는 주머니에서 열쇠를 꺼냈다. 열쇠에는 증거물임을 표시하는 노란 꼬리표가 달려 있었다. 나는 꽉 잠긴 문을 여는 마리노의 커다란 손을 보고 새삼 놀랐다. 검게 그을린 거친 손은 야구 글러브를 연상시켰다. 음악가나 치과 의사는 절대 되지 못할 손이었다. 50대 초반인 마리노는 흰머리가 드문드문 빠지고 얼굴은 낡은 정장처럼 후줄근했다. 그런데도 아직 많은 사람들이 발걸음을 멈추고 쳐다볼 만큼 위압적인 데가 있었다. 마리노처럼 덩치가 큰 경찰들은 싸움에 말려드는 경우가 거의 없었다. 거리의 부랑자들은 그가 한 번 쳐다보기만 해도 객기 따위 부리지 않는다.

우리는 햇살이 비쳐드는 현관으로 들어섰다. 집 안에서는 퀴퀴한 냄새가 났다. 한동안 집을 비워두면 나는 냄새였다. 리치먼드 경찰서의 감식반이 현장 조사를 완전히 마친 상태였지만 원래 자리에서 옮겨진 것은 아무것도 없었다. 마리노는 사건 현장이 베릴 매디슨의 시체가 발견된 이틀 전과 조금도 다를 바가 없다고 장담했다. 그는 현관문을 닫고 불을 켰다.

"보다시피 베릴은 범인을 집 안으로 들어오게 했소."

마리노의 음성이 집 안에 울렸다.

"강제로 침입한 흔적은 전혀 없소. 경보장치는 잘 작동되고 있소. 사건 당시에는 꺼져 있었는데 우리가 도착했을 때는 작동하고 있었소. 경보기가 울려댄 덕분에 우리는 빠른 시간 내에 베릴을 발견할 수 있었지."

그는 문 옆에 있는 경보기 버튼을 가리키며 말했다.

마리노는 살인 사건이 일어났던 날 경보장치가 울렸다는 사실을 내게 주지시켰다. 밤 11시가 조금 지났을 때, 베릴의 이웃이 911로 전화를 했다. 경보장치가 울린 지 30분이 지난 시각이었다. 순찰 중이던 경찰이 연락을 받았고, 그는 현관문이 열려 있는 것을 발견했다. 그리고 곧 무전기로 지원 요청을 했다.

거실은 난장판이었다. 유리로 만든 커피 탁자는 옆으로 넘어진 채였고 잡지와 크리스털 재떨이, 장식용 도자기와 꽃병이 카펫 위 여기저기에 널브러져 있었다. 옅은 하늘색 가죽 의자는 거꾸로 뒤집혔고, 근처에는 소파 쿠션이 나뒹굴었다. 현관으로 이어지는 하얀 벽에는 검붉은 피가 말라붙어 있었다.

"경보기에 시간 조절 장치가 있나요?"

내가 물었다.

"그렇소. 문이 열리면 15초 정도 울리는데, 그동안 비밀번호를 입력하면 다시 꺼지지."

"그렇다면 베릴은 문을 연 후 경보기를 끄고, 범인을 들어오게 한 것이 분명하군요. 그리고 범인이 집 안에 들어온 직후 경보장치를 다시 작동시켰어요. 범인이 떠난 후 경보장치가 자동으로 울렸을 리는 없으니까. 흥미로운 일이군요."

"그렇소. 더럽게 흥미롭지."

마리노가 냉소적으로 대답했다.

우리는 뒤집힌 커피 탁자 옆에 섰다. 불에 탄 탁자에는 검댕 가루가 묻어 있었다. 바닥에 흩어진 책들은 대개 시사 잡지나 문학 잡지였는데, 모두 몇 달씩 지난 것이었다.

"최근 신문이나 잡지도 발견되었나요? 만약 지역 신문을 샀다면 중요한 단서가 될 거예요. 비행기에서 내린 다음 어디로 갔는지 조사해보면……."

나는 마리노의 턱 근육이 실룩거리는 것을 보고 말을 멈췄다. 마리노는 내가 업무를 지시한다는 생각이 들 때면 인상을 썼다.

"서류 가방과 손가방이 발견되었던 2층 침실에 두어 가지 신문이 있었소. 〈마이애미 헤럴드〉와 키웨스트의 부동산 정보가 나와 있는 〈키노터〉라는 신문이오. 베릴이 그곳으로 이사 갈 생각을 하고 있었던 건 아닐까? 두 신문 모두 월요일자요. 리치먼드로 돌아오는 길에 공항에서 산 것이 틀림없소."

"그녀가 거래하는 부동산업자의 말을 들어보는 것도 좋을 것 같은데……."

마리노는 내 말을 끊으며 끼어들었다.

"아는 게 아무것도 없었소. 그는 베릴이 어디 있었는지 전혀 몰랐고, 그녀가 집을 비운 사이 집을 보여준 적도 한 번밖에 없다는군. 젊은 부부였는데, 집값이 너무 비싸다고 했다더구먼. 베릴은 집값으로 30만을 불렀소. 젠장, 이제 이렇게 된 마당에 누가 이 집을 사겠소?"

마리노는 주위를 둘러보며 무표정한 얼굴로 말했다.

"베릴은 그날 밤 공항에서 택시를 타고 집으로 돌아왔다죠?"

나는 세부 사항을 파고들었다. 마리노는 담배를 꺼내 입에 물고는 현관 홀을 가리켰다.

"저기서 영수증을 발견했소. 현관 옆 테이블 위에 있더군. 택시 운전사는 우드로 허넬이란 자요. 벌써 조사해봤는데, 얼간이 같은 놈이더군. 공항 택시 정류장에서 손님을 기다리고 있는데 그녀가 탔다고 했소. 저녁 8시쯤이었고, 비가 오락가락하는 날씨였소. 약 40분 후에 그녀를 집에 내려준 그는 가방 두 개를 현관문까지 들어다 주고 떠났소. 요금은 팁 포함해서 26달러를 받았고, 그는 약 30분 뒤 공항으로 돌아가 다른 손님을 태웠소."

"확인된 건가요, 아니면 그의 말을 그대로 믿은 건가요?"

"내가 박사 앞에 이렇게 서 있는 것만큼이나 확실한 얘기요."

그는 담뱃재를 떨고 엄지손가락으로 필터 부분을 만지작거리며 말을 이었다.

"그가 진술한 것을 모두 조사해봤소. 그는 베릴에게 손도 대지 않았소. 그럴 만한 시간도 없었고."

나는 마리노의 시선이 머물렀던 현관 근처의 검붉은 핏자국을 쳐다보았다. 살인범의 옷은 피투성이가 되었을 것이다. 피로 물든 옷을 입고 미터기를 꺾는 택시 운전사는 아마 없을 것이다.

"집에 돌아와서 살해되기까지는 그리 오랜 시간이 걸리지 않았어요. 9시경에 도착했고, 이웃이 신고한 건 11시. 그때는 경보기가 30분 정도 울린 뒤였으니 살인범은 10시 30분경에 집을 떠났다는 얘기군요."

내가 말했다.

"그 부분이 가장 이해하기 어렵소. 편지들을 읽어보면 그녀는 겁에 질려 있었소. 그래서 이곳으로 돌아왔고, 집 안으로 들어가 철저히 문단속을 했을 거요. 부엌 조리대 위에는 38구경 권총도 있었소. 탕! 쏘면 그만이지. 현관 벨이 울렸든 그렇지 않든 범인은 집 안으로 들어왔고, 베릴은 경보장치를 껐다가 다시 작동시켰소. 범인은 그녀가 알고 있던 사람이 틀림없소."

"나라면 낯선 사람이라도 내치지는 않았을 거예요. 점잖아 보이는 사람이라면 별 의심 없이 들어오게 했을 거예요."

"그 시각에 말이오? 잘 알지도 못하는 사람에게 밤 10시에 문을 열어주다니, 그게 말이 됩니까?"

방 안을 둘러보던 마리노가 눈을 부릅뜨며 말했다.

나는 대꾸하지 않았다. 사실을 알 수 없었기 때문이다.

우리는 현관 홀로 이어지는 복도에서 걸음을 멈추었다. 벽에는 핏자국이 얼룩져 있었다.

"이것이 첫 번째 핏자국이오. 여기에서 처음으로 찔렸소. 칼에 찔린 베릴은 정신없이 달아났을 거요. 내 추측으로 그자는 이 지점에서 그녀의 왼쪽 팔이나 등 혹은 얼굴을 찔렀을 거요. 여기 보이는 핏자국은 그녀를 찌를 때 칼에서 튄 거요. 범인은 이미 그녀를 한 번 이상 베었고, 칼에는 피가 묻어 있었소. 그때 다시 칼을 휘두르자 벽에 피가 튄 거지."

베릴의 얼굴과 팔, 손에 난 상처가 눈앞에 떠올랐다. 핏자국은 직경 6밀리미터 정도의 타원형으로, 멀리 문틀까지 아치 형태를 그리며 이어져 있었다. 아치의 폭이 적어도 3미터는 넘어 보였다. 범인은 라켓을 휘두르는 스쿼시 선수처럼 세차게 칼을 휘둘렀을 것이다. 살의가 느껴졌다. 그것은 분노가 아니었다. 분노보다 더 나쁜 것이었다.

도대체 그녀는 왜 그를 집 안으로 들어오게 했을까?

마리노는 가장 높은 곳에 있는 핏자국을 가리켰다. 그의 키와 엇비슷한 위치였다.

"피가 튄 위치로 봤을 때 범인은 아마 이 근처 어딘가에 있었을 거요. 그자는 칼을 휘둘러 다시 그녀를 찔렀소. 칼을 휘두를 때 벽에 피가 튄 거요. 보다시피 여기부터 시작됐소. 이렇게 내려오는 핏자국은 바닥에서 불과 몇 센티미터 떨어지지 않은 곳까지 이어져 있소."

마리노는 잠시 말을 멈추었다. 그의 눈빛은 도전적이었다.

"그녀를 부검했을 텐데…… 그자는 오른손잡이요, 아니면 왼손잡이요?"

경찰들은 항상 그 점을 알고 싶어 했다. 그건 아무 의미가 없다고 말해도, 그들은 묻고 또 물었다. 입 안이 메마르면서 먼지 냄새가 났다.

"이 핏자국을 보고 판단하는 것은 불가능해요. 범인이 그녀를 중심으로 어느 쪽에 서 있었는지에 따라 달라지지요. 가슴에 난 상처를 보면 왼쪽에서 오른쪽으로 약간 각이 져 있지만, 그것을 보고 왼손잡이라고 단정할 수는 없어요. 다시 말하지만, 범인이 그녀를 중심으로 어느 쪽에 서 있었는지에 따라 달라져요."

"상처 대부분이 몸 왼쪽에 있는 점이 흥미롭소. 핏자국으로 봐선 아무래도 범인이 왼쪽으로 치우쳐서 베릴을 뒤쫓은 것 같소. 그래서 범인이 왼손잡이라는 의심이 드는 거요."

"그건 피해자와 살인범이 각각 어떤 위치에 있었는지에 따라 달라져요."

나는 조바심을 내며 재차 말했다.

"세상일은 모두 무언가에 따라 달라지는 법이오."

마리노가 짧게 중얼거렸다.

복도 바닥은 원목이었다. 베릴은 우리가 서 있는 곳에서 3미터 정도 떨어진 곳에 있는 왼쪽 계단을 따라 도망쳤을 것이다. 핏자국이 계단까지 이어져 있었다. 베릴은 이곳을 달려 계단으로 올라갔을 것이다. 그녀가 받았을 충격과 공포는 육체적인 고통보다 훨씬 더 컸으리라. 왼쪽 계단은 거의 모든 층계마다 피로 얼룩져 있었다. 허겁지겁 계단을 올라가면서 칼에 베인 손으로 층계를 짚은 흔적이었다.

검은 얼룩이 바닥은 물론 벽과 천장에도 묻어 있었다. 베릴은 2층 계단 끝까지 달아났고, 그곳에서 잠시 궁지에 몰린 듯했다. 그곳에 핏자국이 가장 많았다. 베릴이 2층 끝에 있는 침실로 도망치자 범인은 계속 추격해갔다. 그녀는 침대 위로 기어 올라갔고 범인은 점점 더 가까이 다가왔다. 그때 베릴은 범인에게 서류 가방을 던졌을 것이다. 혹은 침대 가장자리에 있던 가방이 떨어진 것인지도 모른다. 경찰이 카펫 위에 있던 서류 가방을 발견했을 때 가방은 텐트 모양으로 뒤집힌 채였다. 주변에는 서류들이 흩어져 있었는데, 그녀가 키웨스트에서 썼던 편지의 복사본도 거기에서 발견되었다.

"그것 외에 또 어떤 서류들이 있었죠?"

내가 물었다.

"영수증, 지도가 첨부된 관광 안내서 두어 장이 있었소. 원하면 복사해 드리리다."

나는 그렇게 해달라고 부탁했다.

"저기 서랍에서 타이핑된 종이 뭉치를 발견했소. 베릴이 키웨스트에서 썼던 원고 같소. 여백에는 연필로 잔뜩 주석을 달아놓았더군. 그 종이 뭉치와 몇몇 사소한 물건들은 수사에 아무런 도움도 안 되오."

침대는 시트가 벗겨진 채 핏자국이 번진 매트리스만 덩그러니 놓여 있었다. 시트는 연구소로 보내졌다. 베릴은 기운이 없어졌을 것이다. 동작도 느려지고 점점 더 힘이 빠졌을 것이다. 베릴은 있는 힘을 다해 방에서 뛰쳐나왔지만 결국 2층 거실에 깔린 카펫 위에 넘어졌을 것이다. 현장을 찍은 사진에서 그 카펫을 본 기억이 났다. 바닥에는 질질 끌려간 핏자국과 함께 손자국도 찍혀 있었다. 베릴은 욕실이 딸린 손님방으로 기어들어 갔고, 결국 그곳에서 죽었다.

"그놈은 베릴을 추격하는 것이 재미있었던 모양이오. 범인은 아래층 거실에서 그녀를 붙잡아 죽일 수도 있었소. 하지만 그렇게 하면 시시했겠지. 그녀가 피를 흘리며 소리치고, 살려달라고 애원하는 동안 그의 입가에는 미소가 떠나지 않았을 거요. 그리고 드디어 베릴은 이곳으로 들어와 쓰러진 거요. 여기에서 범인은 놀이를 끝낸 거지."

1월의 햇살처럼 창백한 노란색으로 장식된 손님방은 싸늘했다. 트윈 침대가 놓인 원목 바닥은 검붉게 변했고, 흰 벽에는 핏자국이 남아 있었다. 현장 사진에서 베릴은 누워 있는 모습이었다. 다리를 벌린 채 두 팔은 머리 위로 뻗었고, 얼굴은 커튼이 쳐진 창문을 향해 있었다. 그녀는 발가 벗겨진 상태였다. 처음 사진을 보았을 때, 나는 그녀의 모습을 알아보기는 커녕 머리 색깔조차 구분할 수 없었다. 사진은 온통 붉은색이었다. 경찰은 시체 근처에서 피 묻은 카키색 바지를 찾아냈다. 하지만 블라우스와 속옷은 찾아내지 못했다.

"허넬인가 뭔가 하는 그 택시 운전사 말이에요. 공항에서 베릴이 무슨 옷을 입고 있었는지 기억하던가요?"

내가 물었다.

"그때는 어두운 밤이었소. 정확하지는 않지만 바지 정장을 입은 것 같다고 했소. 살해당할 당시 바지를 입고 있었다는 건 우리도 알고 있잖소? 카키색 바지가 여기서 발견되었으니까. 그 바지와 한 벌로 보이는 재킷도 침실 의자 위에 있었소. 집에 들어와서 옷을 갈아입지 않고 재킷을 벗어

의자에 걸쳐둔 것 같소. 그녀가 무슨 옷을 입고 있었든 간에 블라우스와 속옷은 그 살인범이 가져갔을 거요."

'기념품으로.'

그런 생각이 머릿속을 스쳤다.

"아마 범인은 베릴을 바닥으로 끌어 내려 옷을 벗긴 다음 강간했거나 강간하려 했을 거요. 그러고 나서 칼로 마구 찌르고 머리가 거의 떨어져 나갈 만큼 세게 목을 내리쳤겠지. PERK(Physical Evidence Recovery Kit, 생체 시료 채취 키트─옮긴이)는 제구실을 못 하고 있소. DNA 검사 같은 것도 아예 물 건너갔고……."

마리노는 시체가 발견된 검붉게 물든 바닥을 가만히 들여다보며 말했다. PERK에서 정액은 검출되지 않았다고 했다.

"우리가 분석하고 있는 혈액에 범인의 혈액이 없으면 DNA 검사는 포기해야 해요."

"게다가 범인의 머리카락도 없소. 베릴의 것만 몇 올 발견했을 뿐이오."

집 안이 너무 조용해 우리 목소리가 크게 울렸다. 어디를 둘러보아도 주변은 온통 핏자국투성이였다. 머릿속에 베릴의 시체가 떠올랐다. 찔린 상처와 피부에 찍힌 단도의 손잡이 자국, 하품을 하고 있는 붉은 입처럼 쩍 갈라진 베릴의 목……. 나는 거실로 나왔다. 숨을 쉬기가 어려울 지경이었다. 나는 마리노에게 말했다.

"베릴의 총이 발견된 지점은 어디죠?"

경찰은 사건 당일 현장에 도착했을 때 베릴의 38구경 자동 권총을 조리대 위에서 발견했다. 총알이 장전되어 있었고 안전장치는 잠겨진 상태였다. 권총에는 베릴의 지문만 남아 있었다.

"실탄은 침대 옆 탁자 안에 보관되어 있었소. 아마 총도 같은 곳에 보관했을 거요. 베릴은 여행 가방을 2층으로 들고 올라가 짐을 푼 다음 옷가지들을 욕실 빨래통에 넣었던 것 같소. 그러고 나서 그 여행 가방을 침실 옷장 속에 넣었을 거요. 그 와중에 그녀는 권총을 챙겼던 것 같소. 그건 그녀가 몹시 불안해했다는 확실한 증거지. 그러고 나서 모든 방을 둘러본 다음 아래층으로 내려간 게 틀림없소."

"나도 그렇게 생각해요."

"간단하게 뭘 먹으러 여기로 들어왔을 거요."

마리노는 부엌을 둘러보며 말했다.

"간단하게 뭘 먹을 생각을 했는지는 모르지만 베릴은 아무것도 먹지 않았어요. 그녀의 위장에 있던 내용물은 50밀리리터의 암갈색 액체밖에 없었어요. 그녀가 마지막으로 먹은 음식이 무엇이든 그녀가 사망했을 당시에는, 좀 더 정확하게 말하자면 그녀가 습격당했을 당시에는 이미 소화가 끝난 상태였어요. 극심한 스트레스를 받거나 공포를 느끼면 소화 기능이 중단돼요. 만약 범인이 들어오기 직전 그녀가 간단하게라도 뭘 먹었다면 위에 음식물이 들어 있었을 거예요."

"어찌 됐건 먹을 것도 별로 없구먼."

마리노는 냉장고 문을 열면서 그것이 마치 중요한 사실이라도 되는 것처럼 말했다.

냉장고 안에는 시든 레몬 하나, 버터 두 덩어리, 곰팡이가 핀 하바티 치즈 한 조각, 각종 조미료와 토닉 워터 한 병이 들어 있었다. 냉동실은 조금 나은 편이었으나 냉장실과 큰 차이는 없었다. 닭 가슴살 몇 조각과 즉석 냉동식품, 쇠고기 간 것이 전부였다. 베릴에게 요리는 즐거움이라기보다는 일상적인 노동인 것 같았다. 순간 나는 우리 집 부엌을 떠올렸다. 이 집의 부엌은 기분이 가라앉을 만큼 썰렁했다. 싱크대 위의 창문에는 고급스런 회색 블라인드가 쳐져 있었지만 블라인드 틈으로 비쳐드는 창백한 불빛 아래로 켜켜이 쌓인 먼지만 보일 뿐이었다. 개수대 안은 비어 있고 물기라곤 없었다. 주방용품은 현대적인 것들이었지만 거의 사용하지 않은 듯했다.

"두 번째 가정은 베릴 메디슨이 무언가를 마시기 위해 이곳에 들어왔다는 거요."

마리노는 뭔가 골똘히 생각하는 모습이었다.

"알코올 반응 결과는 음성이었어요."

내가 말했다.

"그렇다고 마실 생각조차 안 했다는 건 아니잖소."

마리노는 싱크대 위의 찬장 문을 열었다. 세 개의 선반이 놓인 찬장 안은 빈틈없이 가득 차 있었다. 잭 다니엘, 시바스 리갈, 탱커레이 등 여러 종류의 술이 진열되어 있었는데 그 가운데 내 관심을 끈 것은 맨 위쪽 선반의 코냑 앞에 있는 아이티산 럼주 바방쿠르였다. 15년 된 것으로 순수 스카치만큼이나 비싼 것이었다.

나는 장갑 낀 손으로 그것을 꺼내 조리대 위에 올려놓았다. 직인도 없었고 금색 뚜껑을 두르고 있는 봉인도 열리지 않은 채였다.

나는 마리노에게 말했다.

"이곳 근처에서 구한 것 같지는 않아요. 마이애미나 키웨스트에서 샀을 것 같은데……."

"그럼 플로리다에서 돌아오는 길에 샀다는 얘기요?"

"가능하죠. 베릴은 좋은 술을 감정할 줄 아는 애주가니까. 이 럼주는 정말 좋은 술이에요."

"그럼 이제부터 당신을 술 감정 박사라고 불러야겠군."

대부분의 술병에 먼지가 쌓여 있는 반면 그 럼주 병은 깨끗했다.

"이 럼주 때문에 부엌에 내려왔는지도 모르죠. 아마 럼주를 찬장에 넣어두기 위해 아래층으로 내려왔을 거예요. 혹은 잠을 청하기 위해 한잔하러 내려왔을 수도 있고. 그때 누군가 현관 앞에 도착했을 거예요."

"그럴 수도 있겠지. 하지만 문제는 왜 권총을 조리대 위에 둔 채 현관으로 갔느냐 하는 것이오. 그녀는 무서워서 벌벌 떨고 있었을 거요. 그녀는 누군가를 기다리고 있었고 범인을 알고 있었음이 분명하오. 아무리 생각해봐도 그렇소. 보다시피 소장한 술들이 정말 환상적이지 않소? 이것들을 혼자 마셨겠소? 말도 안 되는 소리지. 가끔씩 남자들을 불러들여 즐겼다는 편이 더 신빙성이 있을 거요. 키웨스트에서 쓴 편지의 수신자인 M도 그중 한 명일 테고. 그녀가 살해당한 날 밤 기다리고 있던 남자가 바로 그 M인지도 모르지."

"M이 범인일지도 모른다는 가능성을 염두에 두고 있군요."

"박사는 그렇지 않소?"

마리노는 갈수록 호전적이었다. 그는 불을 붙이지 않은 담배로 손장난을 치고 있었는데 그 모습이 신경에 거슬렸다.

"나도 모든 가능성을 염두에 두고 있어요. 예를 들자면, 베릴이 아무도 기다리고 있지 않았다는 가능성도요. 그녀는 부엌 찬장에 럼주를 넣어두며 한잔하고 싶었는지도 모르죠. 신경이 날카로워진 그녀는 자동 권총을 근처에 두었을 거예요. 현관 벨이 울렸거나 누군가 노크를 하자 그녀는 화들짝 놀라……."

마리노는 내 말을 끊었다.

"맞소. 그녀는 놀랐을 거요. 그런데 현관으로 나가면서 왜 그놈의 권총은 부엌에 두고 갔느냐 이 말이오."

"베릴이 연습을 한 적이 있을까요?"

"연습? 무슨 연습?"

나와 시선이 마주치자 마리노가 되물었다.

"사격 연습 말이에요."

"젠장…… 그건 모르지."

"만약 연습한 적이 없다면 총을 두고 간 것이 오히려 당연해요. 총을 들고 가기 위해서는 의식적인 노력이 필요한 법이니까요. 여자들은 핸드백에 소형 권총을 넣고 다니지만 폭력을 당한 후에야 그것을 떠올리게 마련이에요. 평소에는 자기방어를 생각하지 않기 때문이지요."

"글쎄…… 난 잘 모르겠소이다."

나는 알 수 있었다. 나에게는 파괴력이 가장 뛰어난 실버팁(Silvertip)이 장전된 38구경 권총이 있다. 내가 항상 의식하면서 그것을 휴대할 수 있는 건 연습을 했기 때문이다. 나는 법의국 건물에서 한 달에 서너 번씩 사격 연습을 한다. 집에 혼자 있을 때면 권총이 없는 것보다 있는 편이 마음이 더 편했다.

또 다른 방어 도구도 있었다. 거실의 벽난로 위에는 철제 벽난로 도구들이 세워져 있었다. 베릴은 거실에서 침입자에게 저항했지만 불쏘시개나 삽 같은 것으로 막을 생각은 하지 못했다. 그녀는 자신을 방어할 생각은 하지 못한 것이다. 그녀가 유일하게 생각할 수 있었던 것은 2층으로든 키웨스트로든 도망치는 것이 전부였다.

"아마 그녀는 총을 전혀 다루지 못했을 거예요. 현관 벨이 울리자 그녀는 용기를 잃고 혼란스러워졌어요. 거실을 지나 현관으로 가서 문구멍을 통해 누군지 확인했겠죠. 그가 누구였든 베릴은 그 사람을 의심하지 않고 문을 열어주었어요. 권총은 잊어버린 채 말이죠."

나는 재차 설명했다.

"손님을 기다리고 있었는지도 모르잖소."

마리노는 고집을 부렸다.

"그것 역시 가능한 얘기예요. 그녀가 리치먼드로 돌아온 걸 누군가가 알았다는 얘기지요."

"그자는 아마 알고 있었겠지."

마리노가 말했다.

"그가 M일 수도 있어요."

나는 마리노가 듣고 싶어 하는 대답을 해주면서 럼주를 선반 위에 올려놓았다.

"바로 그거요! 이제 뭔가 그럴싸하군. 그렇지 않소?"

나는 찬장 문을 닫았다.

"베릴은 수개월 동안 협박을 당하며 공포에 떨었어요. 베릴의 가까운 친구를 용의자로 생각하는 건 옳지 않아요."

내 말에 마리노는 화가 난 것 같았다. 그는 손목시계를 보더니 주머니에서 또 다른 열쇠를 꺼냈다. 베릴이 낯선 사람에게 문을 열어주었다는 가정은 이치에 맞지 않았다. 그러나 그녀가 신뢰하던 사람이 이런 일을 저질렀다는 가정은 더욱더 이치에 맞지 않았다.

도대체 그녀는 왜 범인을 집 안으로 들어오게 했을까? 이 의문이 내 머릿속을 떠나지 않았다.

차고는 집과 연결되어 있었다. 어느덧 해가 뉘엿뉘엿 지고 있었다. 열쇠로 차고 문을 열며 마리노가 말했다.

"솔직히 말하리다. 박사한테 전화하기 전에 이 안에 들어가 보았소. 그녀가 살해된 날 밤 이 문을 부술 수도 있었지만 굳이 그럴 필요는 없을 것 같았지."

마리노는 어깨를 으쓱했다. 그는 그럴 마음만 먹는다면 문이든 나무든 덤프트럭이든 실제로 부술 수 있다는 것을 보여주려는 듯 그 무지막지한 어깨를 들썩거렸다.

"플로리다로 떠난 후로 그녀가 이 차고 안에 들어온 적은 한 번도 없었소. 맞는 열쇠를 찾는 데만도 시간이 한참 걸렸소이다."

나는 장식 패널(panel)을 댄 이런 고급스러운 차고를 이제까지 본 적이 없었다. 바닥에는 아름다운 용무늬가 그려진 비싼 이탈리아제 붉은색 타일이 깔려 있었다.

"정말 차고로 쓰려고 지은 걸까요?"

차고를 둘러보며 내가 물었다.

"문은 차고용이오. 안 그렇소? 차가 비를 피하는 장소치곤 대단하군."

마리노는 주머니에서 서너 개의 열쇠를 더 꺼내면서 말했다. 차고 안의 공기는 탁했고 먼지 냄새가 났다. 하지만 티끌 하나 없었다. 구석에 세워둔 갈퀴나 빗자루를 제외하면 차고에서 흔히 볼 수 있는 연장들이나 잔디 깎는 기계 같은 것은 보이지 않았다. 차고는 마치 자동차 전시장 같았다. 타일이 깔린 바닥 한가운데에 검은색 혼다가 주차되어 있었다. 자동차는 너무나 깨끗하고 반짝거려서 한 번도 탄 적이 없는 새 차라고 해도 믿을 것 같았다.

마리노가 열쇠로 운전석 문을 열며 능청스럽게 말했다.

"자, 어서 타시지요."

잠깐이나마 나는 아이보리색 가죽 시트가 깔린 운전석에 앉았다. 나는 자동차 앞 유리를 통해 패널을 댄 차고 벽을 가만히 바라보았다.

"거기 잠깐 앉아서 차의 느낌을 느껴보고 차 내부를 둘러봐요. 알겠소? 그리고 무슨 생각이 떠오르는지 내게 말해 봐요."

차에서 몇 걸음 물러서며 마리노가 말했다.

"시동을 걸라는 뜻인가요?"

그는 내게 열쇠를 건네주었다.

"그럼 배기가스에 질식되지 않도록 차고 문을 열어주세요."

얼굴을 찡그리며 주변을 둘러보던 마리노는 스위치를 찾아 차고 문을 열었다.

나는 시동을 걸었다. 엔진 소리가 점점 낮아지더니 부르릉 소리가 났다. 라디오와 에어컨은 켜져 있었다. 연료 탱크는 4분의 1 정도 채워진 채였고 주행기는 1만1천 킬로미터가 조금 넘었다. 선루프는 약간 열려 있고, 대시보드 위에는 7월 11일 자 드라이클리닝 영수증이 있었다. 베릴이 스커트와 정장 재킷을 맡긴 날은 화요일이었다. 그 옷들은 이제 영원히 주인을 찾지 못할 것이다. 조수석에는 7월 12일 오전 10시 40분에 찍힌 식료품 가게 영수증이 있었다. 그녀가 산 것은 양상추, 토마토, 오이, 쇠고기 간 것, 치즈, 오렌지 주스, 박하 잎 등이었다. 총금액은 9달러 13센트였고 그녀는 10달러를 지불했다.

영수증 옆에는 흰색 은행 봉투가 있었다. 봉투는 비어 있었다. 그 옆으로는 자갈 무늬의 레이밴 선글라스 케이스가 있었는데 역시 빈 채였다.

뒷좌석에는 윔블던 테니스 라켓과 흰색 타월이 헝클어져 있었다. 나는 뒷좌석으로 손을 뻗어 타월을 집었다. 타월 가장자리에는 '웨스트우드 라켓 클럽'이라는 파란색 글자가 찍혀 있었다. 위층 베릴의 옷장에서 보았던 빨간색 비닐 손가방에도 같은 글자가 찍혀 있었다.

마리노는 끝까지 시치미를 뗐다. 나는 그가 이 물건들을 모조리 점검했다는 것을 알 수 있었다. 그는 내가 자신과 똑같은 상황에서 어떻게 행동하는지 보려는 속셈이었다. 차고에 있는 것들은 증거물이 아니었다. 범인은 차고에 들어간 적이 없기 때문이다. 마리노는 내가 이 집에 들어오던 순간부터 나에게 미끼를 던지고 있었다. 그것은 나를 미치도록 화나게 하는 그의 습관 가운데 하나였다.

엔진을 끈 다음 나는 차에서 내렸다. 자동차 문은 경쾌한 소리를 내며 부드럽게 닫혔다. 마리노는 생각에 잠긴 채 나를 바라보고 있었다.

나는 그에게 말했다.

"몇 가시 물어볼 게 있어요."

"얼마든지."

"웨스트우드는 회원제로 운영되는 클럽이에요. 그녀도 회원이었나요?"

마리노는 한 번 고개를 끄덕였다.

"그녀가 마지막으로 코트를 예약한 것이 언제였죠?"

"7월 12일 금요일 아침 9시. 그녀는 프로 코치에게 레슨을 받았소. 일주일에 한 번 레슨을 받는 것이 전부였죠."

"내가 기억하는 바에 의하면, 베릴은 7월 13일 토요일 이른 아침 비행기를 타고 리치먼드를 떠나 정오가 조금 지난 시각에 마이애미에 도착했어요."

그는 다시 한 번 고개를 끄덕였다.

"그렇다면 테니스 레슨을 마치자마자 곧장 식료품 가게로 갔겠군요. 다음엔 은행에 갔을 거예요. 이유는 잘 모르지만 그녀는 장을 본 직후 갑자기 이곳을 떠나기로 결심했어요. 만약 다음 날 떠날 걸 알았더라면 번거롭게 식료품 가게에는 갈 필요가 없었겠죠. 음식을 다 먹을 시간도 없었을 테니까. 그리고 구입했던 음식들을 냉장고에 넣지도 않았어요. 쇠고기 간 것과 치즈와 박하 잎을 제외하고는 어딘가에 처박아두었을 거예요."

"그럴듯하군."

마리노는 무덤덤하게 말했다.

나는 계속했다.

"선글라스 케이스와 다른 물건들도 차 안에 그냥 두었어요. 게다가 라디오와 에어컨도 켜진 상태였고 선루프도 열려 있었어요. 그녀는 급히 차고 안으로 차를 몰고 들어와 엔진을 끄고 선글라스를 낀 채 집 안으로 들어갔을 거예요. 내가 궁금한 것은, 그녀가 차를 타고 외출한 사이에 무슨 일이 일어났느냐 하는 거예요. 테니스 클럽에서 식료품 가게로……."

"무슨 일이 일어났던 게 틀림없소. 운전석 반대편을 한 번 보시오. 특히 조수석 문을 눈여겨봐요."

조수석 문을 보자 내 생각은 구슬처럼 흩어졌다. 문손잡이 밑에 검정 페인트를 긁어서 그린 하트 모양이 있었다. 하트 안에는 '베릴'이라는 이름이 새겨져 있었다.

"뭔가 느낌이 오지 않소?"

마리노가 물었다.

"테니스 클럽이나 식료품 가게에 주차한 동안 이런 짓을 했다면 누군가 목격한 사람이 있을 거예요."

나는 그렇게 추론했다. 마리노는 차고 벽에 새겨진 그림을 바라보며 가만히 서 있었다.

"맞소. 그보다 더 일찍 했을 거요. 박사는 자기 차의 조수석 손잡이를 마지막으로 본 게 언제요?"

며칠 혹은 일주일 전일 수도 있다. 마리노는 마침내 담뱃불을 붙였다. 오랫동안 굶주린 듯 그는 깊게 담배 연기를 빨았다.

"그녀는 장을 보러 식료품 가게에 갔소. 많이 사지 않았으니 봉투 하나에 다 들어갔을 거요. 내 마누라는 봉투가 한두 개뿐이면 늘 조수석이나 조수석 깔개 위에 두더군. 아마 베릴도 그 봉투를 조수석에 놓으려고 조수석 쪽으로 갔을 거요. 그때 페인트 긁은 자국을 발견한 거요. 그녀는 그

자국이 그날 생긴 것인지 알았을 수도 있고 몰랐을 수도 있지만, 그건 중요하지 않소. 그 긁은 자국을 본 베릴은 혼비백산했고 벼랑 끝까지 몰린 기분이 들었겠지. 그녀는 집으로 차를 몰았거나 현금을 찾으러 은행에 갔을 거요. 그리고 가장 빠른 비행기 표를 예매하고 플로리다로 날아갔소."

우리는 차고에서 나와 마리노의 차를 세워놓은 곳으로 갔다. 주변은 어느새 어두워졌고 공기는 차가웠다. 그가 시동을 거는 동안 나는 아무 말 없이 차창 너머 베릴의 집을 바라보았다. 주택 모서리에 그림자가 드리워지고 창문에는 불이 꺼져 있었다. 그런데 갑자기 현관과 거실 조명이 켜졌다가 다시 꺼졌다.

"젠장, 오늘이 핼러윈이군."

마리노가 중얼거렸다.

"타이머 때문이에요."

내가 한 마디 하자 마리노는 이렇게 덧붙였다.

"그냥 농담한 거요."

02
프로파일링

집으로 돌아오는 내내 리치먼드 상공에는 둥근 보름달이 떠 있었다. 사람들은 집집마다 돌아다니며 사탕을 주지 않으면 못살게 굴겠다고 으름장을 놓았다. 사람들이 쓴 유령 가면과 무서운 얼굴로 가장한 어린아이들의 그림자가 자동차 헤드라이트에 비쳤다. 얼마나 많은 사람들이 우리 집 현관 벨을 눌렀을까. 아이들은 우리 집을 특히 좋아했다. 내가 사탕을 넘치도록 나누어주었기 때문이다. 핼러윈데이 아침이면 나는 초콜릿 네 봉지를 들고 가서 사무실 직원들에게 나누어주곤 했다.

계단을 오르고 있는데 전화벨이 울렸다. 자동 응답기가 돌아가기 직전에 나는 재빨리 수화기를 집어 들었다. 처음에는 목소리가 낯설게 느껴졌지만 이내 머릿속에 떠오르는 사람이 있었다.

"케이? 나 마크야. 집에 있어서 정말 다행이야."

마크 제임스였다. 그의 목소리는 마치 기름통 밑바닥에서 말하는 것처럼 윙윙거렸다. 수화기 저편으로 자동차 지나가는 소리가 들렸다.

"마크? 지금…… 어디야?"

나는 겨우 이렇게 물었을 뿐이었다. 목소리에는 기운이 하나도 없었다.

"지금 리치먼드에서 북쪽으로 80킬로미터 정도 떨어진 95번 도로 위에 있어."

나는 침대 모서리에 걸터앉았다. 다시 자동차 지나가는 소리가 들리더니 마크가 말을 이었다.

"지금 공중전화야. 당신 집으로 가는 방향 좀 가르쳐줘. 케이, 보고 싶어. 이번 주 내내 워싱턴에 있었어. 오후부터 계속 전화했었는데……. 가도 괜찮지?"

나는 무슨 말을 해야 할지 몰랐다. 언젠가 내 마음에 상처를 입혔던 남자가 말하기 시작했다.

"술이나 한잔할까 해서……. 시내에 있는 래디슨 호텔 객실을 예약했어. 내일 아침 일찍 리치먼드에서 시카고로 가는 비행기가 있어. 난 그저…… 아니, 사실은…… 당신과 의논할 일이 있어서……."

마크와 내가 의논해야 할 일이 무엇인지 짐작이 가지 않았다. 마크가 다시 한 번 물었다.

"괜찮지?"

'아니, 안 괜찮아!'

그러나 내 입에서는 다른 말이 튀어나왔다.

"물론이야, 마크. 이렇게 다시 보게 되다니 너무 반가워."

나는 그에게 우리 집 찾아오는 길을 알려준 다음 기운을 차리기 위해 욕실로 향했다. 마크와 내가 로스쿨을 같이 다닌 게 어느새 15년 전 일이 되었다. 지금 내 머리는 금발이라기보다는 잿빛에 가까웠고, 눈도 예전처럼 푸르지 않았다. 거울을 들여다보았다. 다시는 20대 때의 얼굴로 돌아갈 수 없을 것이다. 주름 제거 수술 같은 방법도 있다는 생각이 담담하게 들었다.

내 기억 속에 마크는 스물네 살 청년으로 남아 있었다. 그때 그는 내 열정의 대상이었으며, 내 열정은 참담한 절망으로 끝나고 말았다. 그 이후 나는 일에만 몰두했다.

45분쯤 후 나는 현관문을 열었다. 마크는 여전히 차를 빨리 몰았고 고급 자동차를 선호했다. 마크가 렌트한 게 분명한 스털링에서 내리는 것이 보였다. 균형 잡힌 몸매에 자신감 넘치는 걸음걸이…… 마크는 내가 기억하고 있는 모습 그대로였다. 그는 입가에 엷은 미소를 머금은 채 힘차게 계단을 올라왔다. 우리는 짧게 포옹한 다음 현관 홀에 어색하게 서 있었다. 나는 무슨 말을 해야 할지 망설였다. 마침내 내가 입을 열었다.

"아직도 스카치 좋아해?"

"물론."

부엌으로 따라 들어오며 마크가 대답했다.

나는 찬장에서 글렌피딕 스카치를 꺼낸 다음 오래전에 그랬던 것처럼 스카치를 작은 컵으로 두 잔 따르고, 얼음과 독일산 셀처 탄산수를 조금 넣어 잔을 채웠다. 내가 부엌을 왔다 갔다 하며 스카치 잔을 채우는 동안 그의 시선은 줄곧 내게 머물러 있었다.

마크는 스카치 한 모금을 마신 다음 말없이 유리잔 속을 들여다보았다. 그러고는 천천히 잔을 돌리기 시작했다. 그가 긴장할 때면 하는 행동이었다. 나는 오랫동안 마크를 바라보았다. 세련된 분위기의 얼굴, 적당히 튀어나온 광대뼈, 맑은 잿빛 눈동자 그리고 짙은 머리카락…….

나는 유리잔 안에서 천천히 돌고 있는 얼음에 시선을 옮겼다.

"시카고에 있는 회사에서 일하는 거야?"

마크는 의자에 몸을 기대며 나를 쳐다보았다.

"항소만 맡고 있어. 소송은 가끔 할 뿐이고. 우연히 다이즈너를 만났어. 그래서 당신이 리치먼드에 있다는 걸 알았지."

다이즈너는 시카고의 법의국장이었다. 회의에 참석하면서 알게 된 그는 몇몇 위원회에 나와 같이 소속되어 있었다. 다이즈너는 내게 마크 제임스를 안다고 말한 적이 없었다. 게다가 내가 마크 제임스와 아는 사이라는 걸 그가 어떻게 안단 말인가.

"로스쿨 시절부터 당신과 아는 사이라고 실수로 말해버렸어. 종종 당신 얘기를 꺼내서는 내 아픈 곳을 찌르곤 하지."

마크는 내 생각을 읽었는지 그렇게 둘러댔다.

그 말은 사실일 것이다. 다이즈너는 굉장히 무뚝뚝한 사람으로 변호사들을 좋아하지 않았다. 법정에서 벌인 몇 번의 설전과 계략 때문에 그는 전설적인 인물로 통했다.

"대부분의 법의학자들처럼 다이즈너도 기소 전문가지. 난 살인 용의자를 변호하니까 나쁜 놈이 되는 거고. 그럴 때면 다이즈너는 나를 지그시 바라보다가 당신이 잡지에 발표했던 논문이나 당신이 맡았던 사건으로 화제를 돌리곤 하지. 스카페타 박사, 그 유명한 법의국장."

마크는 웃음을 터뜨렸다. 그러나 그의 눈은 웃고 있지 않았다.

"우리를 기소 전문가라고 말하는 건 옳지 않아. 시체를 증거물로 직접 법정에 세울 수는 없잖아."

"케이, 나도 그런 사정은 잘 알아. 당신 마음도 이해해. 나도 그런 놈들은 모조리 전기의자에 앉혀버리고 싶어."

마크는 특유의 또렷한 목소리로 말했다. 나는 그 목소리를 지금까지도 잘 기억하고 있었다.

"당신이 내 마음을 이해한다는 거 나도 알아."

나도 지지 않고 말했다.

예전에 우리는 늘 이렇게 논쟁했었다. 믿기지가 않았다. 그와 다시 만난 지 15분도 지나지 않았는데 우리는 헤어졌던 당시처럼 얘기하고 있던 것이다. 우리가 심하게 다투었던 이유도 늘 이런 논쟁 때문이었다. 나는 의학박사 학위를 딴 다음 조지타운 로스쿨에 등록했다. 마크와 나는 그곳에서 만났다. 나는 늘 인생의 어두운 면을 보아왔고 예고 없이 찾아오는 잔혹함과 비극을 목격했다. 그리고 고통스러워하며 죽어간 시체를 장갑 낀 손으로 만지는 일을 해왔다. 하지만 마크는 누군가가 자신의 재규어 자동차를 긁는 것을 최고의 중죄로 여기는 잘나가는 아이비리그 학생이었다. 그의 아버지와 할아버지가 변호사였으므로 그 역시 변호사가 될 예정이었다. 나는 가톨릭 신자였고 그는 프로테스탄트였다. 나는 이탈리아계였고 그는 찰스 황태자처럼 영국계였다. 나는 가난하게 성장했고 그는 보스턴의 가장 부유한 지역에서 자랐다. 한때 나는 우리가 하늘이 맺어준 인연이라고 믿었다.

"케이, 당신은 변하지 않았군. 단호하고 냉철해 보이는 분위기만 빼면……. 법정에 서려면 그래야겠지."

"난 내가 냉철하다고 생각하지 않아."

"나쁜 뜻으로 말한 게 아니야. 멋져 보인다는 뜻이야. 성공했는데……행복해?"

그는 부엌을 둘러보며 말했다. 나는 마크에게서 시선을 돌렸다.

"난 버지니아가 마음에 들어. 유일한 불만은 겨울이 춥다는 거지. 당신은 불만이 더 많을 것 같은데? 1년 중 절반이 겨울인 시카고에서 어떻게 견디지?"

"사실대로 말하면 전혀 적응이 안 돼. 당신은 질색할 거야. 마이애미에서 화초처럼 자란 당신은 한 달도 못 버틸걸."

마크는 스카치 한 모금을 삼키고는 말을 이었다.

"당신, 왜 결혼 안 했지?"

"……했었어."

그는 미간을 찌푸리며 생각에 잠겼다.

"흠…… 토니…… 누구더라? 내 기억으로는 토니라는 사람이었던 것 같은데……. 토니 베네데티 맞나? 3학년 말에 만났었지? 그럼, 그 사람하고?"

나는 깜짝 놀랐다. 마크가 그를 기억하고 있어서라기보다 당시 내가 토니와 사귄 걸 알고 있었다는 사실 때문이었다.

"이혼했어. 오래전 일이야."

"괜한 걸 물어봐서 미안해."

마크의 음성은 부드러웠다. 나는 술잔을 집어 들었다.

"요즘 사귀는 근사한 사람은 없어?"

마크가 물었다.

"근사하고 뭐고 간에 지금은 없어."

마크는 예전처럼 많이 웃지 않았다. 그는 내가 묻지 않았는데도 자기 얘기를 하기 시작했다.

"2년 전에 결혼할 뻔했는데 일이 잘 안 됐어. 솔직히 말하자면 마지막 순간에 내가 무서워서 도망쳤지."

마크가 결혼하지 않았다는 사실은 믿기 어려웠다. 그는 또다시 내 생각을 읽은 것처럼 잠시 머뭇거리다가 말했다.

"재닛이 죽은 뒤의 일이야. 실은 나도 결혼했었어."

"제닛?"

그는 다시 유리잔을 천천히 돌리기 시작했다.

"조지타운을 졸업하고 피츠버그에서 재닛을 만났지. 같은 회사에서 조세 전문 변호사로 일하던 여자였어."

나는 마크를 유심히 살폈다. 혼란스러웠다. 마크는 변한 것 같았다. 한때 내 마음을 사로잡았던 강렬함은 찾아볼 수 없었다. 뭐라고 딱 꼬집어 말할 수는 없지만, 많이 어두워 보였다.

"자동차 사고였어. 토요일 밤에 재닛은 팝콘을 사러 밖에 나갔어. 우린 집에서 영화나 보며 쉴 생각이었지. 술에 취한 운전자가 그녀의 차를 덮쳤어. 헤드라이트도 켜지 않은 상태로."

"세상에, 마크…… 너무 끔찍해."

"8년 전 일이야."

"아이는…… 없었어?"

내가 조심스럽게 묻자 그는 고개를 끄덕였다.

잠시 침묵이 흘렀다.

"내가 다니는 회사가 워싱턴에 사무실을 열어."

마크가 고개를 들며 말했다. 그와 내 시선이 마주쳤다.

"그래서 워싱턴으로 이사 갈지도 모르겠어. 회사가 빠른 속도로 성장하고 있어. 변호사만 해도 1백 명에 달하고 뉴욕, 애틀랜타, 휴스턴에도 사무실이 있지."

"언제 이사할 예정이야?"

나는 침착하게 물었다.

"아마 신년 초쯤 하겠지."

"아주 가는 거야?"

"시카고라면 진절머리가 나. 그저 변화가 필요할 뿐이야. 그리고…… 당신에게 그냥 알리고 싶었어. 그래서 여기로 온 거야. 그게 가장 큰 이유야. 사실은 워싱턴으로도 이사 가고 싶지 않아. 난 당신과 어디에선가 우연히 마주치길 바랐다. 그래서 버지니아 주 북부에 살려고…… 당신 사무실도 버지니아 북부에 있으니까. 그러면 레스토랑에서든 극장에서든 언젠가는 우연히 마주칠 수 있지 않을까 싶어서……. 시카고엔 가고 싶지 않아."

마크는 두서없이 횡설수설했다.

나는 케네디 센터 안에 있는 마크를 상상해보았다. 그는 앞에서 세 번째 열에 앉아 아름다운 데이트 상대에게 뭔가 귓속말을 하고 있을 것이다. 가슴 저 깊은 곳에 묻어두었던 아픈 기억이 떠올랐다. 그땐 너무나 고통스러워서 병까지 났었다. 그는 내 모든 감정의 중심이었다. 처음에는 나만 그런 감정일 거라는 생각이 문득문득 들곤 했다. 그리고 나중에 그 생각은 확신으로 변했다.

"내가 당신을 찾아온 가장 중요한 이유는 바로 이거야. 그런데 다른 일도 있어. 우리의 사적인 문제와는 아무 상관 없는 일이지."

마크는 '가장 중요한 이유'라고 다시 한 번 강조했다. 그는 변호사처럼 변론하고 있었다. 나는 아무 말 없이 앉아 있었다.

"이틀 전 이곳 리치먼드에서 한 여인이 살해되었어. 베릴 매디슨이라고……."

마크는 깜짝 놀란 내 얼굴을 보더니 잠시 말을 멈추었다.

"파트너(법률 회사에서 일하는 변호사의 직위로, 한 팀을 이루어 사건을 처리하는 중간 간부 정도에 해당된다―옮긴이) 팀장인 버거가 말해주었어. 내가 워싱턴에 머물 때 호텔로 전화를 했더군. 당신에게 하고 싶은 말은…….'

"당신과 관계있는 여자야? 그 여자를 만난 적이 있어?"

나는 그의 말을 막으면서 물었다.

"잘 아는 사이는 아니야. 작년 겨울 뉴욕에서 한 번 만났어. 우리 회사의 뉴욕 사무실은 문화와 연예에 관한 법률에 손을 대고 있었는데 베릴에게 출판 계약과 관련해서 문제가 생겼어. 베릴은 문제를 해결하기 위해서 온 도프&버거라는 법률 회사에 사건을 의뢰했지. 그녀가 사건 담당 변호사인 스파라치노와 문제를 논의하던 날 나도 우연히 뉴욕에 있었어. 두 사람은 앨곤퀸 레스토랑에서 점심 식사를 하기로 했는데 스파라치노가 나를 초대한 거야."

"만약 그 소송이 이번 살인 사건과 조금이라도 연관되었다면 내게 말하지 말고 경찰에 알려."

나는 화난 목소리로 말했다.

"케이, 우리 회사에서는 내가 당신에게 이런 이야기를 한다는 것조차 몰라, 알겠어? 어제 버거가 전화한 건 다른 일 때문이었어. 대화 도중 우연히 베릴 매디슨 얘기가 나온 것뿐이야. 그리고 지역 신문을 조사해보고 사건에 대해 알아보라고 지시했어."

"그래? 사건에 대해 알아보라는 말은 옛 애인에게……."

순간 나는 목덜미가 화끈거리는 것을 느꼈다. 옛 애인?

"그런 게 아니라니까, 케이. 나는 그전부터 당신 생각을 하고 있었어. 전화할 생각도 했고……. 버거와 통화하기 전에, 아니 베릴에 대해 알기 전부터 당신 생각을 하고 있었다고. 지난 이틀 동안 내내 수화기를 들었다 놨다 했어. 번호는 알았지만 전화를 걸 수는 없었어. 버거가 사건 얘기를 해주지 않았다면 아마 결국 전화하지 못했을 거야. 그가 자연스럽게 전화할 구실을 마련해준 셈이지. 난 오랫동안 심사숙고했어. 당신이 생각하는 것처럼 그렇게……."

마크는 허공을 바라보며 말하고 있었다.

나는 그의 말을 믿지 않았다. 그를 믿고 싶은 마음도 전혀 들지 않았다.

"당신 회사는 베릴의 살해 사건에 관심이 많은 것 같네. 사실대로 솔직하게 말해봐."

마크는 잠시 생각에 잠겼다.

"우리 회사가 베릴의 살해 사건에 법적으로 관심이 있는지 어떤지는 확실하지 않아. 그녀 개인에 대해 관심도 있지만, 아마 이번 사건 때문에 놀라서 그럴 거야. 그녀와 알고 지내던 우리로서는 큰 충격이었어. 그녀는 끔찍한 분쟁에 휘말려 있었는데, 8년 전에 서명했던 계약서 때문에 아주 난처한 입장이었지. 상황이 아주 복잡했어. 캐리 하퍼와 관련된 일이었지."

"소설가 캐리 하퍼 말이야?"

나는 깜짝 놀라 물었다.

"당신도 아는지 모르겠지만 하퍼는 이곳에서 멀지 않은 곳에 살고 있어. 커틀러 그로브래지어는 18세기 농장 같은 곳에서 살고 있지. 제임스 강변에 있는 윌리엄스버그라는 동네야."

나는 하퍼에 대해 알고 있는 것들을 기억해내려 애썼다. 그는 20년 전에 소설 한 편을 발표했고 그 작품으로 퓰리처상을 받았다. 전설적인 인물인 그는 누이와 함께 살고 있다고 했다. 아니, 이모와 같이 산다고 했던가? 하퍼의 사생활에 대해서는 여러 가지 소문들이 나돌았다. 그가 인터뷰를 거부하고 기자들을 멀리하면 할수록 그에 대한 소문은 더욱 무성해졌다.

나는 담배에 불을 붙였다.

"당신이 담배를 끊길 바랐는데."

그가 말했다.

"한쪽 폐를 제거해야 할지도 모르지."

"내가 아는 건 거의 없어. 베릴은 10대에서 20대 초반까지 하퍼와 관계를 맺고 있었어. 실제로 하퍼와 하퍼의 누이와 함께 살기도 했지. 베릴은 영감으로 가득 찬 작가였고 하퍼에겐 그런 재능 있는 딸이 없었어. 하퍼는 베릴의 후원자였던 셈이지. 베릴이 스물두 살 되던 해에 첫 소설책을 출간한 것도 하퍼를 통해서였어. 스트래턴이라는 필명으로 출판한 일종의 로맨스 소설이었지. 하퍼는 이 책의 서평까지 써주었는데, 자신이 발굴한 신인 작가에 대한 흥분감이 실려 있었지. 그 책은 사람들 사이에서 논란의 대상이 되었어. 그녀의 소설은 순수문학이라기보다는 대중소설에 가까웠거든. 그 후로 오랫동안 캐리 하퍼에 관한 소식을 들은 사람은 아무도 없어."

"그깃이 베릴의 계약서 분쟁과 무슨 상관이 있는 거지?"

내가 물었다.

"하퍼는 자신을 우상처럼 떠받드는 젊은 여자들을 우롱하는 인간이거나 빈틈없는 사기꾼일 수도 있어. 베릴의 책을 출판하기 전 그는 그녀에게 계약서에 서명하라고 강요했어. 그와 그의 누이가 살아 있는 동안 자신에 대해 한 마디도 쓰지 못하도록 하기 위해서였지. 하퍼는 겨우 50대 중반이었고 그의 누이는 서너 살 위였는데 말이야. 실질적으로 그 계약서가 베릴을 평생 묶어둔 셈이지. 그 때문에 베릴은 자신의 기억에 대해 쓸 수도 없고 하퍼를 떠날 수도 없었을 테니까."

마크는 피곤한 목소리로 대답했다.

"하지만 베릴이 계약을 파기할 수도 있잖아. 그러면 하퍼에게는 손해가 되겠지? 자신의 책이 더 이상 팔리지 않을 테니까."

"바로 그거야."

"그런데 그녀는 왜 필명을 고집했을까? 이것 역시 하퍼와 계약한 거야?"

"그런 것 같아. 내 생각에 하퍼는 베릴을 자신의 비밀 속에 가둬두고 싶었던 것 같아. 그는 베릴의 문학적 성공을 인정해주었지만 그녀를 세상과 격리시키고 싶어 했어. 그녀가 발표한 소설들은 상업적으로 성공을 거두었지만 베릴 매디슨이라는 이름은 그다지 많이 알려지지 않았지."

"그녀는 이 계약을 파기하려 했고, 그래서 온도프&버거를 찾았다, 이렇게 추정할 수 있는 건가?"

"분명히 말하지만 그녀는 내 고객이 아니었어. 그러니까 나도 자세한 내용은 몰라. 그리고 당신도 이미 알고 있겠지만, 그녀는 누군가로부터 살해 협박을 받고 있었어."

마크는 술을 한 모금 삼키며 말했다.

"언제부터?"

"지난겨울부터야. 내가 그녀를 처음 만났을 즈음이니까, 지난 2월경이었을 거야."

"계속해봐."

나는 재촉했다.

"자신을 협박하는 사람이 누군지 그녀는 전혀 모르고 있었어. 베릴은 뭔가 중요한 작품을 쓰고 싶어 하는 것 같았는데, 그 작품을 쓰기로 결정하기 전인지 후인지는 잘 모르겠어."

"그녀는 어떤 방법으로 계약을 파기하려 했을까?"

"글쎄……. 하지만 스파라치노의 계획은 하퍼에게 선택의 여지가 있다는 것을 알려주는 거였어. 그가 협조하면 아무런 손해 없이 끝낼 수 있다고 했지. 다시 말해서, 하퍼가 계약을 풀어주기만 하면 되는 거야. 그렇지 않을 경우엔 스파라치노는 계약에 대해 언론에 알릴 테고, 하퍼는 나쁜 놈이 되는 거지. 타블로이드 신문에는 대단한 기삿거리가 될 테니까. 하퍼는 곤경에 처했어. 물론 베릴에게 손해배상 소송을 제기할 수도 있었지만, 베릴에게는 그럴 만한 현금이 없었어. 게다가 돈은 작가로서의 이미지에 비하면 새 발의 피였을 거야. 소송이 제기되면 모두들 베릴의 책을 사겠다고 야단일 테니까. 하퍼는 소송에서도 이길 확률이 거의 없었어."

"책을 출판하지 못하도록 손쓸 수도 있지 않았을까?"

"그러려면 로비를 해야겠지. 언론을 막기 위해서는 수백만 달러가 들

거야."

나는 재떨이 안에서 타들어 가는 담배를 쳐다보았다.

"그녀는 죽었어. 그녀가 쓰던 원고는 완성되지 않았을 테니 하퍼는 이제 아무런 걱정도 없겠지. 마크, 당신은 이런 이유 때문에 하퍼가 베릴의 살인 사건과 관련 있다고 생각하는 거야?"

"나는 주변 상황들을 설명해준 것뿐이야."

그가 말했다. 마크의 맑은 눈동자가 내 눈동자를 들여다보고 있었다. 때때로 그의 눈빛은 도저히 믿기 어려울 만큼 멀게 느껴지곤 했다. 그때의 기억이 떠오르자 마음이 불편했다.

"무슨 생각 해?"

그가 물었다.

나는 대답하지 않았다. 마크가 나에게 이런 이야기를 하는 것이 너무나 이상하다고 생각하던 참이었다. 베릴이 그의 고객이 아니라는 사실은 중요하지 않았다. 그는 법적 윤리를 잘 알고 있는 사람이다. 회사의 한 구성원이 알고 있는 사실은 회사의 모든 구성원들에게 귀속된다는 것은 명백한 법적 윤리였다. 하지만 그는 지금 그 윤리를 깨고 내게 회사 업무에 관한 일을 얘기하고 있는 것이다. 이건 내가 기억하는 사려 깊은 마크 제임스의 성격과 어울리지 않았다. 갑자기 내 앞에 나타난 것도 그답지 않았다.

"내 생각으로는 이 사건을 담당하고 있는 마리노 경위와 얘기하는 편이 나을 것 같아. 그렇지 않으면 당신이 한 얘기를 내가 직접 마리노에게 전해도 괜찮고. 어떤 경우든 그가 당신 회사로 찾아가서 필요한 질문을 할 거야."

"좋아. 그런 건 아무래도 상관없어."

"……."

우리는 잠시 말이 없었다.

"베릴은 어떤 사람이었어?"

나는 목청을 가다듬으며 물었다.

"아까 말한 것처럼, 그녀를 만난 건 한 번뿐이었어. 하지만 기억에 남는 여자였어. 생기발랄하고, 위트 있고, 매력적이었지. 하얀 옷을 입고 있었는데 눈처럼 새하얀 멋진 정장이었어. 조금 거리가 느껴지기도 했던 것 같아. 그녀에겐 비밀이 많았으니까. 아무도 다가갈 수 없는 깊이가 느껴졌어. 주량도 상당하더군. 적어도 그날은 그랬어. 칵테일을 석 잔이나 마셨으니까. 대낮이라는 점을 감안하면 조금 과한 것 같았어. 하지만 늘 그런 것은 아니겠지. 그녀는 불안하고 초조하고 긴장한 것처럼 보였어. 좋은 일로 온도프&버거를 찾아온 것이 아니니까. 하퍼와 연관된 일 때문에 초조해한 것이 분명해."

"무슨 술을 마셨지?"

"뭐라고?"

"칵테일 말이야. 무슨 칵테일이었냐고."

마크는 부엌을 둘러보면서 미간을 찌푸렸다.

"전혀 기억이 안 나, 케이. 그게 무슨 상관이지?"

"상관이 있는지 없는지는 나도 잘 모르겠어. 그냥 궁금해서."

나는 베릴의 부엌 찬장에 진열되어 있던 술병들을 떠올렸다.

"그녀가 협박받은 것에 대해서도 얘기했어? 당신과 함께 있었을 때 말이야."

"그래. 스파라치노도 그 얘기를 했어. 내가 들은 것은 그녀에게 이상한 전화가 걸려오기 시작했다는 것뿐이야. 늘 똑같은 목소리였는데, 모르는 사람이라고 했어. 그 외에 다른 이상한 일들도 있었는데 세부적인 내용은 기억나지 않아. 오래전 일이라서."

"베릴이 그 일들을 기록해두었을까?"

내가 물었다.

"모르겠어."

"누가, 왜 그런 짓을 하는지 그녀는 전혀 몰랐단 말이지?"

"내가 받은 느낌은 그랬어."

마크가 의자를 뒤로 뺐다. 자정이 가까운 시각이었다. 그를 현관문까지 배웅하면서 갑자기 어떤 생각이 떠올랐다.

"스파라치노, 그 사람 이름이 뭐지?"

"로버트."

마크가 대답했다.

"혹시 그 사람 이름에 M이라는 약자가 들어가지 않아?"

마크는 아니라고 대답하고는 의아한 눈길로 나를 쳐다보았다.

잠시 긴장된 순간이 흘렀다.

"조심해서 운전해."

"그래……. 잘 자, 케이."

마크는 머뭇거리며 대답했다.

나는 상상하고 있었다. 어느 순간, 그가 키스해줄 거라고……. 하지만 그는 황급히 계단을 내려갔다.

집 안으로 들어왔을 때, 그의 차가 출발하는 소리가 들렸다.

다음 날 아침도 늘 그렇듯이 바쁘게 시작되었다. 임원 회의에서 필딩은 다섯 구의 시체를 부검해야 한다고 알려주었다. 그중에는 강에서 건져 올린 부패한 시체도 포함되어 있었다. 시체를 보면 모두들 짧게 신음 소리를 내뱉을 것이다. 리치먼드 시에서는 총격으로 사망한 두 구의 시체를 보내왔다. 그중 한 구는 겨우 부검을 마친 다음 총격 사건의 증거물로 존 마셜 법원으로 보냈다. 그다음엔 점심때 의과 대학으로 가서 내가 지도하고 있는 학생과 식사했다. 나는 머릿속에서 마크를 몰아내기 위해 하루 종일 열심히 뛰어다녔다. 그러나 생각하지 않으려고 하면 할수록 더욱더 생각이 났다. 그는 신중하고 완고한 성격이었다. 10년 넘게 연락 한 번 없다가 갑자기 내 앞에 나타난 것은 그답지 않은 행동이었다.

오후가 되어서야 나는 자포자기한 심정으로 마리노에게 전화했다.

"지금 막 전화하려던 참이었소."

내가 말을 꺼내기도 전에 마리노가 먼저 얘기했다.

"난 지금 나가는 길이오. 한 시간이나 한 시간 반 후에 벤턴 사무실에서 만날 수 있겠소?"

"무슨 일이죠?"

나는 아직 용건조차 말하지 않은 채였다.

"베릴에 대한 보고서를 입수했소이다. 박사도 보고 싶어 할 것 같아서."

늘 그렇듯이 마리노는 인사도 없이 전화를 끊었다.

약속 시각에 맞춰 나는 이스트 그레이스 가를 따라 차를 몰다가 맨 처음 보이는 주차장에 차를 세웠다. 자동 주차 요금기가 있는 그 주차장에서 약속 장소까지는 걸어갈 수 있는 거리였다. 약속 장소인 현대적인 10층짜리 건물은 길가에 늘어선 상점들을 굽어보는 가로등 같았다. 중고품 가게들은 앤티크 숍을 모방하고 있었고, 자그마한 외국 음식점의 메뉴는 외국 음식이 아니었다. 틈이 갈라진 보도 위로 사람들이 바쁘게 오갔다.

나는 로비 안에 있는 보안 검색대에서 신분증을 보여준 다음 엘리베이터를 타고 5층으로 올라갔다. 복도 끝에는 아무런 표시가 없는 문이 하나 있었다. 리치먼드에 있는 FBI 사무실의 위치는 일급비밀이었다. 사무실의 존재 자체도 전혀 알려지지 않았고 평상복을 입는 요원들도 섣불리 신분을 드러내지 않았다. 벽 가운데쯤에 안내 데스크가 있었다. 안내 데스크 뒤에 앉아 전화하고 있던 청년이 나를 힐끗 쳐다보았다. 그는 수화기를 내려놓고는 '무엇을 도와드릴까요'라고 묻는 것처럼 눈썹을 추어올렸다. 내가 이곳에 온 이유를 설명하자 그는 내게 앉을 자리를 권했다.

로비는 좁고 남성적인 분위기가 강했다. 감색 가죽을 씌운 소파 앞의 낮은 테이블 위에는 다양한 스포츠 잡지가 놓여 있었다. 장식 패널을 댄 벽에는 전직 FBI 국장들의 사진이 여러 공로패들과 순직한 요원들의 이름이 새겨진 청동 액자와 함께 일렬로 걸려 있었다. 외부로 통하는 출입문은 이따금 열렸다가 다시 닫혔다. 어두운 색깔의 양복을 입고 짙은 선글라스를 낀 건장한 남자들이 내 쪽은 쳐다보지도 않고 지나갔다.

벤턴 웨슬리는 이곳의 다른 사람들과 마찬가지로 프로이센 군인처럼 무뚝뚝해 보였다. 그러나 그를 알고 지낸 몇 년 동안 그는 내게 존경의 대상이었다. 사무적이고 불같은 성격 이면에는 훈훈한 인간미가 흘렀고 에너지가 넘쳤다. 의자에 가만히 앉아 있을 때조차 그에게서는 힘이 느껴졌다. 짙은 색 양복에 하얀 셔츠를 입고 있는 그의 모습은 깔끔함 그 자체였다. 폭이 좁은 세련된 넥타이는 반듯하게 매어져 있었다. 벨트에는 검은색 권총집이 달려 있었는데, 실내에서는 권총을 거의 착용하는 법이 없었다. 꽤 오랫동안 웨슬리를 보지 못했는데, 그는 거의 변하지 않은 듯했다. 준수한 체격에 다소 냉철해 보이지만 잘생긴 얼굴이었다. 어느새 잿빛으로 변한 그의 머리를 볼 때면 나는 늘 놀라곤 했다.

"기다리게 해서 미안해요, 케이."

웨슬리가 미소 지으며 나를 맞았다.

악수하는 그의 손에서는 힘이 느껴졌지만 남성임을 과시하는 느낌은 전혀 없었다. 내가 아는 어떤 경찰들과 변호사들은 냄비 뚜껑 같은 두꺼운 손으로 얼마나 강하게 움켜잡는지 뼈마디가 부러질 지경이었다.

"마리노도 와 있습니다. 당신과 만나기 전에 그와 몇 가지 상의할 것이 있어서요."

웨슬리는 문을 열어주면서 말했다. 나는 그를 따라 텅 빈 복도를 걸어갔다. 그는 조그마한 자신의 사무실로 나를 안내한 다음 커피를 가지러 나갔다.

"마침내 어젯밤에 컴퓨터 결과가 나왔소."

마리노는 의자에 편안히 기대앉아 새것처럼 보이는 357구경 연발 권총을 살피며 말했다.

"컴퓨터? 무슨 컴퓨터 결과 말인가요?"

나는 혹시 담배를 두고 온 건 아닌가 하는 생각을 하면서 마리노에게 물었다. 다행히 담배는 핸드백에 있었다.

"쉴 틈 없이 작동하고 있는 본부 컴퓨터 말이오. 드디어 보고서 사본을 얻었소. 흥미롭다더군. 난 그렇게 생각하지 않지만."

"베릴에 대한 보고서 말인가요?"

"그렇소."

마리노는 웨슬리의 책상 위에 권총을 올려두며 덧붙였다.

"멋진 총이야. 지난주 탬파에서 개최된 경찰서장들의 모임에서 어느 운 좋은 놈이 추첨으로 얻은 거요. 젠장, 나는 2달러짜리 복권에도 당첨되지 않는데……."

웨슬리의 책상 위는 전화 메시지, 보고서 뭉치, 비디오테이프 그리고 세부 자료와 사진들이 담긴 두꺼운 봉투 등으로 뒤죽박죽이었다. 그는 다양한 범죄 수사에 관심을 가지고 있는 것 같았다. 유리문이 달린 책장 안에는 무시무시해 보이는 무기들이 여럿 있었다. 긴 검, 놋쇠로 만든 문짝연결 고리, 수제 권총, 아프리카 창 이외에 사냥 대회에서 받은 트로피들과 후원자들에게 받은 선물들이 진열되어 있었다. 콴티코에 있는 해군 헬기장을 배경으로 윌리엄 웹스터(FBI 국장과 CIA 국장을 역임한 유일한 인물 - 옮긴이)와 악수하며 찍은 오래된 사진도 있었다. 웨슬리에게선 아내와세 아이를 둔 가장의 분위기를 조금도 찾아볼 수 없었다.

FBI 요원들은 대부분의 경찰들과 마찬가지로 개인 생활을 철저히 보호받는다. 공포스러울 정도로 극악한 사건을 다룰 때면 더더욱 그랬다. 웨슬리는 용의자들에 대한 모든 것을 철저하게 분석하는 프로파일러(범행 현장을 분석해 범인의 성격, 행동 유형, 직업, 거주지, 심리 상태 등을 추론해내는 사람 - 옮긴이)였다. 상상을 초월하는 잔인한 살인 사건 관련 사진들을 살펴보고, 연방 교도소를 방문해서 찰스 맨슨이나 테드 번디 같은 살인마들의 눈을 똑바로 쳐다보아야 하는 것이 어떤 일인지 웨슬리는 알고 있었다.

웨슬리는 종이컵에 담긴 커피 두 잔을 들고 왔다. 한 잔은 마리노, 다른 한 잔은 나를 위한 것이었다. 내가 블랙커피를 마시고 가까운 곳에 늘 재떨이가 있어야 한다는 것을 웨슬리는 늘 기억하고 있었다.

마리노는 몇 장 되지 않는 보고서의 복사본을 무릎 위에 놓고 훑어보기 시작했다.

"먼저 말할 것은, 보고서는 세 가지뿐이라는 것이오. 첫 번째 보고서는 3월 11일 월요일 아침 9시 30분이라고 적혀 있소. 3월 10일 밤 베릴 매디슨은 911에 전화를 걸어 자신의 집으로 경찰을 보내달라고 했소. 예상대로, 베릴의 전화는 중요하게 취급되지 않았소. 길거리에서 난동이 일어나고 있었기 때문이지. 다음 날 아침이 되어서야 5년 근속자인 짐 리드 경관이 도착했소."

마리노가 나를 올려다보며 리드를 아느냐는 표정을 지었다. 나는 그를 알지 못했으므로 고개를 가로저었다. 마리노는 보고서의 내용을 건너뛰었다.

"리드의 보고에 의하면, 베릴 매디슨은 매우 격앙된 상태였소. 3월 10일 일요일 밤 8시 15분에 협박 전화가 걸려왔다고 했소. 그 전화의 목소리는 남자였고 백인일 거라고 진술했는데, 그 내용은 이래요. '베릴, 넌 나를 그리워하고 있어. 넌 나를 볼 수 없지만 난 너를 늘 지켜보고 있어. 난 너를 보고 있어. 넌 도망칠 수는 있지만 숨을 수는 없어.' 그자는 베릴이 그날 이른 아침 세븐일레븐 앞에서 신문을 사는 것을 봤다고 했소. 그녀가 무슨 옷을 입었는지도 안다고 했소. 빨간색 운동복 차림에 브래지어를 하지 않은 것까지. 베릴은 일요일 아침 10시쯤 로즈마운트 가에 있는 세븐일레븐으로 차를 몰고 갔소. 옷차림은 이미 설명한 대로요. 그녀는 세븐일레븐 앞에 차를 세우고 자동판매기에서 〈워싱턴포스트〉를 한 부 샀소. 그녀의 말에 의하면 편의점 안으로는 들어가지 않았고 주변에는 아무도 없었다는구먼. 베릴은 전화를 건 자가 자신의 일거수일투족을 관찰하고 있다는 사실에 당황했으며 자신을 미행한 것이 분명하다고 했소. 혹시 미행하는 사람을 눈치챈 적이 있냐는 질문에 그녀는 없다고 대답했지."

마리노는 두 번째 페이지로 넘어갔다. 기밀 내용이 담긴 부분이었다.

"리드의 보고에 따르면, 베릴은 전화 협박 내용에 대해서는 상세하게 밝히기를 꺼렸소. 리드가 계속 묻자 결국 털어놨는데, 그자는 점점 더 음란해져서는 베릴이 옷을 벗은 모습을 상상하면 그녀를 죽이고 싶어진다고 했다는군. 그 소리를 듣고 베릴은 전화를 끊어버렸지."

마리노는 보고서를 책상 가장자리에 올려놓았다.

"리드 경관은 베릴에게 어떤 조언을 했나요?"

"일반적인 내용이었소. 전화가 또 걸려오면 날짜와 시간, 통화 내용을 적어두고 문단속을 철저히 하라고 말이야. 또 경보장치를 설치하는 것도 고려해보고 이상한 차량을 발견하면 차량 번호를 적은 다음 경찰에 연락하라고 했소."

문득 마크가 지난 2월 베릴과 함께 점심 식사를 했다는 사실이 기억났다.

"3월 11일에 신고한 내용이 그녀가 처음으로 받은 협박 전화였나요?"

내 질문에 대한 대답은 보고서를 집어 든 웨슬리가 해주었다. 그는 서류를 넘기며 말했다.

"그런 것 같지는 않아요. 리드의 말에 따르면 베릴은 연초부터 괴전화를 받았다고 합니다. 하지만 경찰에 알린 것은 그 전화를 받은 후입니다. 그 이전에는 그리 빈번하지도 않았고, 3월 10일 일요일 밤에 받았던 전화만큼 특별하지도 않았던 것으로 추정됩니다."

"베릴은 그전에 걸려왔던 전화들도 같은 남자의 소행이라고 확신했나요?"

나는 마리노에게 물었다.

"같은 목소리였다고 했소. 그녀가 말한 바에 따르면, 그 남자의 음성은 부드럽고 분명하다고 했소. 그녀가 아는 사람의 목소리는 절대 아니었다는 거요."

마리노는 두 번째 보고서를 손에 들고 설명을 계속했다.

"베릴은 화요일 저녁 7시 18분에 리드를 호출했소. 리드의 보고에 따르면 베릴은 또다시 협박 전화가 걸려와 매우 당황하고 있었다는 거요. 목소리도 똑같았고 동일 인물이라고 했소. 내용도 3월 10일 때와 유사했고. 그녀는 전화를 끊자마자 리드를 호출했소. 베릴은 리드를 만나고 싶어 했고, 리드는 한 시간이 채 지나지 않은 8시쯤 그녀의 집에 도착했지."

마리노는 보고서를 그대로 읽어 내려가기 시작했다.

"베릴, 넌 날 그리워하고 있어. 곧 너에게 갈게. 네가 어디에 사는지 알아. 난 너에 대한 모든 것을 알고 있어. 넌 도망칠 수는 있지만 숨을 수는 없어.' 그자는 베릴이 검은색 신형 혼다를 몰고 있다는 것도 알고 있고, 지난밤 그녀가 진입로 위에 주차해둔 차의 안테나를 부러뜨린 것도 자신이라고 했지. 그녀는 실제로 전날 밤 진입로 위에 차를 주차했고, 화요일 아침에 나가보니 안테나가 부러져 있었다고 증언했소. 안테나는 차에 붙어 있기는 했지만 완전히 뒤로 젖혀져 작동이 안 되는 상태였소. 리드는 밖으로 나가 차를 살펴보았고 그녀의 진술대로 안테나가 망가져 있는 것을 확인했지."

"그래서 리드 경관은 어떤 행동을 취했죠?"

나의 질문에 마리노가 두 번째 페이지를 넘기며 대답했다.

"이제부터는 차고 안에 주차하라고 조언했소. 그녀는 차고에 주차한 적이 한 번도 없었거든. 차고를 사무실로 개조할 계획이었다더군. 그리고 집 주위에 이상한 차량이 있는지, 어떤 사람이 얼쩡거리는 않는지 주의 깊게 봐달라고 이웃들에게 부탁하라는 권고도 했소. 아, 베릴이 그에게 권총을 소지할 수 있는지도 물어보았다는군."

"그게 전부인가요? 리드 경관이 베릴에게 권고한 사항들은 어떻게 되었죠? 그에 대한 언급은 없나요?"

"없소. 리드는 기밀 보고란에 '안테나에 대한 피해자의 반응은 지나쳐 보임. 그녀는 극도로 흥분해 있었고 때로 경찰들에게도 독설을 함.' 이렇게 적어놓았소."

마리노는 보고서를 보며 말하다가 나를 올려다보았다.

"이 말은 리드 경관이 베릴을 믿지 않았다는 뜻이오. 그녀가 일부러 안테나를 망가뜨리고 괴전화 이야기도 꾸며냈다고 생각했을 수도 있지."

"맙소사!"

나는 역겨웠다.

"그럴싸하게 꾸며댄 이런 전화가 얼마나 많이 걸려오는지 박사는 짐작도 못 할 거요. 점잖은 숙녀들이 전화를 걸어 폭행당했다느니, 강간당했다느니 고래고래 소리를 질러대지. 그들 가운데는 얘기를 지어내는 사람들도 있소. 머리가 좀 이상해져서 사람들의 이목을 끌려고 말이오."

나는 허구에 사로잡힌 이런 질병들에 대해서 잘 알고 있었다. 허풍선이들, 사회 부적응자들, 조울증 환자들은 다른 사람들을 끔찍하게 괴롭히며 자기 자신에게도 심한 상처를 입힌다. 마리노의 강의를 듣지 않아도 잘 알고 있는 사실이었다. 나는 마리노의 말을 끊으며 말했다.

"계속하세요. 다음 내용은 뭐죠?"

마리노는 두 번째 보고서를 책상 위에 올려놓은 다음 세 번째 보고서를 읽기 시작했다.

"베릴은 리드에게 다시 전화했소. 7월 6일 토요일 오전 11시 15분이오. 리드는 그날 오후 4시에 그녀의 집에 들렀는데 베릴은 몹시 당황하고 적의에 찬 모습이었다는군⋯⋯."

"그렇겠죠. 다섯 시간이나 그를 기다렸을 테니까."

나는 짧게 말했다. 마리노는 내 말을 무시한 채 보고서를 또박또박 읽어나갔다.

"그녀는 동일 인물이 11시에 전화를 걸었다고 했소. '여전히 나를 그리워하고 있어? 곧 갈게, 베릴. 곧⋯⋯. 어젯밤 너를 찾아갔었지. 집에 없더군. 머리는 금발로 염색한 거야? 그렇지 않길 바라.' 이때 베릴은 그와 얘기해보려고 시도했소. 제발 자신을 가만히 내버려두라고 애원했지. 그리고 도대체 누구인지, 왜 자신에게 이런 짓을 하는지 물었소. 하지만 그는 아무 대답도 하지 않고 전화를 끊었어. 범인이 집에 들렀다는 시각에 그녀는 실제로 외출 중이었다고 하오. 어디에 갔었느냐고 묻자 베릴은 머뭇거리며 시내에 없었다고만 말했소. 참고로, 베릴은 원래 금발이오."

"절망에 빠진 베릴을 돕기 위해 리드 경관이 이번에는 어떤 조언을 했나요?"

내가 묻자 마리노는 무덤덤하게 나를 쳐다보았다.

"리드가 개를 한번 키워보라고 했는데, 그녀는 개 알레르기가 있다고 했다는군."

웨슬리가 서류철을 펼치며 말문을 열었다.

"케이, 당신은 이 상황을 이미 살인 사건이 일어난 관점에서 보고 있어요. 하지만 리드의 시각은 그 반대였소. 그의 눈을 통해 이 일을 보도록 해봐요. 혼자 사는 한 젊은 여자가 있는데, 그녀는 시간이 지날수록 히스테리가 심해집니다. 리드는 자신이 할 수 있는 한 최선을 다한 겁니다. 심지어 그녀에게 자신의 호출기 번호도 가르쳐주었어요. 그는 그녀의 호출에 신속하게 응했습니다. 적어도 초기에는 그랬어요. 그런데 베릴은 중요한 질문만 하면 대답을 회피하는 거예요. 그녀에게는 아무런 증거도 없었습니다. 어떤 경찰이든 의심을 품을 만합니다."

웨슬리의 말에 마리노도 거들고 나섰다.

"나라면 이렇게 생각했을 거요. 그 여자는 외로운 나머지 사사건건 다른 사람의 관심을 끌고 싶었던 거라고. 그렇지 않으면 어떤 사람한테 당한 것을 그대로 되갚아주려 했다든지."

"당신은 그녀의 남편이나 남자친구가 협박했다 해도 똑같이 생각했을 거예요. 그 경우에도 베릴은 시신으로 발견되었겠죠."

나는 화가 나는 걸 간신히 참으며 대답했다.

"그럴지도 모르지. 그녀에게 남편이 있었다고 칩시다. 만약 그녀의 남편이었다면 나는 즉각 영장을 발부받아서 그자의 뺨을 갈겼을 거요."

"구속영장에는 문구 그대로의 효력 따윈 없다고요!"

나는 소리쳤다. 화가 나서 거의 자제력을 잃을 지경이었다. 구속영장을 발부받은 남편이나 남자 친구에게 살해당한 여인을 부검한 것이 올해에만 벌써 대여섯 건에 달했다.

긴 침묵이 흐른 뒤 나는 웨슬리에게 물었다.

"리드 경관이 베릴에게 도청 장치를 달라고 제안한 적은 한 번도 없었나요?"

"소용없었을 거예요. 도청 장치는 쉽게 달 수 없습니다. 전화국에서 모든 통화 기록과 요청자가 고통을 당하고 있다는 확증을 요구할 테니까."

"베릴에게는 확증이 없었나요?"

웨슬리는 천천히 고개를 끄덕였다.

"베릴의 경우처럼 서너 번 괴전화를 받은 것으로는 부족합니다. 전화 걸려온 횟수가 아주 많아야 해요. 언제 그런 일이 일어났는지, 전화 내용은 정확히 무엇이었는지 그 모든 자료를 제출해야 도청 장치를 달 수 있어요."

마리노가 불만스러운 목소리로 덧붙였다.

"베릴은 한 달에 한두 번 정도 전화를 받은 것 같소. 그리고 리드가 기록하라고 요구했던 사항도 기록하지 않았고. 기록해두었을지도 모르지만 아직까지는 발견되지 않았소. 무엇보다 그 전화 내용을 녹음하지도 않았더군."

"맙소사, 누군가 자신의 목숨을 위협하고 있는 상황인데 국회 법안 처리처럼 복잡하기 짝이 없군요."

나는 어처구니가 없어서 중얼거렸다.

웨슬리는 아무런 말이 없었고, 마리노는 콧김을 내뿜으며 씩씩거렸다.

"당신이 하는 일과 마찬가지요, 박사. 이런 일에 예방약 같은 것은 없소. 우리들은 청소부에 지나지 않소이다. 젠장, 상황이 사실로 드러나거나 확증을 잡기 전까지 우리들은 아무것도 할 수 없소. 예를 들어 시체 같은 증거물 말이오."

"베릴의 행동이 바로 그 증거였어요. 이 보고서들을 보세요. 그녀는 리드 경관이 제안한 모든 것을 그대로 이행했어요. 그가 경보장치를 설치하라고 하면 그렇게 했고, 차를 차고 안에 주차하라고 하면 그렇게 했어요. 차고를 사무실로 개조할 계획이었는데도 말이에요. 베릴은 그에게 권총에 대해 물어본 다음 바로 구입하기까지 했어요. 베릴이 리드를 호출한 것은 살인범에게 협박 전화가 걸려왔을 때뿐이었어요. 다시 말해서, 그녀는 협박을 받자 지체하지 않고 바로 경찰에 연락한 거예요.”

웨슬리는 여러 자료들을 펼쳐놓기 시작했다. 베릴이 키웨스트에서 쓴 편지 사본들, 사건 현장 스케치와 보고서, 집 정원과 내부 모습, 그리고 2층 침실에서 발견된 그녀의 시체를 찍은 일련의 폴라로이드 사진들이었다. 아무 말 없이 그것들을 면밀히 살펴보는 웨슬리의 얼굴은 딱딱하게 굳어 있었다. 그의 표정에서는 이제 활동을 시작할 시각이라는 분명한 의지가 보였다. 우리는 이제까지 충분히 논쟁했다. 경찰이 적당한 조처를 취했든 취하지 않았든, 그건 중요하지 않았다. 중요한 것은 살인범을 찾아내는 것이었다.

웨슬리가 먼저 말문을 열었다.

“이해가 가지 않는 것은 일의 순서에 일관성이 없다는 겁니다. 그녀가 받았던 협박 전화의 내용을 보면 정신병자의 소행 같습니다. 수개월 동안 베릴을 미행하면서 협박했고, 멀리서 그녀를 지켜보았습니다. 그는 환상 속에서 자신의 쾌락을 즐긴 것이 분명합니다. 환상은 그에게 있어서 다른 어떤 것보다 선행되는 것입니다. 그는 제멋대로 지껄였습니다. 그런데 그에게 충격적인 일이 벌어졌지요. 베릴이 이 도시를 떠나버린 것입니다. 그녀가 아주 가버리는 것은 아닐까, 그는 두려웠습니다. 그래서 그녀가 돌아오자마자 살해한 것입니다.”

“결국 그놈은 그녀 때문에 화가 머리 꼭대기까지 난 거군.”

마리노가 끼어들었다.

웨슬리는 계속 사진을 들여다보며 말을 이었다.

“사진에서 분노가 느껴집니다. 일관성이 없어 보이는 것도 바로 그 지점입니다. 그의 분노는 베릴이라는 개인에게 향한 것이지요. 특히 그녀의 얼굴에.”

웨슬리는 집게손가락으로 사진을 톡톡 두드렸다.

"얼굴은 바로 그 사람을 나타냅니다. 가학적 변태성욕자들이 저지른 전형적인 살인 사건을 보면 얼굴은 건드리지 않습니다. 여자의 얼굴은 인격이 없는 하나의 상징에 지나지 않지요. 어떤 의미에서 변태성욕자에게 여자의 얼굴은 존재하지 않는 것이나 마찬가지입니다. 변태성욕자에게 여자는 아무런 의미도 없는 사람이기 때문입니다. 만약 신체를 공격한다 해도 보통 가슴이나 음부 주변을 해치지요."

웨슬리는 잠시 말을 멈추었다. 그의 얼굴에 당혹감이 스쳤다.

"베릴의 살해 사건에는 개인적인 요소들이 있습니다. 얼굴에 난 상처들, 목숨이 끊어진 후에도 계속 잔인하게 해친 것을 보면 그녀를 알던 사람인 것으로 추정됩니다. 어쩌면 잘 알고 지내던 사람이었을지도 모르죠. 아마 그녀에게 강하게 집착했던 사람일 겁니다. 하지만 그녀를 멀리서 지켜보고 그녀를 미행했다는 것은 이 모든 것과 맞지 않습니다. 이건 모르는 사람을 살해하는 살인범이 하는 행동들이지요."

마리노는 웨슬리가 추첨으로 받은 357구경 연발 권총을 만지작거렸다. 실린더(회전식 권총의 탄창─옮긴이)를 느릿하게 돌리며 그가 말했다.

"내 의견을 듣고 싶소? 내 생각에 범인은 병적인 콤플렉스가 있는 자요. 자신이 정해놓은 규칙대로 진행되는 한 그는 사람을 죽이지 않지. 그런데 베릴은 그 규칙을 깼소. 이 도시를 떠나고 집을 판다는 표지판을 정원에 꽂아놓은 것이오. 그래서 그는 그녀를 처벌할 수밖에 없었던 거지."

"범인의 프로필은 어떻게 잡고 있나요?"

나는 웨슬리에게 물었다.

"백인, 20대 중반에서 30대 중반 사이. 영리하고, 아버지상이 실종된 결손 가정 출신. 어렸을 때 신체적, 정신적으로 학대당한 것으로 추정. 범인은 혼자입니다. 그러나 범인이 혼자 산다는 뜻은 아니에요. 결혼했을 수도 있습니다. 대인 관계에 능하기 때문입니다. 그는 이중적인 삶을 살고 있을 거예요. 세상 사람들이 보는 평범함 이면에 이러한 어두운 면을 가지고 있지요. 그는 강박관념에 사로잡혀 있고, 관음증도 있습니다."

"나와 같이 일하는 게으름뱅이 동료와 절반은 비슷한 것 같군."

마리노가 냉소적으로 중얼거렸다.

웨슬리는 어깨를 으쓱하며 말했다.

"마리노, 난 지금 허공에 대고 총을 쏘고 있는지도 몰라. 아직 철저하게 분석하지는 못했어. 범인은 어머니와 같이 살고 있는 인생 낙오자일 수도 있고, 감옥을 제집처럼 드나드는 자일 수도 있지. 시내에 있는 큰 경보장치 회사에서 근무하고 있거나 전과나 정신이상 병력이 전혀 없는 사람일 수도 있고. 그는 주로 밤에 협박 전화를 한 것 같네. 낮에 걸려온 전화는 한 건뿐이었는데, 토요일이었지. 베릴은 집에서 글을 썼기 때문에 대개는 집에 있었네. 그는 자신이 편한 시간이나 그녀가 집에 있을 것 같은 시간에 전화를 했지. 아마도 오전 9시부터 오후 5시까지 일하고 주말에는 근무하지 않는 보통 직장인일 거라는 생각이 지배적이야."

"범인이 근무 중에 전화하지 않았다면 그렇겠군."

마리노가 덧붙였다.

"그럴 가능성은 얼마든지 있지."

웨슬리가 말을 받았다.

"나이는 어떤가요? 방금 전에 말한 나이보다 더 많을 수도 있지 않을까요?"

내가 물었다.

"그렇죠. 모든 가능성을 고려해야 합니다."

나는 커피를 한 모금 마셨다. 커피는 이미 식어 있었다. 나는 마크가 말했던 베릴의 계약서 분쟁과 캐리 하퍼와의 의심쩍은 관계에 대해 두 사람에게 말해주었다. 얘기를 끝까지 들은 웨슬리와 마리노는 의아한 눈빛으로 나를 바라보았다. 우선 시카고의 변호사가 한밤중에 갑작스럽게 들이닥친 것이 이상한 모양이었다. 두 번째로는 내가 갑자기 화제를 바꾸었기 때문이었다. 마리노와 웨슬리는 베릴의 죽음에 어떤 동기가 있다고는 생각해보지 않았을 것이다. 나도 마찬가지였다. 변태성욕자가 저지른 살인 사건에는 대개 별다른 동기가 없다. 그들은 기회가 주어지면 그저 즐기기 위해 살인을 저지를 뿐이다.

"내 동료 중 한 명이 윌리엄스버그의 경찰이오. 그의 말에 의하면, 하퍼는 꼭꼭 숨어 사는 은둔자라고 하더군. 구형 롤스로이스를 타고 다니고 어느 누구와도 말하지 않는다는 거요. 강변의 저택에 사는데 아무도, 아무것도 집에 들어오지 못하게 한다는군. 그리고 그자는 늙었소, 박사."

마리노의 말에 나는 반박했다.

"그렇게 늙지는 않았어요. 50대 중반이니까. 하지만 은둔자라는 말은 맞아요. 그는 누이와 살고 있을 거예요."

웨슬리의 얼굴이 긴장으로 굳어졌다.

"아주 복잡한 문제군. 마리노, 얼마나 복잡한지 한번 보게. 하퍼가 이 사건과 아무 상관이 없다 해도 그러면 베릴의 편지에 나오는 M이 누구일지 추측할 수 있을 거네. M이라는 사람이 친구이든 애인이든 베릴과 잘 아는 사람임은 분명해. M이 누구인지 알아낸다면 진전이 있을 거야."

마리노는 웨슬리의 말에 시큰둥한 표정을 지으며 대꾸했다.

"나도 소문은 들어서 알고 있지. 하퍼는 나와 얘기하려 들지 않을 거고, 아마 나도 억지로 그의 입을 열게 할 수는 없을 것 같네. 그리고 하퍼에게 동기가 있었다 해도 나는 그를 용의자라고 생각지 않아. 그가 살해했다면 금방 해치웠을 거야. 왜 9개월, 10개월 동안 끌겠나? 그리고 하퍼가 범인 이라면 베릴은 금방 목소리를 알아차렸을 거야."

"하퍼가 누군가를 고용했을 수도 있지 않을까?"

웨슬리가 말했다. 그러자 마리노가 바로 맞받았다.

"만약 그렇다면 뒤통수에 총구멍이 아홉 군데나 난 그녀의 시체를 일주일은 지나서야 찾았을 거야. 살인 청부업자들은 희생자를 미행하지도, 전화를 걸지도, 칼을 사용하지도, 강간하지도 않으니까."

"대부분의 청부업자들은 그렇지. 하지만 강간했는지는 확신할 수 없네. 정액이 검출되지 않았으니까."

웨슬리는 사실을 확인하기 위해 나를 쳐다보았다. 내가 맞다며 고개를 끄덕이자 웨슬리가 말을 이었다.

"범인은 성불구자일지도 모르지. 성불구자가 범행을 위장했을 수도 있어. 실제로는 그렇지 않지만 강간당한 것처럼 꾸미는 거지. 모든 상황은 누구를 고용했느냐에 따라 달라진다네. 예를 들어 베릴이 하퍼와 심하게 논쟁하던 도중 총격을 받아 사망했다면, 경찰은 하퍼를 첫 번째 용의자로 지목했을 거야. 그러나 가학적 변태성욕자가 저지른 사건으로 보이면 아무도 하퍼를 용의자로 생각하지 않을 걸세."

마리노는 책장을 뚫어지게 바라보고 있었다. 살집 좋은 그의 얼굴이 벌겋게 달아올랐다. 그는 심기가 불편해 보이는 눈빛으로 나를 쳐다보며 말했다.

"베릴이 쓰고 있던 책에 대해선 더 아는 것이 없소?"

"이미 말한 게 전부예요. 자전적인 소설로, 하퍼의 명성을 위협할 수 있다는 것 정도예요."

"베릴이 키웨스트에서 썼던 것이 바로 그거요?"

"그렇게 추정하고 있어요. 확신할 수는 없지만."

내 대답에 마리노는 잠시 머뭇거리더니 말을 이었다.

"이렇게 말하긴 싫소만, 그녀 집에서 그런 것은 발견되지 않았소이다."

마리노의 말에 웨슬리조차 놀란 표정이었다.

"그럼 침실에 있던 원고는 뭔가?"

웨슬리의 질문에 마리노는 담배를 찾아 입에 물며 대답했다.

"대충 훑어보았는데, 남북전쟁과 로맨스 나부랭이를 다룬 소설이었어. 박사가 말한 그 소설은 아닌 것 같아."

"제목이나 날짜 같은 것은 쓰여 있지 않았나요?"

내가 물었다.

"없었소. 게다가 처음부터 끝까지 있는 것 같지도 않았고. 이 정도 두께였소."

마리노는 대략 2센티미터 정도를 손가락으로 재 보였다.

"여백에는 주석이 잔뜩 달려 있고, 손으로 직접 쓴 원고도 열 페이지가 넘었소."

마리노가 덧붙이자 웨슬리가 말을 받았다.

"그 자전적인 소설을 찾으려면 그녀의 원고들, 컴퓨터 디스켓 등을 다시 한 번 점검해보는 것이 좋을 것 같습니다. 소속 출판사와 편집 담당자가 누구인지도 알아보고요. 베릴은 키웨스트를 떠나기 전 누군가에게 우편으로 보냈을 수도 있습니다. 우리가 확인해야 하는 것은 그녀가 그 원고를 리치먼드에 가지고 왔는지 하는 것입니다. 만약 가져왔다면 아주 중요한 단서가 될 겁니다."

말을 마치고 손목시계를 쳐다보던 웨슬리가 양해를 구하며 의자에서 일어섰다.

"5분 후에 다른 약속이 있어서요."

웨슬리는 우리를 로비까지 배웅해주었다.

마리노는 내가 괜찮다고 하는데도 굳이 차 있는 곳까지 나를 바래다주었다.

"늘 눈을 똑바로 뜨고 다니시오."

그는 또다시 '길을 걸을 때의 유의 사항'에 대해 말했다. 예전에 수도 없이 들은 내용이었다.

"여자들은 대부분 아예 그런 생각조차 하지 않소. 길을 걸으면서도 행여 누가 지켜보고 있진 않은지, 누가 따라오고 있진 않은지 염두에 두지 않지. 차 가까이 가서 열쇠를 꺼낼 때에는 차 밑에 이상한 것이 없는지 꼭 확인하시오, 박사. 알겠소? 여자들은 왜 그런 생각을 안 하는지 정말 놀랍다니까. 박사, 만약 차를 몰고 가는데 누군가 따라온다면 어떻게 하겠소?"

나는 마리노의 질문을 못 들은 척했다.

"그럴 때는 제일 가까운 소방서로 가시오. 알겠소? 왜냐하면 소방서에는 항상 사람이 있기 때문이지. 크리스마스 새벽 2시라도 마찬가지오."

신호등이 바뀌기를 기다리며 나는 자동차 열쇠를 찾기 시작했다. 내 자동차 와이퍼 밑에 직사각형 종이가 끼어 있는 게 보였다. 왠지 불길했다. 이런, 주차비가 충분하지 않았나?

"범인들은 사방에 깔려 있소. 집으로 돌아가는 길에도 잘 살피고 쇼핑할 때도 주의하시오."

마리노는 계속 잔소리를 늘어놓았다. 나는 마리노를 쏘아본 다음 서둘러서 횡단보도를 건너갔다. 내 차 앞에 도착하자 마리노는 이렇게 말했다.

"이봐요, 나한테 너무 짜증 내지 말아요. 알겠소? 언젠가는 내가 당신을 수호천사처럼 지켜주는 걸 행운으로 느낄 거요."

내가 지불한 주차 요금에서 15분이 초과되어 있었다. 나는 와이퍼에 꽂혀 있는 종이를 집어 들어 마리노의 셔츠 주머니에 쑤셔 넣으며 말했다.

"마리노 경위님, 내 수호천사이시니 본부에 가서 이것 좀 처리해주시겠어요?"

차가 출발할 때까지 마리노는 나를 노려보고 있었다.

03
은둔자

열 블록을 지난 후 나는 자동 주차 요금기가 있는 주차장에 차를 세우고 마리노에게 부탁했던 초과 요금을 요금기에 지불했다. 나는 주 정부 차량인 내 자동차의 대시보드 위에 '법의관'이라 쓰인 빨간 표지판을 올려놓았다. 교통경찰은 보이지 않았다. 몇 달 전, 어떤 배짱 좋은 교통경찰을 본 적이 있다. 경찰의 요구로 살인 사건 현장을 검증하고 있었는데, 그 교통경찰은 현장 검증을 하고 있는 나를 불러내 주차 위반 스티커를 발부한 것이다.

서둘러 계단을 올라간 나는 유리문을 밀고 시립 도서관 주 열람실로 들어갔다. 사람들은 소리 없이 움직이고 책상 위에는 책들이 수북이 쌓여 있었다. 나는 어렸을 때부터 도서관의 조용한 분위기에 경외감을 느끼곤 했다. 열람실 대각선 건너편에 있는 자동 색인 컴퓨터를 이용해 나는 베릴 매디슨이 다양한 필명으로 출간했던 책을 검색한 다음 제목들은 따로 적어두었다. 가장 최근에 발표한 작품은 남북전쟁이 무대인 역사소설이었는데, 에디스 몬터규라는 필명으로 1년 반 전에 출간된 것이었다. 문득 마크가 옳을 수도 있다는 생각이 들었다. 살인 사건과 그녀의 소설 사이에는 아무런 연관이 없을지도 모른다.

지난 10년 동안 베릴은 여섯 권의 소설을 출간했다. 그 가운데 귀에 익은 소설은 하나도 없었다.

소설을 조사한 다음 나는 컴퓨터로 정기 간행물을 찾아보았다. 아무것도 없었다. 베릴은 책만 집필했던 것이다. 잡지 기고도 하지 않은 듯했고, 그녀에 대한 인터뷰 기사를 실은 잡지도 전혀 없었다. 신문은 그보다는 나을 것 같았다. 지난 3~4년 동안 〈리치먼드 타임스〉에는 그녀의 작품에 대한 서평이 서너 번 실려 있었다. 하지만 서평에는 작가의 필명만 언급되었기 때문에 범인에게는 아무런 소용이 없었을 것이다. 베릴을 죽인 살인범은 그녀의 본명을 알고 있었다.

흐릿한 스크린이 수없이 지나갔다. '매벌리', '매이컨' 그리고…… 드디어 '매디슨'이 나왔다. 작년 11월호 〈타임스〉에는 베릴에 대한 다음과 같은 짧은 기사가 실려 있었다.

작가 강연회

소설가 베릴 스트래턴 매디슨은 이번 수요일 '미국 애국여성회'를 대상으로 강연을 한다. 장소는 메인 앤드 애덤스 가에 있는 제퍼슨 호텔. 퓰리처상 수상 작가 캐리 하퍼의 후원을 받고 있는 매디슨은 미국혁명과 남북전쟁을 배경으로 한 역사소설로 잘 알려진 작가다. 강연 주제는 '사실을 위한 도구로서 신화의 존립 근거'다.

필요한 정보를 옮겨 적으면서 꽤 오랜 시간 도서관에 머물렀다. 베릴의 책을 제자리에 꽂아두고 도서관에서 나온 나는 사무실로 들어와 서류를 훑어보는 일로 하루를 보냈다. 신경은 온통 전화기로 향해 있었다. 나는 '네가 상관할 일이 아니야'라며 중얼거렸다. 나는 내가 담당하는 법정 업무와 경찰 업무를 구분 짓는 경계선을 잘 알고 있었다.

아래층 로비의 맞은편 엘리베이터 문이 열렸다. 관리인들이 큰 소리로 떠들며 나오더니 엘리베이터 근처에 있는 관리실로 들어갔다. 그들이 도착하는 시간은 늘 6시 30분경이었다.

나는 명단에 적어놓은 J. R. 맥티규 부인의 자동 응답 전화기에 메시지를 남겼다. 그녀는 예약한 일정이 많아서인지 회답이 없었다. 내가 적어온 전화번호는 '미국 애국여성회(DAR, Daughters of the American Revolution, 독립전쟁 때 싸운 이들의 자손들로 구성된 단체–옮긴이)' 사무실 번호인지도 몰랐다. 그 사무실은 오후 5시면 문을 닫는다.

그때 전화벨이 울렸다. 나는 벨이 울리자마자 수화기를 집어 들었다. 수화기 건너편에서 아무 말이 없자 내가 먼저 물었다.

"맥티규 부인이신가요?"

"네, 맞습니다."

이미 너무 늦었다. 이제 직접 물어보는 수밖에 없다.

"맥티규 부인, 저는 스카페타 박사라고 합니다."

"누구시라고요?"

"스카페타 박사입니다. 베릴 매디슨의 사인을 조사하고 있는 법의관입니다."

"어머, 저런! 신문에서 읽었어요. 세상에, 그녀는 얼마나 예쁘고 사랑스러웠는지 몰라요. 그 소식을 들었을 때 도저히 믿기지가 않았어요."

"작년 11월 DAR 모임 때 그녀가 강연을 했다고 들었습니다."

"그녀가 강연을 수락했을 때 우리는 무척 흥분했었지요. 그녀는 강연 같은 행사를 거의 안 하거든요."

맥티규 부인은 목소리로 보아 상당히 나이를 먹은 것 같았다. 뭔가 잘못되어가고 있다는 느낌이 들었다. 다음 순간 그녀의 말을 들은 나는 깜짝 놀랐다.

"베릴은 누군가의 부탁으로 강연을 수락했어요. 그 부탁 때문에 강연을 수락한 거죠. 내 남편이 캐리 하퍼 씨의 친구거든요. 그 소설가에 대해서는 들어보셨죠? 내 남편이 그 일을 주선했어요. 남편은 그 일이 내게 얼마나 중요한지 알고 있었답니다. 내가 베릴의 소설을 무척 좋아했으니까요."

"죄송하지만…… 사시는 곳은 어디입니까, 맥티규 부인?"

"가든스입니다."

체임버레인 가든스는 은퇴한 노인들이 모여 사는 고급 아파트로 시내에서 멀지 않은 곳에 있었다. 지난 3~4년간 나는 가든스에서 일어난 몇몇 사건들을 담당했었다.

"퇴근길에 잠시 찾아봬도 괜찮겠습니까?"

"네, 그렇게 하세요. 전 괜찮습니다. 성함이……?"

나는 천천히 내 이름을 불러주었다.

"378호예요. 아파트 로비에서 엘리베이터를 타고 3층으로 올라오시면 돼요."

나는 맥티규 부인에 대해 이미 많은 것을 알고 있었다. 그녀가 사는 동네 때문이었다. 체임버레인 가든스는 사회보장제도에 의존하지 않고 살아가는 노인들을 위한 고급 아파트였다. 보증금도 상당했고, 월세도 웬만한 곳의 보증금보다 훨씬 비쌌다. 노인 전용 고급 아파트들이 그렇듯, 체임버레인 가든스는 금으로 화려하게 장식한 새장 같았다. 아무리 아름답고 살기 좋은 곳이라 해도 진심으로 그곳에서 살고 싶어 하는 사람은 없었다.

도심 서쪽에 자리 잡은 가든스는 벽돌로 지은 고층 건물이었는데, 호텔과 병원을 섞어놓은 것 같았다. 나는 방문자 주차장에 차를 세우고 불이 환하게 켜진 로비 쪽으로 갔다. 이 건물의 주 출입구임이 틀림없는 것 같았다. 로비에는 윌리엄스버그의 전경이 담긴 그림이 걸려 있고 실크로 만든 조화를 가득 꽂아놓은 커다란 크리스털 화병이 여러 개 놓여 있었다. 양쪽 벽에 걸린 붉은 카펫은 수제가 아닌 기계로 찍어낸 동양 카펫이었다. 머리 위에는 놋쇠로 만든 샹들리에가 걸려 있었다. 긴 의자 위에 한 노인이 지팡이를 쥔 채 앉아 있었는데, 영국식 트위드 모자 아래 자리한 노인의 눈빛이 공허해 보였다. 노쇠한 한 할머니는 보행기를 이용해 겨우겨우 로비 가운데를 지나갔다.

프런트 데스크에 올려놓은 화분 너머엔 젊은 남자가 지루한 표정으로 앉아 있었다. 그는 내가 엘리베이터로 향하는데도 아무런 주의를 기울이지 않았다. 승강기 문은 열릴 때는 물론 닫힐 때도 시간이 한참 걸렸다. 타고 내리는 동작이 더딘 노인들을 배려한 것이었다. 엘리베이터 안에는 나 혼자뿐이었다. 3층 버튼을 눌렀다. 엘리베이터 안에는 근처 박물관이나 농장 방문 일정, 각종 결연 클럽과 문화 예술 강습 안내문, 유대인 사회 센터에 보낼 뜨개질 작품 접수 마감 날짜 따위의 공고문들이 붙어 있었다. 나는 그것들을 멍하니 바라보았다. 대부분은 이미 날짜가 지난 것들이었다. 은퇴한 노인들이 사는 아파트의 이름은 대개 서니랜드, 셸터링 파인스, 체임버레인 가든스처럼 묘지에 어울릴 듯한 이름이었다. 나는 그것이 약간 거북하게 느껴졌다. 문득 어머니가 떠올랐다. 나는 어머니가 혼자 살 수 없게 되면 어떻게 할지 아직 생각해보지 않았다. 가장 최근에 통화했을 때, 어머니는 고관절 대체 수술에 대해 말씀하셨다.

맥티규 부인이 사는 378호는 복도 왼쪽 중간쯤에 있었다. 노크를 하자 곧 노쇠한 부인이 나왔다. 듬성듬성 나 있는 머리는 꼬불꼬불하게 파마를 했는데 빛바랜 종이처럼 누랬다. 맥티규 부인은 입술에 립스틱을 바르고, 헐렁한 흰색 카디건 스웨터를 걸치고 있었다. 꽃향기가 나는 향수 냄새와 치즈 비스킷을 굽는 냄새가 동시에 났다.

"케이 스카페타라고 합니다."

"오, 이렇게 와주다니 반가워요."

그녀는 내 손을 가볍게 다독이며 말했다.

"차 드시겠어요, 아니면 술을 한잔 하시겠어요? 말씀만 하세요. 뭐든 다 있으니까. 나는 포트 와인을 마시고 있었어요."

거실로 안내한 맥티규 부인은 내게 안락의자를 권하며 물었다. 그녀는

TV를 끈 다음 스탠드를 하나 더 켰다. 거실은 마치 오페라 〈아이다〉의 무대처럼 무척 화려했다. 빛바랜 페르시아산 카펫 위에는 의자 여러 개와 서랍 달린 둥근 앤티크 테이블, 책이 가득 꽂힌 책장 등 마호가니 가구들이 빈틈없이 놓여 있었다. 벽 모서리에 자리한 장식장에는 본차이나 도자기와 다양한 술잔들이 가지런히 진열되어 있고, 벽에는 어두운 색조의 회화 작품 몇 점과 수집한 듯한 설렁줄, 브래지어스 러빙이 빼곡하게 걸려 있었다.

맥티규 부인은 포트 와인이 담긴 크리스털 술병과 와인잔 두 개가 놓인 쟁반을 들고 왔다. 집에서 직접 구운 치즈 비스킷을 담은 조그마한 접시도 놓여 있었다. 그녀는 와인잔을 채운 다음 비스킷 접시와 레이스로 장식된 리넨 냅킨을 내게 건네주었다. 오래된 냅킨은 깨끗하게 다림질되어 있었다. 맥티규 부인은 마치 긴 시간이 걸리는 의식을 행하는 것 같았다. 그녀는 의식을 마치고 낡은 소파의 가장자리에 앉았다. 아마 하루 종일 저 소파에 앉아 책을 읽거나 TV를 볼 것이다. 방문 목적이 그다지 사교적이지는 않지만, 그녀는 손님이 찾아온 것이 기분 좋은 모양이었다.

"이미 말씀드렸듯이, 저는 베릴 매디슨 사건을 담당하고 있는 법의관입니다. 경찰에서도 그녀의 살인 사건을 조사하고 있지만, 현재로서는 베릴과 그녀의 주변 인물들에 대해 아는 것이 거의 없습니다."

맥티규 부인은 포트 와인을 한 모금 마셨다. 그녀의 얼굴에는 표정이 없었다. 경찰이나 변호사와 늘 직선적으로 대화하는 데 익숙해진 나는 다른 사람들과 얘기할 때는 매끄럽게 해야 한다는 사실을 깜빡하곤 했다. 비스킷은 버터를 듬뿍 넣어 맛이 아주 좋았다. 나는 그녀에게 비스킷이 아주 맛있다고 말했다.

"어머, 고마워요. 맘껏 드세요. 얼마든지 있으니까."

그녀의 입가에 미소가 번졌다. 나는 다시 본론으로 돌아갔다.

"맥티규 부인, 협회 강연에 초청하기 이전부터 베릴 매디슨과 알던 사이였나요?"

"네, 적어도 간접적으로는 알고 있었어요. 오랫동안 그녀의 팬이었거든요. 그녀의 소설을 아주 좋아했답니다. 내가 특히 좋아하는 장르는 역사소설이에요."

"베릴이 쓴 작품인지 어떻게 아셨나요? 책은 그녀의 필명으로 출간되었어요. 책표지나 저자 후기에도 작가의 본명은 나와 있지 않은데……."

나는 도서관에서 베릴의 책을 대충 훑어본 기억을 되살려 이렇게 물어보았다.

"그렇지요. 실제로 베릴 매디슨이 누구인지 아는 사람은 몇 명 없어요. 나는 그녀를 아는 몇 안 되는 사람 가운데 하나일 거예요. 조 덕분이지요."

"남편 말입니까?"

"네. 조는 하퍼 씨의 진정한 친구였어요. 두 사람은 남편의 사업을 통해서로 알게 되었지요."

"남편은 어떤 사업을 하셨나요?"

맥티규 부인은 생각보다 훨씬 분별력이 있는 것 같았다.

"건설업을 했어요. 하퍼 씨가 커틀러 그로브를 구입했을 때 대대적으로 수리를 해야 했어요. 조는 현장 업무를 감독하면서 거의 2년 동안 그곳에서 지냈지요."

나는 이제 사건을 연관시켜 생각해야 했다. 맥티규가 운영하던 회사는 리치먼드에서 가장 큰 규모의 건설 회사로 버지니아 주에 여러 개의 사무실을 두고 있었다.

"15년 전 일이에요. 남편은 그곳에서 일하면서 베릴을 처음 알게 되었어요. 베릴은 하퍼 씨와 함께 그곳을 둘러보러 여러 번 왔었고 곧 그곳으로 들어와 살았어요. 하퍼 씨가 아름답고 재능이 뛰어난 젊은 여류작가를 입양했다고 조가 말했던 기억이 납니다. 그녀는 고아였던 것 같아요. 그 비슷한 슬픈 사연이 있다는 얘기를 들은 기억이 나요. 물론 이 모든 사실은 비밀이었지요."

맥티규 부인은 조심스럽게 와인잔을 내려놓더니 느린 걸음으로 거실을 가로질러 서재로 갔다. 그녀는 서랍에서 보통 크기의 누런 봉투를 꺼내더니 내게 내밀었다. 그녀의 손이 떨렸다.

"내가 가지고 있는 유일한 사진이에요."

봉투 안에는 두꺼운 흰 종이로 여러 겹 싼 사진이 들어 있었다. 종이를 풀자 오래되어 약간 빛이 바랜 흑백 사진 한 장이 나왔다. 아주 예쁜 금발의 10대 소녀 양옆으로 두 남자가 서 있었다. 그들은 햇볕에 그을린 모습으로 외출복을 입고 있었다. 세 사람은 서로 가까이 붙어 선 채 눈부신 태양빛 때문에 눈을 찡그리고 있었다.

"이 사람이 남편 조예요."

맥티규 부인은 소녀 왼쪽에 서 있는 남자를 가리키며 말했다. 나는 베릴 매디슨을 한눈에 알아볼 수 있었다. 조의 카키색 남방 소매는 팔꿈치까지 걷어 올려져 있었다. 드러난 팔은 근육질이었다. 그의 눈은 넓은 모자의 챙에 가려 잘 보이지 않았다. 베릴의 오른쪽에는 백발인 거구의 남자가 서 있었다. 맥티규 부인은 그가 하퍼 씨라고 했다.

"조가 그 집 공사를 하고 있을 때 강가에서 찍은 사진이에요. 하퍼 씨는 그때도 백발이었지요. 아마 당신도 그 이야기를 들었을 거예요. 《뾰족한 모서리(The Jagged Corner)》라는 작품을 쓰는 동안 머리가 하얗게 셌다고 하더군요. 그때 그는 겨우 30대 초반이었어요."

"커틀러 그로브에서 찍은 사진인가요?"

"네, 맞아요."

내 머릿속에서는 사진에서 본 베릴의 얼굴이 떠나지 않았다. 소녀치고는 지나치게 사려 깊고 조숙한 모습이었다. 뭔가 강렬하게 열망하는 듯한, 슬퍼 보이는 얼굴을 보자 학대당하고 버림받은 어린아이들이 떠올랐다.

"그때만 해도 베릴은 앳된 소녀였지요."

맥티규 부인이 말했다.

"열여섯, 열일곱 정도로 보이는군요."

"맞아요. 그 또래였어요."

나는 사진을 다시 흰 종이로 싼 다음 봉투에다 집어넣었다. 맥티규 부인은 내 모습을 유심히 바라보며 말했다.

"조가 이 사진을 건네주기 전까지 나는 이 사진이 있는지도 몰랐어요. 공사를 하던 인부가 찍었을 거예요."

맥티규 부인은 봉투를 다시 서랍 속에 집어넣고 자리에 앉으며 말했다.

"조가 하퍼 씨와 아주 가까워진 이유는 남의 일에 전혀 간섭하지 않는 남편의 강직한 성격 때문이었을 거예요. 나에게조차 말하지 않은 것도 많을 거예요."

그녀는 쓸쓸하게 미소 지으면서 벽 쪽을 바라보았다.

"베릴의 책이 출간되었을 때 하퍼 씨는 남편분께 그 얘기를 했겠군요."

벽을 보고 있던 그녀는 다시 내게 시선을 돌렸다. 그녀는 놀란 표정이었다.

"남편은 그녀의 책이 출간된 것을 어떻게 알았는지 말해주지 않았어요. 참, 스카페타 박사라…… 참 사랑스러운 이름이군요. 스페인 이름인가요?"

"이탈리아 이름입니다."

"오! 그렇다면 요리는 정말 잘하겠군요."

"요리하는 걸 즐길 뿐이에요."

나는 포트 와인을 한 모금 마시고 다시 말을 이었다.

"제 생각엔 하퍼 씨가 베릴의 책에 대해 남편분과 얘기를 나누었을 것 같은데요."

"그렇게 생각하다니, 호기심이 굉장히 많군요. 나는 한 번도 그런 생각을 해본 적이 없어요. 하지만 하퍼 씨가 남편에게 무언가 말했을지도 모르겠군요. 맞아요, 그렇지 않다면 어떻게 남편이 베릴이 책을 출간했는지 알 수 있었겠어요? 《영광의 깃발(Flag of Honor)》 초판이 나왔을 때 조는 그 책을 내게 크리스마스 선물로 주었어요."

맥티규 부인은 다시 자리에서 일어나 책장을 뒤적이더니 두꺼운 책을 꺼내어 나에게 가져다주었다. 작가의 서명이 있는 책이라고, 부인은 자랑스럽게 덧붙였다.

나는 책을 펼쳤다. '에밀리 스트래턴'이라는 서명이 있었다. 10년 전 12월에 한 서명이었다.

"베릴의 첫 작품이군요."

나의 말에 맥티규 부인의 얼굴이 환해졌다.

"그녀가 직접 사인해준 몇 안 되는 책 가운데 한 권이에요. 아마 조가 하퍼 씨를 통해 구했을 거예요. 그 외에는 다른 방법이 없으니까요."

"베릴이 서명해준 다른 책들도 가지고 계신가요?"

"없어요. 하지만 베릴이 쓴 책은 모두 가지고 있지요. 대부분 두세 번은 읽었을 거예요."

맥디규 부인은 삼시 머뭇거리더니 눈을 크게 뜨며 내게 물었다.

"그런데…… 신문에 보도된 그대로인가요?"

나는 고개를 끄덕였다. 그렇지만 모든 사실을 말하고 싶지는 않았다. 베릴의 죽음은 신문에 났던 어떤 살인 사건보다 훨씬 더 잔혹했다.

맥티규 부인은 치즈 비스킷을 하나 집어 들었다. 한순간, 그녀의 눈에 눈물이 고인 것 같았다. 나는 부인에게 말했다.

"작년 11월에 있었던 일을 말씀해주세요. 베릴이 협회에 강연하러 온 것은 거의 1년 전 일이더군요. '미국 애국여성회'를 대상으로 한 강연이었지요?"

"해마다 갖는 작가 초청 오찬회가 있어요. 한 해 행사의 하이라이트죠. 주로 유명한 작가를 초청합니다. 순서에 따라 내가 오찬회 진행을 맡게 되었어요. 오찬회 준비도 하고 작가도 섭외하는 거예요. 나는 처음부터 베릴을 초청하고 싶었어요. 하지만 바로 장애물에 부딪히고 말았지요. 어떻게 그녀에게 연락할지 도무지 방법을 알 수 없었던 거예요. 그녀의 전화번호도 알 수 없었고 어디 사는지도 몰랐어요. 그녀가 리치먼드에 살고 있을 거라고는 생각조차 못 했지요. 그래서 하는 수 없이 남편에게 도움을 청했죠."

맥티규 부인은 어색한 웃음을 짓더니 말을 이었다.

"사실 난 나 혼자서 일을 해결하고 싶었어요. 그때 마침 조도 무척 바빴거든요. 아무튼 어느 날 밤 조가 하퍼 씨에게 전화를 하자 다음 날 아침 바로 전화가 왔어요. 얼마나 놀랐는지…… 아마 그 순간을 영원히 잊지 못할 거예요. 베릴이 자기소개를 하는데 나는 그만 말문이 막혀버렸답니다."

그래, 베릴의 전화번호! 베릴의 전화번호가 등록되어 있지 않다는 사실이 갑작스럽게 떠올랐다. 이런 자세한 사항은 리드의 보고서에는 없었다. 마리노는 이 사실을 알고 있었을까?

"베릴이 강연을 수락해서 난 너무나 기뻤어요. 베릴은 일반적인 질문을 했어요. 협회 회원이 어느 정도인지 물었지요. 나는 2~3백 명쯤 된다고 했어요. 그리고 강연 시간은 얼마나 잡고 있는지도 물었어요. 그녀는 너무나 우아하고 매력적이었어요. 말은 거의 없더군요. 그녀는 보통 작가들과는 달리 자신의 책을 가져오지도 않았어요. 아시겠지만, 작가들은 늘 자신의 책을 가져오고 싶어 하거든요. 강연 후에 사인을 해주며 파는 거죠. 게다가 베릴은 강연 사례금도 거절했어요. 평범한 경우는 아니었지요. 그녀는 다정하고 겸손했어요."

"강연을 들은 회원들은 모두 여자였나요?"

맥티규 부인은 기억을 더듬더니 대답했다.

"회원 중 몇몇은 남편과 함께 왔어요. 하지만 참석자들 대부분은 여자였어요. 늘 그렇거든요."

내가 기대하던 바였다. 작년 11월, 베릴을 죽인 범인은 강연을 듣던 청중 사이에 앉아 있었는지도 모른다.

"베릴은 이런 비슷한 강연을 종종 수락했나요?"

"아니에요. 내가 아는 바로는, 적어도 이 지역에서는 없었어요. 만약 그런 일이 있었다면 내가 제일 먼저 달려갔을 겁니다. 그녀는 매우 조심스럽고, 또 즐거움을 위해 글을 쓰는 것 같았어요. 남의 이목을 끄는 것도 원치 않는 듯했죠. 그녀가 필명으로 글을 쓰는 것은 그 때문일 거예요. 그녀는 실명으로 작품을 쓰는 작가들처럼 대담하게 대중 앞에 나서질 못했어요. 조와 하퍼 씨의 관계가 없었더라면 베릴은 강연을 수락하지 않았을 거예요. 그녀로서는 아주 예외적인 일이었죠."

"남편께서는 하퍼 씨를 위해서라면 무슨 일이든 다 해주었다는 말처럼 들리는군요."

내가 의견을 말했다.

"네, 그랬던 것 같아요."

"하퍼 씨를 만나신 적이 있나요?"

"네."

"어떤 인상을 받았나요?"

"수줍음을 잘 타는 사람 같았어요. 자신을 다른 사람들보다 우월하다고 믿는 것 같았고 용모도 아주 인상적이었죠."

맥티규 부인은 허공으로 시선을 돌렸다. 그녀의 눈이 희미하게 빛났다.

"조는 하퍼 씨에게 헌신적이었어요."

"하퍼 씨를 마지막으로 본 건 언제였나요?"

"조가 죽은 지난봄이었어요."

"남편이 돌아가신 후로는 본 적이 없나요?"

맥티규 부인은 고개를 끄덕였다. 그녀의 얼굴에 잠시 비통함이 서렸는데, 그 사연은 알 길이 없었다.

캐리 하퍼와 맥티규 부인 사이에는 어떤 일이 있었을까? 나쁜 거래라도 했던 걸까? 사랑하는 남편에게 자신보다 더 큰 영향을 끼쳤기 때문일까? 혹은 단순히 하퍼가 이기적이고 무례해서일까?

"캐리 하퍼 씨는 누이와 같이 산다고 들었는데, 맞나요?"

대답 없이 입술을 지그시 깨물고 있는 맥티규 부인을 본 나는 난처해졌다. 그녀의 눈에 눈물이 고여 있었던 것이다.

나는 와인잔을 테이블 위에 올려두고 핸드백을 집어 들었다. 맥티규 부인은 나를 현관문까지 배웅해주었다. 나는 조심스럽게 다시 물었다.

"베릴이 부인이나 남편분께 편지를 쓴 적이 있나요?"

부인은 고개를 가로저었다.

"혹 베릴의 다른 친구들에 대해 아시는 게 있나요? 남편께서 그런 얘기를 한 적은……."

그녀는 다시 고개를 저었다.

"그렇다면 베릴이 M이라고 부르던 사람이 있었나요?"

맥티규 부인은 문손잡이를 잡은 채 텅 빈 복도를 슬픈 눈으로 바라보았다. 그녀의 눈은 여전히 물기에 젖어 있었다.

"베릴의 소설에는 P와 A가 나옵니다. 연합군 스파이들이지요. 이런, 오븐을 *끄지* 않았나 봐요."

그녀는 마치 강한 햇살에 눈이 부신 것처럼 눈을 깜빡였다.

"또 오세요."

"네, 그러죠."

나는 부드럽게 부인의 손을 잡으며 감사하다는 인사를 잊지 않았다.

집에 돌아오자마자 나는 어머니에게 전화했다. 늘 하시는 잔소리와 나를 사랑한다고 말하는 어머니의 강인한 목소리를 듣자 나는 안심이 되었다.

"여기는 일주일 내내 20도를 웃돌았단다. 뉴스를 보니 리치먼드는 5도 밑으로 내려갔더구나. 눈은 아직 안 왔니?"

"네. 엄마, 고관절은 어떠세요?"

"아주 좋아졌어. 덮개를 하나 짜고 있단다. 사무실에서 일할 때 무릎 위에 덮으면 좋을 거야. 루시가 네 안부를 묻더구나."

조카와 통화를 못 한 지도 벌써 여러 주가 지났다.

"루시는 요즘 학교에서 과학 실험을 하고 있단다. 뭐, 말하는 로봇이라나? 어젯밤에는 그걸 집으로 가져와서 신드바드를 놀라게 했단다. 얼마나 놀랐던지 침대 밑으로 숨어버리더구나."

신드바드는 교활하고, 사납고, 약삭빠르고, 못된 성질의 고양이였다. 어느 날 아침 어머니가 마이애미 해변에서 물건을 사고 있는데 길 잃은 그 고양이가 어머니를 졸졸 따라와 키우게 되었다. 내가 집에 갈 때마다 신드바드는 냉장고에 올라가 나를 맞아주었다. 그럴 때면 신드바드는 차가운 눈초리를 한 독수리 같았다.

"그제 내가 누굴 만났는지 어머니는 짐작도 못 하실 거예요."

나는 약간 호들갑을 떨면서 말했다. 누군가에게 말하고 싶어서 입이 근질근질했다. 어머니는 내 지나온 일들을 전부는 아니지만 대부분은 알고 계셨다.

"마크 제임스 기억나세요?"

어머니는 아무 대답이 없었다.

"지금 워싱턴에 머물고 있는데, 저희 집에 잠깐 들렀어요."

"물론 기억나고말고."

"어떤 사건에 대해 상의하려고 들른 거예요. 기억하시겠지만, 그 사람 변호사로 일해요. 시카고에서요. 일 때문에 워싱턴에 머물고 있대요……."

내 목소리는 점점 기어들어 갔다. 내가 말을 하면 할수록 어머니의 침묵은 점점 더 무겁게 나를 압박했다.

"휴, 내가 기억하는 것은 그 사람이 너를 거의 죽일 뻔했다는 것뿐이다, 케티."

어머니가 나를 케티라고 부를 때면, 나는 다시 열 살 먹은 어린아이로 되돌아가는 것 같았다.

04
사라진 원고

사무실 건물에 법과학연구소가 함께 있는 가장 큰 이점은 보고서를 기다릴 필요가 없다는 것이다. 나 같은 과학자들은 아래 연구원들이 보고서를 쓰기도 전에 이미 많은 것을 알고 있게 마련이다. 나는 정확히 일주일 전에 베릴 매디슨에 대한 증거물들을 제출했었다. 보고서가 내 책상 위에 올라오려면 아마 3~4주는 더 걸릴 것이다. 그렇지만 분석관 조니 햄은 이미 자신만의 의견을 가지고 있을 것이고 잠정적인 결론도 내렸을 것이다. 오전 일을 마친 나는 잠시 생각할 것이 있어서 커피를 들고 4층으로 올라갔다.

조니의 좁다란 사무실은 복도 끝에 있는 두 약물분석실 사이에 샌드위치처럼 끼어 있었다. 내가 사무실에 들어섰을 때 그녀는 검은색 책상에 앉아 입체현미경을 들여다보고 있었다. 팔꿈치 옆에는 깔끔하게 메모해 둔 용수철 노트가 놓여 있었다.

"내가 방해한 건가?"

내가 물었다.

"아뇨, 잘 오셨어요."

그녀가 고개를 돌리며 말했다. 나는 의자를 끌어당겨 앉았다.

조니는 짧게 커트한 검은 머리에 검은 눈을 가진 자그마한 체구의 젊은 여성이다. 야간에는 박사 과정을 밟고 있는 학생이자 두 아이의 엄마이기도 했다. 그녀는 늘 지치고 힘겨워 보였다. 하기는 대부분의 연구소 직원들도 지쳐 보이기는 마찬가지였다. 나 역시 피곤해 보인다는 말을 종종 듣곤 했다.

"베릴 매디슨 사건을 조사 중인데, 뭐 알아낸 사실이라도 있어?"

"국장님이 기대하시는 것보다는 나을 거예요. 베릴 매디슨의 증거물들은 악몽 같아요."

그녀는 노트를 넘기며 말했다.

당연했다. 나는 증거물이 담긴 수많은 봉투를 건네주었던 것이다. 시체에 붙어 있던 살점은 피투성이여서 파리를 잡는 끈끈이에 달라붙은 잔여물 같았다. 특히 섬유는 검사하기가 매우 어려웠다. 현미경으로 관찰하기 전에 깨끗하게 씻어야 하기 때문이다. 각각의 섬유들을 비눗물 통에 넣어 씻은 다음 다시 커다란 초음파 통에 넣어야 한다. 피와 더러운 얼룩이 부드럽게 씻겨 빠져나가면 섬유를 필터 종이로 팽팽하게 잡아당긴다. 그런 다음 각각의 섬유는 마침내 현미경 유리 슬라이드 위에 올려진다.

조니가 노트를 자세히 들여다보며 말했다.

"제가 조사한 바에 의하면, 베릴 매디슨은 그녀의 집이 아닌 다른 곳에서 살해된 것으로 추정됩니다."

"불가능해. 베릴은 2층에서 살해되었고, 얼마 지나지 않아 경찰이 도착했어."

"그건 저도 알고 있어요. 그녀의 집에서 발견된 섬유 얘기부터 시작하죠. 피투성이의 무릎과 손바닥에서 채취한 섬유는 세 가지 종류였는데, 모두 모(毛)였습니다. 두 가지는 짙은 붉은색이고 나머지 하나는 황금색이었어요."

"2층 복도에 깔린 카펫의 섬유와 일치하는 건가?"

현장 사진이 머릿속에 떠올랐다.

"네. 경찰이 가져온 증거물과 잘 들어맞아요. 베릴 매디슨이 카펫 위에 손과 무릎을 짚었다면 그 섬유는 카펫에서 묻은 것일 거예요. 여기까지는 쉽습니다."

조니는 빳빳한 마분지로 만든 여러 권의 슬라이드 폴더를 뒤지기 시작했다. 잠시 후 그녀는 한 슬라이드 폴더를 꺼내 펼쳐놓고 속에 담긴 현미경 슬라이드를 자세히 들여다보았다.

"이 모섬유들 외에도 흰색 면섬유가 아주 많이 있습니다. 흰색 면섬유는 별 의미가 없어요. 시체를 덮은 시트에서 묻은 것일 수도 있으니까요. 이것 외에 다른 섬유가 열 가지나 더 있어요. 그녀의 머리카락, 피투성이가 된 목과 가슴, 손톱 밑에서 채취한 것들입니다. 모두 합성섬유였어요. 그런데 이 합성섬유들은 경찰이 보내준 증거물과 맞지 않았습니다."

"베릴의 옷이나 침대 커버와도 맞지 않다는 말이야?"

조니는 고개를 끄덕였다.

"전혀 맞지 않아요. 사건 현장과는 무관한 것으로 보입니다. 상처나 손톱 밑에 묻어 있었으니까 범인에 의해 옮겨졌을 가능성이 매우 큽니다."

이것은 예상하지 못한 수확이었다. 베릴의 살해 사건이 일어났던 날 밤, 필딩이 늦게나마 연락했을 때 나는 그에게 시체안치소에서 기다리라고 지시했다. 나는 새벽 1시가 조금 못 되어 도착했고, 이후 서너 시간 동안 우리는 레이저 불빛 아래에서 베릴의 시체를 검시했다. 우연히 찾아낸 모든 증거물들과 섬유들도 모아두었다. 우리는 베릴의 집에서 발견된 물건이나 옷에서 나왔을 섬유들은 별다른 가치가 없을 거라고 미리 단정 지었다. 열 가지 섬유가 범인에 의해 옮겨졌을 거라는 사실은 놀라웠다. 운이 좋을 때면 검시 과정에서 섬유 한 개쯤은 발견하곤 했다. 두세 개를 찾았을 때에는 횡재한 느낌이었다. 그러나 하나도 찾지 못하는 경우도 드물지 않았다. 섬유는 렌즈를 통해서도 찾아내기가 매우 어렵다. 시체를 약간만 움직여도, 공기가 조금만 흔들려도 안 된다. 법의관이 사건 현장에 도착하거나 시신을 시체안치소로 옮기기도 전에 섬유는 날아가 버리기 일쑤다.

"어떤 종류의 합성섬유지?"

"올레핀, 아크릴, 나일론, 폴리에틸렌, 다이넬 등인데 주종은 나일론이에요. 색깔도 다양해요. 빨강, 파랑, 초록, 주황, 황금색 등이에요. 현미경으로 봐도 서로 일치하지 않는 섬유들입니다."

조니는 현미경 재물대 위에 슬라이드를 하나씩 올려놓은 다음 렌즈를 들여다보기 시작했다. 그녀는 설명을 계속했다.

"세로로 놓았을 때, 어떤 것들은 홈이 파여 있고 어떤 것들은 파여 있지 않았어요. 대부분의 섬유에는 티타늄 다이옥사이드가 들어 있었는데 농도는 다양했습니다. 그 농도에 따라 어떤 것은 반광, 다른 것은 무광, 그리고 몇몇은 광택을 띠었어요. 다소 조잡한 것으로 보아 카펫 섬유일 것 같습니다. 하지만 단면의 모양이 제각각입니다."

"열 가지가 모두 다른 모양이란 뜻이야?"

"현재로서는 그렇게 보입니다. 이 섬유들이 모두 범인에게서 묻은 것이라면, 범인은 아주 다양한 섬유를 몸에 묻히고 다니는 사람일 거예요. 확실한 것은, 그 섬유들은 범인의 옷에서 나온 것이 아니라는 겁니다. 카펫 계통의 섬유이기 때문입니다. 검사 결과 베릴의 집에 있는 카펫에서 나온 섬유들도 아닙니다. 범인이 그렇게 다양한 섬유들을 묻히고 다니는 점도 특이합니다. 섬유는 하루 종일 우리 몸에 묻지만, 또 그만큼 쉽게 떨어져 나갑니다. 어떤 자리에 앉을 때 섬유가 묻을 수 있지만 잠시 후 다른 자리에 앉을 때면 날아가 버리지요. 혹은 바람에 의해 떨어질 수도 있고요."

나는 더욱 혼란스러워졌다. 조니는 노트의 다음 페이지를 넘기며 말을 이었다.

"진공청소기로 빨아들인 것도 현미경으로 조사해봤습니다. 마리노 형사가 카펫을 진공청소기로 빨아들인 것인데, 완전히 뒤죽박죽이었어요.

담뱃재, 담뱃갑의 상표와 일치하는 분홍색 종이 가루, 유리구슬, 맥주병이나 헤드라이트로 보이는 깨진 유리 조각 등. 그리고 보통 가정에서 나오는 작은 벌레들, 야채 부스러기, 둥근 금속 조각과 다량의 소금이 검출되었습니다."

"식탁 위에 두는 소금 말이지?"

"맞아요."

"이 모든 것이 베릴의 카펫에서 나온 건가?"

"시체가 발견된 주변에서도 나왔어요. 그리고 그와 비슷한 부스러기들이 베릴의 시체에도 묻어 있었습니다. 손톱 밑과 머리카락에요."

베릴은 담배를 피우지 않았다. 그녀의 집 안에서는 담뱃재나 담뱃갑 상표 부스러기 같은 것이 발견될 이유가 없었다. 소금은 음식과 관계가 있으므로 부엌이 아닌 2층이나 그녀의 시체에서 발견되었다는 건 의문이 아닐 수 없었다.

"마리노는 진공청소기로 빨아들인 것을 여섯 개로 나누어 가져왔는데, 모두 카펫이나 피가 묻은 부분을 진공청소기로 빨아들인 것이었어요. 먼저 그걸 검사한 후 그녀의 집 주변, 핏자국이나 저항한 흔적이 없는 곳을 진공청소기로 빨아들인 견본도 분석했습니다. 범인의 발길이 닿지 않았던 곳이라고 추정되는 장소들이었지요. 그런 곳에서 빨아들인 물체들은 확연하게 달랐어요. 앞에서 나열했던 것들은 범인이 있었던 곳으로 추정되는 장소에서만 나왔습니다. 따라서 그 부스러기들은 범인한테서 떨어진 것이 분명해요. 그의 신발이나 옷, 머리카락 등에 묻어 있었을 거예요. 그가 움직였던 장소나 그가 만졌던 물건에서는 모두 그 부스러기들이 나왔으니까."

"범인은 지저분하게 온갖 것을 묻히고 다니는 사람이겠군."

내가 혼잣말처럼 중얼거렸다.

"이 섬유들은 육안으로는 거의 보이지 않아요. 범인은 자신이 이렇게 많은 흔적을 남기고 다닐 줄은 상상도 못 할 거예요."

조니는 여느 때보다 심각하게 말했다.

나는 그녀가 직접 쓴 부스러기 조항들을 자세히 살펴보았다. 나의 경험으로 비추어보면 그렇게 많은 부스러기가 나오는 경우는 대개 두 가지로 나눌 수 있었다. 한 가지는 시체가 쓰레기장이나 길거리, 자갈이 깔린 주차장 같은 더러운 장소에서 발견되었을 경우다. 다른 한 가지 경우는 시신이 더러운 자동차 트렁크 안이나 자동차 바닥에 실려 옮겨졌을 때다. 어느 시나리오도 베릴의 경우엔 적용되지 않았다.

"색깔별로 분류해볼까? 어떤 것이 카펫 섬유고 어떤 것이 의복 섬유지?"

내가 물었다.

"여섯 가지의 나일론 섬유는 각각 빨강, 진빨강, 파랑, 초록, 연두 그리고 진초록이었어요. 초록과 진초록은 실제로는 검은색일 수 있습니다. 검정은 현미경으로 보면 검게 보이지 않으니까요. 이 섬유들은 매우 조잡한데 카펫 섬유와 일치합니다. 자동차 카펫이나 가정용 카펫에서 나온 것으로 추정됩니다."

"그렇게 추정하는 이유는?"

"제가 발견한 부스러기들 때문이에요. 예를 들어, 유리 파편들은 신호등 같은 데 사용되는 반사용 유리와 일치했어요. 둥근 금속은 자동차의 차대(車臺, 차체를 받치며 바퀴에 연결되어 있는 부분—옮긴이)에서 나온 것으로 보입니다. 자동차 아랫부분의 땜질 자국에서 떨어진 것이죠. 육안으로는 보이지 않지만 붙어 있어요. 깨진 유리 조각들도 도처에 널려 있죠. 특히 길가나 주차장에요. 사람들은 그것을 신발 바닥에 묻혀 차 안으로 옮기는 거예요. 담배 부스러기도 마찬가지 경로로 옮겨집니다. 이제 소금만 남았는데…… 베릴의 시체가 원래 차에서 발견되었을 거라고 추정하는 것도 바로 소금 때문입니다. 사람들은 맥도널드에서 햄버거를 산 다음 차 안에서 감자튀김을 먹곤 하죠. 아마 리치먼드의 모든 차량 안에는 소금이 있을 겁니다."

"조니, 이 섬유들이 자동차 카펫에서 옮겨졌다고 가정해보자고. 그래도 왜 여섯 가지의 나일론 섬유가 나왔는지는 설명되지 않아. 범인이 차 안에 여섯 종류의 카펫을 깔지는 않았을 테니까."

"물론 그럴 가능성은 없어요. 그 섬유들은 다른 장소에서 범인의 차 안으로 옮겨졌을 거예요. 카펫과 관련된 일을 했을 수도 있겠지요. 혹은 하루에도 몇 번씩 차를 갈아타는 직업을 가졌을 수도 있고요."

"세차장은 어때?"

나는 베릴의 차를 떠올리며 물었다. 베릴의 차 안팎은 티끌 하나 없이 깨끗했다.

조니는 내 질문에 곰곰이 생각했다. 앳된 그녀의 얼굴에 긴장감이 감돌았다.

"정말 그럴 수도 있겠군요. 세차장에서 일하면 손님들의 자동차 내부와 트렁크를 청소할 거예요. 하루 종일 다양한 카펫을 밟겠지요. 어떤 것들은 들어내서 청소할 겁니다. 자동차 정비공일 가능성도 있겠군요."

"좋아. 그럼 다른 네 가지 섬유 얘기를 해보지. 그것들에 대해선 어떻게 생각해?"

나는 커피를 한 모금 마신 다음 물었다. 조니는 자신의 노트를 들여다보며 말했다.

"네 가지 섬유는 각각 아크릴, 올레핀, 폴리에틸렌, 다이넬입니다. 첫 번째 세 가지는 나일론과 마찬가지로 카펫 섬유와 일치해요. 하지만 다이넬은 흔히 볼 수 없는 섬유이기 때문에 아주 흥미롭습니다. 다이넬은 주로 인조털 코트, 털 느낌이 나는 러그, 가발 등의 용도로 쓰이는데 베릴의 집에서 발견된 다이넬 섬유는 꽤 질이 좋은 것으로 보아 의복에서 나온 것 같아요."

"의복 섬유가 발견된 것은 다이넬이 유일한 거야?"

"그렇게 생각하고 있어요."

조니가 대답했다.

"베릴 매디슨은 살해될 당시 바지 정장을 입고 있었던 것으로 추정하고 있어."

"그것은 다이넬 소재가 아니에요. 적어도 바지와 재킷은 아닐 거예요. 바지 정장은 면과 폴리에스터 혼방이었어요. 그녀가 입고 있던 블라우스가 다이넬일 가능성이 높아요. 블라우스가 발견되지 않았기 때문에 알아볼 방법은 없지만요."

조니는 파일에서 다른 슬라이드를 꺼내 현미경 재물대 위에 올려놓으면서 말을 이었다.

"앞서 언급했던 주황색 섬유는 아크릴이에요. 단면의 모양이 이제까지 한 번도 보지 못했던 형태예요."

그녀는 그 모양을 직접 그려서 보여주었다. 세 개의 원이 모여 있는 형태로, 줄기 없는 세 잎 클로버를 연상시켰다. 실은 고분자 중합체를 용매에 녹여서 방사구를 통해 방출함으로써 만들어진다. 그 결과물인 가는 실의 가로 단면을 보면, 방사구의 구멍과 똑같은 모양을 하고 있다. 치약을 짤 때 치약이 튜브의 입구와 똑같은 모양으로 나오는 것과 마찬가지 이치다. 나 역시 세 잎 클로버 모양을 한 섬유를 본 적이 없었다. 아크릴은 가로로 잘라보면 대개 땅콩이나 개뼈다귀, 아령, 둥근 원, 혹은 버섯 모양을 띠고 있다.

조니는 옆으로 비켜서며 내게 자리를 내주었다.

나는 현미경의 접안렌즈를 들여다보았다. 섬유는 리본 모양의 브로치 같았다. 다양한 농도의 밝은 주황색이 검은색 티타늄 다이옥사이드 조각들과 함께 퍼져 있었다.

"보시다시피 이건 색깔도 약간 이상해요. 주황색이기는 하지만 불규칙한 데다 섬유의 광택을 없애는 무광택제가 상당히 많이 들어 있어요. 의복이나 카펫에서 나오는 대부분의 주황색 섬유는 유난히 광택이 많이 도는데 말이에요. 핼러윈 호박처럼 아주 짙은 주황색이지요."

"그럼 특이한 색상만 제외하면 카펫 섬유와 비슷하단 뜻이야?"

"그럴 수도 있어요."

나는 밝은 주황색을 어디에서 봤는지 떠올리려고 애썼다.

"도로용 안전 조끼는 어때? 밝은 주황색이고 조니가 확인한 자동차용 품들과도 연관 있지 않겠어?"

"그럴 가능성은 전혀 없어요. 도로용 안전 조끼의 소재는 대개 나일론 이나 아크릴입니다. 바람도 제대로 안 통하는 아주 조잡한 것들이 대부분 이에요. 도로 공사를 하는 인부들이나 경찰들이 입는 방풍 점퍼는 좀 더 부드럽지만 바람이 안 통하기는 마찬가지예요. 대개가 나일론이고요."

조니는 잠시 가만히 있더니 심각하게 덧붙였다.

"그리고 무광택제가 나온 것도 이상해요. 도로용 안전 조끼는 눈에 잘 띄도록 광택이 나야 하니까요."

"어쨌든 이 섬유가 아주 독특한 걸 보면 특허를 받은 것일 수도 있어. 우리는 비교할 수 있는 재료가 없지만 전문가들은 알아볼 수 있을 거야."

나는 현미경에서 물러서며 말했다.

"행운을 빌어요."

"그래. 특허권은 접근할 수가 없지. 섬유 회사가 특허를 비밀리에 유지 하는 것은 보통 사람들이 양도증명서를 비밀리에 보관하는 것과 마찬가 지니까."

조니는 팔을 뒤로 뻗어 뒷목을 가볍게 주물렀다.

"웨인 윌리엄스 사건 때 FBI가 어떻게 그런 적극적인 협조를 얻을 수 있었는지 생각할 때마다 놀라워요."

조니는 22개월 동안 애틀랜타를 떠들썩하게 했던 사건을 언급했다. 연 쇄살인범이 서른 명에 달하는 흑인 어린이들을 살해한 사건이었다. 열두 명의 희생자 시체에서 검출된 섬유가 윌리엄스의 집과 자동차에서 나온 것과 일치해 살인범을 잡을 수 있었다.

"하노웰에게 이 섬유들을 보여줄 생각이야. 특히 이 주황색 섬유 말이야."

로이 하노웰은 콴티코에 있는 현미경분석실에서 일하는 FBI 특수 요원 으로, 윌리엄스 사건 당시 섬유를 분석해낸 인물이었다. 그 이후 그에게는 캐시미어에서 거미줄처럼 가는 실까지 각국으로부터 섬유 분석 요청이 끊이지 않았다.

"행운을 빌어요."

조니는 이번에는 약간 익살스럽게 말했다.

"하노웰에게 전화해주겠어?"

"이미 검사한 거라면 하노웰은 봐주지 않을 거예요. FBI 요원들이 어떤지 국장님도 잘 아시잖아요."

"그럼 우리 두 사람 모두 전화해보자."

나는 그렇게 결정했다.

사무실로 돌아오자 대여섯 장의 전화 메시지가 있었다. 그 가운데 한 장이 눈에 들어왔다. 뉴욕 시 전화번호와 함께 다음과 같은 메모가 남겨져 있었다. '마크. 즉시 전화 요망.'

그가 뉴욕에 있다면 이유는 단 한 가지뿐일 것이다. 그는 베릴의 변호사인 스파라치노를 만나러 간 것이다. 온도프&버거는 베릴의 살해 사건에 왜 그토록 지대한 관심을 갖고 있는 걸까?

그 전화번호는 마크의 직통 전화 같았다. 신호가 떨어지자마자 그가 바로 전화를 받았다.

"당신이 마지막으로 뉴욕에 온 게 언제였지?"

마크는 대뜸 물었다.

"뭐라고?"

"정확히 네 시간 후에 리치먼드에서 뉴욕으로 오는 비행기가 있어. 논스톱이야. 탈 수 있겠지?"

"무슨 일인데 그래?"

나는 침착하게 물었다. 하지만 맥박은 이미 빨라졌다.

"전화로 자세히 의논하는 건 현명하지 않을 것 같아, 케이."

"내가 뉴욕으로 가는 것도 그다지 현명하지는 않은 것 같은데?"

내가 응답했다.

"부탁이야. 아주 중요한 일이야. 별일 아닌 일로 부탁 같은 거 안 한다는 거, 당신도 잘 알잖아."

"불가능해."

내 마음속에서는 오랫동안 억눌려 있던 감정이 꿈틀거렸다.

"오전 내내 스파라치노와 함께 있었어. 베릴 매디슨하고 당신 사무실과 관계있는 두어 가지 새로운 사실이 드러났어."

"내 사무실이라고? 내 사무실과 관계있다니, 도대체 무슨 말을 하는 거야?"

나는 더 이상 침착함을 유지하기가 힘들었다.

"부탁이야. 제발 와줘."

마크는 다시 간청했다.

나는 망설였다. 하지만 마크가 서두르는 바람에 나는 생각할 여유조차 없었다.

"라구아디아 공항에서 기다리고 있을게. 그리고 어디 조용한 곳으로 가서 얘기해. 예약은 이미 해두었어. 당신이 해야 할 일은 탑승 카운터에 가서 티켓을 찾는 것뿐이야. 호텔은 물론 모두 준비해두었어."

맙소사! 나는 수화기를 내려놓고 말았다. 그리고 나서 로즈의 사무실로 들어갔다.

"베릴 매디슨 사건과 관련된 일로 오늘 오후에 뉴욕으로 가요. 적어도 내일까지는 사무실을 비우게 될 거예요."

나는 어떤 질문도 받지 않겠다는 목소리로 단호하게 말하고는 로즈의 시선을 피했다.

내 비서 로즈는 마크에 대해서는 전혀 몰랐다. 그렇지만 뉴욕으로 날아가는 목적이 네온 광고판처럼 훤히 들여다보일 것 같아 두려웠다.

"연락할 수 있는 전화번호는 있나요?"

로즈가 물었다.

"없어요."

로즈는 즉시 일정표를 꺼내 취소해야 할 스케줄을 체크하기 시작했다.

"조금 전에 〈타임스〉에서 전화가 왔었어요. 인물 기사에 관한 거라면서 박사님 신상에 대해 물어보더군요."

순간 나는 짜증이 났다.

"무시해버려요. 그들은 베릴 매디슨 사건으로 나를 궁지에 몰아넣고 싶은 거예요. 늘 그런 식이잖아. 극도로 잔인한 사건에 대해 내가 언급을 회피할 때마다 신문 기자들은 갑자기 내가 어느 대학에 다녔는지, 개는 키우는지, 사형제도에 대한 생각은 어떤지 알고 싶어 해요. 좋아하는 색, 음식, 영화는 물론 선호하는 사망 방법까지도 알고 싶어 하죠."

"바로 취소할게요."

수화기를 들며 로즈가 중얼거렸다.

사무실에서 나온 나는 집으로 돌아와 러시아워를 피하기 위해 여행 가방에 몇 가지 물건만 대충 집어넣고 공항으로 향했다. 마크가 말했던 대로 공항에 도착하자 뉴욕행 티켓이 나를 기다리고 있었다. 그는 나를 위해 일등석을 예약해두었다. 채 한 시간도 지나지 않아 비행기에 몸을 실었다. 일등석 열에는 나 혼자뿐이었다. 나는 시바스 리갈에 얼음을 넣어 마시면서 책에 집중하려고 애썼다. 타원형 유리창 너머로 보이는 어두운 밤하늘의 구름처럼 내 마음도 자꾸만 둥실거렸다.

마크가 보고 싶었다. 업무 때문이 아니었다. 오래전에 극복했다고 믿었던 약해지는 마음 때문이었다. 나는 설렘으로 마음이 떨리기도 했고 한편으로는 그런 나 자신이 역겹게 느껴지기도 했다. 나는 그를 신뢰하지 않았다. 그렇지만 필사적으로 신뢰하고 싶었다.

그는 예전에 네가 알았던 마크가 아니야. 설령 그대로일지라도 그가 네게 어떻게 했는지 잊으면 안 돼.

그러나 내 이성이 어떤 말을 하든 내 감정은 그 말에 귀를 기울이지 않았다.

나는 베릴 매디슨의 소설 《어데어 와일스(Adair Wilds)》를 20페이지가
량 읽었지만 내용은 전혀 기억나지 않았다. 역사 로맨스 소설은 내가 좋
아하는 장르도 아니었고, 이 작품은 사실 어떤 상도 수상하지 못했다. 베
릴은 글을 잘 썼다. 이따금 그녀의 산문은 갑자기 노래가 되기도 한다. 그
러나 스토리는 느릿느릿 전개되었다. 《어데어 와일스》는 스토리가 뻔한
일종의 통속소설이었다. 그녀가 자신이 살았던 삶을 열정적으로 썼다면
문학적으로도 성공하지 않았을까. 나는 그런 의구심이 들었다.

10분 후면 착륙한다는 기장의 목소리가 갑작스럽게 흘러나왔다. 비행
기 아래로는 고속도로를 달리는 작은 불빛들과 고층 빌딩 꼭대기에서 깜
박이는 붉은 불빛이 어지럽게 점멸하고 있었다.

잠시 후 나는 짐칸에 넣어두었던 여행 가방을 꺼내 비행기 연결 통로를
지나 라구아디아 공항의 열기 속으로 들어갔다. 출구로 나가 마크를 찾기
위해 두리번거리던 나는 깜짝 놀라 고개를 돌렸다. 누군가가 내 팔꿈치를
잡은 것이다. 마크였다. 그는 미소를 띤 채 내 뒤에 서 있었다.

"맙소사."

나는 안도의 한숨을 내쉬었다.

"왜? 소매치기인 줄 알았어?"

그는 얼굴에 미소를 띤 채 장난스럽게 물었다.

"당신이 소매치기였다면 그렇게 서 있지 않았겠지."

"그랬겠지? 그런데 가방은 이게 전부야?"

나는 그렇다고 대답했다. 우리는 공항에서 빠져나와 택시를 잡았다. 택
시 운전사는 턱수염을 기르고 터번을 쓴 시크교도였다. 운전사 안내 표지
판에 의하면 그의 이름은 문자르였다. 앞좌석과 뒷좌석 사이에 두꺼운 투
명 플라스틱판이 가로막고 있어서 운전사는 마크가 고함을 친 후에야 우
리의 목적지를 알아들었다.

"아직 저녁 식사 안 했지?"

"구운 아몬드 이외엔……."

택시가 이리저리 차선을 옮기는 바람에 나는 연신 마크의 어깨에 부딪혔다.

"호텔에서 멀지 않은 곳에 아주 맛있는 스테이크집이 있대. 이곳 지리는 나도 잘 모르니까 거기서 식사하자."

나는 마크를 의식하지 않으려 애썼다. 그런데 문자르는 묻지도 않았는데 독백을 늘어놓기 시작했다. 어떻게 이 나라에 오게 되었는지, 택시를 운전한 지는 3주밖에 되지 않았고 펀자브(Punjab, 인도 북부와 파키스탄 동부에 걸친 지역 – 옮긴이)에서 운전을 배웠다는 둥, 일곱 살 때부터 트랙터를 몰기 시작했다는 둥, 아내를 얻을 생각은 없었지만 올 12월에 결혼할 계획이라는 둥 그는 잠시도 입을 쉬지 않았다.

날이 어두워지자 차들은 꼬리에 꼬리를 물고 이어졌다. 시내 중심가에 도착하자 카네기홀 입구에 이브닝드레스를 차려입은 사람들이 길게 늘어서 있는 게 보였다. 밝은 조명 아래 모피와 나비넥타이로 화려하게 차려입은 사람들을 보자 오래전 기억들이 떠올랐다. 마크와 나는 연극이나 클래식 콘서트, 오페라를 보러 다니는 걸 아주 좋아했었다.

택시는 옴니 파크 센트럴 호텔 앞에 멈추었다. 55번 가와 7번 가가 만나는 코너에 위치한 호텔은 공연장들이 모여 있는 곳에서 가까웠다. 높은 빌딩들이 환하게 불을 밝히고 있었다. 마크가 내 가방을 들어주었다. 나는 내 가방을 들고 앞서 걸어가는 마크를 따라 근사한 호텔 로비로 들어갔다. 마크는 체크인을 하고 가방을 객실로 올려보냈다. 우리는 밖으로 나와 차가운 밤공기 속을 걸었다. 오버코트를 챙겨오길 잘했다는 생각이 들었다.

우리는 세 블록을 지나 스테이크 전문 레스토랑 갤러그에 도착했다. 소에게는 악몽 같은 곳이지만, 소고기를 좋아하는 사람들에게는 환상적인 곳이었다. 정문 유리창 너머로 소의 온갖 부위를 진열해놓은 고기 저장고가 보였다. 식당 벽에는 저명인사들이 서명을 한 사진들이 빼곡히 걸려 있었다.

레스토랑 내부는 소란스러웠고 바텐더는 우리가 주문한 음료를 세차게 흔들어댔다. 나는 담배에 불을 붙인 다음 주위를 슬쩍 둘러보았다. 테이블이 다닥다닥 붙어 있는 전형적인 뉴욕의 레스토랑이었다. 우리의 왼쪽 테이블에선 두 사업가가 대화에 열을 올리고 있었고, 오른쪽 테이블은 비어 있었다. 그리고 뒤쪽 테이블에는 빼어나게 잘생긴 한 젊은 남자가 맥주를 마시며 〈뉴욕 타임스〉를 읽고 있었다. 나는 마크의 표정을 읽기 위해 오랫동안 그를 바라보았다. 그의 눈언저리에는 긴장감이 감돌았다.

"내가 이곳에 온 진짜 이유가 뭐지?"

나는 마크에게 물었다.

"그냥 당신과 저녁 식사를 같이하고 싶었어."

그가 말했다.

"진지하게 말해봐."

"난 지금 진지해. 당신도 즐겁지 않아?"

"곧 폭탄이 터질 것 같은데 어떻게 즐겁기만 하겠어?"

마크는 재킷의 단추를 풀며 말했다.

"우선 주문부터 하자. 그러고 나서 얘기해."

마크는 늘 내게 이런 식으로 말하곤 했다. 그리고 늘 나를 기다리게 만들었다. 그것은 아마 그의 변호사다운 기질일 것이다. 하지만 늘 나를 미치게 만들었다. 그는 지금도 변함이 없었다.

마크가 메뉴판을 보며 내게 말했다.

"갈비 요리 강력 추천이야. 시금치 샐러드도 주문하자. 그다지 근사한 곳은 아니지만 스테이크만큼은 이 도시에서 최고래."

"오늘 처음 온 거야?"

"응, 스파라치노가 알려줬어."

"스파라치노가 이곳을 추천한 거야? 호텔도?"

내 편집증이 발동하기 시작했다.

"물론."

마크는 아무렇지도 않다는 듯 와인 리스트를 흥미롭게 훑어보며 대답
했다.

"관리 운용 규정이야. 고객들은 뉴욕에 오면 옴니 호텔을 이용하지. 회
사까지 교통이 편리하기 때문이야."

"그리고 이곳에서 식사를 하나 보지?"

"스파라치노는 주로 공연을 본 다음 이곳에 온다고 했어. 그렇게 해서
알게 되었대."

마크가 말했다.

"스파라치노는 또 무엇을 알고 있지? 당신이 나를 만나고 있다는 것도
알고 있는 거 아냐?"

순간 마크가 고개를 드는 바람에 그와 눈이 마주쳤다. 그는 아니라고
대답했다.

"어떻게 모를 수가 있어? 당신 회사가 나를 불러들였고, 스파라치노가
호텔과 이 레스토랑을 추천했는데 말이야."

"스파라치노가 호텔을 추천한 것은 나를 위해서였어, 케이. 나 역시 머
물 곳이 필요하고 식사도 해결해야 하니까. 스파라치노는 오늘 밤 다른
두 변호사들과 함께 식사나 하자며 나를 초대했어. 하지만 난 서류를 검
토해야 한다며 둘러댔지. 그리고 스테이크집에 가서 저녁이나 먹겠다고
하자 그가 추천한 것뿐이야."

뭔가 감이 잡히는 것 같기도 했다. 내가 당황하고 있는 건지 아니면 무
기력해진 건지 알 수 없었다. 아마 양쪽 모두일 것이다. 내 여행 경비는 온
도프&버거가 아닌 마크가 지불했을 것이다. 그리고 그의 회사에선 내가
뉴욕에 와 있는지조차 모를 것이다.

웨이터가 오자 마크가 주문을 했다. 나는 급속도로 식욕을 잃어가고 있
었다.

"난 어젯밤에 이곳에 도착했어. 어제 아침 스파라치노가 나에게 연락했
더군. 당신이 짐작하는 대로 베릴 매디슨에 관한 일 때문이야."

마크는 마음이 불편해 보였다.

"그래서?"

나는 점점 불안해져서 그를 다그쳤다. 마크는 우선 숨을 깊이 내쉬었다.

"스파라치노가 당신과 나의 관계를 알고 있어. 우리의 과거에 대해서도……"

"마크, 당신은 정말 나쁜 사람이야."

"케이……."

나는 의자를 뒤로 밀고 일어나 냅킨을 테이블 위에 거칠게 내려놓았다.

"케이!"

마크는 내 팔을 잡고 자리에 앉히려고 했다. 나는 화가 나서 그를 밀쳐내고 다시 자리에 앉았다. 오래전, 조지타운 대학의 구내식당에서 마크가 선물해준 금팔찌를 그가 먹고 있던 대합 수프에 던져 넣어버린 적이 있었다. 유치한 짓이었다. 내가 그렇듯 완전히 이성을 잃고 난리를 친 적은 평생 동안 거의 없었다.

마크가 목소리를 낮추며 말하기 시작했다.

"당신이 무슨 생각을 하든 상관없어. 하지만 제발 내 얘기 좀 들어봐. 나는 우리의 과거를 이용하려는 게 아니야. 아주 복잡한 문젠데…… 당신은 전혀 모르는 일에 연관되어 있어. 하지만 당신이 지대한 관심을 가질 만한 문제야. 맹세해. 나는 당신과 얘기해서는 안 되는 입장이야. 스파라치노나 버거가 알면 아마 날 가만두지 않을 거야."

나는 아무 말도 하지 않았다. 너무 당황스러워서 아무 생각도 할 수 없었다.

그는 상체를 숙이며 비밀스럽게 말했다.

"이것부터 생각해봐. 버거는 스파라치노를 쫓고 있고, 스파라치노는 당신을 쫓고 있어."

"나를 쫓고 있다고? 나는 한 번도 그를 만난 적이 없는데, 그가 어떻게 나를 쫓는다는 거지?"

나는 어이가 없어 소리쳤다.

"다시 말하지만, 모두 베릴과 연관된 일이야. 사실을 말하자면, 스파라치노는 베릴이 작가 생활을 시작할 때부터 그녀의 담당 변호사였어. 스파라치노는 우리 회사가 뉴욕에 사무실을 열면서 합류했지. 그전에는 혼자 활동했는데 우리는 문화 연예 관련 전문가가 필요했거든. 스파라치노는 30년 넘게 뉴욕에서 활동했어. 그는 모든 곳과 관계를 맺고 있어서 많은 고객들과 일거리를 우리 회사에 물어다 주었지. 내가 앨곤퀸 레스토랑에서 점심 식사를 하면서 베릴을 처음 만났다는 얘기 했었지?"

나는 고개를 끄덕였다. 어느덧 불같이 일었던 분노는 사그라지고 있었다.

"사실 그것은 조작된 거야, 케이. 나는 그곳에 우연히 들른 게 아니야. 버거가 날 보낸 거였어."

"왜?"

레스토랑을 한 번 둘러본 다음 마크는 말을 이었다.

"버거는 걱정하고 있었어. 회사는 이제 막 뉴욕에 사무실을 연 참이야. 이 도시에서 일을 벌이고, 고객을 확보하고, 좋은 평판을 얻는다는 것이 얼마나 어려운지 당신도 잘 알 거야. 버거는 스파라치노 같은 놈이 우리 회사를 시궁창 속으로 처넣는 것을 원하지 않았던 거지."

웨이터가 샐러드를 가져오자 마크는 말을 멈추었다. 웨이터는 의식을 행하듯 코르크를 땄다. 웨이터가 따라준 와인을 마크가 시음하자 웨이터는 잔을 채웠다.

"버거는 스파라치노를 고용할 때 그가 화려한 인물이라는 것을 알고 있었어. 빨리 해치우고 빠지기, 그게 그의 스타일이야. 어떤 변호사들은 보수적이고 또 어떤 변호사들은 요란을 떨지. 문제는 서너 달 전부터 버거와 회사 사람들 몇몇이 알기 시작했다는 거야. 스파라치노가 어디까지 갈 수 있는 놈인가를. 크리스티 리그스 사건 기억나?"

잠시 생각한 끝에 그 이름을 떠올릴 수 있었다.

"미식축구 선수와 결혼했던 여배우?"

마크는 고개를 끄덕이고는 설명하기 시작했다.

"스파라치노가 그 사건을 배후에서 조종했어. 크리스티는 서너 개의 TV 광고에 출연하며 고군분투하는 모델이었지. 2년 전 이야기인데, 그 당시 레온 존스는 모든 잡지의 표지를 장식하는 운동선수였어. 그 두 사람은 파티에서 만났고, 두 사람이 함께 존스의 자동차에 타는 것을 어떤 사진기자가 포착했지. 다음 장면은, 크리스티 리그스가 온도프&버거의 로비에 앉아 있는 거야. 그녀는 스파라치노와 약속이 있었어."

"스파라치노가 그 사건의 배후란 말이야?"

나는 믿기지가 않았다.

크리스티 리그스와 레온 존스는 작년에 결혼했고 6개월 후에 이혼했다. 매일 밤 뉴스를 통해 전해지는 그들의 험악한 관계와 추악한 이혼 얘기는 세상을 떠들썩하게 만들었다.

"사실이야."

마크는 와인을 한 모금 마시며 대답했다. 나는 상황을 설명해달라고 말했다.

"스파라치노는 크리스티를 점찍었어. 그녀는 아름답고, 영리하고, 야망으로 가득 찬 여자였어. 그러나 그 당시 그녀가 하는 진짜 일은 존스와 데이트하는 거였어. 스파라치노는 그녀에게 게임 계획을 설명했어. 그녀는 결혼을 하고 싶었고, 큰돈도 벌고 싶었지. 그녀가 할 일은 존스를 거미줄에 끌어들인 다음 그들의 숨겨진 생활을 폭로하며 카메라 앞에서 울음을 터뜨리는 것이었어. 그녀는 존스가 자신을 구타한다고 고소했어. 그리고 존스가 주정뱅이에 정신질환자인 데다, 코카인에 찌들어 집 안을 뒤엎으며 폭력을 휘두른다고 털어놓았어."

"말도 안 돼."

"그다음은 당신도 알 거야. 그녀와 존스는 침을 튀기며 말싸움을 하고, 크리스티는 1백만 달러짜리 책 계약서에 사인하는 거지."

"존스에게 조금 동정이 가네."

내가 중얼거렸다.

"더 불쌍한 것은, 존스는 그녀를 진심으로 사랑했고 자신이 처한 상황을 파악할 만큼 영리하지도 못했다는 거야. 그는 운동도 시들해지더니 결국은 정신 치료를 위해 베티 포트 클리닉으로 가게 되었지. 그 이후 사람들의 관심 밖으로 사라졌어. 미국의 가장 위대한 쿼터백 선수가 철저하게 망가진 거야. 젠장, 간접적으로는 스파라치노 덕분이지. 이런 종류의 추문 폭로나 중상, 비방은 우리 회사의 스타일이 아니야. 케이, 온도프&버거는 오래된 역사를 지닌 저력 있는 회사야. 자신의 문화 연예 담당 변호사가 무슨 짓을 하는지 감을 잡은 버거는 마음이 편치 않았어."

"왜 당신 회사는 그를 해고하시 않는 거지?"

나는 샐러드를 집으면서 물었다.

"아무것도 증명할 수 없기 때문이야. 지금도 마찬가지야. 스파라치노는 흔적을 남기지 않는 법을 알고 있어. 그는 특히 이곳 뉴욕에서는 막강한 힘을 발휘하지. 온도프&버거는 지금 뱀을 손아귀에 쥐고 있는 형국이야. 어떻게 하면 뱀에게 물리지 않고 놓아줄 수 있을까, 그게 버거의 고민이지. 스파라치노는 같은 일을 계속 벌이고 있어. 스파라치노의 경력을 살펴보고 그가 맡았던 사건들을 조사해보면 정말 기절할 지경이야. 완전히 원맨쇼였어."

"예를 들어 어떤 사건 말이야?"

나는 마지못해 물어보았다.

"아주 많아. 남을 비방하는 글만 쓰던 작가가 어느 날 엘비스 프레슬리나 존 레넌, 프랭크 시내트라 같은 사람의 근거 없는 전기를 쓰겠다고 결심하는 거야. 책이 출간되면 저명인사들의 가족들은 전기 작가를 고소하고, 그 사실은 토크쇼나 〈피플〉을 통해 세상 사람들에게 알려지지. 그 책은 어마어마한 무료 광고를 통해 날개 돋친 듯 팔려나가. 빨아먹을 단물이 너무 많기 때문에 모든 사람들이 달려들기 시작하는 거야. 스파라치노의 방법은 작가들을 앞세우고 자신은 무대 뒤로 사라지는 거지. 그러고는 희생자에게 사건을 조장할 뒷돈을 대주는 거야. 그러면 모든 것은 계획한 대로 감쪽같이 진행되지."

"무엇을 믿어야 할지 모르겠어."

그때 주문한 갈비 요리가 나왔다. 웨이터가 돌아가자 나는 다시 물어보았다.

"그렇다면 베릴 매디슨은 도대체 어떻게 그에게 걸려든 거지?"

"캐리 하퍼를 통해서야. 그게 아이러니야. 스파라치노는 오랫동안 하퍼의 대변인이었어. 하퍼는 베릴이 자신을 찾아오자 스파라치노에게 보냈어. 스파라치노는 처음부터 베릴을 잘 이끌어주었어. 재산 관리자이자 변호사에, 대부였던 셈이지. 내 생각에 베릴은 늙고 막강한 힘을 가진 사람에게 약했던 것 같아. 그리고 자전적 성격의 작품을 쓰겠다고 결심하기 전까지 그녀의 경력은 미미했어. 그 작품을 쓰도록 권유한 것도 스파라치노였을 거야. 하퍼는 그 위대한 작품을 쓴 이후로는 아무것도 출간하지 않았어. 그러니까 하퍼는 이제 스파라치노 같은 사람에게만 가치가 있었던 거지. 이용해 먹을 가능성만 있다면 말이지."

나는 곰곰이 생각해보았다.

"스파라치노가 두 사람 모두를 가지고 논 건 아닐까? 다시 말해서 베릴은 침묵을 깨고 하퍼와의 계약을 파기하기로 결정하고, 스파라치노는 무대 뒤로 숨은 뒤 하퍼를 괴롭혀 문제를 만들어내는 거지."

"맞아. 스파라치노는 투견 무대를 준비하고 있었어. 그런데 베릴이나 하퍼는 그걸 눈치채지 못한 것 같아. 이미 말했듯이 그게 스파라치노의 스타일이야."

우리는 잠시 아무 말 없이 식사를 했다. 갤러그의 음식은 평판대로였다. 갈비가 너무 연해서 포크로도 자를 수 있을 정도였다.

마침내 마크가 입을 열었다. 나를 쳐다보는 그의 얼굴은 굳어 있었다.

"앨곤퀸에서 점심 식사를 할 때, 베릴은 누군가 자신을 죽이겠다고 협박한다고 말했어. 지금 생각하면 그게 가장 끔찍해. 적어도 나에게는 그래."

그는 잠시 머뭇거렸다.

"당신에게 솔직히 말하자면, 나는 스파라치노라는 사람에 대해 잘 알고 있었으니까……."

"그녀의 말을 믿지 않았겠네."

나는 그가 하고 싶어 하는 말을 대신 해주었다.

마크는 그렇다고 털어놓았다.

"솔직히 난 믿지 않았어. 또 다른 거짓을 꾸민다는 생각이 들었거든. 스파라치노가 그녀를 앞세워 책을 팔아먹을 무대를 꾸미고 있다는 의심이 들었어. 베릴이 하퍼와 싸운다는 사실도 믿지 않았을뿐더러 누군가 그녀를 죽이겠다고 협박한다는 말은 더더욱 믿지 않았지. 그녀의 말을 신뢰하지 않았던 거야. 그런데 내 생각이 틀렸어."

"스파라치노가 그 정도까지는 할 수 없었겠지. 당신 말은……."

마크가 내 말을 가로막았다.

"스파라치노는 하퍼를 극도로 화나게 했을 거야. 너무나 분개해서 베릴을 찾아간 하퍼는 이성을 잃고 일을 저질렀을 거야. 혹은 다른 누군가를 고용했을 수도 있고."

"만약 그게 사실이라면, 하퍼는 베릴과 함께 살던 시절에 숨기고 싶었던 일이 많았을 것 같아."

"그랬겠지. 그렇지 않다 하더라도 하퍼는 스파라치노가 어떤 사람인지 잘 알고 있었어. 그자가 어떤 수법을 쓰는지도 말이야. 사실이든 조작된 것이든 그건 중요하지 않아. 스파라치노는 마음만 먹으면 스캔들을 만들어낼 수 있는 사람이야."

마크는 다시 식사를 계속했다.

"그런 그가 이젠 나를 쫓고 있다고? 이해가 안 돼. 내가 어떻게 걸려든 거지?"

"간단해, 케이. 스파라치노는 베릴의 원고를 원해. 작가에게 일어난 살인 사건 때문에 그 책은 어느 때보다 뜨거운 관심의 대상이 되었어. 스파라치노는 그 원고가 당신 사무실로 들어갔다고 믿고 있어. 그리고 지금 그 원고는 행방불명이야."

"왜 원고가 없어졌다고 생각하는 거야?"

나는 차분한 목소리로 물었다.

"무슨 수를 썼는지 스파라치노가 경찰 보고서를 손에 넣었더군. 당신도 봤겠지?"

"그것은 의례적으로 하는 일이야."

내가 대답했다.

"보고서 뒷면에는 증거물 목록이 적혀 있어. 침실 바닥에서 발견된 서류들과 옷장에서 나온 원고도 포함되어 있지."

마크가 내 기억을 일깨웠다.

맙소사! 마리노가 원고를 찾아내긴 했다. 그러나 그는 엉뚱한 원고를 찾아낸 것이다.

"스파라치노는 오늘 아침 수사관과 얘기를 나누었어. 마리노라는 이름의 경위더군. 그 경위가 말하기를, 경찰에는 그 원고가 없고 모든 증거물을 당신 사무실로 보냈다고 했어. 마리노 경위가 당신 이름을 스파라치노에게 말해준 셈이지."

"경찰이 내게 모든 것을 보내는 것은 사실이지만 나는 그것을 그들에게 다시 돌려보내. 형식상으로 그렇게 하는 거지."

"스파라치노에게 그렇게 말해봐. 베릴의 시체와 같이 들어온 그 원고는 당신 손에 있다고 주장할 거야. 그리고 지금은 그 원고가 없어진 상태야. 그자는 당신에게 책임을 돌릴 거야."

"정말 웃기는 일이군!"

"그래?"

마크는 탐색하는 눈빛으로 나를 바라보았다. 마치 그에게 신문을 받는 느낌이었다.

"시체와 함께 보내진 증거물들을 당신이 개인적으로 사무실에 보관하는 게 사실이야?"

물론 그것은 사실이었다.

"베릴의 사건도 당신을 통해 증거물들이 옮겨진 거지?"

마크가 물었다.

"현장에서 발견된 증거물들이 모두 그런 건 아니야. 개인 서류 같은 것은 내가 아니라 경찰들이 연구실로 보내지. 사실 베릴의 집에서 발견된 대부분의 증거물들은 경찰 관할 보관실에 있어."

내 목소리는 긴장되어 있었다.

"스파라치노에게 그렇게 말해봐."

마크는 같은 말을 반복했다.

"나는 그 원고를 본 적도 없어. 내 사무실에 없다고. 사무실에 들어온 적도 없고. 내가 아는 한 그 원고는 아직 찾지 못했어."

나는 단호하게 말했다.

"아직 발견하지 못했다고? 원고는 베릴의 집 안에 없었고, 경찰들이 찾지 못했다는 뜻이야?"

"그래. 경찰이 발견한 원고는 당신이 말하는 그 원고가 아니야. 그건 오래된 원고로 수년 전에 이미 출간된 책의 일부분이야. 게다가 전체 분량도 아니고 기껏해야 2백 페이지 정도밖에 안 돼. 침실 서랍에서 발견한 거야. 마리노가 가져왔고, 혹시 범인의 지문이 남아 있을까 해서 검사했을 뿐이야."

"당신들이 찾지 못했다면, 원고는 도대체 어디에 있는 거지?"

마크는 의자에 몸을 기대면서 조용하게 말했다.

"난 아무것도 몰라. 어딘가에 있겠지. 베릴이 우편으로 누군가에게 보냈을 수도 있고."

내가 대답했다.

"베릴에게 컴퓨터가 있었나?"

"있었어."

"하드 디스크는 점검해봤어?"

"베릴의 컴퓨터에는 하드 디스크는 없고 두 개의 플로피 디스크만 있었어. 마리노가 검사 중이야. 거기에 뭐가 들어 있는지는 아직 몰라."

"말도 안 되는 소리야. 베릴이 누군가에게 원고를 부쳤다고 해도 그녀에게 복사본이 있었을 거야. 그녀의 집 안에 복사본이 없었다는 건 말도 안 돼."

"베릴의 대부인 스파라치노에게 복사본이 없다는 것이야말로 말도 안 돼. 그가 그 원고를 못 봤다는 걸 나는 믿을 수 없어. 사실 스파라치노가 이번 작품은커녕 원고 초안조차 가지고 있지 않다는 것은 믿기 어려운 일이야."

내가 의심이 가는 부분을 지적했다.

"그는 가지고 있지 않다고 말했어. 내가 그의 말을 믿는 건 타당한 이유가 있기 때문이야. 내가 조사한 바에 의하면 베릴은 원고에 있어서만은 매우 비밀스러웠어. 탈고하기 전까지는 어느 누구에게도 보여주지 않았지. 물론 스파라치노에게도 마찬가지였고. 다만 전화나 편지를 통해서 원고의 진행 과정을 알려주었을 뿐이야. 스파라치노의 말에 따르면 베릴에게 마지막으로 연락을 받았던 때가 약 한 달 전이라고 했어. 그녀는 서둘러 원고를 다듬고 있으니까 내년 초쯤 넘길 수 있다고 했대."

"한 달 전이라고? 편지로 연락했나?"

"전화를 했더래."

"어디에서?"

"내가 어떻게 알겠어? 아마 리치먼드에서 했겠지."

"스파라치노가 당신에게 그렇게 말했어?"

마크는 잠시 생각에 잠겼다.

"아니. 스파라치노는 베릴이 어디에서 전화했는지 말하지 않았어. 그런데 그건 왜 묻는 거야?"

"베릴은 한동안 리치먼드에 없었거든. 스파라치노는 그녀가 어디 있었는지 알고 있지 않았을까 싶어서."

나는 대수롭지 않은 것처럼 대답했다.

"경찰도 그녀가 어디에 있었는지 모르는 거야?"

"경찰이 모르는 것은 아주 많아."

"그건 질문에 대한 대답이 아니야."

"더 이상 그녀의 사건에 대해 말할 수 없다는 것이 진짜 대답이야, 마크. 나는 이미 너무 많이 얘기했어. 그런데 당신이야말로 이번 사건에 왜 그렇게 관심이 많은 거지?"

"당신이 나를 의심하는 건 당연해. 내가 저녁을 함께 먹자고 하는 것도 정보를 얻기 위해서리고 의심힐 기고."

"맞아. 솔직히 말하면 그래."

우리 두 사람의 눈이 마주쳤다.

"케이, 난 걱정이 돼."

마크의 얼굴을 보고 나는 그가 진정으로 걱정하고 있다는 것을 알 수 있었다. 나는 그에게서 눈을 뗄 수 없었다.

"스파라치노는 뭔가 일을 꾸미고 있어. 난 당신이 이번 일에 엮이지 않길 바라."

마크는 남은 와인을 마저 따랐다.

"마크, 스파라치노가 무슨 일을 꾸민다는 거야? 나에게 전화해서 가지고 있지도 않은 원고를 요구할 거란 얘기야? 그래서 어떻게 하겠다는 건데?"

"내 느낌으로는 아마 스파라치노도 당신에게 원고가 없다는 걸 알고 있는 것 같아. 문제는, 그게 중요한 게 아니라 스파라치노가 원고를 원한다는 거야. 그리고 원고가 없어지지만 않았다면 결국 그걸 손에 넣을 거야. 그는 베릴의 재산을 관리하는 변호사니까."

"그것참 편한 방법이네."

"난 그저 그가 일을 꾸미고 있다는 사실을 알고 있을 뿐이야."

마크가 중얼거렸다.

"또 다른 대중 조작이란 말인가?"

나는 짐짓 쾌활한 척 말했다.

마크는 와인을 한 모금 마셨다.

"난 상상이 안 가. 나와 관련된 건 아무것도 없는데……."

"난 상상이 되는데?"

마크는 심각하게 말했다.

"어떻게?"

"법의국장, 논쟁 중인 원고 공개를 거부하다."

"정말 웃기는군."

나는 웃음을 터뜨렸다. 하지만 마크는 웃지 않았다.

"생각해봐. 잔인하게 살해된 어느 외로운 여류작가가 쓴 자서전이야. 그런데 원고는 사라지고 부검을 맡은 법의관은 그 원고를 훔친 혐의로 고소당하는 거야. 그 빌어먹을 원고는 시체안치소에서 사라졌단 말이야. 그 책은 출간되자마자 전국적으로 베스트셀러가 될 테고 할리우드에서는 앞다투어 영화 저작권을 사들이려 하겠지."

"난 걱정 안 해. 그건 모두 억지야. 상상도 할 수 없는 일이라고."

나는 자신감 없는 목소리로 말했다.

"스파라치노는 무에서 유를 만드는 데 명수야. 난 당신이 레온 존스처럼 끝나길 원치 않아."

마크는 경고하듯 말했다. 그는 웨이터를 부르기 위해 주변을 둘러보았다. 정문 쪽을 향하던 그의 얼굴이 이내 일그러졌다. 그러고는 반은 남긴 갈비 요리를 내려다보며 내뱉었다.

"빌어먹을!"

나는 자제력을 발휘하며 고개도 돌리지 않은 채 가만히 있었다. 거구의 남자가 우리 테이블로 다가올 때까지 나는 올려다보지도, 아는 척도 하지 않았다.

"오, 마크. 여기 있었군. 자네가 여기 있을 것 같은 느낌이 딱 들었지."

50대 후반이나 60대 초반으로 보이는 그 남자의 음성은 부드러웠다. 살집 좋은 얼굴은 조그마한 눈 때문에 더욱 딱딱해 보였다. 그의 눈동자는 인정이 없어 보일 정도로 파랬다. 거칠게 숨을 쉬는 얼굴은 벌겋게 달아올라 있었고 비대한 몸은 걷는 것마저도 버거울 것 같았다.

"자네를 만나 술이라도 한잔 사고 싶다는 생각이 불현듯 들었네, 친구."

남자는 캐시미어 코트의 단추를 풀며 나에게 눈길을 돌렸다. 그러고는 미소를 띠며 내게 악수를 청했다.

"처음 뵙는 분 같군요. 로버트 스파라치노입니다."

"케이 스카페타입니다."

나는 마음의 평정을 되찾으며 담담하게 인사를 건넸다.

05
함정

　우리는 스파라치노와 약 한 시간가량 술을 마셨다. 스파라치노는 술을 마실수록 더욱 말이 많아지고 아첨을 떨더니 급기야는 횡설수설했다. 끔찍한 일이었다. 그는 나를 전혀 모르는 사람처럼 대했다. 그러나 그는 내가 누구인지 알고 있고, 나는 이 만남이 우연이 아니라는 것을 알았다. 뉴욕 같은 대도시에서 어떻게 이런 우연이 일어나겠는가?

　"내가 여기 온 걸 스파라치노가 어떻게 알았지?"

　나는 마크에게 물었다.

　"글쎄, 나도 모르겠어."

　나를 데리고 55번 가로 향하는 마크의 손길에서 다급함이 느껴졌다. 어둠에 휩싸인 카네기홀 앞으로 몇몇 사람들만이 지나가고 있을 뿐이었다. 새벽 1시가 가까워져 오고 있었다. 술을 마셔서 그런지 정신은 몽롱하고 신경은 날카로워졌다.

　"스파라치노는 절대 남의 실수를 놓치지 않아. 술에 취했으니 다음 날 아침이면 기억 못 할 거라고 생각하면 오산이야. 그는 곤히 잠들어 있을 때도 정신은 말똥말똥하니까."

"그런 얘길 들으니 기분이 더 언짢네."

호텔에 도착한 우리는 객실로 향하는 엘리베이터를 탔다. 그러고는 엘리베이터가 올라갈 때마다 숫자가 바뀌는 것을 아무 말 없이 바라보았다. 카펫 깔린 복도를 걷는 우리들의 발소리는 조용하기만 했다. 내 여행 가방이 온전히 있기를 바라면서 객실로 들어간 나는 침대 위에 그대로 놓여 있는 가방을 보고 안도의 한숨을 내쉬었다.

"당신 방은 어디야?"

내가 물었다.

"두 층 아래아. 잠자기 전에 한잔 할 수 있겠어?"

그는 방 안을 둘러보며 물었다.

"가져온 게 아무것도 없는데……."

"다양한 술로 가득 찬 바가 있어. 기대해도 좋아."

우리에게는 술이 더 필요했다.

"앞으로 스파라치노가 어떻게 할까?"

내가 물었다.

마크가 말한 '바'는 각종 맥주와 와인, 미니 스카치들로 채워진 작은 냉장고였다.

"그는 우리가 함께 있는 걸 봤어. 앞으로 어떻게 되는 걸까?"

나는 조바심을 내며 물었다.

"내가 그에게 뭐라고 말하는가에 달려 있지."

나는 마크에게 플라스틱 스카치 잔을 건넸다.

"그렇다면 이렇게 물어볼게. 그에게 뭐라고 말할 거지, 마크?"

"거짓말을 해야지."

나는 침대 가장자리에 앉았다.

마크는 의자를 가까이 당겨 앉으며 호박색 리큐어를 천천히 흔들었다. 우리는 거의 무릎이 닿을 정도로 가까이 앉아 있었다.

"당신에게 정보를 알아내 그를 도울 생각이었다고 말할 거야."

"당신이 나를 이용했다는 얘기네? 당신이라면 가능하겠다. 우리의 과거가 있으니까."

내 생각은 고물 라디오처럼 산산이 분해되고 있었다.

"맞아."

"그런데 당신이 나를 이용한다는 게 정말 거짓말이야?"

내 물음에 그는 소리 내어 웃었다. 내가 그 웃음소리를 얼마나 사랑했는지, 나는 오랫동안 잊고 있었다.

"웃자고 농담한 거 아니야. 만약 그게 거짓이라면 진실은 뭐지?"

나는 다시 물었다. 방 안은 더웠다. 스카치를 마신 탓인지 얼굴이 상기되는 느낌이었다.

"케이, 난 당신에게 항상 진실만을 말했어."

그는 여전히 웃음 짓고 있었다.

한동안 말이 없던 그가 내게 다가오더니 뺨을 어루만졌다. 순간 그가 키스하기를 내가 얼마나 간절히 원하고 있는지 깨닫고는 화들짝 놀랐다.

그는 다시 의자에 몸을 기댔다.

"적어도 내일 오후까지는 이곳에 있어주었으면 좋겠어. 아침에 우리 둘이서 스파라치노를 찾아가자고."

"안 돼. 그는 내가 그렇게 하길 바라고 있을 거야."

"그럼 당신이 원하는 대로 해."

마크가 떠나고 몇 시간 뒤, 나는 침대에 누워 어둠을 바라보았다. 텅 빈 침대 옆자리가 차갑게 느껴졌다. 아주 오래전에도 마크는 내 곁에 밤새 머무르는 법이 없었다. 그가 떠난 날 아침이면 나는 혼자 일어나 옷가지들과 더러운 잔, 접시와 와인 병을 치우고 재떨이를 비웠다. 그땐 마크도 담배를 피웠었다. 새벽 1시, 2시, 3시가 되도록 우리는 웃고, 떠들고, 애무하고, 술을 마시고, 담배를 피워댔다.

말싸움을 벌인 적도 많았다. 나는 논쟁을 싫어했다. 이에는 이, 눈에는 눈으로 맞서는 논쟁은 서로의 감정을 상하게 하기 일쑤였다. 나는 늘 사랑한다는 말을 듣고 싶어 했다. 그러나 그는 단 한 번도 그 말을 하지 않았다. 그와 함께 보낸 다음 날 아침이면 내 마음은 늘 텅 비어 있었다. 어린 시절, 크리스마스가 지나고 엄마가 트리 밑에 흩어져 있는 선물 포장지를 치우는 걸 도와줄 때의 느낌 같았다.

나는 내가 무엇을 원하는지 알지 못했다. 아마 영원히 알 수 없을지도 모른다. 같이 있는 것만으론 감정적인 거리를 극복할 수 없었다. 나는 여태껏 그 방법을 체득하지 못했다. 변한 것은 아무것도 없다. 그가 나를 찾아왔을 때, 나는 주의 깊게 행동해야 한다는 사실을 잊고 말았다. 그를 원하는 데는 이유가 없었고, 그와 가까이 있고 싶은 마음은 멈출 줄 몰랐다. 그와 입술이 맞닿고, 손을 마주 잡고, 서로를 갈망하던 모습을 나는 오랫동안 떠올리지 않고 지냈다. 하지만 지금 나는 그 기억들을 한꺼번에 떠올리며 괴로워하고 있다.

나는 모닝콜을 부탁하는 것도 잊어버리고, 침대 옆에 있는 시계도 맞추어놓지 않았지만 마음먹은 대로 정확히 6시에 눈을 떴다. 잠자리에서 일어나자 얼굴도 마음도 엉망이었다. 뜨거운 물에 샤워를 하고 정성 들여 몸단장을 했는데도 눈 밑의 어두운 그늘과 파리한 안색은 감출 수 없었다. 욕실 조명은 그런 내 모습을 있는 그대로 보여주었다. 나는 유나이티드 에어라인에 전화를 건 다음 7시에 마크의 방문을 두드렸다.

"잘 잤어? 결심을 바꾼 거야?"

마크는 이상할 정도로 원기 왕성하고 명랑해 보였다.

나는 그렇다고 했다. 친숙한 그의 향수 냄새를 맡자, 그에 대한 갈망이 만화경 안의 빛나는 유리 조각처럼 다시 빛을 발했다.

"그럴 줄 알았어."

"어떻게 알았지?"

내가 물었다.

"당신은 절대 싸움을 피하는 법이 없잖아."

그는 넥타이를 고쳐 매면서 거울 속의 내 모습을 바라보며 말했다.

마크와 나는 온도프&버거에서 만나기로 약속했다. 그 회사의 로비는 아주 넓었다. 검은 카펫 위에는 커다란 검정 콘솔이 놓여 있고, 콘솔 위로는 빛나는 놋쇠로 만든 조명들이 빛을 발했다. 검은색 아크릴 의자 사이에는 견고한 놋쇠 테이블이 놓여 있었다. 그 이외에는 가구는 물론 화분이나 그림도 없었다. 다만 몇몇 조각 작품만이 거대한 공간 속에 덩그러니 놓여 있었다.

"무슨 일로 오셨습니까?"

안내원이 형식적인 미소를 띠며 내게 물었다.

내가 대답하기도 전에 어두운 벽과 거의 구분이 안 되어 보이던 문이 열리더니 마크가 나왔다. 그는 내 여행 가방을 받아 들고 넓고 긴 복도로 나를 안내했다. 마크는 여러 사무실을 지나친 후 한 사무실 앞에 서더니 문을 열었다. 사무실은 널찍했고 넓은 유리창으로는 맨해튼의 회색 풍경이 그대로 들어왔다. 사무실에는 아무도 없었다. 모두들 점심 식사를 하러 나간 모양이었다.

"이곳 로비는 누가 디자인한 거야?"

나는 낮은 목소리로 물었다.

"우리가 곧 만날 사람."

스파라치노의 사무실은 우리가 지나온 사무실들보다 두 배는 넓었다. 상아로 된 아름다운 책상 위에는 원석으로 만든 서류 집게들이 흩어져 있고 책장에는 책들이 빼곡히 꽂혀 있었다. 이 잘난 변호사 양반은 최고급 디자이너의 양복을 입고 있었는데, 주머니에 꽂은 행커치프는 양복과 대조적인 붉은 핏빛이었다. 그는 우리가 들어서는데도 푹신한 자리에서 일어서지도 않고, 우리에게 눈길조차 주지 않았다.

"같이 점심 먹으러 가는 길인가 보군."

차가운 파란 눈동자를 치켜뜨며 스파라치노가 드디어 입을 열었다. 그는 굵은 손가락으로 파일을 닫으며 말했다.

"오래 끌지 않겠습니다, 스카페타 국장. 마크와 나는 내 고객인 베릴 매디슨 사건에 대해 몇 가지 검토하는 중입니다. 그녀의 변호사이자 재산 관리자인 나로서는 반드시 필요한 일이죠. 베릴이 소원하는 대로 당신이 흔쾌히 도와주리라 믿소이다."

나는 아무 말도 하지 않았다. 재떨이가 있는지 둘러보았지만 눈에 띄지 않았다.

미크가 무덤덤한 목소리로 나에게 말했다.

"스파라치노 씨는 베릴의 원고를 찾고 있어. 살해당하기 전에 쓰고 있던 원고 말이야. 법의국은 그런 사적인 서류를 보관하는 곳이 아니라고 설명해드렸어."

마크와 나는 아침을 먹으면서 이 만남에서 할 말을 미리 연습하고, 마크는 내가 도착하기 전에 스파라치노를 '조종'해놓기로 했었다. 그런데 조종당하는 것은 나란 느낌이 들기 시작했다.

나는 스파라치노를 똑바로 쳐다보며 말했다.

"제 사무실로 보내진 것들은 증거물의 성격이 짙은 것들뿐입니다. 당신이 필요로 하는 원고는 포함되어 있지 않았습니다."

"그 원고를 가지고 있지 않다는 말씀이신가?"

스파라치노가 말했다.

"그렇습니다."

"그 원고가 어디에 있는지도 모른다는 말이오?"

"전혀 모릅니다."

"그런데 박사의 말에는 몇 가지 문제가 있군요."

그는 무표정한 얼굴로 말하고는 파일을 펼쳐 베릴의 사건에 대한 경찰 보고서 사본을 꺼냈다.

"경찰 조사에 의하면 사건 현장에서 원고가 발견되었죠. 그런데 박사는 지금 원고가 없다고 말하고 있소. 이 상황을 설명해줄 수 있겠습니까?"

"원고가 발견되기는 했지만 당신이 관심을 가지는 그 원고는 아닙니다. 최근 작품으로 보이지도 않았고요. 더 정확히 말하자면, 저는 그 원고를 받은 적도 없습니다."

나는 단호하게 말했다.

"몇 페이지였소?"

"실제로 보지는 못했습니다."

"그럼 누가 봤습니까?"

"마리노 경위입니다. 그와 얘기하는 편이 낫겠군요."

"이미 만나보았소. 마리노 경위는 그 원고를 당신에게 건네주었다고 하던데?"

나는 마리노가 그런 말을 했으리라고는 믿을 수 없었다.

"잘못 이해하신 겁니다. 마리노는 예전 작품으로 보이는 그 원고를 법과학연구소로 넘겨주었다고 말했을 거예요. 법과학연구소는 내 사무실과 같은 건물에 있습니다."

나는 마크를 쳐다보았다. 그는 얼굴이 굳은 채 진땀을 흘리고 있었다.

스파라치노가 가죽 의자에서 일어나자 삐걱거리는 소리가 났다.

"단도직입적으로 말하겠소, 스카페타 박사. 나는 당신 말을 믿지 않습니다."

"당신이 내 말을 믿든 믿지 않든 내가 상관할 바가 아닙니다."

나는 침착하게 대답했다.

"나는 이 문제에 대해 많이 생각했소. 사실 그 원고는 그 가치를 모르는 사람에게는 쓸모없는 종이 뭉치에 불과합니다. 나는 베릴이 죽기 직전에 썼던 원고에 막대한 비용을 지불할 사람을 알고 있소. 출판업자를 제외하면 두 사람이오."

"이 모든 일에 나는 아무 관계가 없습니다. 그리고 다시 한 번 말씀드리지만 내 사무실에는 당신이 언급한 원고가 없습니다. 게다가 우리는 그 원고를 본 적도 없고요."

"누군가가 보았겠지. 나는 누구보다 베릴을 잘 아는 사람이오. 그녀의 습관까지도 잘 알고 있지. 그녀는 한동안 리치먼드를 떠나 있다가 집으로 돌아온 지 몇 시간 만에 살해되었소. 그녀가 원고를 가지고 있지 않았다는 것은 말도 안 되는 얘깁니다. 서재든, 서류 가방이든, 여행 가방이든 어딘가에 있었을 거요. 베릴에게는 은행 보관함이 없었기 때문에 다른 장소에 보관했을 리도, 보관했을 수도 없었을 거요. 그녀는 리치먼드를 떠나면서 원고를 가져갔을 것이고, 계속 썼을 겁니다. 그리고 그 원고를 가지고 리치먼드로 돌아온 것이 분명하오."

스파라치노는 창문을 바라보며 말했다.

"베릴이 한동안 리치먼드를 떠나 있었다는 것, 확실한가요?"

나는 마크를 쳐다보며 스파라치노에게 물었다. 하지만 마크는 내 시선을 피했다.

다시 의자에 기대앉은 스파라치노가 불룩한 배에 손을 얹으며 말을 이었다.

"나는 베릴이 집을 비웠다는 것을 알고 있었소. 몇 주 동안 그녀와 전화 통화를 시도했지. 그런데 약 한 달 전에 그녀가 내게 전화를 걸었더군. 그녀는 어디에 있는지는 말하지 않았지만 편안하고 안전한 곳이라고 했고, 원고도 진전되고 있다고 했소. 써 나가기가 아주 힘들다고도 했지. 나는 꼬치꼬치 캐묻지 않았소. 베릴은 자신을 죽이겠다고 협박하는 정신질환자 때문에 두려워하고 있었거든. 그녀가 어디 있는지는 중요하지 않았소. 잘 지내고 있고 마감 날짜에 맞춰 열심히 원고를 쓰고 있다는 것만이 중요했지. 냉정하게 들릴지 모르지만, 나는 일할 땐 실용주의자요."

"우린 베릴이 어디에 있었는지 몰라. 마리노가 말해주지 않았으니까."

마크가 내게 설명을 덧붙였다.

마크의 '우리'라는 말이 내 가슴을 찌르는 것 같았다. '우리'는 마크 자신과 스파라치노를 가리키는 것이었다.

"나에게 그것에 대한 답변을 요구하는 것이라면……."

스파라치노가 내 말을 막으며 끼어들었다.

"바로 그것을 요구하는 겁니다. 그녀가 지난 몇 개월 동안 어디에 머물렀는지 언젠가는 드러나겠지. 노스캐롤라이나, 워싱턴, 텍사스 어디든 상관없소. 하지만 나는 지금 당장 알아야겠소. 당신은 당신 사무실에 원고가 없다고 말하고 있소. 경찰도 자신들은 원고를 가지고 있지 않다고 하고. 내가 이 문제를 풀 수 있는 유일한 방법은 그녀가 마지막에 어디에 있었는지 알아내어 그 경로를 따라가는 것뿐이오. 아마 누군가가 그녀를 공항까지 태워다주었을 거요. 그녀가 어디 있었든 친구를 사귀었을 테니까. 누군가가 그녀의 원고가 어떻게 되었는지 넌지시 암시를 줄 수도 있지. 예를 들어, 그녀가 비행기를 탈 때 원고를 가지고 탔다든지……."

"그것에 대한 정보는 마리노 경위에게 알아보셔야겠군요. 나에게는 베릴 사건에 대해 당신과 자세하게 이야기를 나눌 자유가 없습니다."

나는 사무적으로 대답했다.

"당신한테 그런 자유가 있을 거라고는 기대하지 않소이다. 베릴이 리치먼드로 돌아오는 비행기를 탈 때 원고를 가지고 있었다는 것을 당신은 알고 있기 때문이오. 그리고 그 원고는 시체와 함께 박사의 사무실로 들어왔고, 지금은 없어졌으니까. 캐리 하퍼나 하퍼의 누이, 혹은 그 두 사람이 그 원고를 돌려주는 대가로 얼마를 주겠다고 합디까?"

스파라치노의 차가운 눈이 나를 노려보았다.

마크는 포기한 듯 얼굴에 표정이 없었다.

"얼마였소? 1만? 2만? 아니면 10만 달러?"

"이것으로 우리의 대화는 끝난 것 같군요, 스파라치노 씨."

나는 가방을 집어 들며 말했다.

"아니오. 나는 그렇게 생각하지 않소, 스카페타 박사."

스파라치노는 파일을 뒤적이더니 서너 개의 서류를 빼서 나에게 건넸다.

나는 피가 거꾸로 솟는 듯한 느낌이 들었다. 내가 집어 든 것은 1년 전 리치먼드 신문에 실린 기사였다. 실망스럽게도 너무나 잘 알고 있는 내용이었다.

시체 도난 혐의로 법의관 피소되다

티머시 스매더 씨가 지난달 자택 앞에서 총격으로 사망했다. 사건을 목격한 스매더 씨 아내의 말에 따르면, 그는 당시 금시계와 금반지를 끼고 있었고 주머니에는 현금 83달러가 들어 있었다. 해고된 전 종업원이 잔인하게 저지른 살인 사건이었다. 총격 사건 이후 스매더 씨의 자택을 수사하던 경찰과 응급요원들은 귀중품을 스매더 씨의 시체와 함께 법의국에 보냈다고 주장했다.

이것 말고도 더 있었지만 다른 기사들을 더 읽어볼 필요조차 없었다. 스매더 씨 사건 때문에 당시 법의국은 최악의 비난에 휩싸였었다.

나는 그 복사본들을 마크에게 넘겨주었다. 스파라치노는 내게 낚싯바늘을 걸었지만 나는 몸부림치지 않으리라 마음먹었다.

"기사들을 읽어보면 알겠지만, 그 상황에 대한 충분한 조사가 있었고, 우리는 아무런 혐의가 없는 것으로 밝혀졌어요."

"물론 그렇겠지요. 당신네들은 문제의 그 귀중품을 받아 장의사에게 보냈겠지. 귀중품이 사라진 것은 그 이후의 일일 거요. 하지만 문제는 그것을 증명하는 일입니다, 스카페타 박사. 스매더 씨 부인은 아직도 법의국 측이 남편의 귀중품을 훔쳤다는 생각에는 변함이 없더군. 내가 그녀와 통화해봤소."

"법의국은 혐의를 벗었습니다. 게다가 스매더 씨 부인은 그 귀중품에 대해 충분한 보상을 받았다고 적혀 있습니다."

마크는 기사를 훑어보며 단조로운 목소리로 말했다.

"맞습니다."

나는 냉정하게 대꾸했다.

"감정적인 피해는 돈으로 계산할 수 없는 법이오. 아마 열 배의 금액을 지불한다 하더라도 그녀는 만족하지 않을 거요."

스파라치노가 말했다. 하지만 그건 말도 안 되는 소리였다. 경찰은 스매더 씨 부인을 사건의 배후로 의심하고 있었다. 그녀는 남편의 묘지에 풀도 자라기 전에 부자 홀아비와 재혼했다.

"그리고 신문 기사에도 나와 있듯이, 법의국은 스매더 씨의 개인 물품을 실제로 장의사에 넘겼는지 증명할 수 있는 인수증도 제출하지 못했소. 나는 이미 자세한 사항을 알고 있소. 그 인수증은 당신의 직원이 잘못 둔 탓이지. 그는 이제 다른 곳에서 일하고 있지만 말이오. 화살은 장의사에 향하게 되었고 그 문제는 아직 미결로 남아 있지요. 지금은 모두 잊어버려서 아무도 상관하지 않지만, 적어도 나는 납득할 수가 없소이다."

"말씀하고자 하는 요점이 무엇입니까?"

마크가 여전히 같은 어조로 물었다.

스파라치노는 무표정한 얼굴로 마크를 힐끗 쳐다본 다음 다시 내게 관심을 돌렸다.

"불행하게도 이런 종류의 고소는 스매더 씨의 경우처럼 끝나지는 않을 거요. 작년 7월, 법의국에 헨리 잭슨이라는 나이 지긋한 노인의 시체가 들어왔을 거요. 그는 자연사했소. 그의 시체가 법의국에 들어왔을 때, 주머니에는 52달러가 들어 있었지. 그런데 현금은 사라졌고 박사는 그의 아들에게 돈을 지불해야 했소. 그 아들은 지역 TV 방송에 나와 불평을 늘어놓았소. 그 방송을 녹화한 비디오테이프가 내게 있으니 원한다면 보여드리리다."

나는 분노를 누그러뜨릴 수 없을 지경에 이르렀다.

"맞습니다. 잭슨의 시체에는 52달러가 들어 있었어요. 그의 시체는 상당히 부패해 있었고 돈에서도 심한 냄새가 났기 때문에 아무리 다급한 도둑이라도 건드리지 않았겠죠. 무슨 일이 있었는지는 모르겠지만, 그 돈은 잭슨의 부패한 시체와 옷가지들과 함께 화장되었을 것으로 생각됩니다."

내 말을 들은 마크는 한숨을 내쉬었다.

"법의국에 문제가 많군."

마크의 말에 스파라치노는 입가에 웃음을 띠었다.

"어느 곳이든 문제는 있게 마련입니다. 베릴 매디슨의 재산을 원하신다면 경찰과 협상해보시죠."

나는 자리에서 일어서며 강한 어조로 말했다.

스파라치노의 사무실에서 나온 마크와 나는 엘리베이터를 탔다. 오랜 침묵 끝에 마크가 먼저 말문을 열었다.

"미안해, 케이. 스파라치노가 이렇게 더럽게 나올 줄은 몰랐어. 케이, 나에게 얘기를 하……."

나는 마크의 말을 막으면서 그를 노려보았다.

"얘기? 도대체 뭘 얘기하란 말이지?"

"법의국에서 물건들이 사라지고, 사람들의 평판이 나빠졌다는……. 이건 스파라치노가 벌이고 있는 일종의 스캔들이야. 나는 전후 사정도 모르는 채 그에게 끌려간 셈이군, 젠장!"

"내가 당신에게 그런 것에 대해 말하지 않았던 이유는 베릴의 사건과 관계없는 일이기 때문이었어. 스파라치노가 언급했던 상황들은 찻잔 속의 폭풍에 불과해. 시체가 집 안에 있고 하루 종일 경찰과 장의사들이 들락거리는 혼란스러운 상황에서는 얼마든지 일어날 수 있는 일이라고."

"제발 나에게 화내지 마."

"난 당신에게 화내고 있는 게 아니야!"

"나는 당신에게 미리 스파라치노에 대해 경고했어. 나는 그자로부터 당신을 보호하려 애썼다고."

마크가 택시를 잡고 있을 때에도 우리는 계속 열을 올리며 언쟁했다. 거리는 자동차들로 거의 꽉 막혀 있었다. 여기저기서 클랙슨이 울려대고, 자동차 엔진은 부르릉거리고, 내 신경은 극도로 날카로워졌다. 마침내 택시 한 대가 우리 앞에 멈춰 섰다. 마크는 택시 문을 열더니 내 여행 가방을 자동차 바닥에 놓았다. 내가 먼저 타고 마크가 택시 운전사에게 요금을 미리 건네주는 것을 본 순간 나는 사태를 파악할 수 있었다. 마크는 나와 함께 가는 것이 아니었다. 그는 점심도 같이 먹지 않고 나를 혼자 공항에 보내는 것이었다. 창문을 내리고 마크에게 뭐라고 말하기도 전에, 택시는 붐비는 도로 속으로 다시 끼어 들어갔다.

나는 아무 말도 없이 라구아디아 공항으로 향하는 택시 안에 앉아 있었다. 비행기를 타기까지는 아직 세 시간이 남아 있었다. 나는 화가 났고, 상처받았고, 당황스러웠다. 나를 이런 식으로 보내다니……. 나는 너무나 화가 나서 참을 수가 없었다.

공항 내에 위치한 바의 빈자리에 앉아 마실 것을 주문한 다음 담배에 불을 붙였다. 나는 푸른 담배 연기가 말려 올라가 흐릿한 공기 속으로 사라지는 것을 멍하니 바라보았다. 잠시 후 나는 공중전화기에 25센트짜리 동전을 넣고 전화를 걸었다.

"온도프&버거입니다."

여자의 사무적인 목소리가 흘러나왔다. 나는 로비에서 본 검정 콘솔을 떠올렸다.

"마크 제임스 부탁합니다."

"죄송합니다만, 전화를 잘못 거신 것 같습니다."

여자가 대답했다.

"온도프&버거의 시카고 사무실에서 근무하는 직원이에요. 지금 그는 뉴욕 사무실을 방문 중이고요. 오늘 오전에 그곳에서 만났습니다."

나는 치밀어 오르는 화를 억누르며 침착하게 설명했다.

"잠시 기다려주시겠습니까?"

수화기에서는 제리 래퍼티의 〈베이커 스트리트〉가 배경 음악으로 흘러나왔다. 약 2분이 지난 후 여자의 목소리가 들렸다.

"죄송합니다. 이곳에는 그런 분이 안 계시는데요."

"두 시간 전에 그 회사 로비에서 만났다고요!"

나는 조바심이 나서 소리쳤다.

"확인해봤습니다만, 부인께서 아마 다른 회사와 혼동하신 것 같습니다."

나는 분을 삼키며 수화기를 내려놓았다. 그러고는 공중전화기에 신용 카드를 넣고 온도프&버거 시카고 사무실로 전화를 걸었다. 가능한 한 빨리 전화해달라고 마크에게 메시지를 남길 생각이었다. 하지만 시카고 사무실 안내원의 말을 듣는 순간, 나는 피가 멎는 것만 같았다.

"죄송합니다. 이곳에 마크 제임스라는 분은 없습니다."

06
혼선

마크는 시카고 전화번호부에도 등록되어 있지 않았다. 전화번호부에는 마크 제임스라는 이름이 다섯 사람, M 제임스라는 이름이 세 사람 있었다. 집으로 돌아온 나는 그 전화번호로 차례차례 전화를 걸어보았다. 그러나 모두 여자가 받거나 낯선 남자의 목소리가 들릴 뿐이었다. 나는 너무 당황스러워서 잠을 이룰 수 없었다.

다음 날 아침이 되어서야 다이즈너에게 전화해야겠다는 생각이 들었다. 마크가 우연히 만났다고 했던 시카고의 법의국장이었다.

나는 의례적인 인사를 몇 마디 건넨 다음, 단도직입적으로 물어보는 것이 최선이라고 생각했다.

"마크 제임스라는 사람을 찾고 있습니다. 시카고에서 일하는 변호사인데, 아마 아실 겁니다."

"마크 제임스라…… 들어보지 못한 이름 같습니다. 여기 시카고에서 일하는 변호사란 말씀입니까?"

"네, 온도프&버거에서 일합니다."

내 마음은 차츰 차분해졌다.

"온도프&버거는 알고 있습니다. 아주 평판이 좋은 법률 회사지요. 그런데 기억이 나지 않는군요. 마크 제임스라고 했나요?"

"네, 그렇습니다."

수화기 너머로 서랍을 열고 종이 넘기는 소리가 들렸다. 한참 시간이 흐른 다음 다이즈너가 말했다.

"잘 모르겠는데요. 전화번호부에도 나와 있지 않군요."

전화를 끊은 나는 블랙커피를 한 잔 가득 타 들고 부엌 창문 밖을 내다보았다. 새장의 새 모이통이 비어 있었다. 하늘이 잔뜩 찌푸려 있는 걸 보니 금방이라도 비가 내릴 것 같았다. 내 사무실 책상 위에는 불도저로 밀어내야 할 만큼 많은 서류들이 쌓여 있을 것이다. 오늘은 토요일이고, 월요일은 공휴일이다. 사무실은 텅텅 비어 있을 테고, 사무실 직원들은 3일간의 연휴를 만끽하고 있을 것이다. 사람들이 없는 조용하고 편안한 사무실에서 일할 수 있는 좋은 기회였다. 하지만 그럴 마음이 들지 않았다. 오로지 마크 생각밖에 나지 않았다. 그는 마치 이 세상에 존재하지 않는 사람 같았다. 상상 속에서나, 꿈에서만 볼 수 있는 그런 사람 같았다. 생각을 정리하려 하면 할수록 모든 게 더욱 뒤엉키기만 했다. 도대체 무슨 일이 벌어지고 있는 것일까?

나는 절박한 심정으로 전화번호부를 펼쳐 스파라치노의 자택 전화번호를 찾았다. 그 번호 역시 등록되지 않은 것을 보고 나는 안도의 한숨을 내쉬었다. 내가 그에게 전화를 거는 것은 자살 행위와 같은 것이다. 마크는 내게 거짓말을 했다. 그가 온도프&버거에서 일한다는 것도, 시카고에서 일한다는 것도, 다이즈너를 안다는 것도 모두 거짓이었다. 나는 전화벨이 울리기를, 마크가 전화해주기를 애타게 기다리고 있었다. 청소를 하고, 빨래를 하고, 다림질을 하고, 토마토소스를 만들고, 미트볼을 만드는 동안에도 내 신경은 온통 전화기에 가 있었다.

오후 5시가 되어서야 드디어 전화벨이 울렸다. 수화기 너머로 친숙한 목소리가 들려왔다.

"아, 박사? 나 마리노요. 주말에 귀찮게 할 생각은 아니었소만, 이틀 동안 얼마나 찾았는지 몰라요. 별일 아니고, 그저 박사가 괜찮은지 확인하고 싶었을 뿐이오."

마리노는 다시 내 수호천사 역할을 하고 있었다.

"보여주고 싶은 비디오테이프가 있소. 박사가 집에 있으면 잠시 들를 생각인데…… VTR은 있소?"

마리노는 우리 집에 VTR이 있다는 걸 안다. 그는 예전에도 우리 집에 들러 비디오테이프를 본 적이 있었다.

"무슨 테이프요?"

내가 물었다.

"오전 내내 같이 있었던 놈팡이에 대한 거요. 베릴 매디슨에 대해 얘기를 나눈 모습을 녹화했소."

그러고는 잠시 말이 없었다. 나는 그가 흐뭇해하고 있다는 걸 느낄 수 있었다.

마리노는 시간이 흐를수록 점점 더 나에게 허물없이 굴었다. 그것은 그가 내 목숨을 구해준 이후 더 심해지고 있었다. 그 끔찍한 사건은 우리를 어울리지 않는 한 쌍으로 묶어주었다.

"지금 근무 중인가요?"

내가 물었다.

"젠장, 나는 항상 근무 중이잖소."

마리노가 투덜거렸다.

"농담 아니에요."

"공식적으로는 아니오. 4시에 끝났는데, 마누라가 뉴저지에 있는 처가에 가는 바람에 할 일이 아무것도 없소이다."

아내는 친정에 가고 아이들은 다 컸다. 게다가 흐리고 스산한 토요일이다. 마리노는 텅 빈 집으로 가고 싶지 않았을 것이다. 나 역시 빈집에 혼자 있는 게 좋지는 않았다. 가스레인지 위에서는 토마토소스가 끓고 있었다.

"나도 특별히 외출할 일 없으니까 비디오테이프 가지고 들르세요. 같이 보죠 뭐. 스파게티 좋아하세요?"

마리노는 짐짓 머뭇거렸다.

"미트볼도 있어요. 파스타를 준비할게요. 같이 식사할 거죠?"

"좋소, 그렇게 합시다."

베릴 매디슨은 세차를 할 때면 늘 남쪽에 있는 '마스터워시' 세차장을 이용했다. 마리노가 시내에 있는 모든 고급 세차장을 뒤져 알아낸 사실이었다. 상류층을 겨냥한 고급 세차장은 기껏해야 얼두어 곳 성노밖에 되지 않았다. 마스터워시는 '홀라 스커트'라고 부르는 세차 라인에 자동차를 넣으면 세제가 들어 있는 가는 물줄기가 뿜어져 나와 자동차를 자동으로 세차해주는 곳이었다. 자동으로 세차된 자동차는 뜨거운 바람으로 신속하게 건조시킨 다음 청소실로 옮겨진다. 그곳에 있는 직원들은 진공청소기로 차 내부를 깨끗이 청소하고, 왁스를 칠하고, 범퍼를 바로 펴고, 그 이외의 모든 것을 다 해준다. 마리노의 말에 의하면 마스터워시의 최고급 세차 비용은 15달러라고 했다.

마리노는 수프 스푼과 포크로 스파게티를 덜며 말했다.

"억세게 운이 좋았을 뿐이오. 그런 걸 도대체 어떻게 알아낼 수 있겠소? 그 놈팡이는 하루에 자동차를 70대에서 1백 대는 씰고 닦고 할 거요. 안 그렇소? 그들이 어떻게 검은색 혼다를 기억할 수 있겠어, 어림도 없지."

마리노는 자신의 수확에 행복해하고 있었다. 그는 큰 건수를 올린 것이다. 내가 지난주에 예비로 작성한 섬유 보고서를 넘겨주자 마리노는 시내에 있는 모든 세차장과 자동차 차체 공장을 뒤지기 시작했다. 마리노에게는 사막에서 덤불을 찾아내면 그 주변을 샅샅이 뒤져야만 직성이 풀리는 그런 기질이 있었다.

"어제야 알아냈소. 바로 마스터워시였소. 약간 외곽에 있기 때문에 거의 맨 마지막으로 들른 곳이었지. 나는 베릴이 혼다를 끌고 서쪽 방향으로 갔다고 생각했소. 그러나 그녀는 그곳으로 가지 않고 남쪽으로 간 거요. 차체 공장과 세차장을 겸하는 유일한 곳이어서 알아낼 수 있었지. 베릴은 작년 12월 혼다를 구입한 직후 그 세차장에 들렀던 것으로 드러났소. 1백 달러나 들여서 페인트 코팅 작업을 한 거요. 그런 다음 그녀는 이곳의 회원으로 등록했소. 회원이 되면 세차할 때마다 2달러가 할인되고 차체 검사도 무료로 해주기 때문이지."

"그 회원 카드로 찾아낸 건가요?"

내가 물었다.

"그렇소. 그 세차장엔 컴퓨터가 없었소. 그래서 온갖 영수증들을 다 뒤진 끝에 그녀가 회원 가입비를 냈다는 영수증을 찾을 수 있었지. 차고에서 봤던 차 상태를 고려하면 베릴은 키웨스트로 떠나기 직전에 세차를 했던 것 같소. 그녀의 서류를 훑어봐도 그렇고, 영수증을 봐도 그렇고. 마스터워시에서 받은 영수증은 한 장밖에 없었는데, 이미 말했던 1백 달러짜리 영수증이오. 그 이후로는 세차 요금을 현금으로 지불했던 것 같소."

"세차장 직원들은 무슨 옷을 입고 일하나요?"

"주황색 섬유와는 전혀 맞지 않는 것이오. 대부분의 직원들은 청바지에 운동화를 신고 일해요. 그리고 가슴에 마스터워시라는 글자가 새겨진 푸른색 셔츠를 유니폼으로 입고 있지. 그곳에 있는 동안 모든 것을 둘러보았는데 특이한 사항은 아무것도 없었소. 유일하게 발견한 섬유 나부랭이는 직원들이 차를 닦을 때 쓰는 흰 수건뿐이었소."

"이렇다 할 만한 것이 없군요."

나는 접시를 물리면서 말했다. 마리노는 더 먹을 모양이었다. 뉴욕에서 있었던 일 때문에 나의 위장은 여전히 편치 않았다. 나는 마리노에게 그 이야기를 해야 할지 말아야 할지 망설였다.

"그렇소. 그런데 오전에 얘기를 나누었던 한 청년의 말을 듣자 귀가 쫑긋해졌소."

나는 잠자코 마리노의 다음 말을 기다렸다.

"이름은 알 헌트. 28세. 백인. 나는 곧바로 그를 목표물로 삼았소. 말쑥하고 영리해 보이는 그는 정장 차림에 서류 가방을 들고 바쁘게 일하는 직원들을 감독하면서 서 있었지. 뭔가 번쩍하더군. 그는 딴 곳을 쳐다보고 있었소. 나는 한번 생각해봤지. 저런 사람이 왜 이런 기름투성이 속에서 일하는 걸까?"

마리노는 말을 멈추고 마늘빵에 스파게티 소스를 묻혀 베어 물었다. 그러고 나서 다시 말을 이었다.

"그래서 그자 주변을 서성거리다가 베릴의 운전면허증 사진을 보여주면서 조심스럽게 물어보았지. 그녀가 세차장에 왔는지, 살해당한 걸 알고 있는지 묻자 그의 얼굴에 초조한 빛이 드러나기 시작했소."

마리노가 내 주변을 서성거린다면 나 역시 초조해지지 않을 수 없을 것이다. 마리노는 분명 그 불쌍한 청년을 무턱대고 밀어붙였을 것이다.

"그래서요?"

"우리는 안으로 들어가 커피를 마신 다음 심각하게 본론으로 들어갔지. 알 헌트는 상류층 놈팡이였소. 우선 그놈은 대학원을 나와 심리학 석사 학위를 가지고 있고, 믿을지 모르겠지만 약 2년 동안 메트로폴리탄 병원에서 간호사로 일했소. 왜 병원을 그만두고 이 세차장으로 왔느냐고 묻자 아버지가 그 세차장의 사장이라고 하더군. 그의 아버지는 도시 이곳저곳에 사업을 벌이고 있는 사람이었소. 마스터워시는 그가 투자하는 사업의 일부에 지나지 않아. 그는 여러 곳에 주차장을 운영하고 있고, 북부 슬럼가에 아파트도 여러 채 소유하고 있소. 나는 알 헌트가 아버지 일을 물려받는 것을 당연히 싫어할 거라고 생각했소."

이야기는 점점 더 흥미로워졌다.

"문제는, 세차장에 전혀 어울리지 않는 사람이 그곳에서 일한다는 거요. 쉽게 말해 알은 패배자요. 그의 아버지는 그를 믿지 못하고 책상 뒤에 자리를 지키며 앉아 있는 거요. 알은 밖에 서서 직원들에게 차에 왁스는 어떻게 칠하는지, 범퍼는 어떻게 펴는지 말해주지. 박사, 이쯤 되면 어떤 생각이 드는지 말해봐요."

마리노는 기름이 묻은 손가락으로 머리를 긁으며 물었다.

"알의 아버지에게 물어보면 되겠군요."

내가 말했다.

"맞소. 그는 자신이 애지중지하는 아들이 쓸모없는 놈이라고 말할 거요."

"어떻게 할 계획인가요?"

"벌써 진행하고 있소이다. 박사, 내가 가져온 비디오테이프를 한번 보시오. 오전 내내 알 헌트와 본부에 있었소. 그는 곧 이실직고할 거요. 게다가 알은 베릴에게 일어난 일에 대단한 호기심을 갖고 있었는데, 신문에서 읽어서 알고 있다고…….."

나는 마리노의 말을 끊으며 끼어들었다.

"알은 베릴이 누군지 어떻게 알게 된 거죠? 신문사와 방송국에서는 베릴의 사진을 손에 넣지 못했어요. 알이 베릴의 이름을 알고 있던가요?"

"처음에는 모른다고 하다가 면허증에 있는 베릴의 사진을 보여주자 세차장에서 보았던 그 금발 여인임을 알아보더군. 그는 아주 놀란 표정을 지으며 야단법석을 떨기 시작했소. 그는 내 말 한 마디 한 마디에 귀를 기울였고, 베릴에 대해 얘기하고 싶어 했소. 그녀를 잘 모르는 사람치고는 지나치게 흥분했지. 백문이 불여일견이오."

마리노는 구겨진 냅킨을 테이블 위에 올려놓았다.

나는 커피를 준비하고 지저분한 접시를 치웠다. 그러고 나서 우리는 거실로 가서 비디오테이프를 틀었다. 아주 친숙한 배경이 눈에 들어왔다. 수도 없이 보아온 장소였다. 경찰서 취조실은 좁은 칸막이로 된 방이었다. 낡은 카펫이 깔린 바닥 위에 테이블만 덩그러니 놓여 있었다. 문 옆에는 불을 켜는 스위치가 있었는데, 전문가라면 윗나사가 빠져 있다는 것을 눈치챌 것이다. 반대편 벽에 난 작은 구멍에는 특수 카메라가 설치되어 있었다.

언뜻 보아도 알 헌트는 위협적으로 보이지는 않았다. 하얀 피부와 밝은 금발 머리에, 짙은 밤색 가죽 재킷과 청바지를 입은 그는 안색이 창백했다. 턱만 좁지 않았더라면 매력적으로 보일 수 있는 얼굴이었다. 턱이 너무 좁아서 얼굴이 목과 바로 연결되어 보였다. 그는 매우 불안한 눈빛으로 마리노를 쳐다보며 세븐업 캔을 연신 만지작거렸다. 마리노는 알과 정면으로 마주 보고 앉아 있었다.

비디오 화면 속에서 마리노가 알에게 물었다.

"베릴 매디슨에 대해 뭘 알고 있나? 어떻게 그녀를 알아봤지? 자네 세차장에는 하루 종일 수많은 자들이 들락거리는데 말이야. 사네는 모든 고객들을 기억하나?"

"경위님이 생각하는 것보다는 더 많이 기억할 겁니다. 특히 단골손님들은요. 이름은 잘 잊어버리지만 얼굴은 거의 기억하는 편이죠. 손님들은 직원들이 차를 닦는 동안 대개 밖에 나와 있기 때문입니다. 손님들은 직원들이 일하는 것을 지켜보면서 없어지는 물건은 없는지 차에서 눈을 떼지 않습니다. 직원들이 간혹 차 안에 있는 옷가지 같은 것을 슬쩍하기도 하거든요. 특히 손님들이 급하거나 어떤 일에 정신이 팔려 있을 때 그런 일이 일어납니다."

"베릴은 어땠나? 서서 지켜보는 쪽이었나?"

"지켜보지 않았습니다. 세차장 밖에는 벤치가 두어 개 있는데, 그녀는 늘 거기에 앉아 있곤 했습니다. 가끔 신문이나 책을 읽기도 했고요. 그녀는 직원들에게 신경 쓰지도 않았고, 이렇게 말해도 좋을지 모르지만, 다정하지도 않았습니다. 아마 그 때문에 그녀가 기억에 남았을 겁니다."

"무슨 뜻이지?"

마리노가 물었다.

"그녀는 어떤 신호를 보냈습니다. 나는 그 신호를 알아보았을 뿐입니다."

"신호라고?"

"사람들은 각자 다른 신호를 보냅니다. 나는 그 신호들을 알아보고 받아들이는 것뿐입니다. 나는 사람들이 보내는 신호를 보고 그 사람에 대해 많은 것을 알수 있습니다."

"나도 신호를 보내고 있나, 알?"

"네, 누구나 다 보내니까요."

"난 어떤 신호를 보내지?"

"창백한 빨강입니다."

대답하는 알의 표정은 무척 심각했다.

"뭐라고?"

마리노는 당황스러워했다.

"나는 색깔로 신호를 받아들입니다. 이상하다고 생각하시겠지만, 그다지 특별한 것은 아닙니다. 다른 사람에게서 뿜어져 나오는 색을 감지하는 사람들이 간혹 있는 법입니다. 나는 다른 사람들에게서 발산되는 신호들에 대해 말하고 있는 겁니다. 내가 경위님에게서 받은 신호는 창백한 빨강입니다. 따뜻하기도 하고 분노도 있습니다. 경고 신호와 같습니다. 그것은 경위님을 보호해주기도 하지만 어떤 위험을 뜻하기도……."

마리노는 테이프를 정지시켰다. 그는 나를 보며 비열한 웃음을 지었다.

"저놈, 사기꾼 같지 않소?"

"내가 보기엔 알은 날카로운 통찰력을 가지고 있는 것 같아요. 당신은 따뜻하기도 하고, 쉽게 분노하기도 하고, 위험하기도 한 사람이니까요."

"뭔 소리요, 박사. 저놈은 얼간이요. 저놈 얘기를 듣고 있으면 뜬구름 잡는 소리가 따로 없다니까."

"그의 말은 심리학적으로 근거가 있기도 해요. 다양한 감정은 색과 연관이 있죠. 공공장소, 호텔 객실, 학교 등은 그런 것을 바탕으로 색깔을 선택해요. 예를 들어 파랑은 우울과 연관이 있으니까 정신병원의 병실은 절대 파랑으로 장식하지 않아요. 빨강은 분노, 폭력, 열정 등을 나타내고요. 검정은 질병, 불길함 등을 뜻하지요. 헌트가 심리학 석사라고 말해준 사람은 바로 당신이에요."

나는 있는 그대로 사실을 말했다.

마리노는 화를 내며 다시 테이프를 틀었다.

비디오 화면 속에서 알이 말하기 시작했다.

"경위님의 신호가 빨강인 것은 직업과 연관이 있는 것 같습니다. 형사이시니까요. 지금 경위님은 제 협조를 필요로 합니다. 하지만 만약 제가 뭔가를 숨기려 한다면 경위님은 저를 믿지 않고 저에게 위협을 가할 겁니다. 그것이 바로 제가 감지한 창백한 빨강의 경고성입니다. 따뜻한 성질은 경위님의 쾌활한 성격입니다. 경위님은 사람들이 자신을 가깝게 느끼길 원합니다. 아마 자신도 사람들을 가깝게 느끼고 싶어 할 겁니다. 행동은 거칠게 하지만, 사람들이 자신을 좋아해 주기를……."

그때 마리노가 알의 말을 가로막았다.

"알았네, 알. 베릴 매디슨은 어떤가? 그녀에게서도 색깔을 감지했나?"

"물론입니다. 그녀를 보자마자 감지했지요. 그녀는 다른 사람들과 달랐거든요. 정말 많이 달랐어요."

"어떻게 말인가?"

마리노가 의자에 기대자 삐걱거리는 소리가 크게 울렸다. 마리노는 앉은 자세로 팔짱을 꼈다.

"그녀는 아주 멀리 떨어져 있는 것 같았어요. 그녀에게서는 북극의 색깔이 발산되었습니다. 차가운 파랑, 옅은 햇살 같은 창백한 노랑, 드라이아이스처럼 뜨겁기도 하지만 차가운 하양…… 그녀에게 손만 대도 격정에 휩싸이게 될 것 같은 색깔이었습니다. 남들과 달랐던 것은 하양 부분이었습니다. 여자들에게서는 대부분 파스텔 색조가 나타납니다. 여자들의 색깔은 분홍, 노랑, 하늘색, 초록 등 대체로 그들이 입고 있는 옷과 일치하죠. 여자들은 수동적이고, 차갑고, 연약합니다. 검정, 남색, 짙은 포도주색이나 빨강 같은 강한 색깔을 발산하는 여자들도 가끔씩 있습니다만. 베릴은 보통 여자들보다 강한 타입이었습니다. 여자 변호사, 여의사, 여성 사업가들은 대개 공격적입니다. 그들은 앞서 말했던 강한 색깔의 정장을 입습니다. 그리고 대개 세차하는 동안 차 가까이에서 허리에 손을 얹은 채 직원들이 일하는 모습을 감독하는 타입입니다. 그리고 주저 없이 앞 유리의 흠이나 더러운 부분을 지적하지요."

"자넨 그런 타입의 여자들을 좋아하나?"

마리노의 질문에 알은 잠시 머뭇거렸다.

"아닙니다. 솔직히 말해서, 별로 좋아하지 않습니다."

마리노는 웃음을 터뜨렸다. 그러고는 상체를 앞으로 기울여 알에게 다가갔다.

"아, 나도 그런 타입의 여자들은 좋아하지 않네. 파스텔 색깔의 부드러운 여자들이 낫긴 하지."

나는 옆에 앉아 있는 마리노를 힐끗 쳐다보았다. 그는 내 시선을 애써 피했다.

마리노가 알에게 다시 물어보기 시작했다.

"베릴에 대해서 더 얘기해보게. 무엇을 감지했나?"

알은 깊이 생각에 잠긴 듯 미간을 찌푸렸다.

"베릴이 발산하는 파스텔 색깔들은 그다지 특별하지 않았습니다. 하지만 그 색깔은 연약하지 않았습니다. 수동적이지도 않았고요. 말씀드린 대로 베릴의 색깔은 차가운 북극의 빛을 띠었습니다. 그녀는 세상 사람들에게 자기 가까이 오지 말라고, 멀리 떨어져 있으라고 말하는 것 같았습니다."

"그녀가 쌀쌀맞게 굴었기 때문인가?"

알은 다시 안절부절못하며 세븐업 캔을 만지작거렸다.

"아닙니다. 그런 것 같지는 않습니다. 사실, 그런 느낌은 들지 않습니다. 거리감이라고나 할까요? 그녀에게 다가가기 위해서 건너야 하는 머나먼 거리. 그러나 정작 그녀는 다른 이가 다가가기만 하면 그 사람을 친밀하고 열정적으로 대해줍니다. 그 지점에서 바로 뜨거운 하양 신호가 발산되는 것이죠. 그녀의 그런 면이 내 눈길을 사로잡았지요. 그녀는 강렬했습니다. 아주 강렬했어요. 그녀는 매우 지적이고, 매우 복잡하다는 느낌이 들었습니다. 그녀가 벤치에 앉아 아무 신경 쓰지 않고 앉아 있어도, 그녀의 머리는 계속 움직이며 자신의 주변에 있는 모든 것을 감지합니다. 그녀는 별처럼 멀리 떨어져 차가운 하얀 색으로 빛나는 존재였습니다."

"그녀가 미혼이라는 걸 알아차렸나?"

"그녀는 결혼반지를 끼고 있지 않았습니다. 미혼일 거라고 생각했습니다. 차 안을 봐도 마찬가지였습니다."

"무슨 말인지 모르겠군. 차 안을 보고 어떻게 안다는 거지?"

미리노는 혼란스러운 듯 물있다.

"아마 그녀가 두 번째 왔을 때였을 겁니다. 직원이 세차하는 것을 보던 중이었는데, 차 안에는 남자의 물건이 아무것도 없었습니다. 우산이 뒷좌석 바닥에 있었는데 여자들이 가지고 다니는 작은 하늘색 우산이었습니다. 그와 반대로 남자들은 대부분 나무 손잡이가 달린 검정 우산을 가지고 다닙니다. 세탁소에서 찾은 옷도 뒷좌석에 있었는데, 모두 여자 옷이었고 남자 것은 없었습니다. 결혼한 여자들은 대개 세탁소에 갈 때 남편 옷도 같이 챙기니까요. 트렁크도 마찬가지였습니다. 연장이나 도구들이 없었습니다. 남자 물건은 아무것도 없었지요. 차 안의 세부적인 것을 보면 운전자가 어떤 사람인지 대강 알 수 있는 법입니다."

"베릴에 대해 많이 생각했다는 말처럼 들리는군. 혹시 그녀와 사귀고 싶다는 생각을 해보지는 않았나, 알? 차 안에 슬쩍 편지를 넣어두면 될 것 아닌가."

알은 고개를 저었다.

"저는 그녀의 이름조차 몰랐는걸요. 아마 알고 싶지도 않았던 것 같습니다."

"왜?"

"모르겠습니다……."

알의 안색은 불편해 보였고 혼란스러운 것 같았다.

"힘내게, 알. 자네는 말할 수 있어. 나라고 그녀와 사귀고 싶다는 생각을 해보지 않았겠나? 그녀는 외모도 예쁘고 흥미로운 면도 있으니까. 나라면 아마 남몰래 그녀의 이름을 적어놓고, 전화도 해봤을 거야."

"나는 그렇게 하지 않았습니다. 그 어떤 것도 시도해보지 않았어요."

알은 자신의 손을 내려다보았다.

"왜지?"

잠시 침묵이 흘렀다.

"혹시 예전에도 그녀와 비슷한 애인이 있었는데, 그 여자가 자네를 격정에 휩싸이게 했기 때문은 아닌가?"

알은 여전히 입을 굳게 다물었다.

"알, 그런 일은 누구에게나 일어나네."

"대학 다닐 때 2년 동안 어떤 여자를 사귀었습니다. 그녀가 의대생과 사귀는 바람에 끝나버렸습니다만……. 여자들은 다 그렇습니다. 모두 비슷한 유형을 찾습니다. 안정적으로 정착할 생각을 하는 거죠."

알의 목소리는 거의 들리지 않을 정도로 낮았다.

"여자들은 항상 돈 많은 남자만 찾아. 변호사, 의사, 은행가 등등. 여자들은 세차장에서 일하는 남자는 거들떠보지도 않지."

마리노는 점점 더 격앙된 목소리로 말했다.

"그 당시에는 세차장에서 일하지 않았습니다."

알은 불쑥 고개를 들며 말했다.

"상관없네. 베릴 매디슨처럼 잘나가는 여자는 자네에게 시간을 내주지 않았을 거야. 그렇지 않나? 베릴은 자네라는 사람의 존재조차 모를 걸세. 길거리 어디에선가 우연히 만나도 그녀는 자네를 못 알아보겠지."

"그런 식으로 말하지 마십시오."

"내 말이 틀리나?"

알은 주먹을 꽉 움켜쥐고는 자신의 손을 내려다보았다.

"그럼 자네가 베릴에게 의미 있는 사람이었단 말인가? 아마 자네는 뜨거운 하양 신호를 발산하는 그 여자에 대해 늘 생각하고, 환상을 품고, 같이 있으면 어떨까 궁금해하고, 그녀와 데이트하고 섹스하는 꿈을 꾸었겠지. 자네에겐 그녀에게 직접 말할 용기가 없었던 거야. 그녀가 자네를 하류라고 여길 거라고 생각했기 때문이지. 안 그런가?"

마리노는 쉬지 않고 쏟아냈다.

"그만 하세요! 더 이상 나를 괴롭히지 마세요. 그만! 그만! 날 내버려둬요!"

알은 날카롭게 소리쳤다.

마리노는 아무런 감정의 변화도 없이 테이블 너머의 알을 바라보았다. 그러고는 담배에 불을 붙였다.

"자네 아버지도 나처럼 얘기하겠지? 그렇지 않나? 자네 아버지는 자신의 외아들을 계집애 같다고 생각힐 길세. 빈민가 아파트를 여러 채 소유한 부자들은 다른 사람의 재산이나 감정 따위는 안중에도 없지. 하지만 자네는 그런 악랄한 사람이 아니야. 난 전지전능하신 자네의 아버지에 대해서도 알고 있네. 자네 아버지는 자네가 동성애자라고 떠들고 다니고, 자네가 간호사로 일할 때는 자식이라는 사실을 부끄러워했지. 자네가 그 빌어먹을 세차장에서 일하게 된 것도 아버지가 유산을 상속해주지 않겠다고 엄포를 놓았기 때문이지. 아닌가?"

마리노는 길게 담배 연기를 뿜어냈다.

"도대체 그걸…… 어떻게…… 어떻게 알아낸 거죠?"

알은 더듬거렸다.

"나는 모르는 것이 없다네. 메트로폴리탄 병원 사람들이 자네를 최고라고 말한 것도 알고 있다네. 환자들에게도 정말 친절하게 대했다고 하더군. 그들은 자네가 떠나는 걸 몹시 아쉬워했지. 그들은 자네가 '민감'하다고 표현했네. 한번 생각해보게. 아마 지나치게 민감했겠지. 안 그런가, 알? 자네가 데이트도 하지 않고 여자 친구도 없는 이유는 그 때문이야. 자네는 두려움에 떨고 있어. 그리고 베릴은 자네를 두려움에 떨게 했네. 그렇지 않나?"

알은 깊이 숨을 들이마셨다.

"그 때문에 자네는 그녀의 이름을 알고 싶지 않았던 거야. 그리고 그녀에게 전화할 마음도 생기지 않은 거지."

알은 안절부절못했다.

"전 그냥 그녀를 알아보았을 뿐입니다. 정말이지 그 이상은 아무 일도 없었습니다. 저는 경위님이 추측하는 것처럼 그녀를 생각해본 적이 없습니다. 저는 그저 그녀를 알고 있었을 뿐입니다. 그 이상 어떻게 해보지 않았습니다. 그녀와 얘기를 해본 것도 마지막으로 그녀가 세차장에 왔을 때……"

마리노는 정지 버튼을 누르고 나서 말했다.

"여기가 가장 중요한 부분이오."

마리노는 나를 빤히 쳐다보더니 무슨 문제라도 있냐고 물었다.

"저렇게 잔인하게 몰아붙일 필요가 있나요?"

나는 기분이 상한 어투로 말했다.

"흠, 저걸 보고 잔인하다고 하면 박사는 날 몰라도 너무 모르는 거요."

"미안하네요. 그런 대단한 분과 함께 거실에 앉아 있다는 걸 잠시 잊고 있었어요."

"모두 연기일 뿐이오."

마리노는 약간 상처받은 것 같았다.

"아카데미상에 노미네이트해야겠군요."

"그만 해요, 박사."

"알은 당신 때문에 무척 당황했어요."

"그건 수단이오. 마구 흔들어서 느슨하게 만드는 거지. 그렇게 하면 달리 방법이 없으니까 어쩔 수 없이 털어놓게 마련이지."

마리노는 다시 재생 버튼을 누르면서 이렇게 덧붙였다.

"그가 다음에 하는 말을 들어보면 이 취조가 얼마나 가치 있었는지 알게 될 거요."

다시 비디오 화면이 나왔다.

"그녀가 마지막으로 세차장에 온 게 언제지?"

마리노가 알에게 물었다.

"정확한 날짜는 기억나지 않습니다. 약 두 달 전이었는데, 금요일이었던 것은 분명히 기억납니다. 점심때가 조금 안 된 시간이었습니다. 요일을 정확하게 기억하는 이유는 그날 아버지와 점심 약속이 있었기 때문입니다. 아버지와 저는 매주 금요일 점심을 같이하면서 사업에 대한 이야기를 합니다. 그래서 금요일에는 평소보다 잘 차려입습니다. 그날도 양복에 넥타이를 매고 있었죠."

"그러니까 베릴이 금요일, 점심때가 조금 안 된 시각에 세차장에 왔다는 얘기군. 그리고 이번에는 베릴에게 말을 걸었나?"

마리노는 알을 다그쳤다.

"실제로 먼저 말을 긴 쪽은 그녀였습니다. 자동차가 세자 라인에서 나왔을 때 내 쪽으로 걸어오더니 트렁크 바닥에 뭔가를 쏟았는데 닦아낼 수 있는지 묻더군요. 그녀는 차로 다가가서 트렁크를 열어주었습니다. 트렁크 바닥은 젖어 있었습니다. 식료품점에서 산 오렌지 주스 병 같은 것이 깨진 듯했어요. 그녀가 곧바로 세차하러 온 이유도 바로 그 자국 때문이었죠."

"그녀가 차를 가져왔을 때 식료품 봉지도 여전히 트렁크 안에 들어 있었나?"

"아뇨."

알이 대답했다.

"그날 그녀가 무슨 옷을 입고 있었는지 기억나나?"

마리노의 질문에 알은 잠시 머뭇거렸다.

"테니스 복장에 선글라스를 끼고 있었습니다. 테니스를 치고 바로 오는 길 같았어요. 그런 차림은 처음 봤습니다. 예전에는 늘 평상복을 입고 왔었습니다. 테니스 라켓과 몇 가지 다른 물건들도 트렁크 안에 들어 있었습니다. 카펫을 세척하려 하자 그녀는 트렁크 안의 물건들을 모두 꺼내 뒷좌석으로 옮겼습니다."

마리노는 안주머니에서 수첩을 꺼내더니 몇 페이지를 넘겼다.

"그날이…… 7월 두 번째 주일 가능성이 있나? 7월 12일 금요일 말일세."

"아마 그럴 수도 있을 겁니다."

"다른 것은 기억나지 않나? 그녀가 다른 말을 했다든가……."

"그녀는 다정하게 대해주었습니다. 또렷하게 기억납니다. 저는 그럴 필요가 없었는데도 그녀가 물건 꺼내는 일을 도와주고 남은 것은 없는지 확인까지 해주었습니다. 원한다면 부품 가게에 가서 카펫을 새로 살 수도 있고, 깨끗이 닦아내려면 30달러가 든다고 설명해주었죠. 저는 그녀를 돕고 싶었습니다. 직원들이 세차하는 동안 저는 그녀의 차 옆에 서 있었는데, 우연히 조수석 문을 보게 되었습니다. 문이 엉망이었습니다. 아주 이상해 보였어요. 누군가가 손잡이 바로 밑에 열쇠로 하트 모양을 긁고 어떤 글자를 써넣은 것 같았습니다. 어떻게 된 일이냐고 그녀에게 묻자, 그녀는 조수석 쪽으로 와서 그 자국을 보았습니다. 가만히 서서 그것을 바라보던 그녀의 얼굴은 백지장처럼 하얗게 질렸습니다. 제가 말하기 전에는 몰랐던 것이 분명했습니다. 저는 그녀를 진정시키려고 애썼습니다. 당황하지 말라고 말해주었죠. 그녀의 차는 2만 달러나 하는 신형 혼다였는데 흠집 하나 없었죠. 그런데 갑자기 그런 자국이 생긴 거예요. 어린아이가 장난친 것 같지는 않았어요."

"그녀가 또 뭐라고 말하던가? 그 긁힌 자국에 대해 다른 말은 하지 않았나?"

마리노가 물었다.

"아니요. 별다른 말은 하지 않았습니다. 그녀는 두려워하는 것 같았습니다. 몹시 당황해서 주변을 둘러보았으니까요. 공중전화가 어디 있는지 묻기에 저는 세차장 안에 있다고 말해주었습니다. 그녀가 전화를 하고 나왔을 때 세차는 끝나 있었고, 그녀는 바로 떠났습니다."

마리노는 정지 버튼을 누르고 비디오테이프를 꺼냈다. 나는 문득 커피를 마시지 않은 걸 깨닫고 부엌으로 가서 커피를 두 잔 준비했다.

"한 가지 대답은 나온 셈이군요."

나는 커피를 들고 오며 말했다.

"아, 물론이오. 내 생각에 베릴은 공중전화로 가서 은행에 전화를 했을 수도 있고, 항공사에 전화를 걸어 비행기 표를 예약했을 수도 있소. 연인이라고 자처하는 괴한이 자동차 손잡이에 긁어놓은 자국을 보자 베릴은 막다른 벼랑에 서 있는 느낌이 들었을 거요. 베릴은 두려움에 떨었소. 세차장을 나온 베릴은 곧장 은행으로 갔소. 그녀가 어느 은행과 거래하는지도 확인했지. 7월 12일 낮 12시 50분, 그녀는 거의 1만 달러나 되는 돈을 현금으로 인출하고 구좌를 닫았소. 정말 큰돈을 인출한 거요."

"여행자수표도 찾았나요?"

"믿지 않겠지만, 찾지 않았소. 그녀는 강도를 만난 것보다 더 겁에 질렸던 거요. 베릴은 키웨스트에서 모두 현금으로 결제했소. 신용카드나 여행자수표를 사용하지 않는 한, 아무도 그녀의 이름을 알 수 없도록 말이오."

"그녀는 공포에 질린 게 분명해요. 그렇게 큰돈을 들고 다니다니, 상상이 안 가요. 아니면 신경쇠약에 걸리거나 너무 긴장한 나머지 공포에 질려버렸을 거예요."

나는 조용한 목소리로 말했다.

마리노가 담배에 불을 붙이자 나도 담배를 피워 물었다.

"세차하는 동안 알이 그 하트 모양을 긁었을 가능성은 없나요?"

나는 성냥불을 끄며 물었다.

"알이 어떻게 반응하는지 보려고 나도 똑같은 질문을 해보았소. 세차하는 동안 그런 일이 일어나는 건 불가능하다고 했소. 누군가 그랬다면 다른 사람이 봤을 거라면서. 나는 잘 모르겠소. 차 안에 있던 동전은 세차하고 나오면 없어지기 일쑤요. 사람들은 도둑놈들처럼 잘도 집어가지. 동전, 우산, 수표책도 빠지지 않소. 물어보면 아무도 못 봤다고 잡아떼고. 내가 생각하기에는 알이 그랬을 수도 있소."

"알은 다른 사람들과는 달라 보여요. 베릴에 대해 그렇게 생생하게 기억하고 있다는 것도 특이하고. 베릴은 세차장에 드나드는 수많은 사람 가운데 한 명이잖아요. 베릴은 얼마나 자주 세차장에 갔을까요? 한 달에 한 번? 아니면 더 뜸하게 갔을 수도 있겠죠?"

마리노는 고개를 끄덕였다.

"하지만 그에게 베릴은 네온사인처럼 빛났던 거요. 베릴을 향한 알의 마음은 아주 순수했을 수도 있고, 아닐 수도 있소."

마리노와 나는 한동안 말없이 커피만 마셨다. 내 머릿속에 다시 먹구름이 끼기 시작했다. 마크 때문이었다. 그의 이름이 온도프&버거에 올라 있지 않은 것은 착오일 수도 있다. 하지만 그렇다면 논리적인 설명이 필요했다. 혹시 온도프&버거에서 직원 명단을 컴퓨터에 입력하면서 실수로 마크의 이름을 빠뜨린 것은 아닐까? 그래서 안내원이 컴퓨터로 검색했을 때 그의 이름이 뜨지 않은 것이다. 혹은 안내원들이 모두 신입사원이어서 변호사들의 이름을 잘 모를 수도 있다. 그렇지만 왜 시카고 사무실에도 등록되어 있지 않은 걸까?

"박사, 뭔가 골탕이라도 먹은 얼굴이오. 내가 도착했을 때부터 죽 그렇게 보였소."

마리노가 드디어 말문을 열었다.

"그냥 피곤할 뿐이에요."

"헛소리!"

그렇게 말하고 마리노는 커피를 마셨다. 그가 다시 말을 할 때도 나는 다른 생각에 잠겨 있었다.

"로즈 말로는…… 어디 멀리 갔다고 하더군. 뉴욕에 가서 스파라치노라는 작자와 생산적인 대화라도 나눈 거요?"

"로즈가 언제 그런 얘기를 했어요?"

"그건 중요한 게 아니오. 괜히 비서한테 화내지 마쇼. 로즈는 박사가 다른 도시로 가야 할 일이 있다고만 했소. 그곳이 어디인지, 누구를 만나는지, 무엇 때문에 가는지는 말하지 않았지. 그 이외의 것은 내가 직접 알아낸 거요."

"어떻게 알아냈죠?"

"박사가 내게 말한 거나 마찬가지요. 어쨌거나 스파라치노하고 무슨 얘기를 한 거요?"

"스파라치노는 당신과 얘기를 나누었다고 했어요. 우선 그 얘기부터 들어야겠어요."

나는 단호하게 말했다.

마리노는 재떨이에서 담배를 집으며 말을 꺼냈다.

"아무 일도 없었소. 그제 밤에 우리 집으로 전화가 왔지. 그가 도대체 어떻게 내 이름과 전화번호를 알아냈는지는 묻지 마쇼. 나도 모르니까. 그자는 베릴의 원고를 원하고 있지만, 난 넘겨주지 않을 생각이오. 처음에는 협조할 생각이었는데, 알고 보니 형편없는 놈이더군. 명령을 내리고 자기가 무슨 왕이라도 되는 것처럼 구는 거요. 자기가 베릴의 재산 관리자라고 하면서 으름장을 놓기 시작했소."

"그래서 그 원고를 내 사무실로 보내는 매우 경이로운 일을 하셨고요."

순간 마리노가 멍하니 나를 바라보았다.

"아니오, 난 박사 얘기를 꺼내지도 않았소."

"정말이에요?"

"물론이오. 한 3분 정도 통화한 게 전부요. 박사 이름은 입에 올리지도 않았소."

"그렇다면 경찰 보고서에 적혀 있는 그 원고는요? 스파라치노가 그 원고에 대해 물어보지 않던가요?"

"물어봤지. 하지만 나는 자세한 내용은 아무것도 말하지 않았소. 그녀의 모든 원고들은 증거물로서 현재 조사가 진행 중이고, 나는 그 사건에 대해서 언급할 자유가 없다고 했지."

"당신이 발견한 원고를 내 사무실로 보냈다고 말했나요?"

내가 묻자 마리노는 이상하다는 듯이 나를 쳐다보았다.

"절대 그런 말 한 적 없어요. 내가 왜 그자에게 그런 말을 하겠소? 그건 사실이 아니오. 나는 밴더에게 그 원고를 복사하라고 했고, 그가 복사하는 동안 옆에 서 있었지. 그러고는 그 원고를 들고 사무실 밖으로 나왔소. 베릴의 모든 물건들은 물품 보관소에 있어요. 그런데 왜 그러는 거요? 스파라치노가 도대체 박사에게 무슨 말을 한 거요?"

나는 커피를 더 마시기 위해 자리에서 일어섰다. 그리고 커피를 가지고 돌아와서 마리노에게 지금까지의 일을 모두 털어놓았다. 내 얘기를 끝까지 들은 마리노는 믿기지 않는다는 눈으로 나를 바라보았다. 그의 눈빛에는 나를 불안하게 만드는 또 다른 무언가가 있었다. 나는 마리노가 이처럼 두려워하는 모습을 예전에는 한 번도 본 적이 없었다.

"그가 전화하면 뭐라고 얘기할 거요?"

마리노가 물었다.

"마크가요?"

"아니, 그럼 내가 도깨비 얘길 하는 거겠소?"

마리노는 빈정대듯 말했다.

"일단 마크에게 설명해달라고 해야죠. 어떻게 온도프&버거에서 일하게 되었는지, 시카고에 살고 있는데 왜 전화번호부에 등록이 안 되어 있는지 물어봐야죠. 사실은 잘 모르겠어요. 귀신에 홀린 것 같기도 하고……. 하지만 무슨 일이 벌어지고 있는지는 알아내야겠어요."

내 마음속에서는 당혹감이 점점 더 커져갔다.

마리노는 허공을 바라보았다. 그의 턱 근육이 실룩거렸다.

"당신은 마크가 이번 일과 연관이 있는지…… 스파라치노와 함께 불법적인 범죄 행위에 연루된 것은 아닌지 의심하는군요."

나는 차마 입 밖에 내기 싫었던 말을 하고 말았다.

마리노는 화가 난 표정으로 다시 담배에 불을 붙였다.

"내가 그 외에 무슨 생각을 할 수 있겠소? 박사는 옛 로미오를 15년 동안이나 만나지 못했소. 그동안 전화 연락은 물론 한 마디 안부도 듣지 못했소. 그가 살아 있는지조차 몰랐을 거요. 그런데 어느 날 갑자기 그가 당신 앞에 나타난 거요. 그가 그동안 무얼 하고 살았는지 당신이 어떻게 알겠소? 당연히 알 길이 없지."

그때 갑자기 울린 전화벨 소리에 마리노와 나는 깜짝 놀랐다. 나는 부엌으로 가면서 본능적으로 손목시계를 쳐다보았다. 10시가 조금 안 된 시각이었다. 수화기를 들 때 내 심장은 두려움으로 죄어들었다.

"케이?"

마크였다.

"마크? 지금 어디야?"

나는 마른침을 삼키며 물었다.

"집이야. 시카고로 돌아왔어. 지금 막⋯⋯."

"당신과 통화하려고 뉴욕과 시카고로 전화했었어. 사무실로⋯⋯. 공항에서도 전화했었어."

나는 말을 더듬고 있었다.

미그는 한참 동안 아무 말도 하지 않았다.

"잘 들어, 케이. 시간이 얼마 없어. 내가 전화한 건, 일이 그렇게 되어서 미안하다고 말하고 싶었고 당신이 괜찮은지 확인하고 싶어서야. 나중에 연락할게."

"마크, 지금 어디에 있는 거야?"

나는 다시 물었다.

"⋯⋯."

"마크! 마크!"

나는 다급하게 소리쳤다. 그러나 들려오는 소리는 '뚜' 하는 신호음뿐이었다.

07
표적

다음 날은 일요일이었다. 알람이 울어대도 나는 눈을 뜨지 않았다. 아침 미사와 점심도 거른 채 계속 잠만 잤다. 오후가 되어 침대에서 기어 나왔지만 몸은 찌뿌드드하고 마음은 한없이 무거웠다. 무슨 꿈인지 기억나지는 않지만 계속 기분 나쁜 꿈에 시달렸다.

먹고 싶지도 않은 오믈렛을 만들기 위해 양파와 고추를 잘게 썰고 있을 때 전화벨이 울렸다. 저녁 8시가 조금 지난 시각이었다.

몇 분 후, 나는 커틀러 그로브로 가는 길을 메모한 종이를 대시보드 위에 올려놓고 어두운 64번 고속도로 위를 달렸다. 내 머릿속은 일련의 명령을 반복해서 실행하는 컴퓨터 같았다. 같은 생각이 계속해서 맴돌았다. 캐리 하퍼가 살해당했다! 윌리엄스버그에 있는 한 술집에서 집으로 돌아와 차에서 내릴 때 습격을 당했다고 한다. 범죄 수법은 매우 잔인했다. 캐리 하퍼의 목도 베릴 매디슨의 그것처럼 칼에 맞아 꺾여 있었다.

길은 어두웠다. 낮게 깔리는 자동차의 헤드라이트에 비친 짙은 안개가 시야를 가득 채웠다. 가시거리는 거의 제로에 가까웠고, 예전에 수없이 달렸던 고속도로가 갑자기 낯설게 보이기 시작했다. 헤드라이트에 비치는 안개가 더욱 짙어지는 것을 보며 나는 담배에 불을 붙였다. 그때 갑자기 낯선 자동차가 다가왔다. 그러더니 점점 더 내 차 뒤로 따라붙었다. 마침내 찾고 있던 출구로 빠져나온 나는 헤드라이트를 껐다. 그 차가 내 뒤로 바싹 따라왔기 때문이다.

막 접어든 비포장도로에는 표지판이 없었다. 뒤차의 헤드라이트는 내 차의 범퍼에 계속 고정되어 있었다. 나의 38구경 권총은 집에 있었다. 가진 것이라곤 의료 가방 속에 든 최루 신경가스뿐이었다. 잠시 후 길모퉁이에 위치한 저택을 발견하자 안도의 한숨이 절로 나왔다. 완만하게 휘어진 모퉁이에는 응급 상황을 알리는 불빛이 빛나고, 여러 대의 자동차들이 줄지어 서 있었다. 나는 한쪽에 차를 주차했다. 내 뒤를 따라오던 차도 결국 멈추어 섰다. 순간 나는 놀라지 않을 수 없었다. 마리노가 코트 깃을 여미면서 그 차에서 내렸던 것이다.

"맙소사! 이럴 수가……."

나는 놀라서 소리쳤다.

마리노는 내 쪽으로 저벅저벅 걸어오며 중얼거렸다.

"이하동문이오. 나 역시 믿기지 않소이다."

저택 뒤쪽 출입문 앞에 주차되어 있는 구형 롤스로이스에 밝은 불빛이 비치고 있었다.

"젠장, 이 말밖엔 할 말이 없군. 젠장!"

마리노는 롤스로이스로 다가가면서 내뱉었다.

경찰들이 현장 곳곳에 깔려 있었다. 차가운 조명을 받은 그들의 얼굴은 몹시 창백해 보였다. 자동차 엔진이 부르릉거리는 소리와 라디오에서 흘러나오는 짤막한 말들이 차가운 공기 속을 맴돌았다. 계단 손잡이에는 범죄 현장을 알리는 경찰 통제선이 묶여 있었다. 경찰 통제선으로 둘러쳐진 사각 공간은 불길해 보였다.

갈색 가죽 재킷을 입은 사복 경찰이 우리 쪽으로 걸어왔다.

"스카페타 국장님이십니까? 포티트 형사라고 합니다."

나는 의료 가방을 열어 장갑과 손전등을 꺼냈다.

"시체에는 아무도 손대지 않았습니다. 와트 박사가 지시한 그대로 했습니다."

와트 박사는 일반 개업의였다. 그는 법의국장에게 협조하도록 주 정부가 법의관으로 지정한 5백 명의 의사 가운데 한 사람이었는데, 가장 형편없는 의사 열 명 안에 들었다. 오늘 저녁 무렵 경찰의 연락을 받은 그는 즉시 내게 전화를 했다. 저명인사가 갑작스럽게 사망하거나 의문사할 경우 법의국장에게 알리는 것이 관리 운용 규정이었다. 가능한 한 와트에게 이런 사건을 맡기지 않는 것도 규정 가운데 하나였다. 와트가 보고서를 제대로 작성하지 않아 번거로운 일만 생기곤 했기 때문이다. 와트는 이런 사건 현장에서 일 처리를 못 하는 것으로 악명이 높았다. 이번에도 나는 그의 코빼기조차 보지 못했다.

"경찰팀들과 거의 동시에 이곳에 도착했습니다. 팀들이 필요 이상의 일은 하지 않도록 주의를 주었습니다. 피해자의 몸을 건드리지도 않았고, 그의 옷가지나 다른 물건에도 손대지 않았습니다. 피해자는 우리가 도착했을 때 이미 사망한 상태였습니다."

나는 포티트 형사에게 수고했다고 말했다.

"머리를 심하게 맞은 것으로 보입니다. 칼을 사용한 것 같은데 새 사냥용 산탄이 도처에 깔려 있는 것으로 봐서 총을 발사했을 수도 있습니다. 흉기는 아직 찾지 못했습니다. 피해자는 저녁 7시 15분경 차를 몰고 들어온 것으로 보이며, 지금 이 자리에 주차했습니다. 그리고 차에서 내릴 때 습격을 당한 것 같습니다."

포티트 형사는 롤스로이스를 쳐다보며 말했다. 차 주변에는 회양목이 높이 서 있었다. 회양목은 포티트 형사보다 키가 몇 배나 더 컸고 수령도 오래되어 보였다.

"도착했을 때 운전석 문은 열려 있었나요?"

내가 물었다.

"아닙니다. 자동차 열쇠가 바닥에 떨어져 있었습니다. 쓰러졌을 당시 손에 쥐고 있었던 것으로 보입니다. 말씀드린 대로, 우리는 아무것도 손대지 않았습니다. 국장님이 도착할 때까지 기다리고 있었죠. 하지만 날씨 때문에 수사를 강행할 뻔했습니다. 곧 비가 올 것 같아서요. 눈이 내릴 수도 있고요. 차 안으로 끌려간 흔적은 물론 저항한 흔적도 전혀 없습니다. 범인은 관목 숲 뒤에 숨어서 피해자를 기다렸던 것으로 추정됩니다. 그리고 순식간에 일이 벌어진 것 같습니다. 집 안에 있던 피해자의 누이는 총소리는커녕 아무 소리도 듣지 못했다고 합니다."

나는 포티트 형사와 얘기를 나눈 후 마리노가 있는 곳으로 걸음을 옮겼다. 경찰 통제선 아래로 몸을 숙이고 들어간 나는 롤스로이스 근처로 다가갔다. 내 눈은 본능적으로 주변을 샅샅이 살피고 있었다. 차는 운전석 문이 집을 향한 채 저택의 뒤쪽 계단에서 3미터도 떨어지지 않은 곳에 주차되어 있었다. 나는 보닛에 독특한 장식을 단 차를 둘러본 다음 걸음을 멈추고 카메라를 꺼냈다.

캐리 하퍼는 바닥에 누워 있었다. 그의 머리는 앞 타이어에서 몇 센티미터밖에 떨어져 있지 않았다. 타이어를 덮는 펜더(fender)는 피로 얼룩지고, 하퍼가 입고 있던 베이지색 스웨터도 검붉게 변해 있었다. 그의 엉덩이 근처에 열쇠고리가 떨어져 있었다. 밝은 불빛 아래로 보이는 것은 온통 핏자국뿐이었다. 하퍼의 흰 머리카락은 피로 뒤엉켰고, 얼굴과 머리 부분은 칼로 갈기갈기 찢긴 상태였다. 무딘 칼로 난폭하게 휘두른 것 같았다. 목에는 칼자국이 양옆으로 길게 나 있었는데, 목이 거의 떨어져 나갈 지경이었다. 그리고 손전등을 비추는 곳마다 새 사냥용 산탄이 작은 은색 구슬처럼 빛났다. 시체 위와 그 주변에는 거의 수백 개의 산탄이 흩어져 있었다. 심지어 자동차 지붕 위에도 몇 개 떨어져 있었다. 하지만 산탄은 총에서 발사된 것이 아니었다.

나는 주변을 돌아다니며 사진을 찍었다. 그리고 나서 긴 온도계를 꺼내 시체 앞에 웅크리고 앉았다. 나는 스웨터 안으로 조심스럽게 온도계를 밀어 넣은 다음 시체의 왼쪽 팔을 옆구리에 고정시켰다. 체온은 33.5도였고, 기온은 영하 1도였다. 체온은 시간당 3도씩 급격히 떨어지고 있었다. 얼음이 얼 수 있는 기온인 데다 하퍼는 체격이 크지도 않았고 옷을 두껍게 입고 있지도 않았다. 작은 근육은 이미 경직이 시작되고 있었다. 하퍼가 죽은 지 채 두 시간도 지나지 않은 듯했다.

체온을 잰 나는 시신을 시체안치소로 옮기는 동안 사라질 가능성이 있는 증거물들을 찾기 시작했다. 섬유, 머리카락, 피에 붙어 있는 다른 부스러기들이 나올 가능성이 있었다. 나는 하나라도 놓칠까 봐 걱정이 되었다. 시체와 그 주변을 천천히, 그리고 면밀히 살펴보는데, 목 주변에 가는 불빛 같은 것이 너울거리는 게 눈에 띄었다. 나는 그것을 만지지 않고 시체 가까이 몸을 숙여 들여다보았다. 초록색의 작은 덩어리 안에는 서너 개의 조그만 알갱이가 들어 있었다. 나는 그것을 조심스럽게 비닐 증거물 주머니에 넣었다. 그때 집의 현관 안에 서 있는 어떤 여인과 눈이 마주쳤다. 겁에 질린 눈을 한 그 여인 옆에 철제 클립보드를 든 경찰관이 서 있었다.

잠시 후 마리노와 포티트가 클립보드를 들고 있는 경찰과 함께 발소리를 내며 내 쪽으로 걸어왔다. 그들은 경찰 통제선 밑으로 몸을 숙이고 들어왔다. 저택의 뒷문이 조용히 닫혔다.

"미스 하퍼와 같이 있어줄 사람은 있나요?"

내가 물었다.

"네, 미스 하퍼는 친구가 올 거라며 괜찮다고 했습니다. 범인이 돌아와 다시 범행을 저지르지 못하도록 두 팀이 집 근처에서 감시하고 있을 겁니다."

클립보드를 들고 있던 경찰이 담배 연기를 내뿜으며 말했다.

"뭘 찾고 계십니까?"

포티트가 내게 물었다.

그는 추위에 어깨를 움츠린 채 두 손을 재킷 주머니에 찔러 넣었다. 어느새 굵은 눈발이 날리기 시작했다.

"한 가지 흉기만 사용한 것 같지는 않아요. 머리와 얼굴에 난 상처는 무딘 흉기를 휘둘러 생긴 외상이에요. 반면 목에 난 상처는 날카로운 흉기로 찌른 것이 분명해요. 새 사냥용 산탄은 모양이 변형되지 않았어요. 그리고 하퍼의 몸을 관통한 산탄은 하나도 없었어요."

나는 상처 부위를 가리키며 말했다.

사방에 흩어져 있는 작은 알갱이들을 바라보던 마리노는 난처한 표정을 지었다.

"저도 그런 인상을 받았습니다. 확실하지는 않습니다만, 총을 쏜 것 같지는 않습니다. 총보다는 칼이나 자동차 연장 같은 것을 찾아보는 편이 나을 것 같습니다."

포티트가 말했다.

"그럴 가능성도 배제할 수 없지만 반드시 그런 건 아니에요. 현재로서 확실히 말할 수 있는 것은, 피해자가 날카로운 흉기에 목이 찔리고, 무언가 길고 뭉툭한 것으로 맞았다는 사실뿐입니다."

"이 정도만 해도 많이 찾아낸 겁니다, 국장님."

포티트가 얼굴을 찡그리며 말했다.

"맞아요, 많이 찾아낸 셈이죠."

나도 동의했다.

새 사냥용 산탄이 조금 의심스럽기는 했지만 과거의 경험들을 떠올리며 더 이상 깊이 생각하지 않기로 했다. 경찰들은 때로 내 진술을 문자 그대로만 받아들이곤 한다. 어떤 범행 현장에서는 이런 일도 있었다. 내가 경찰들에게 범인이 사용한 흉기는 얼음 깨는 송곳 같은 것이라고 말했더니 경찰들이 희생자의 거실에 떨어져 있는 피 묻은 커튼 핀을 그냥 지나치고 말았던 것이다.

"이제 시체를 옮겨도 됩니다."

나는 장갑을 벗으며 말했다.

응급요원들이 하퍼의 시신을 흰 시트로 싼 다음 시체용 비닐 백에 넣고 지퍼를 잠갔다. 나는 마리노 옆에 서서 어둡고 황량한 진입로를 따라 멀어져 가는 구급차를 바라보았다. 구급차는 불도 켜지 않고 사이렌도 울리지 않았다. 시체를 운반할 때는 서두를 필요가 없기 때문이다. 눈발은 점점 굵어져 앞이 보이지 않을 정도가 되었다.

"지금 떠날 거요?"

마리노가 내게 물었다.

"어떻게 하시려고요. 또 나를 따라올 거예요?"

나는 웃지 않았다.

마리노는 눈이 하얗게 내린 진입로 끝에 주차되어 있는 롤스로이스를 바라보았다. 하퍼의 피가 흐른 자리는 눈이 내리자마자 녹아버렸다.

"난 박사를 따라갔던 게 아니오. 리치먼드로 돌아가던 길에 무전 연락을 받은 거요."

마리노는 심각하게 말했다.

"리치먼드로 돌아가다니, 어디에서 말이에요?"

"바로 이곳에서였소."

마리노는 주머니에서 자동차 열쇠를 찾으며 말을 이었다.

"난 하퍼가 '컬페퍼'라는 술집에 자주 간다는 것을 알아냈소. 그를 붙들어 놓고 길게 이야기를 늘어놓을 생각이었지. 30분 정도 지나자 그는 나에게 잘 해보라는 투로 말하고는 떠났소. 차를 몰고 리치먼드로 돌아가는데 이곳에서 사건이 발생했다는 포티트의 무전을 받았지. 리치먼드에서 15마일 정도 못 미치는 지점이었을 거요. 차를 이곳 방향으로 돌리는데 박사의 차가 앞서가더군. 박사가 길을 잘못 들어설까 봐 뒤에서 따라온 거요."

"그럼 오늘 저녁에 하퍼를 만났단 말이에요?"

나는 놀라움을 감추지 못하며 물었다.

"그렇소. 나와 헤어진 다음 약 5분 후에 살해된 거요. 포티트 형사를 만나 사건을 조사해볼 작정이오. 그리고 박사만 괜찮다면 아침에 시체를 보러 들르겠소."

마리노는 상기된 표정으로 말하면서 자신의 차 쪽으로 바삐 걸음을 옮겼다.

나는 머리에 쌓인 눈을 털며 멀어져 가는 마리노를 바라보았다. 그가 떠나는 것을 바라보던 나는 자동차에 열쇠를 꽂아 넣었다. 그리고 얇게 쌓인 눈을 치우기 위해 와이퍼를 작동시켰는데, 앞 유리창 한가운데에서 와이퍼가 멈추어버렸다. 주 정부 차량인 자동차가 어젯밤부터 시동이 잘 걸리지 않더니 급기야 퍼져버린 것이다.

따뜻한 하퍼의 서재는 소리가 울릴 정도로 높고 널찍했다. 바닥에는 붉은색 페르시안 카펫이 깔려 있고 세련된 앤티크 가구들이 놓여 있었다. 소파는 너무나 고급스러웠다. 나로서는 앉아보기는커녕 만져보지도 못한 고급 소파였다. 높은 천장은 로코코풍으로 장식되어 있었다. 벽은 책으로 둘러싸여 있었는데 대부분 가죽 장정이었다. 소파 맞은편의 대리석 벽난로에는 아직 불꽃이 남아 따뜻했다.

나는 상체를 기울여 불을 쬐면서 벽난로 위에 걸려 있는 유화 작품을 들여다보았다. 흰옷을 입은 사랑스러운 소녀가 작은 벤치에 앉아 있는 그림이었다. 긴 금발의 소녀는 무릎 위에 올려둔 빗을 부드럽게 쥐고 있었다. 그 소녀는 벽난로에서 올라오는 불빛을 받아 희미하게 빛났다. 두 눈은 감기고 촉촉한 입술은 반쯤 벌어져 있었다. 깊게 파인 드레스의 목선으로 아직 덜 성숙한 새하얀 젖가슴이 살짝 드러나 있었다. 나는 이 초상화를 가장 눈에 잘 띄는 곳에 걸어둔 이유가 궁금해졌다. 그때 하퍼의 누이가 조용히 서재 문을 열고 들어왔다.

"이걸 마시면 몸이 따뜻해질 거예요."

미스 하퍼는 내게 와인잔을 건네며 말했다.

그녀는 낮은 탁자 위에 쟁반을 올려놓은 다음, 바로크풍의 붉은색 벨벳

의자에 조용히 앉았다. 어머니와 할머니께 예절을 배운 요조숙녀들이 그렇듯이, 그녀는 두 다리를 한쪽으로 비스듬히 모아 우아하게 앉았다.

나는 감사하다는 말과 함께 폐를 끼쳐 미안하다는 말도 잊지 않았다.

내 차의 배터리는 아예 나가버려서 임시로 고칠 수도 없었다. 경찰은 견인차를 부르고, 현장 조사가 끝나는 대로 돌아와 리치먼드까지 태워주겠다고 약속했다. 선택의 여지가 없었다. 나는 눈을 맞으며 되돌아갈 수도, 고장 난 차 안에서 한 시간 이상 기다릴 수도 없었다. 그래서 하퍼 씨의 집 현관문을 두드린 것이었다.

미스 하퍼는 포도주를 마시며 멍하니 벽난로를 바라보았다. 서재를 가득 채우고 있는 비싼 가구들처럼 그녀도 우아한 자태로 앉아 있었다. 내가 이제까지 보아온 어떤 여인들보다 우아하고 품위 있는 모습이었다. 아름다운 은발이 귀족적인 얼굴을 부드럽게 감싸고 있는 그녀는 모자가 달린 베이지색 스웨터와 코듀로이 스커트를 입고 있었다. 그녀의 이름은 스털링 하퍼로, 독신이라는 단어가 언뜻 떠오르지는 않는 분위기를 가진 여자였다.

그녀는 말이 없었다. 눈송이는 유리창에 부딪히자마자 녹아내리고, 처마 주변에서는 구슬픈 바람 소리가 울렸다. 나로서는 이 집에 혼자 산다는 것은 상상조차 할 수 없는 일이었다.

"다른 가족은 없으세요?"

"아무도 없어요."

"정말 유감입니다, 미스 하퍼……."

"그런 말은 하지 마세요, 스카페타 박사님."

미스 하퍼가 와인잔을 들자 커다란 에메랄드 반지가 벽난로 불빛을 받아 반짝였다. 그녀의 눈은 나에게 고정되어 있었다. 내가 하퍼 씨의 시체를 살펴보고 있을 때 공포에 질려 있던 그녀의 두 눈이 떠올랐다. 이제 그녀는 안정을 되찾은 듯했다.

한동안 말이 없던 미스 하퍼가 갑자기 입을 열었다.

"범행 수법이 너무 놀라워요. 범인이 집에서 기다릴 정도로 대담하리라고는 생각지도 못했습니다."

"아무 소리도 듣지 못했나요?"

내가 물었다.

"차가 들어오는 소리는 들었어요. 그 이후로는 아무 소리도 듣지 못했죠. 캐리가 집에 들어오지 않자 무슨 일이 있나 싶어 문을 열어보았습니다. 그리고 즉시 911로 전화했어요."

"하퍼 씨는 컬페퍼 외에 다른 술집엔 가지 않았나요?"

"네, 다른 곳에는 가지 않아요. 캐리는 매일 컬페퍼에 갔어요. 나는 그곳에 가지 말고, 요즘 세상이 얼마나 위험한지 모른다며 말리곤 했어요. 동생은 늘 현금을 들고 다녔거든요. 하지만 술집에 오래 있지는 않았어요. 한 시간 정도, 길어야 두 시간이었지요. 동생은 영감을 얻고 보통 사람들과 어울리기 위해서라고 말하곤 했습니다. 캐리는 《뾰족한 모서리》 이후 아무 작품도 쓰지 못했으니까요."

미스 하퍼는 창밖을 응시하며 조용하게 말했다.

나는 코넬 대학 시절 그 소설을 읽었는데, 지금은 대략적인 스토리만 기억에 남아 있다. 버지니아 농장에서 성장한 젊은 작가의 눈을 통해서 본 옛 남부의 모습, 근친상간, 인종주의를 다룬 소설이었다.

"내 동생은 한 작품밖에 쓰지 못한 불행한 천재였습니다. 문학사에는 그런 뛰어난 작가들이 적지 않지요."

미스 하퍼는 이렇게 덧붙였다. 그리고 힘없는 목소리로 말을 이었다.

"캐리는 어린 시절에 강요된 삶을 살았습니다. 일시적으로 유명인이 된 이후로는 절망에 빠졌지요. 동생은 여러 작품을 썼지만 결국엔 모두 불속에 던져버리곤 종이가 타는 동안 그것을 뚫어져라 노려보았죠. 그리고는 다시 쓸 준비가 될 때까지 성난 황소처럼 온 집 안을 돌아다녔습니다. 헤아릴 수 없을 정도로 오랜 시간 동안 그는 그렇게 살아왔어요."

"동생을 지켜보는 것이 끔찍이도 힘들었겠군요."

나는 낮은 목소리로 말했다. 그녀와 내 눈이 마주쳤다.

"아뇨, 난 나 자신을 지켜보는 것이 힘들었습니다. 캐리와 나는 같은 뱃속에서 나온 피붙이였어요. 우리 두 사람의 차이점은, 나는 바꿀 수 없는 것에 대해서는 분석하려 들지 않는다는 거예요. 하지만 캐리는 자신의 본성과 과거, 자신을 형성한 힘에 대해 끊임없이 파고들었어요. 그것으로 그는 퓰리처상을 받았지요. 난 분명한 사실에 대해서는 싸우지 않기로 결심했습니다."

"예를 들면요?"

"우리 집안은 대가 끊길 상황에 놓이게 되었어요. 더 이상 자손도 없으니까요. 우리 밑으로는 아무도 없습니다."

나는 와인을 한 모금 마셨다. 약간 쌉쌀한 맛이 나는 부르고뉴산이었다. 경찰 조사가 끝나려면 시간이 얼마나 더 걸릴까? 조금 전, 트럭 소리가 난 것으로 보아 내 차를 견인해 갔을 것이다.

"나는 동생을 돌보는 일과 조용히 하퍼 가의 대를 마감하는 것을 내 운명으로 받아들였어요. 나는 전적으로 캐리를 위해 살았습니다. 그는 내 동생이니까요. 동생이 얼마나 좋은 사람이었는지 모른다는 둥 그런 거짓말은 하지 않을 작정입니다. 당신에게는 내가 너무 냉정해 보이겠지만요."

미스 하퍼는 와인을 한 모금 넘기며 말했다.

'냉정'이라는 말은 그녀와 어울리지 않았다.

"오히려 솔직하게 말씀해주셔서 감사합니다."

"캐리는 상상력이 풍부하고 변덕스러웠습니다. 나는 그렇지 않아요. 아마 그랬다면 캐리를 감당할 수 없었을 거예요. 결코 이곳에서 동생과 살수 없었을 겁니다."

"이런 집에 살면 고독할 것 같은데……."

나는 미스 하퍼의 생각을 넘겨짚었다.

"내가 꺼리는 것은 고독이 아닙니다."

"그렇다면……?"

나는 담배를 찾으며 물었다.

"와인 한 잔 더 하시겠어요?"

그녀가 물었다. 그녀의 한쪽 뺨은 벽난로 불빛에 그늘이 져 어두웠다.

"괜찮습니다."

"이 집으로 이사 오지 않았더라면 좋았을 것을……. 이 집에 이사 온 후로는 좋은 일이 한 번도 일어나지 않았어요."

"앞으로 어떻게 하실 건가요? 여기에서 계속 사실 건가요?"

그녀의 공허한 눈빛은 차가워 보였다.

"난 이제 갈 곳이 없어요."

"커틀러 그로브를 팔면 어렵지 않을 텐데요."

나는 벽난로 위에 있는 초상화로 다시 눈길을 돌렸다. 흰옷을 입은 소녀는 불빛을 받아 이상하게 미소 짓고 있었다. 소녀에게는 절대 말해서는 안 될 어떤 비밀이 숨겨져 있는 것 같았다.

"한 번 뿌리 내린 곳을 떠나기란 쉬운 일이 아니죠."

"무슨 말씀이시죠?"

"난 변화를 받아들이기에는 너무 늙었어요. 건강을 위해 몸을 돌보거나 새로운 사람들을 사귀기에도……. 지나간 과거도 내 것입니다. 그건 내 인생이에요. 당신은 젊어요, 스카페타 박사님. 뒤돌아본다는 것이 어떤 느낌인지 당신도 언젠가는 알게 될 거예요. 그것은 피할 수 없는 일이에요. 자신의 삶을 되돌아보면 결국 친숙한 공간으로 돌아가게 마련입니다. 인생에서 가장 힘든 일을 겪은 곳이지만 아이러니하게도 나중엔 고통도 편안하게 느껴지고, 자신을 배신했던 친구들도 시간과 함께 잊어버리지요. 그리고 언젠가 도망쳐 나왔던 고통 속으로 다시 뛰어드는 자신을 발견하게 되는 거죠. 그편이 더 쉬워요. 이게 내가 말할 수 있는 전부예요."

"누가 동생에게 이런 짓을 했다고 생각하세요?"

나는 화제를 바꾸기 위해 그녀에게 단도직입적으로 물었다.

하지만 미스 하퍼는 입을 굳게 다물고는 두 눈을 크게 뜬 채 장작불만 바라보았다.

"베릴은 어떻습니까?"

나는 처음으로 베릴 얘기를 꺼냈다.

"실은 베릴이 살해되기 몇 달 전부터 위협당한 사실을 알고 있었어요."

"죽기 몇 달 전부터요?"

"베릴과 나는 아주 가까운 사이였죠."

"베릴이 위협당한 걸 아셨나요?"

"네, 그녀는 협박을 받았어요."

"협박받고 있다는 사실을, 베릴이 당신에게 직접 말했나요?"

"물론이에요."

마리노는 베릴의 전화 통화 기록을 조사했었다. 이곳 윌리엄스버그로 건 시외 통화 기록은 한 건도 없었다. 캐리 하퍼나 미스 하퍼에게 받은 편지도 발견되지 않았다.

"베릴과는 어느 정도 가까이 지내셨나요?"

"아주 가깝게 지냈지요. 사정이 허락하는 한 최대한 가까이 지내려고 애썼어요. 그녀가 집필 중이던 책과 내 동생과의 계약 문제 때문에 조금 힘들기도 했지만……. 그것 때문에 모두가 엉망이 되어버렸어요. 캐리는 무척 분개했고요."

"베릴이 그 책을 쓰고 있는지 하퍼 씨는 어떻게 알았죠? 베릴이 직접 말했나요?"

"베릴의 변호사가 말해주었습니다."

"스파라치노가요?"

"그가 캐리에게 어떤 구체적인 이야기를 했는지는 모르겠어요. 여하튼 동생은 베릴이 쓰고 있던 책에 대해 듣고는 거의 이성을 잃었어요. 그 변호사가 배후에서 일을 꾸민 거죠. 그는 베릴과 캐리 사이를 왔다 갔다 하면서 자신이 마치 그들의 편이라도 되는 것처럼 굴었습니다. 물론, 그가 누구 편인지는 얘기하고 있는 상대에 따라 달라졌지요."

미스 하퍼의 얼굴은 굳어 있었다.

"지금 그 원고가 어디 있는지 알고 있나요? 현재 출판 준비 중인가요?"

"며칠 전, 그 변호사가 캐리에게 전화를 했어요. 두 사람이 통화하는 내용을 조금 엿들었는데, 그 원고가 사라졌다고 했습니다. 당신 사무실 얘기도 언급되었고요. 캐리가 법의관에 대해 무언가 얘기하는 것을 들었습니다. 아마 당신을 말하는 것이겠지요. 그리고 그 순간 동생은 화를 냈어요. 그 변호사는 캐리의 손에 원고가 들어올 가능성은 거의 없다고 말하는 듯했어요."

"하퍼 씨가 원고를 받을 가능성이 있었나요?"

나는 그 점을 알고 싶었다.

"베릴은 그 원고를 캐리에게 절대 넘겨주지 않았을 겁니다. 그것은 말도 안 되는 얘기예요. 캐리는 그녀가 쓰고 있는 원고에 대해 결사반대했으니까요."

미스 하퍼는 약간 흥분하며 말했다.

그리고 우리 두 사람은 한동안 말이 없었다.

"미스 하퍼, 캐리는 무엇을 그렇게 두려워했나요?"

"삶, 삶 자체를 두려워했습니다."

나는 아무 말 없이 그녀를 바라보고, 그녀는 다시 벽난로의 장작불을 응시했다.

"그는 두려워하면 할수록 점점 더 움츠러들었어요. 은둔 생활을 하면 머리가 이상해져요. 머릿속에 있던 생각들이 돌고 돌다가 결국 중심에서 벗어나 미치고 마는 거죠. 베릴은 동생이 유일하게 사랑했던 사람이에요. 캐리는 베릴에게 집착했어요. 그녀를 소유하고, 결혼해서 늘 같이 있어야 한다는 강박관념에 사로잡혔어요. 베릴이 자신을 배반하고 이제 더 이상 그녀에게 영향력을 끼칠 수 없게 되었다고 생각하자 동생의 광기는 더욱 심해졌어요. 그는 베릴이 자신과 이곳에 대해 누설할지도 모른다는 온갖 헛된 상상에 사로잡히게 되었지요."

다시 와인잔을 잡는 미스 하퍼의 손이 가늘게 떨렸다. 그녀는 동생이 마치 수년 전에 죽은 것처럼 말했다. 동생에 대해 얘기하는 그녀의 목소리에는 그를 향한 날카로운 비난이 섞여 있었다. 동생에 대한 사랑과 동시에 분노와 고통이 느껴졌다.

"베릴이 이곳으로 왔을 때, 캐리와 나에게는 아무도 없었어요. 부모님은 돌아가셨고 우리 남매 이외에는 아무도 없었지요. 캐리는 까다로운 사람이었어요. 천사처럼 글을 쓰는 악마였지요. 그는 누군가의 보살핌이 필요했어요. 세상에 발자국을 남기고 싶다는 그의 야망을 펼칠 수 있도록 나는 기꺼이 그를 도와주었지요."

"그런 희생은 회한을 낳는 경우가 많지요."

나는 미스 하퍼에게 감히 그렇게 말했다.

또다시 침묵이 흘렀다. 벽난로의 불빛이 그녀의 조각 같은 얼굴 위로 어른거렸다.

"베릴은 어떻게 만나셨나요?"

내가 물었다.

"베릴이 우리를 찾아왔어요. 그녀는 친아버지, 양어머니와 함께 프레즈노에 살고 있었어요. 그녀는 작가를 꿈꾸고 있었는데, 글 쓰는 것에 완전히 사로잡혀 있었지요. 어느 날 캐리는 출판업자를 통해 베릴의 편지를 받게 되었어요. 손으로 쓴 단편소설도 함께 들어 있었지요. 지금도 또렷이 기억납니다. 상상력으로 똘똘 뭉쳐 있던 베릴은 조금만 이끌어주면 좋은 작가가 될 수 있을 것 같았어요. 그렇게 해서 편지 왕래가 시작되었죠. 그러다 몇 달 후 캐리는 베릴을 초대하면서 기차표를 보냈어요. 그리고 얼마 되지 않아 동생은 이 집을 샀고 보수 공사를 시작했습니다. 보수 공사는 베릴을 위해서 한 거예요. 사랑스러운 소녀가 캐리의 세계에 마법을 불어넣은 거죠."

"당신에게 베릴은 어땠나요?"

나의 질문에 그녀는 곧바로 대답하지 않았다. 장작이 내려앉으면서 타닥거리는 소리가 났다.

"베릴이 우리 집으로 들어오면서 생활은 복잡해졌어요. 나는 그 두 사람 사이에서 일어나는 일을 지켜보았어요. 하지만 나는 동생의 방법대로 그녀를 가두어두고 싶지는 않았어요. 동생은 끊임없이 베릴에게 집착하고 늘 자신 옆에 두려 했기 때문에 결국 그녀를 잃은 거예요."

"당신은 베릴을 많이 사랑하셨군요."

내가 말했다.

"설명할 수는 없지만, 견디기 힘든 상황이었어요."

미스 하퍼의 목소리는 분명했다.

"하퍼 씨는 당신이 베릴과 연락하는 것을 원하시 않았나요?"

"지난 몇 달 동안은 특히 그랬어요. 그녀의 책 때문이었지요. 캐리는 베릴을 비난했고 그녀와 인연을 끊었어요. 이 집에서 베릴의 이름은 더 이상 언급되지 않았어요. 동생은 나에게 어떤 방법으로든 그녀와 연락하지 말라고 했어요."

"하지만 연락하셨군요."

"아주 제한적으로……."

미스 하퍼는 어렵사리 말했다.

"소중한 사람과 연락을 끊고 지내야 했으니 무척 고통스러웠겠군요."

그녀는 다시 나에게서 눈길을 거두고 장작불을 바라보았다.

"베릴의 죽음을 알게 된 것은 언제죠? 누가 알려주었나요?"

"사망한 다음 날 아침, 뉴스를 듣고 알았습니다."

그녀는 낮은 목소리로 중얼거렸다.

맙소사, 그 순간 얼마나 끔찍했을까?

그녀는 더 이상 아무 말도 하지 않았다. 아마도 나는 그녀의 상처를 헤아릴 수 없으리라. 나는 무언가 위로의 말을 해주고 싶었지만 그 어떤 말도 할 수 없었다. 그래서 우리 두 사람은 오랫동안 침묵을 지켰다. 한참 시간이 흐른 후 언뜻 손목시계를 보니 자정이 가까워져 오고 있었다. 나는 조용히 일어나 서재에서 나왔다.

집은 아주 조용했다. 서재는 따뜻했지만 현관은 성당 내부처럼 서늘했다. 뒤쪽 현관문을 열어본 나는 깜짝 놀랐다. 마당의 희미한 타이어 자국 위로 눈이 수북이 쌓여 있었다. 경찰은 나를 태우지도 않고 떠나버린 것이다. 내 차가 견인된 것은 한참 전이었다. 경찰들은 내가 이곳에 있다는 것을 잊어버린 모양이었다. 이런 빌어먹을! 빌어먹을!

서재로 돌아왔을 때 미스 하퍼는 벽난로에 장작을 더 올리고 있었다.

"경찰이 그냥 가버렸네요. 전화 좀 써도 될까요?"

내 목소리는 흥분되어 있었다.

"어떡하죠? 전화가 불통이네요. 날씨가 좋지 않으면 종종 이렇답니다."

그녀는 담담하게 말했다.

나는 미스 하퍼가 장작을 쌓는 모습을 멍하니 쳐다보았다. 장작 밑에서는 연기가 리본처럼 말려 올라오고, 장작이 타닥타닥 타들어 가며 불꽃이 굴뚝 속으로 올라갔다.

문득 까맣게 잊고 있던 것이 생각났다.

미스 하퍼는 장작을 더 얹었다.

"친구분이 오고 있는 중이라고 하던데, 오늘 밤 그 친구분과 같이 지내실 건가요?"

미스 하퍼는 천천히 몸을 일으켰다. 나를 바라보는 그녀의 얼굴에 불빛이 아른거렸다.

"그래요, 스카페타 박사님. 오늘 밤 제 친구는 당신이에요."

08
잇따른 죽음

미스 하퍼는 와인을 더 가지고 왔다. 서재 밖에 있는 괘종시계가 12시를 알렸다.

"저 시계는 10분 느려요. 오래전부터 그랬지요."

그녀는 설명해야 한다는 의무감을 느낀 것 같았다.

전화는 실제로 불통이었다. 나는 잠시 생각했다. 이곳은 마을에서 수 킬로미터나 떨어져 있고, 길에는 적어도 10센티미터 이상 눈이 쌓여 있을 것이다. 나는 아무 데도 갈 수 없었다.

캐리 하퍼가 죽었다. 베릴도 죽었다. 미스 하퍼만 살아남은 것이다. 나는 두 사람의 죽음이 우연의 일치이기를 바랐다. 나는 담배에 불을 붙이고 와인을 한 모금 넘겼다.

미스 하퍼는 자신의 동생과 베릴을 죽이기에는 신체적으로 너무 약하다. 만약 범인이 미스 하퍼도 쫓고 있다면 어떻게 될까? 범인이 이곳으로 되돌아오면?

나의 38구경 권총은 집에 있었다.

경찰은 이곳 주변을 순찰하고 있을 것이다.

어디에서? 제설차 안에 앉아 졸면서 순찰하는 건 아닐까?

나는 딴생각에 정신이 팔려 미스 하퍼의 이야기를 듣지 못하고 있었다. 나는 미소를 지어 보이며 미안하다고 사과했다.

"추워 보이는군요."

그녀가 다시 말했다.

바로크풍 의자에 앉아 장작불을 응시하고 있는 그녀의 표정은 평온해 보였다. 불꽃이 높게 일며 깃발이 바람에 날리는 것 같은 소리가 났다. 벽난로 위로 가끔씩 재가 날리기도 했다. 미스 하퍼는 내가 같이 있어서 안심이 되는 모양이었다. 내가 그녀의 입장이라도 혼자 있고 싶지 않을 것이다.

"아니, 괜찮습니다."

나는 거짓말을 했다. 사실 나는 추웠다.

"스웨터를 가져올게요."

"번거롭게 그러실 필요 없어요. 정말 괜찮습니다."

"이 집 전체를 따뜻하게 하는 것은 불가능해요. 천장도 높고 단열 장치도 없거든요. 하지만 차츰 익숙해질 거예요."

가스 난방이 되는 따뜻한 리치먼드의 내 집 생각이 났다. 탄탄한 매트리스 위에 전기담요가 깔려 있는 침대 생각이 간절했다. 찬장에 넣어둔 담배와 좋은 스카치도 그리웠다. 나는 이곳의 먼지 쌓인 어둑어둑한 2층 침실을 생각해보았다. 외풍도 심하게 들어올 것이다.

"전 여기 소파에서 잘게요."

"말도 안 돼요. 장작불이 곧 꺼질 거예요."

그녀는 스웨터 단추를 만지작거리며 안절부절못했다. 하지만 시선은 여전히 벽난로의 불빛을 향해 있었다. 나는 마지막으로 용기를 내어 그녀에게 물었다.

"누가 베릴과 하퍼 씨에게 이런 일을 저질렀을까요? 그리고 왜 그랬을까요?"

"당신은 범인이 한 사람이라고 생각하는군요."

그녀는 그것을 마치 기정사실인 것처럼 말했다.

"그 점도 간과할 수는 없겠지요."

"도움이 될 만한 말을 해주고 싶습니다만, 그건 그리 중요할 것 같지 않군요. 누가 범행을 저질렀든, 베릴과 캐리는 이미 죽었으니까요."

"범인이 처벌받기를 바라지 않으세요?"

"범인을 잡는다고 해도 두 사람이 살아 돌아오지는 않잖아요."

그녀가 덤덤하게 말했다.

"베릴은 범인이 잡히기를 바라지 않을까요?"

미스 하퍼는 눈을 크게 뜨고 나를 바라보았다.

"베릴을 잘 아시나요?"

"그렇다고 할 수 있어요. 어떤 면에서는……."

나는 부드럽게 대답했다.

"설명할 수가 없어요……."

"억지로 말씀하실 필요는 없습니다, 미스 하퍼."

나는 미스 하퍼의 말을 가로막았다.

"내가 베릴과 떨어져 있지 않았더라면……."

나는 순간 그녀에게서 고통을 느꼈다. 그녀의 얼굴은 고통으로 일그러졌다가 다시 원래의 표정으로 되돌아왔다. 그녀의 말을 다 듣지 않아도 미루어 짐작할 수 있었다. 미스 하퍼가 베릴과 떨어져 있지 않았더라면 그런 일은 일어나지 않았을지도 모른다. 두 사람은 서로 뜻이 잘 맞는 친구였을 것이다. 사랑할 사람 없이 혼자일 때, 인생은 너무나 공허하다.

"정말이지 뭐라고 위로해야 할지 모르겠습니다."

나는 마음이 뭉클해져 다시 한 번 위로의 말을 건넸다.

"지금은 11월 중순입니다. 눈이 내리기에는 이른 때지요. 눈은 금방 녹을 거예요, 스카페타 박사님. 내일 오전이면 떠날 수 있을 겁니다. 그때쯤이면 경찰들이 당신을 여기 두고 간 것을 기억해내겠죠. 이렇게 있어주어서 정말 고마워요."

그녀는 내가 여기 머물게 될 것을 미리 알고 있었던 것처럼 말했다. 갑자기 모든 것이 그녀가 계획한 일인지도 모른다는 기분 나쁜 느낌이 들었다. 물론 그럴 리는 만무하지만……

"한 가지 부탁이 있어요."

그녀가 조심스럽게 말했다.

"무슨……."

"봄에 다시 와주세요."

그녀는 장작불을 바라보며 말했다.

"그럴게요."

내가 대답했다.

"4월이 되면 물망초가 만발할 거예요. 초록 잎은 점점 엷은 푸른색으로 변하지요. 정말 사랑스러워요. 1년 중 내가 가장 좋아하는 절기지요. 봄이 되면 베릴과 나는 물망초를 꺾곤 했습니다. 물망초를 아주 가까이에서 본 적 있나요? 사람들은 대부분 물망초가 너무 작기 때문에 들여다볼 생각조차 하지 않지요. 하지만 가까이에서 보면 물망초는 너무 아름다워요. 마치 조물주의 완벽한 작품 같아요. 우리, 그러니까 베릴과 나는 물망초를 머리에 꽂기도 하고 꽃병에 꽂아두기도 했어요. 4월에 다시 오겠다고 약속해주세요. 꼭 오시는 거죠?"

미스 하퍼가 내게 눈길을 돌리며 말했다. 그녀의 눈을 보자 마음이 아파왔다.

"네, 꼭 다시 올게요."

나는 진심으로 대답했다.

"아침에 특별히 먹는 음식이라도 있나요?"

그녀가 일어나며 물었다.

"아뇨, 뭐든 괜찮습니다."

"아침거리는 냉장고 안에 많이 들어 있어요. 침실로 안내해줄 테니 와인잔을 들고 오세요."

미스 하퍼는 2층으로 올라가는 계단 손잡이를 잡았다. 손님방으로 올라가는 2층 계단은 멋지게 장식되어 있었다. 천장에는 전등이 달려 있지 않았고 벽에 달린 작은 등만이 우리를 비춰주었다. 곰팡내가 나는 2층은 지하실처럼 추웠다.

"나는 복도 건너편 방에 있을 거예요. 세 번째 문이니 필요한 게 있으면 부르세요."

미스 하퍼는 나를 작은 침실로 안내하며 말했다.

가구는 모두 마호가니로 섬세하게 만든 것들이었다. 옅은 푸른색 벽지를 바른 벽에는 유화가 서너 점 걸려 있었는데, 듬성듬성 꽂은 꽃을 그린 정물화나 강이 있는 경치를 그린 풍경화들이었다. 커튼이 달린 캐노피 침대(각 모서리에 기둥이 달린 침대 -옮긴이)에는 높은 기둥이 멋스럽게 솟아 있었다. 방에는 타일이 깔린 욕실이 딸려 있었다. 공기는 퍽퍽했고 먼지 냄새가 났다. 이곳의 창문은 한 번도 열린 적이 없는 것 같았다. 오랫동안 사용하지 않은 방이 틀림없었다.

"옷장의 맨 위 서랍에 두꺼운 모직 가운이 들어 있어요. 수건과 다른 필요한 물건들은 욕실에 두었어요. 자, 뭐 더 필요한 것은 없나요?"

"네, 여러 가지로 감사합니다. 안녕히 주무세요."

나는 그녀에게 웃어 보였다.

미스 하퍼가 나가자 나는 문을 닫은 뒤 잠금장치를 걸었다. 옷장 안에는 가운밖에 없었다. 방향제가 걸려 있었지만 이미 오래전에 향기가 날아가 버린 듯했다. 다른 서랍들도 모두 비어 있었다. 욕실 안에는 셀로판지에 싸인 칫솔과 작은 치약 외에 라벤더 향이 나는 새 비누와 미스 하퍼가 말했던 수건이 넉넉하게 들어 있었다. 세면대에는 물기 한 점 없었다. 황금색 손잡이를 돌리자 녹물이 나왔다. 얼굴을 씻을 정도로 깨끗하고 따뜻한 물이 나오려면 얼마나 더 기다려야 할지 몰랐다.

물망초 잎처럼 빛바랜 푸른색 가운은 오래된 것이었지만 깨끗했다. 나는 침대에 들어가 곰팡내가 나는 담요를 턱까지 끌어당긴 다음 불을 껐다. 베개는 깃털을 넣어 만들었는지 따끔거렸다. 나는 몸을 비틀며 좀 더 편한 자세를 취해보려 했다. 잠은 오지 않고, 콧등이 시려왔다. 나는 어둠 속에서 가만히 앉아 있었다. 이곳은 베릴이 썼던 방일 것이다. 나는 남아 있던 와인을 마저 마셨다. 집 안이 너무 조용해서 눈이 내리는 소리도 들릴 것 같았다.

어느 순간 나도 모르게 스르르 잠이 들었다. 그런데 심장이 마구 뛰는 소리에 놀라 눈을 떴다. 너무 두려워 몸을 움직일 수조차 없었다. 악몽을 꾼 것 같았는데 무슨 꿈인지 기억나지 않았다. 처음에는 내가 어디 있는지조차 분간할 수 없었다. 귀에 들리는 소리가 실제로 나는 소리인지도 알 수 없었다. 그것은 욕실의 수도꼭지에서 물이 새는 소리였다. 욕실로 가보니 물방울이 천천히 세면대로 떨어지고 있었다. 그때 침실 건너편 복도에서 나무 바닥이 삐걱거리는 소리가 났다.

내 머릿속에서는 여러 생각이 스쳐 지나갔다. 기온이 갑자기 떨어져서 나무 바닥이 갈라진 것일 수도 있다. 아니면 쥐인지도 모른다. 누군가 천천히 계단을 내려가는 소리 같기도 했다. 문 건너편에서 슬리퍼 소리가 나자, 나는 숨을 죽이고 귀를 기울였다. 미스 하퍼의 발소리였다. 그녀는 아래층으로 내려가고 있었다.

침대로 돌아온 나는 거의 한 시간 동안 멍하니 앉아 있다가 마침내 불을 켜고 침대에서 일어났다. 새벽 3시 30분, 다시 잠들 가능성은 전혀 없었다. 가운만 입고 떨고 있던 나는 외투를 껴입고 잠금장치를 풀었다. 칠흑 같은 복도 끝까지 걸어가니 아래층으로 이어지는 계단 손잡이가 만져졌다.

현관은 양쪽으로 나 있는 작은 창문을 통해 비쳐드는 달빛을 받아 희미하게 빛났다. 내리던 눈은 멎었고, 별들이 선명하게 빛나고 있었다. 나뭇가지와 관목 숲은 하얗게 눈에 덮여 원래의 모습을 알아보기가 힘들었다.

나는 따뜻한 장작불이 있으리라는 기대감을 안고 서재로 들어갔다.

미스 하퍼는 벽난로 속의 불꽃을 바라보며 털실로 짠 담요를 덮은 채 소파에 앉아 있었다. 그녀는 뺨 위로 흘러내리는 눈물을 닦지도 않은 채 그대로 앉아 있었다. 나는 낮게 목소리를 가다듬은 뒤 그녀가 놀라지 않도록 조심스럽게 그녀를 불렀다.

하지만 그녀는 미동도 하지 않았다.

"미스 하퍼, 당신이 내려오는 소리를 들었어요…….."

나는 좀 더 큰 목소리로 다시 말했다.

그녀는 뒤로 젖혀진 소파 등받이에 몸을 묻고 있었다. 멍하니 불꽃을 바라보는 그녀의 눈은 움직임이 없었다. 이상한 느낌이 들어 서눌러 그녀 옆에 앉자, 미스 하퍼의 고개가 힘없이 한쪽으로 꺾였다. 나는 그녀의 목에 손가락을 대보았다. 체온은 따뜻했지만 맥박은 뛰지 않았다. 나는 그녀를 바닥에 누인 다음 인공호흡을 했다. 폐에 공기를 불어 넣어 심장이 다시 뛰게 하기 위해서였다. 결국 포기할 즈음엔 내 입술은 무감각해지고 등과 팔의 근육에선 경련이 일었다. 온몸이 떨려왔다.

전화는 여전히 불통이었다. 내가 할 수 있는 것은 아무것도 없었다. 나는 서재 창가에 서서 커튼을 걷었다. 달빛에 비친 새하얀 풍경을 눈물 어린 눈으로 바라볼 수밖에 없었다. 그 너머로 검은 강물이 보였고, 강 건너편은 보이지 않았다. 나는 미스 하퍼의 몸을 겨우겨우 소파 위로 끌어올렸다. 그리고 조심스럽게 털실로 짠 담요를 덮어주었다. 장작불이 타들어가자 그림 속의 소녀도 어둠 속으로 빨려 들어갔다. 스털링 하퍼의 죽음을 전혀 예감하지 못한 나는 너무나 놀랐다. 나는 소파 밑에 앉아 벽난로의 마지막 불꽃이 사그라지는 것을 바라보고만 있었다. 나는 그 불꽃도 살릴 수 없었다. 아니, 불꽃을 살릴 시도조차 하지 않았다.

나는 아버지가 돌아가셨을 때도 울지 않았다. 아버지는 오랜 세월 동안 병석에 누워 계셨기 때문에 내 감정은 마비된 지 오래였다. 아버지는 내 유년기 내내 병상에 계셨다. 어느 날 저녁, 아버지가 세상을 떠나셨다. 어머니는 비통함에 사로잡혔지만 나는 아무렇지도 않았다. 나는 내 가족의 불행을 무덤덤하게 지켜보는 기술을 완벽하게 터득할 수 있었다.

나는 어머니와 여동생 도로시 사이에서 벌어지는 혼란을 아무런 동요 없이 지켜보았다. 도로시는 태어날 때부터 자아도취적이고 책임감이 없는 아이였다. 나는 어머니와 동생이 벌이는 아귀다툼에서 슬며시 빠져나와 내 인생을 위해 달려왔다. 수업이 끝나면 가족과 함께하는 시간보다 수녀님들의 지도를 받거나 도서관으로 숨어드는 시간이 점점 더 많아졌다. 그곳에서 나는 내가 조숙하다는 것을 깨달았다. 나는 특별히 과학에 관심을 가졌고 인간 생물학에 빠져들었다. 열다섯 살이 되면서부터는 해부학에 열중했다. 그러자 더 이상 독학으로는 내 지식욕을 채울 수 없었다. 나는 대학에 진학하기 위해 마이애미를 떠나기로 했다. 당시는 대부분의 여자들이 교사나 비서, 혹은 주부로 일할 때였다. 하지만 나는 물리학자가 되고 싶었다.

고등학교 시절, 나는 모든 과목에서 A학점을 받았다. 휴일이나 방학이 되면 내가 테니스를 치거나 독서를 하는 동안 어머니와 도로시는 오래전 북측의 승리로 끝난 남북전쟁의 상이용사들처럼 티격태격 싸워댔다. 나는 데이트에는 별 관심이 없었고 친구도 거의 없었다. 수석으로 고등학교를 졸업한 나는 전 학년 장학금을 받고 코넬 대학에 입학했다. 그리고 존스 홉킨스 대학에서 의대 과정을 마친 다음 조지타운의 로스쿨에 다녔다. 그 후 레지던트 과정을 마치기 위해 다시 존스 홉킨스로 돌아갔다. 나는 내가 하고 있는 일을 희미하게 의식할 따름이었다. 내가 쌓아온 경력은 늘 불쌍하게 죽어간 아버지의 사망 현장으로 되돌아가곤 했다. 나는 시체를 해부하고 다시 봉합하는 일을 수천 번도 더 했다. 그리고 사인을 규명하고 증거물을 법정으로 가져갔다. 나는 그 일에는 거의 통달하게 되었다. 그러나 그 어느 것도 내 아버지를 다시 살릴 수는 없었다. 그리고 내 안에 있는 어린 나는 여전히 울음을 그치지 못하고 있었다.

타다 만 장작이 타닥거렸다. 깜박 졸았던 모양이다.

몇 시간이 흐르자 내가 갇혀 있는 곳 주변의 물체들이 차가운 여명을 받으며 윤곽을 드러냈다. 몸을 일으켜 창가로 걸어가자 등과 다리에 통증이 느껴졌다. 푸른색이 도는 회색빛 강 위로 달걀노른자 모양의 태양이 희미하게 떠 있고, 검은색 나무줄기가 흰 눈을 배경으로 서 있었다. 벽난로는 차갑게 식은 지 오래였다.

내 머릿속에는 두 가지 의문이 떠올랐다. 내가 이곳에 머물지 않았더라면 미스 하퍼는 죽지 않았을까? 내가 함께 있을 때 죽는 것이 그녀로서는 마음이 편했을지도 모른다. 두 번째 의문은, 왜 그녀는 서재로 내려와서 죽었을까 하는 점이다. 나는 계단을 내려와 불을 지피고 소파에 앉아 있는 미스 하퍼의 모습을 상상해보았다. 그녀가 불꽃을 바라보고 있는 동안 심장은 박동을 멈추었을 것이다. 아니, 그녀가 마지막으로 바라보았던 것은 불꽃이 아니라 소녀의 초상화가 아니었을까?

나는 서재의 모든 스위치를 올려 불을 켰다. 그리고 의자를 가져가 벽난로 위에 걸려 있던 초상화를 떼어냈다. 가까이에서 보니 그다지 마음을 흔드는 초상화는 아니었지만 미세한 빛의 변화와 섬세한 붓 자국이 인상적인 유화였다. 액자를 바닥에 내려놓자 캔버스에서 먼지가 날렸다. 화가의 서명이나 그린 연도도 적혀 있지 않았고, 내가 생각했던 만큼 오래된 초상화도 아니었다. 그저 아주 오래된 것처럼 색깔이 탁해 보였던 것이다. 그림은 긁힌 자국 하나 없이 깨끗했다.

액자를 뒤집으니 갈색 종이로 된 안감이 붙어 있었다. 그 가운데 윌리엄스버그 화랑이라는 이름이 금빛으로 돋을새김이 되어 있었다. 나는 화랑 이름을 메모한 다음 의자 위로 올라가 액자를 다시 벽에 걸었다.

나는 벽난로 앞에 쭈그리고 앉아 가방에서 꺼낸 연필을 든 채 벽난로 안의 부스러기들을 조사하기 시작했다. 쌓아 올려둔 장작더미 맨 위에는 필름처럼 얇은 흰 재가 쌓여 있었다. 약간만 건드려도 거미줄처럼 날아가 버릴 것만 같았다. 그 밑에는 불에 녹은 플라스틱 같은 덩어리가 하나 있었다.

"나를 탓하지는 마시오, 박사. 그런데 얼굴이 엉망이군."

마리노는 주차장에서 차를 빼면서 내게 말했다.

"와주셔서 대단히 감사해요."

나는 중얼거렸다.

"한숨도 못 잔 얼굴 같소."

오늘 아침, 내가 캐리 하퍼의 시체를 부검하러 나타나지 않자 마리노는 즉시 윌리엄스버그 경찰에 전화를 했다고 한다. 그리고 10시가 조금 지나 내성적으로 보이는 경찰 두 명이 이곳으로 왔다. 스노타이어를 단 경찰차는 수북이 쌓인 눈길을 거침없이 달렸다. 나는 스틸링 하퍼의 죽음에 대한 일련의 기분 나쁜 질문들을 받았다. 미스 하퍼의 시신은 리치먼드로 향하는 구급차에 실렸고, 경찰들은 나를 윌리엄스버그 시내에 있는 경찰 본부로 데려다주었다. 그곳에서 나는 마리노가 도착할 때까지 커피와 도넛을 쉴 새 없이 대접받았다.

"나라면 그 집에서 밤을 새우지 못했을 거요, 박사. 기온이 영하 10도 밑이라도 상관없소. 시체와 밤을 새우느니 차라리 얼어 죽는 편이 낫지."

마리노가 말했다.

"프린세스 가가 어디 있는지 아세요?"

나는 마리노의 말에는 대꾸하지 않고 대뜸 물었다.

"그런데 그건 왜 묻는 거요?"

백미러의 그림자 때문에 마리노의 얼굴에 그늘이 졌다.

하얀 눈이 햇빛을 받아 빛나고 있었다. 길 위에 쌓인 눈은 곧 녹기 시작할 것이다.

"프린세스 가 57번지로 가야 해요."

나는 그곳에 데려가 달라는 말투로 대답했다.

그곳은 구시가지 구역 끝부분이었다. 최근에 만들어진 주차장에는 열두어 대의 차가 지붕 위에 눈을 인 채 주차되어 있었다. 화랑과 액자 가게의 문이 열려 있는 것을 본 나는 안도의 한숨을 내쉬었다.

차에서 내릴 때 마리노는 아무것도 묻지 않았다. 내가 대답할 기분이 아니라는 것을 감지한 것 같았다. 화랑에는 손님이 한 명뿐이었다. 검정 코트를 입은 젊은이가 차곡차곡 쌓아놓은 그림들을 훑어보고 있었다. 카운터 뒤에는 긴 금발 머리의 여자가 계산기를 두드리고 있었다.

"도와드릴까요?"

금발의 여자가 나를 빤히 쳐다보며 물었다.

"아가씨가 이곳에서 얼마 동안 일했는지에 따라 절 도와줄 수도 있고 그렇지 못할 수도 있어요."

그녀는 냉담하고 의심스러운 눈초리로 나를 쳐다보았다. 나는 내 몰골이 말이 아님을 깨달았다. 나는 코트를 머리 위로 뒤집어쓰고 싶은 심성이었다. 내 머리는 심하게 헝클어져 있었다. 정신을 차리고 이마 위에 내려온 머리카락을 매만지다 보니 한쪽 귀고리도 달려 있지 않았다. 나는 법의관 신분증이 들어 있는 얇은 검정 지갑을 펴서 그 여자에게 보여주었다.

"여기에서 2년 동안 일했습니다."

"이곳에서 액자를 맞춘 그림 때문에 왔는데, 당신이 일하기 전인 것 같군요. 캐리 하퍼 씨가 가져왔던 초상화입니다."

"오, 맙소사! 오늘 아침 라디오에서 그가 무슨 일을 당했는지 들었어요. 어찌나 끔찍하던지……. 힐그만 씨와 한번 얘기해보세요."

그녀는 어디론가 가더니 잠시 후 이곳의 주인 힐그만이라는 사람과 함께 나타났다.

미남형의 힐그만은 깔끔한 트위드 양복 재킷을 입고 있었다. 그의 말투는 그의 옷차림새만큼이나 정확하고 분명했다.

"캐리 하퍼 씨가 이곳에 들르지 않은 지는 꽤 오래되었습니다. 그리고 이곳 사람들 중에 하퍼 씨를 잘 아는 사람은 아무도 없습니다. 적어도 제가 아는 바로는 그렇습니다."

"힐그만 씨, 캐리 하퍼 씨의 서재 벽난로 위에 금발 소녀의 초상화가 걸려 있었어요. 오래전 이 화랑에서 액자를 짜 넣은 것이었는데…… 혹시 기억하고 계신가요?"

돋보기 너머로 나를 바라보는 그의 잿빛 눈동자에는 생각나는 기색이 전혀 보이지 않았다.

"아주 오래된 그림처럼 보였어요. 소녀의 모습을 매우 정확하게 그렸지만 약간 특이한 그림이에요. 소녀는 열 살 정도로 보이는데 많아야 열둘 정도입니다. 그런데 흰옷을 차려입은 모습은 숙녀처럼 보였어요. 그리고 은으로 만든 머리빗을 손에 쥔 채 작은 벤치 위에 앉아 있는 그림입니다."

나는 그 그림을 폴라로이드 카메라로 찍어두지 않은 것을 후회했다. 폴라로이드 카메라는 내 의료 가방 안에 들어 있었는데 미처 그 생각을 하지 못했던 것이다. 그만큼 나는 제정신이 아니었다.

"지금 말씀하시는 그 그림, 기억날 듯도 합니다. 아주 예뻤지만 어딘가 특이한 소녀였습니다. 맞습니다. 어떤 의미가 숨어 있는 듯한 그림이었지요. 기억납니다."

힐그만 씨의 눈은 빛나고 있었다.

나는 잠자코 그의 말을 기다렸다.

"아마 15년도 더 됐을 것 같은데…… 아니야, 그건 내가 한 게 아니야."

힐그만 씨는 집게손가락을 입술에 대며 고개를 저었다.

"당신이 아니라고요? 뭐가 아니라는 말씀인가요?"

내가 물었다.

"그 액자를 맞춰준 사람은 내가 아닙니다. 클라라가 했을 겁니다. 그 당시 이곳에 근무했던 직원이지요. 클라라가 그 그림의 액자를 맞춰주었습니다. 확실해요. 비용이 아주 많이 들어간 일이었는데, 그럴 만한 가치는 없었어요. 아주 뛰어난 그림은 아니었으니까요. 아마 그녀의 실패작이라고 할 수 있을 겁니다."

"그녀라니요? 클라라 말씀이신가요?"

나는 힐그만 씨의 말을 막으며 물었다.

"스털링 하퍼 말입니다. 그녀는 화가였어요. 수년 전에 스털링 하퍼는 많은 작품을 그렸습니다. 제가 알기로는 저택에 작업실도 있었습니다. 물론 그곳에 가본 적은 한 번도 없지만 말입니다. 그녀는 많은 작품을 가져오곤 했습니다. 대개는 정물화나 풍경화였지요. 제가 기억하기에 당신이 말한 그림은 그녀가 그린 유일한 초상화였습니다."

힐그만 씨는 생각에 잠긴 표정이었다.

"그 그림은 언제 그린 건가요?"

"말씀드린 대로, 적어도 15년은 되었을 겁니다."

"누구를 모델로 그린 거죠?"

네기 물었다.

"아마 사진을 보고 그린 그림일 겁니다. 정확한 대답은 드릴 수 없습니다만, 누군가 모델을 섰다 해도 그 모델이 누구인지는 잘 모르겠습니다."

나는 놀란 표정을 애써 감췄다. 베릴이 커틀러 그로브에 살던 당시 그녀는 열대여섯 정도의 나이였다. 힐그만 씨나 시내에 있는 사람들이 그 사실을 몰랐을 수도 있을까?

"그렇게 재능이 많고 지적인 사람들에게 가족도, 자식도 없다니…… 너무 애석한 일입니다."

힐그만 씨는 생각에 잠겨 말했다.

"친구들은 있었나요?"

내가 물었다.

"그 두 사람 모두 개인적으로는 잘 모릅니다."

그가 대답했다.

내가 주차장으로 돌아왔을 때, 마리노는 걸레로 앞 유리를 닦고 있었다. 마리노의 근사한 검은색 자동차는 녹아내린 눈과 제설차가 길에 뿌린 염화칼슘으로 지저분하게 얼룩져 있었다. 그래서인지 마리노는 기분이 그다지 좋아 보이지 않았다. 앞좌석 바닥에는 마리노가 재떨이에서 쏟아부은 더러운 담배꽁초가 소복이 쌓여 있었다.

차에 올라 안전벨트를 맨 나는 심각하게 말을 꺼냈다.

"두 가지예요. 첫 번째, 저택의 서재에 있던 금발 머리 소녀의 초상화는 미스 하퍼가 이 화랑에서 약 15년 전에 액자를 짜 맞추었다는 것."

"그 소녀가 베릴 매디슨이오?"

마리노는 라이터를 꺼내며 물었다.

"베릴의 초상화일 가능성도 있어요. 베릴을 그렸다고 해도, 미스 하퍼가 베릴을 처음 만났을 때보다 훨씬 어릴 적 모습을 그린 거예요. 그리고 대상을 다룬 관점이 약간 특이해요. '롤리타' 같은 느낌이에요."

《롤리타》는 러시아 태생의 미국 작가 나보코프의 소설로, 중년의 교수와 10대 소녀 롤리타와의 사랑과 집착을 그려 전 세계적으로 파문을 일으켰다. 이후 '롤리타'라는 이름은 성적 매력을 풍기는 10대 소녀의 대명사가 되었으며, 롤리타 콤플렉스라는 말까지 생겼다.

"뭐요?"

"감각적이에요. 어린 소녀의 모습이 관능적이었어요."

나는 무심코 말했다.

"아하, 지금 캐리 하퍼가 어린아이를 좋아하는 변태성욕자라고 말하려는 거요?"

"하퍼의 누이가 그린 그림이에요."

"젠장!"

마리노가 투덜거렸다.

"두 번째, 화랑 주인은 베릴이 하퍼와 같이 살았다는 걸 전혀 모르는 것 같았어요. 다른 사람들도 알았을까 하는 의구심이 들어요. 다른 사람들도 몰랐다면, 어떻게 그 일이 가능했을까요? 베릴은 그 저택에서 수년 동안 살았어요. 시내에서 3.3킬로미터밖에 떨어져 있지 않은 곳에서요. 그리고 이곳은 아주 작은 도시예요."

마리노는 묵묵히 앞만 보며 운전하고 있었다. 그는 한 마디도 하지 않았다.

"모두 부질없는 생각일 수도 있어요. 그들은 은둔자들이었어요. 하퍼는 세상 사람들에게 베릴을 숨기기 위해 최선을 다했는지도 모르죠. 어떤 경우든, 그다지 건전한 삶은 아니었던 것 같아요. 하지만 그들의 죽음과는 무관할 수도 있어요."

"'건전한'이라는 말은 어울리지 않소. 하퍼가 은둔자였든 그렇지 않든, 베릴이 그곳에서 산다는 것을 아무도 몰랐다는 것은 말도 안 되오. 그들이 베릴을 감금했거나 침대에 묶어두지 않았다면 누군가는 알았을 거요. 빌어먹을 변태성욕자들! 나는 그런 놈들은 딱 질색이오. 어린아이를 건드리는 놈들은 인간도 아니지. 안 그렇소? 하지만 그런 느낌이 들긴 하는데……."

"무슨 느낌 말인가요?"

"퓰리처상 수상 작가가 베릴을 범했고, 그녀는 책을 통해 그 비밀을 털어놓으려 했소. 그는 화가 치밀었고, 칼을 들고 그녀를 찾아가……."

"그렇다면 하퍼를 죽인 사람은 누구죠?"

내가 물었다.

"머리가 이상해진 누이가 죽였을 수도 있잖소."

캐리 하퍼를 살해한 사람이 누구든, 범인은 하퍼가 단숨에 의식을 잃어버릴 만큼 강하게 때려눕힐 수 있는 사람이다. 그리고 목을 자른 수법은 여자 살인범과는 어울리지 않았다. 지금까지 여자가 그런 일을 저지른 사건은 본 적이 없었다.

오랫동안 침묵을 지키고 있던 마리노가 입을 열었다.

"노처녀 미스 하퍼가 망령이 들었다는 생각은 해본 적 없소?"

"분위기가 약간 특이하긴 했지만 망령이라니…… 말도 안 돼요, 마리노."

"그러면 정신이상?"

"아니에요."

"박사의 설명을 들어보면, 그녀는 남동생을 돌보는 일에 지친 것 같지는 않은데……."

마리노가 말했다.

"그녀는 충격을 받은 상태였어요. 충격을 받으면 평소와는 다르게 행동할 수 있다고요."

"그녀가 자살했다고 생각하오?"

"그럴 가능성은 충분해요."

내가 대답했다.

"현장에서 약은 발견되지 않았소?"

"처방전 없이 약국에서 살 수 있는 약은 몇 가지 있었지만, 치명적인 것은 없었어요."

"외상도?"

"전혀요."

"그렇다면, 그녀가 왜 죽었는지 박사는 알고 있소?"

나를 바라보는 마리노의 얼굴은 굳어 있었다.

"아뇨. 지금으로서는 전혀 모르겠어요."

마리노는 법의국 건물 뒤에 차를 세웠다.

"커틀러 그로브로 되돌아갈 거라고 생각했어요."

"나 역시 이 사건에 잠시도 긴장을 늦추지 않고 있으니 걱정 붙들어 매쇼, 박사. 집에 가서 잠이나 푹 자요."

마리노가 중얼거렸다.

"캐리 하퍼의 타자기, 잊지 마세요."

마리노는 주머니에서 라이터를 찾고 있었다.

"그림과 모델, 사용된 리본들도요. 그리고 집에 있는 문구용품들과 종이들도 확인해보세요. 벽난로에 있는 재도 모으시고요. 채취하기가 무척 까다로울 거예요."

나는 마리노에게 여러 가지를 주문했다.

마리노는 담배에 불을 붙이고 그만 좀 하라는 투로 말했다.

"글쎄 알았다니까. 그러니 이제는 우리 어머니처럼 잔소리 좀 그만 늘어놓으시오."

"이봐요, 난 심각하다고요."

"알겠소. 그런데 박사에겐 무엇보다 잠이 필요한 것 같은데……."

그가 말했다.

마리노도 나만큼이나 지치고 잠이 부족할 것이다.

건물 안은 텅 비어 있었다. 시멘트 바닥은 기름 자국으로 얼룩져 있었다. 시체안치소 안에는 전기 장치와 발전기 돌아가는 소리가 답답하게 윙윙거렸다. 근무 시간에는 거의 의식하지 못했던 소리였다. 시체보관실로 들어가자 기분 나쁜 냄새가 평소보다 더 상하게 훅 끼쳐왔다.

하퍼 남매의 시체는 왼쪽 벽 쪽에 나란히 놓여 있었다. 스털링 하퍼의 시체를 덮고 있는 시트를 걷어내는 순간 무릎에 힘이 빠졌다. 나는 들고 있던 의료 가방을 바닥에 떨어뜨리고 말았다. 피곤해서 그런 것인지도 모른다. 그녀의 얼굴에서 풍기던 날카로운 아름다움이 떠올랐다. 내가 그녀의 죽은 동생을 살펴보는 동안, 열린 문틈으로 내다보던 그녀의 공포에 질린 두 눈이 떠올랐다. 그때 장갑 낀 내 손에는 붉은 피가 묻어 있었다. 이제 그 두 남매가 시체보관실에 나란히 누워 있는 것이다. 그것이 내가 아는 전부였다. 나는 미스 하퍼의 시신 위로 조심스럽게 시트를 덮었다. 수의를 입은 그녀의 얼굴은 고무 가면처럼 공허해 보였다. 시신에는 꼬리표가 붙어 있었고, 발이 불쑥 튀어나와 있었다.

처음 시체보관실에 들어왔을 때, 나는 미스 하퍼의 시신 밑에 있는 노란색 필름 통을 발견하지 못했다. 의료 가방을 들기 위해 몸을 숙였을 때에야 그 필름 통을 발견한 나는 곧 중요한 사실을 깨달았다. 코닥 35밀리, 24장짜리였다. 우리 사무실에서 사용하는 필름은 후지였고, 늘 36장짜리를 주문했다. 미스 하퍼의 시신을 옮겨온 응급요원들은 이미 몇 시간 전에 나갔을 것이다. 그리고 그들은 사진 같은 건 찍지 않는다.

나는 복도로 나갔다. 엘리베이터에 켜진 불빛이 내 주의를 끌었다. 엘리베이터는 2층에 멈춰 있었다. 나 이외에 누군가가 이 건물에 있는 것이다! 경비원이 순찰을 도는 것일 수도 있다. 그러나 내 머릿속에서는 빈 필름 통이 다시 떠올랐다. 의료 가방을 꽉 움켜쥔 나는 계단을 이용하기로 마음먹었다. 그리고 2층으로 내려온 다음 천천히 문을 열고 안으로 들어가기 전에 인기척이 나는지 귀를 기울였다. 건물 동쪽의 사무실은 불이 꺼져 있었다. 나는 오른쪽으로 돌아 넓은 복도로 향했다. 빈 강의실, 도서관, 필딩의 사무실을 차례로 지나쳤지만 아무런 인기척도 느끼지 못했다. 확실히 하기 위해 나는 내 사무실로 돌아가 경비원을 부르기로 마음먹었다.

사무실로 들어선 나는 순간 숨이 멎는 것 같았다. 잠시 동안 내 머릿속이 하얘졌다. 한 남자가 캐비닛을 열고 소리 없이 뭔가를 열심히 뒤지고 있었던 것이다. 짙은 감색 재킷을 입은 그는 칼라를 세우고, 귀와 눈은 짙은 항공용 선글라스로 가렸으며, 손에는 수술용 장갑을 끼고 있었다. 건장해 보이는 어깨 위로는 카메라의 가죽끈이 걸쳐져 있었다. 그의 체격은 마치 대리석처럼 단단해 보였다. 그에게 들키지 않고 바깥으로 나가는 것은 불가능했다. 그때 갑자기 분주하게 움직이던 그의 손이 멈추었다.

그가 내게 돌진하는 순간, 나는 반사적으로 행동했다. 내 의료 가방이 마치 올림픽 경기의 해머처럼 내 어깨 뒤로 돌아가더니 있는 힘을 다해 그의 두 다리 사이로 돌진했다. 그 순간적인 힘 때문에 그의 얼굴에서 선글라스가 벗겨지면서 그가 앞으로 꼬꾸라졌다. 그는 매우 고통스러워하며 균형을 잃었다. 나는 때를 놓치지 않고 발목을 걷어차서 그를 때려눕혔다. 바닥에 처박힐 때의 느낌은 그다지 좋지 않았을 것이다. 그의 몸을 받쳐준 것이라고는 그가 메고 있던 카메라의 딱딱한 금속 렌즈뿐이었기 때문이다.

나는 정신없이 의료 가방을 뒤져 항상 휴대하고 다니는 신경 최루가스를 찾아 그의 얼굴에 강하게 뿌렸다. 그는 큰 소리로 울부짖으며 두 눈을 부여잡은 채 바닥에 나뒹굴었다. 그 사이 나는 전화를 걸어 도움을 요청했다. 그러고는 한 번 더 그에게 최루가스를 뿌렸다. 잠시 후 경찰이 도착했다. 경찰 한 사람이 그의 팔을 등 뒤로 무지막지하게 비틀었다. 경찰이 그를 심하게 다루자 나는 병원으로 이송하라며 침입자에게 호의 아닌 호의를 보였다.

운전면허증을 보니 그 침입자의 이름은 젭 프라이스였다. 나이는 34세, 주소지는 워싱턴. 그가 입은 코듀로이 바지 뒷주머니에는 9구경 자동권총이 들어 있었다. 열네 개의 탄환이 들어가는 권총으로 탄환 하나를 더 장착할 수 있는 것이었다.

나는 법의국 소유인 주 성부 차량 열쇠를 벽에 걸린 열쇠 걸이에서 빼낸 것이 도무지 기억나지 않았다. 그러나 열쇠를 집은 것만은 분명했다. 나는 그 열쇠로 왜건 스타일의 감색 자동차 문을 열고 운전을 했기 때문이다. 진입로 위에 차를 세웠을 때는 이미 날이 어두워지고 있었다. 가정용 왜건과 장의차를 절충해서 만든 그 차는 주로 시신을 옮기는 용도로 사용되었기 때문에 보통 차보다 크기가 컸으며 주차하기도 쉽지 않았다. 뒤 유리창에 블라인드가 쳐져 있고, 바닥에는 떼어낼 수 있는 검은색 합판이 깔려 있었다. 일주일에 서너 번씩은 그 합판을 걷어내 물로 씻어야 했다.

나는 집에 돌아오자마자 로봇처럼 2층으로 직행했다. 전화 메시지를 확인하고 자동응답기를 끄는 번거로운 일 따위는 하고 싶지 않았다. 오른쪽 팔꿈치와 어깨에 통증이 느껴졌다. 나는 옷을 벗어 의자에 걸쳐두고 뜨거운 물을 받아 목욕을 했다. 그리고 곧바로 잠 속으로 깊이 빠져들었다. 너무나 깊고 달콤한 잠이었다.

얼마나 잔 걸까. 침대 옆 탁자에서 전화벨이 울렸다. 방 안은 어두웠고 나는 팔을 뻗으며 일어나려 했다. 그러나 납덩이를 매단 것처럼 온몸이 천근만근이었다. 마침내 전화벨이 끊기고 자동응답기가 돌아갔다.

"……언제 다시 당신에게 전화할 수 있을지 모르겠어. 그러니까 잘 들어, 케이. 캐리 하퍼에 대해 들었는데……."

가슴이 두근거리기 시작했다. 마크의 다급한 목소리를 듣고 나는 비몽사몽 간에 침대에서 일어났다.

"……제발 그 일에서 손 떼. 제발 개입하지 마, 케이. 가능한 한 빨리 연락하도록 할게……."

나는 그제야 수화기를 집어 들었다. 그러나 들리는 소리는 신호음뿐이었다. 마크의 메시지를 다시 들어본 나는 베개에 얼굴을 묻고 흐느끼기 시작했다.

09
대중 조작

다음 날 아침, 부검실에서 캐리 하퍼의 시신을 Y자로 절개하고 있을 때 마리노가 들어왔다.

나는 가슴우리 안의 흉골을 드러내고 움푹 파인 흉부에서 기관을 적출했다. 마리노는 아무 말 없이 이 과정을 지켜보고 있었다. 개수대에는 물이 콸콸 쏟아지면서 외과용 기구들이 덜그럭덜그럭 부딪히는 소리가 났다. 부검실 맞은편에서는 부검 보조원이 숫돌에 칼을 갈고 있었다. 오늘 오전에는 네 구의 시체를 부검해야 했으므로 스테인리스스틸로 만든 테이블이 가득 찼다.

마리노는 어떤 일에도 나서고 싶지 않다는 표정이었다. 나는 본론부터 꺼냈다.

"젭 프라이스에 대해서는 알아봤나요?"

"그의 기록을 살펴보니 범죄자와는 거리가 멀었소. 전과도 없고, 별다른 죄를 지은 적도 없이 깨끗해. 그런데 입을 뺑긋도 하지 않고 있소. 입을 열기만 하면 목청 높은 소프라노일 텐데. 박사가 신경 최루가스를 뿌렸을 때처럼 말이오. 여기 오기 직전에 감식반에 들렀소. 그의 카메라에 든 필름을 인화하고 있는데 사진이 나오는 대로 갖다 주리다."

마리노는 시체를 외면한 채 쉬지 않고 말했다.

"필름은 보았나요?"

"봤소."

마리노가 대답했다.

"무엇을 찍었던가요?"

"시체보관실 내부를 찍었더구먼. 하퍼 남매의 시체도 있었소."

내가 예상한 대로였다.

"혹시 스포츠 연예 신문 기자는 아닐까요?"

나는 우스갯소리로 말했다.

"계속 꿈이나 꾸쇼."

마리노가 대꾸했다.

나는 하던 일을 멈추고 마리노를 올려다보았다. 그는 기분이 좋아 보이지 않았다. 평소보다도 헝클어진 모습으로 턱에는 면도하면서 베인 상처가 두 군데나 되었다. 그리고 두 눈은 충혈되어 있었다.

"내가 아는 기자들은 작은 것을 확대해서 찍는 9밀리 카메라를 들고 다니지 않소. 그런 놈들은 불리해지면 대개 흐느껴 울며 변호사를 불러달라고 떼를 쓰지. 그런데 그놈은 눈 하나 깜박하지 않는 진짜 프로요. 자물쇠를 따고 침입한 게 틀림없소. 용의주도하게 사무실에 아무도 없는 공휴일인 월요일 오후를 노렸고……. 그의 차는 세 블록 떨어진 주차장에 주차되어 있었는데 휴대전화가 달린 렌터카였소. 트렁크에는 작은 군부대를 능가할 만한 많은 탄약과 화약이 들어 있었지. 게다가 맥텐 상표가 찍힌 소총과 방탄조끼까지 있었소. 기자는 절대 아니란 말이지."

"그렇지만 그가 정말 프로인지는 확실하지 않아요. 빈 필름 통을 시체보관실 안에 둔 것은 대단히 큰 실수예요. 그리고 정말 일을 안전하게 해치우려 했다면 밝은 대낮이 아니라 새벽 2~3시에 침입해야 했어요."

나는 시신의 두개골을 자르기에 적당한 기구를 고르며 말했다.

"박사 말이 맞소. 필름 통을 둔 것은 대단히 부주의한 행동이었소. 하지만 그가 그 시간에 침입한 이유는 알 만해요. 응급요원들이 시체를 운반하는 동안 젭 프라이스는 시체보관실 안에 있었소. 대낮이었으니 그는 이곳 직원인 것처럼 쉽게 행세할 수 있었을 거요. 적당히 둘러댈 수 있었겠지. 하지만 새벽 2시에 들켰다고 생각해보시오. 그 시각에는 어떤 변명도 통하지 않소."

상황이야 어쨌든, 젭 프라이스는 어떤 일을 꾸민 게 분명하다. 그가 소지하고 있던 권총만 해도 그랬다. 탄창에는 총알이 가득 차 있어서, 방아쇠를 당기기만 하면 마치 폭풍처럼 몸을 뚫고 들어가서 신체기관들을 파괴할 수 있도록 준비되어 있었다. 그가 휴대하고 있던 맥텐 소총은 테러리스트나 마약 사범들이 즐겨 사용하는 것이다. 그 총은 중앙아메리카와 중동, 그리고 내 고향 마이애미에서 무더기로 팔려 나갔다.

"시체보관실에 자물쇠를 다는 것을 고려해야겠소."

"건물 관리실에 이미 말해두었어요."

이번 일은 내가 몇 년 동안이나 미루어온 일에 대한 따끔한 질책인 셈이다. 시체를 옮겨온 응급요원들도 마음만 먹으면 다시 몰래 시체보관실로 들어올 수 있을 것이다. 경비원과 이 지역 법의관들에게도 열쇠를 지급해야 한다. 반대 의견에 부딪힐 테고, 여러 문제점도 생길 것이다. 빌어먹을! 나는 해결해야 할 문제들이 너무 많아 질식할 것만 같았다.

마리노는 다시 캐리 하퍼의 시체에 관심을 기울였다. 사인을 밝혀내기 위해 반드시 부검을 하거나 천재성이 필요한 것은 아니다.

"두개골이 여러 군데 부서지고, 뇌도 심하게 상처를 입었어요."

나는 마리노에게 설명했다.

"베릴의 경우처럼 하퍼의 목도 마지막에 잘린 거요?"

"경정맥과 경동맥이 잘렸지만 신체기관에는 여전히 혈액이 남아 있어요. 혈압이 떨어졌다면 몇 분 후에 바로 뇌출혈로 사망했을 거예요. 다시 말해서, 목숨을 잃을 만큼 심한 출혈은 아니었어요. 목이 잘렸을 당시에는 뇌의 손상 때문에 이미 죽었거나 죽어가고 있었을 거예요."

"저항하다 생긴 상처들은 어떻소?"

나는 마리노에게 두개골을 보여주었다. 나는 꽉 움켜쥔 하퍼의 손을 하나하나 힘주어 폈다.

"전혀 없어요. 손톱도 망가지지 않았고, 베인 상처나 타박상도 없어요. 내리치는 흉기를 막을 시도조차 못 했어요."

"무엇으로 내리쳤는지 도무지 모르겠단 말이야……. 하퍼는 날이 어두워진 후에야 차를 몰고 들어왔소. 범인은 아마 관목 숲에 몸을 숨기고 그를 기다리고 있었을 거요. 주차를 한 하퍼가 문을 열고 나와 잠그려는 순간 범인이 뒤에서 그를 덮치면서 뒤통수를 갈겼을 거요."

"하퍼의 좌관상동맥은 20퍼센트 정도 협착증을 보이고 있어요."

나는 문득 생각이 나서 연필을 찾았다.

"하퍼는 한 방에 쓰러졌고 범인은 계속 흉기를 휘둘렀소."

"우관상동맥은 30퍼센트. 경색 부위에는 별다른 손상 없음. 심장 상태는 좋은 편이나 약간 부어오름. 대동맥은 석회화(칼슘이 생리적으로 존재하지 않는 생체 조직에 석회가 나타나는 현상-옮긴이)됨. 동맥경화증은 거의 나타나지 않음."

나는 장갑 케이스 여백에 글씨를 써넣었다.

"그리고 나서 범인은 하퍼의 목을 자른 거요. 확인 사살인 셈이지. 범인은 하퍼가 확실히 죽었는지 확인하고 싶었던 거요."

마리노가 단호한 목소리로 말했다.

"정말 제정신을 가진 사람이 저지른 일인지 의심스러워요. 여기를 좀 보세요."

나는 두개골의 뒷면을 보여주었다. 마치 삶은 달걀이 깨진 것처럼 산산이 부서져 있었다. 나는 금이 간 부분을 가리키며 설명을 계속했다.

"하퍼는 적어도 일곱 번을 연달아 맞았어요. 모두 대단히 세차게 내리쳤는데, 한 방만 맞아도 그 자리에서 죽을 정도예요. 목은 그 이후에 잘렸어요. 죽이고 나서 또 죽인 거죠. 베릴의 경우도 마찬가지였어요."

"좋소. 죽이고 또 죽였다고 합시다. 논쟁하자는 게 아니오. 내가 말하려는 것은, 범인이 베릴과 하퍼를 확실하게 죽이고자 했다는 것이오. 누군가의 목을 자르는 것은, 그자가 다시 살아나서 자초지종을 이야기할 수 없도록 하기 위함이오."

나는 시체의 위장 안에 들어 있는 내용물을 마분지 박스에 덜어냈다. 마리노는 그것을 보고 인상을 찌푸렸다.

"그렇게 번거롭게 조사할 필요 없소. 내가 함께 있었으니 그가 무얼 먹었는지 말해주겠소. 미디니 두 잔과 땅콩이오."

마리노가 말했다.

하퍼가 죽었을 당시 땅콩은 소화된 직후였다. 위 속에는 술 냄새가 나는 갈색 액체 외에는 아무것도 없었다.

"새롭게 발견한 사실이라도 있나요?"

내가 물었다.

"젠장, 하나도 없소이다."

나는 용기에 표시를 하며 마리노를 슬쩍 쳐다보았다.

"나는 토닉과 라임 음료를 마시며 그 술집에 있었소. 15분 정도 그러고 있었을 거요. 하퍼가 코빼기를 밀고 들어온 것은 오후 5시쯤이었소."

"그가 하퍼인지 어떻게 알았죠?"

신장은 작은 알갱이들이 실타래처럼 얽혀 있는 모양이었다. 나는 그것을 저울에 달아 무게를 쟀다.

"백발의 그 남자가 하퍼임을 단번에 알 수 있었지. 이곳 경찰이 설명해준 그대로였으니까. 그가 들어오는 순간 감이 왔소. 그는 혼자 테이블로 가서 앉더니 입도 뻥긋하지 않았소. '늘 마시는 것'을 주문했고, 기다리는 동안 땅콩을 먹었지. 나는 잠시 그를 쳐다보고 있다가 그에게 다가갔소. 그리고 의자를 당겨 앉은 다음 내 소개를 했소. 그는 도와줄 것이 아무것도 없으며, 그 사건에 대해 말하고 싶지 않다고 하더군. 나는 그를 압박해 들어갔지. 베릴이 몇 달 동안 협박을 받고 있었는데, 알고 있었느냐고 물었더니 그는 난처한 표정을 지으며 몰랐다고 하더군."

"하퍼가 사실을 말했을 거라고 생각해요?"

나는 하퍼가 왜 계속 술을 마셨는지 의구심이 들었다. 그의 간에는 지방이 많이 쌓여 있었다.

"나로서는 알 길이 없지. 나는 베릴이 살해되었던 날 밤 어디 있었느냐고 물었소. 평소대로 술집에 들렀다가 집으로 갔다고 하더군. 누이가 확인해줄 수 있냐고 물었더니 그 시간 누이는 집에 없었다고 했소."

나는 깜짝 놀라 마리노를 쳐다보았다. 외과용 매스가 허공에서 멈췄다.

"미스 하퍼는 어디 있었죠?"

"다른 도시에 있었소."

"정확히 어디라고 말하지 않던가요?"

"그건 누이의 일이니 자기한테 묻지 말라고 하더군."

나는 간을 절개했다. 인상을 찌푸리며 그 모습을 바라보던 마리노가 한마디 던졌다.

"내가 한때 가장 좋아했던 음식이 양파를 곁들인 간 요리였소. 믿기시오? 부검에 참가한 경찰치고 간 요리를 먹는 사람은 한 명도 못 봤소."

나는 톱으로 시신의 머리 부분을 절개하기 시작했다. 뼛가루가 허공에 날리자 마리노는 견디지 못하고 한 발 뒤로 물러섰다. 비록 시신이 그럴 듯한 형체를 유지하고 있어도 막상 절개해보면 고약한 냄새가 나기도 한다. 그리고 그것을 지켜보는 것은 그다지 유쾌한 일이 아니다. 그런 점에서 마리노는 신용할 만했다. 아무리 끔찍한 사건이라 해도 그는 늘 부검실에 나타났다.

하퍼의 뇌는 부드러웠다. 뇌에는 찢긴 자국이 수없이 많았다. 출혈은 거의 없었고, 외상을 입은 이후 오래 견디지 못하고 곧 사망했음을 알 수 있었다. 다행히 그의 죽음만은 빨랐던 것이다. 베릴과 달리 하퍼는 공포에 질리거나 고통스러워하거나 살려달라고 애원할 시간이 없었다. 하퍼의 죽음은 그 이외에도 여러 가지 면에서 베릴과는 달랐다. 하퍼는 협박을 받지도 않았다. 적어도 우리가 아는 한 그랬다. 그는 구타당하자마자 바로 사망했다. 그리고 사라진 옷가지도 없었다.

"지갑에는 168달러가 들어 있었어요. 그의 손목시계와 이름이 찍힌 반지는 그대로 있었고요."

"목걸이는?"

마리노가 물었다.

나는 마리노가 무슨 말을 하는지 알 수가 없었다.

"하퍼는 두꺼운 금목걸이를 하고 있었소. 방패 모양의 펜던트가 달려 있는……. 술집에서 봤소."

"시체에서는 발견되지 않았어요. 그리고 현장에서 본 기억도 없고요. 어젯밤에……."

어젯밤이 아니다. 하퍼는 일요일 저녁에 죽었다. 오늘은 화요일이다. 나는 시간 감각을 완전히 잃어버렸다. 지난 이틀은 현실이 아닌 듯했다. 나는 오늘 아침에 마크의 메시지를 다시 들어보았다. 그제야 모든 게 현실로 다가왔다.

"아마 범인이 가져간 모양이오. 또 하나의 기념품으로 말이오."

마리노가 말했다.

"이상하군요. 베릴의 경우는 기념품을 가져간 것이 이해돼요. 베릴에게 집착했던 한 미치광이가 제 손으로 직접 베릴을 죽였으니까요. 그런데 하퍼의 물건은 왜 가져간 거죠?"

"아마 트로피나 사냥 기념품쯤으로 생각했겠지. 일을 해치우고 기념품을 수집하는 살인 청부업자일 수도 있소."

"살인 청부업자들은 매우 신중하게 행동하기 때문에 그런 짓을 하지 않을 거예요."

내가 반박했다.

"박사는 아마 그렇게 생각하겠지. 젭 프라이스는 너무나 신중하게 행동하기 때문에 시체보관실에 필름 통을 두지 않았을 거라고 생각하는 것처럼 말이오."

마리노는 역설적으로 말했다.

나는 시험관과 표본들에 각각 표시를 한 다음 장갑을 벗었다. 그리고 서류들을 챙겨 마리노와 함께 내 사무실로 올라갔다.

책상 위에는 로즈가 올려놓았을 석간신문이 놓여 있었다. 하퍼의 죽음과 그의 누이의 갑작스러운 죽음은 신문의 1면을 대문짝만하게 장식하고 있었다. 그리고 한쪽에 실려 있는 기사는 나의 하루를 완전히 망쳐버렸다.

법의국장, 논란이 된 원고를 '분실한' 혐의로 피소

뉴욕에서 발간된 그 신문은 AP통신의 보도를 인용하고 있었다. 어제 오후 사무실에 침입한 젭 프라이스를 검거하고서도 그에 대한 법적 권한을 행사할 수 없다는 내용도 보도되어 있었다. 원고에 대한 주장은 스파라치노에게서 나왔을 것이다. 나는 화가 머리끝까지 치밀었다. 젭 프라이스에 대한 기사는 경찰 보고서를 토대로 작성했음이 분명했다. 나는 전화 메시지들을 훑어보았다. 대부분 기자들에게 온 것이었다.

"베릴의 플로피 디스크는 확인해보았나요?"

나는 마리노에게 신문을 넘겨주며 물었다.

"물론이오, 모두 확인했소."

"그렇다면 모두들 야단을 떠는 이 원고도 찾았나요?"

"찾지 못했소."

마리노가 신문 1면을 훑어보며 대답했다.

"못 찾았다고요? 베릴의 디스크에 없어요? 컴퓨터로 썼다면서 어떻게 그럴 수가 있죠?"

나는 절망감에 휩싸여 소리쳤다.

"나에게 묻지 말아요, 박사. 열두 개도 넘는 디스크를 확인해봤지만 최근 작업한 것으로 보이는 원고는 하나도 없었소. 모두 오래된 소설들뿐이었소. 작가 자신이나 하퍼에 대한 이야기도 전혀 언급하지 않았고. 오래된 편지 두어 장과 스파라치노에게 보낸 사무적인 편지도 찾았소. 하지만 흥미로운 내용은 아니더군."

"베릴은 키웨스트로 떠나기 전에 분명히 그 디스크를 안전한 장소에 두었을 거예요."

"그럴 수도 있겠지. 하지만 우리는 아직 그것을 찾지 못했소."

그때 필딩이 들어왔다. 외과용 가운의 짧은 소매 밖으로 그의 털북숭이 팔이 나와 있었다. 근육질의 손에는 라텍스 상갑에서 늘러묻은 탤컴파우더가 약간 묻어 있었다. 필딩은 자신의 몸을 예술 작품으로 생각했다. 그가 클럽에서 몸을 만드는 데 일주일에 몇 시간을 보내는지는 아무도 모른다. 보디빌딩에 대한 그의 집착은 일에 대한 집착과 반비례한다는 것이 나의 생각이었다. 유능한 필딩은 법의국의 부국장이 된 지 1년도 채 되지 않았는데 벌써 지친 기색이 역력했다. 일에 대한 야심이 줄어들면 줄어들수록 그의 몸은 점점 더 좋아졌다. 나는 그가 좀 더 깨끗하고 돈벌이가 나은 병원 부서로 가기 전에 2년간의 법의관 생활을 더 요구했다. 그렇지 않으면 그는 영락없이 헐크가 돼버릴 것이다.

필딩은 책상 모서리 주변을 계속 서성거리면서 말문을 열었다.

"스털링 하퍼의 시신은 지금까지 부검 중입니다. 알코올 농도는 0.3에 불과했습니다. 위장의 내용물도 별다른 것이 없었고요. 출혈도, 특이한 냄새도 없었습니다. 심장 상태도 좋았고, 심근경색도 없었고, 관상동맥도 깨끗했습니다. 뇌도 정상이었습니다. 하지만 뭔가 이상한 데가 있습니다. 간이 부어 있었는데, 약 2.5킬로그램 정도였습니다. 비장이 두꺼워져 있었고, 림프관도 결절된 상태였습니다."

"다른 기관의 변형은 없었나요?"

"별다른 것은 없었습니다."

"서둘러서 현미경 검사 진행해요."

필딩은 고개를 끄덕이고는 서둘러 사무실에서 나갔다.

마리노는 내 의견을 묻는 표정으로 나를 쳐다보았다.

"여러 가지 원인을 생각해볼 수 있어요. 백혈병, 림프샘, 혹은 콜라겐 질병일 수도 있죠. 어떤 것은 양성이고, 어떤 것은 음성으로 나와요. 비장과 림프관은 면역 체계 성분에 따라 반응하지요. 다시 말해서 비장은 혈액과 관계되는 모든 질병과 연관이 있어요. 간이 부은 원인에 대해서는 병리학적으로 쉽게 판단할 수 없어요. 현미경으로 조직 변화를 관찰하기 전까지는 무어라고 결론지을 수가 없지요."

"기분 전환하는 셈 치고 쉬운 말로 좀 해주겠소? 박사가 무엇을 발견했는지 쉬운 말로 설명해봐요."

마리노는 담배를 입에 물고 불을 붙이며 말했다.

"미스 하퍼의 면역 체계가 무언가에 반응한 거예요. 그녀에게는 병이 있었어요."

"소파에 앉은 채 죽을 만큼 중병이었단 말입니까?"

"그렇게 빨리 죽은 것 같지는 않아요."

"혹시 처방받은 약을 먹은 것은 아니오? 미스 하퍼가 알약을 모두 삼킨 다음 불 속으로 약통을 던져 넣었을 수도 있잖소. 박사가 벽난로에서 찾은 그 플라스틱 물체가 약통일지도 모르고. 게다가 그 약통은 아직 발견되지도 않았소. 미스 하퍼가 어리석은 짓을 했는지도 모르잖소."

나도 약물 복용에 대한 가능성을 높게 보고 있었다. 그렇지만 현재로서는 뾰족한 방법이 없었다. 스틸링 하퍼 사건을 최우선으로 해달라고 요청했지만, 약물 검사는 며칠 혹은 몇 주가 걸릴지도 모른다.

캐리 하퍼에 대해서는 어느 정도 결론을 내린 상태였다.

"범인은 자신이 직접 만든 막대로 캐리 하퍼를 내리친 것 같아요. 쇠파이프를 자르고 그 안에 새 사냥용 산탄을 넣어 무겁게 만들었을 거예요. 양쪽 끝부분은 마개를 막아 산탄이 나오지 못하게 했고요. 그런데 서너 번 내리치자 마개가 빠지면서 산탄이 사방으로 흩어진 거예요."

마리노는 생각에 잠겨 담뱃재를 떨었다.

"그건 젭 프라이스의 차에서 찾아낸 흉기와 일치하지 않소. 게다가 미스 하퍼가 생각해낼 수 있는 방법도 아닌 것 같고."

"혹시 하퍼 씨 집에서 마개나 새 사냥용 산탄 같은 것은 안 나왔나요?"

마리노는 고개를 저으며 아니라고 대답했다.

사무실 전화는 계속 울려댔다. '의문투성이 원고'의 실종은 내 책임이라는 주장과, 사무실에 침입한 괴한을 꼼짝 못 하게 했다는 과장된 기사 때문이었나. 어떤 기자들은 특종을 잡기 위해 안간힘을 썼는데 그들 중 몇몇은 법의국 주차장을 배회하다가 불쑥 로비에 나타나기도 했다. 마이크와 카메라는 마치 전쟁 무기처럼 준비되어 있었다. 어떤 무례한 지방 방송국 라디오 진행자는 내가 전국에서 '고무장갑 대신 황금 장갑'을 낀 유일한 여성이라고 말하기도 했다. 상황은 걷잡을 수 없을 정도로 빠르게 진행되었다. 나는 마크의 경고를 진지하게 받아들이기 시작했다. 스파라치노는 나의 인생을 완벽할 정도로 비참하게 만들 수 있는 능력을 갖춘 사람인 것이다.

토머스 에스리지 4세는 무슨 일이 있을 때마다 로즈를 통하지 않고 내게 직접 전화를 걸었다. 그의 전화를 받았을 때 나는 놀라지 않았다. 오히려 안도했던 것 같다. 늦은 오후에 나는 그의 사무실로 찾아갔다. 그는 내 아버지 연배였다. 젊었을 때부터 가정적이었는데 세월이 지나도 그 성격 그대로인 모습이었다. 에스리지는 국회에 참석하거나 흡연실에서 시가를 피우는 윈스턴 처칠의 얼굴과 비슷했다. 그와 나는 지금까지 좋은 관계를 유지해왔다.

"대중 조작? 그걸 사람들이 믿을 거라고 생각하오, 케이?"

버지니아 주 검찰총장 에스리지는 조끼 주머니에 걸쳐진 회중시계의 금줄을 무심코 만지며 물었다.

"다른 사람들이 아니라 총장님이 저를 믿으시지 않는다는 느낌이 드는데요."

그는 대답 대신 두툼한 몽블랑 만년필을 집어서 뚜껑을 열었다.

"사람들이 저를 믿든 믿지 않든, 그럴 기회조차 없을 겁니다. 사람들은 확실한 증거가 있어서 저를 의심하는 게 아니에요. 제가 이 상황을 문제 삼는 것은, 스파라치노가 꾸미고 있는 일에 대해 반격하기 위해서죠. 그가 벌이는 일은 점점 더 재미있어질 겁니다."

"혼자 고립된 것 같은 느낌이 들 텐데…… 그렇지 않소, 케이?"

"네, 사실 저는 지금 고립되어 있어요."

"이런 상황은 저절로 부풀려지는 것이오. 싹이 돋아날 때 아예 잘라버려야 하지."

에스리지는 피곤한지 뿔테 안경을 들어 눈을 한번 문지른 후 서류를 펼치더니 리스트를 작성해 나가기 시작했다. 그는 노란 종이 중앙에 세로로 길게 줄을 그었다. 한쪽은 유리한 점이고 다른 한쪽은 불리한 점일 텐데, 어느 쪽이 불리한 점인지 알 수 없었다. 절반 정도 적어나가자 한쪽이 다른 쪽보다 훨씬 많았다. 에스리지는 의자에 몸을 기대며 얼굴을 찌푸렸다.

"케이, 당신이 선임자들보다 더 많이 사건에 개입하고 있다는 생각은 해본 적 없소?"

"선임자들에 대해서는 전혀 모릅니다."

"그것은 내 질문에 대한 대답이 아니오."

에스리지는 희미하게 미소를 지으며 말했다.

"솔직히, 그 문제에 대해서는 전혀 생각해보지 않았어요."

"생각해봤을 거라고 기대하지도 않았소. 당신은 오로지 사건에만 몰두해 있으니까. 그 때문에 나는 당신을 법의국장 자리에 강력히 추천했지. 당신의 장점은 그 어떤 것도 놓치지 않는다는 것이오. 훌륭한 행정가이자 탁월한 법의학자지. 반면 당신의 단점은 자신을 위험에 빠뜨리는 경향이 있다는 것이오. 1년 전에 있었던 살인 사건만 해도 그렇소. 당신이 아니었다면 그 사건은 미결로 남았을 것이오. 그리고 여러 명의 여자들이 더 죽었을지도 모르지. 하지만 당신은 목숨을 잃을 뻔했소."

에스리지는 잠시 뜸을 들이더니 고개를 저으며 웃음을 터뜨리고 말을 이었다.

"어제 사건만 해도 당신이 대단했다는 건 인정하오. 오늘 아침 라디오에서 '그를 때려눕혔다'고 하던데, 정말 그랬소?"

"꼭 그런 건 아니에요."

나는 불편한 마음으로 대답했다.

"그가 누구인지, 무엇을 찾고 있었는지 아시오?"

"정확히는 모르겠이요. 그자는 시체보관실에 들어와 사신을 썼었어요. 하퍼 남매의 시신도 찍었죠. 내가 사무실에 들어갔을 때 그가 훑어보고 있던 파일은 별것 아니었어요."

"알파벳 순서대로 정리된 파일이었소?"

"네. 그는 M과 N 사이를 뒤지고 있었어요."

내가 말했다.

"매디슨의 M 말이오?"

"가능해요. 하지만 베릴 매디슨의 사건 기록은 모두 다른 사무실에 보관되어 있어요. 제 파일 캐비닛에는 아무것도 들어 있지 않습니다."

긴 침묵이 흘렀다. 에스리지는 집게손가락으로 서류를 톡톡 두드리며 다시 말문을 열었다.

"나는 최근에 일어난 이 살인 사건들에 대해 내가 아는 바를 적어보았소. 베릴 매디슨, 캐리 하퍼 그리고 스털링 하퍼. 모두 그 의문의 소설과 연관이 있소. 그렇지 않소? 그리고 이제 그 사라진 원고가 법의국과 연관이 있다는 의문이 제기되고 있고……. 케이, 당신에게 말할 게 두어 가지 있소. 첫 번째, 누군가 그 원고 건으로 당신에게 전화를 하면 곧바로 내게 알려줘요. 그러면 일이 더 수월해질 겁니다. 나는 곧장 소송할 준비가 되어 있소. 직원 한 사람을 투입해놓았으니, 우리가 어떻게 해나가는지 구경

만 해요. 두 번째, 나는 이 사건을 매우 조심스럽게 접근하고 있소. 빙산의 일각처럼 행동해주기 바라오."

"정확히 무슨 뜻인가요?"

나는 의아한 표정으로 물었다.

"표면으로 드러나 있는 것은 실제로 벌어지고 있는 일의 일부분에 지나지 않소. 언론에는 말을 극도로 아끼고, 가능한 한 조용히 지내도록 해요. 당신이 활동 영역이나 사건에 개입하는 수위를 낮추면 낮출수록 사람들의 관심은 차츰 멀어질 겁니다."

에스리지는 시곗줄을 다시 만지작거렸다.

"개입하는 수위를 낮추라는 건…… 묵묵히 일만 하라는 뜻인가요? 세상 사람들의 관심을 피해 일만 하라는 건가요?"

"그렇기도 하고 그렇지 않기도 합니다. 일을 하라는 것은 맞아요. 법의국으로 향해 있는 세상 사람들의 관심에서 벗어나는 것은 아마 당신 마음대로 통제할 수 있는 일이 아닐 거요. 나도 로버트 스파라치노라는 사람을 잘 알고 있소."

에스리지는 책상 위에 손을 올려놓으며 말했다.

"그를 만난 적이 있으세요?"

"로스쿨에서 알게 되었는데, 그건 정말이지 불운이었지."

나는 믿을 수 없다는 표정으로 그를 쳐다보았다.

"컬럼비아 대학 51학번이었소. 그는 뚱뚱한 데다 심각한 성격적인 결함을 가진 오만한 학생이었지. 하지만 그는 매우 똑똑했소. 나에게 밀리지만 않았다면 그는 수석으로 졸업한 뒤 대법관 사무관으로 갈 수 있었을 거요. 나는 워싱턴으로 가서 위고 블랙 법률 회사에서 일하는 특권을 누릴수 있었소. 로버트 스파라치노는 뉴욕에 남았고……."

내 머릿속에는 의문점들이 구름처럼 몰려들었다.

"두 분은 대단한 라이벌이었던 것 같은데…… 스파라치노가 총장님에 대한 응어리를 푼 걸까요? 총장님이 자신을 누르고 수석으로 졸업한 것을 그가 인정했을까요?"

"스파라치노는 한 번도 거르지 않고 내게 크리스마스 카드를 보내지요. 컴퓨터로 작성한 인사말에 서명도 하지 않고 도장을 찍어서 말이오. 그리고 늘 내 이름의 철자를 틀리게 쓰지. 철저히 나를 모독하겠다는 의도요."

에스리지는 건조한 목소리로 말했다. 그가 왜 직접 나서서 스파라치노와 싸우려 하는지 수긍이 갔다.

"스파라치노가 저를 곤경에 빠뜨리는 것은…… 결국 총장님을 끌어들이기 위함이 아닐까요?"

나는 머뭇거리며 물었다.

"무슨 뜻이오? 원고가 사라진 것이 스파라치노의 세탁이란 말입니까? 그가 연방 정부에 소란을 일으켜 아무것도 모르는 나에게 간접적으로 골칫거리를 안긴단 말이오? 난 이 모든 일이 그가 꾸며낸 것이라고는 생각하지 않소."

에스리지는 씁쓸하게 미소 지었다.

"그에게는 좋은 동기가 될 거예요. 스파라치노는 제 사무실이 개입된 모든 법적인 혼란과 소송 문제는 주 정부 검사를 통해 다루어질 거라는 사실을 알고 있어요. 총장님 말씀을 들어보면, 그는 복수심이 매우 강한 사람 같아요."

에스리지는 책상을 손가락으로 천천히 톡톡 치며 말했다.

"컬럼비아 대학 재학 시절 스파라치노에 대해 들은 이야기가 하나 있소. 그는 결손 가정에서 자랐소. 그의 아버지가 월 스트리트에서 큰돈을 버는 동안 그는 어머니와 단둘이 살았지. 어린 스파라치노는 1년에 서너 번씩 아버지가 있는 뉴욕을 방문했소. 당시 스파라치노는 조숙했고 많은 책을 읽으며 문학 세계에 빠져 있던 소년이었을 거요. 뉴욕을 방문한 그는 아버지를 졸라 여류작가 도로시 파커가 점심을 하기로 되어 있던 앨곤퀸에 갈 수 있었소. 당시 많아야 10살이었을 스파라치노는 뭔가를 계획했지. 그는 대학 시절 술자리에서 그 이야기를 떠벌리곤 했소. 그는 도로시 파커의 테이블로 다가가 손을 내밀고 이렇게 자기소개를 할 생각이었소. '파커 양, 이렇게 만나뵙게 되어 반갑습니다.' 그런데 도로시 파커의 테이블에 갔을 때 튀어나온 말은 '파커 양, 이렇게 반갑게 되어 만났습니다'였지. 그러자 그녀는 이렇게 놀려댔소. '많은 남자들이 그렇게 말했지만, 너처럼 어린 꼬마는 없었단다.' 이어지는 웃음소리는 어린 스파라치노에게 모욕감과 굴욕감을 주었소. 그는 그 일을 절대 잊지 않겠다고 다짐했지."

어린 뚱뚱보가 조그마한 손을 내밀며 그런 말을 했다고 생각하자 웃음을 참을 수가 없었다. 어린 시절의 우상에게 그런 모욕을 당했다면, 나 역시 평생 잊지 못할 것이다.

"내가 이 이야기를 들려주는 것은, 이번 일과도 무관하지 않기 때문이오. 대학 시절 스파라치노가 술에 취해서 그 이야기를 할 때마다 그는 꼭 복수하겠다고 소리치곤 했지. 도로시 파커와 상류층 엘리트들에게 자신이 웃음거리가 아니라는 것을 보여주겠다고 말이오. 그 이후 그는 이 나라에서 가장 영향력 있는 출판 전문 변호사 가운데 한 사람이 되어 편집자와 작가를 비롯해 출판업계 사람들과 자유롭게 교류하고 있소. 그들은 개인적으로는 스파라치노를 혐오할지 모르지만 내심 그를 두려워할 거요. 그는 아마 앨곤퀸에서 주기적으로 식사를 하며 영화와 출판 관련 계약을 맺을 겁니다. 그러면서도 마음속으로는 도로시 파커를 향해 억지웃음을 짓겠지. 내 생각이 억지 같소?"

"아니에요. 심리학자가 아니더라도 충분히 유추해낼 수 있는 얘기예요."

내 눈을 정면으로 바라보던 에스리지가 말을 이었다.

"내가 말하려는 것은 이것이오. 스파라치노는 내가 상대하겠소. 당신은 가능한 한 그와 연락하지 말기 바라오. 케이, 그를 과소평가해서는 안 됩니다. 당신은 그에게 아무 말도 하지 않았다고 생각할지 몰라도, 그에게는 행간을 읽어내는 재주가 있어요. 이해하기 힘든 것에서 함축된 의미를 찾아내는 데도 명수지. 그가 실제로 베릴 매디슨과 하퍼 남매 사건에 개입했는지도, 그의 목적이 무엇인지도 지금으로선 확실하지 않소. 아마 고약한 냄새가 나는 음모들이 숨어 있을 겁니다. 스파라치노는 이미 무언가를 알고 있을 거요. 그가 더 많은 것을 알게 되지 않기를 바라오."

"그는 이미 많은 것을 알고 있어요. 예를 들면, 베릴 매디슨의 경찰 보고서도 이미 입수했어요. 어떻게 입수했는지는 제게 묻지 마세요."

"그는 여러 곳에 정보망을 두고 있소. 보고서는 여러 곳으로 보내지 말고 꼭 보내야 하는 곳에만 보내도록 해요. 사무실 문도 꼭 잠그고 다니고 모든 파일은 철저하게 보관하시오. 담당자 이외의 직원들이 정보를 유출하지 못하도록 각별히 신경 쓰고⋯⋯. 어쨌든 안전에 총력을 기울이도록 해요. 스파라치노는 하찮은 사람이라도 이용하려 들 거요. 그에게 이번 사건은 놀이에 불과합니다. 많은 사람들이 다칠 수 있소. 낭신을 포함해서. 이 사건이 법정으로 가는 것은 두말할 필요도 없소. 스파라치노는 전형적인 대중 조작이 끝나면, 아마 재판 장소를 자신에게 유리한 곳으로 바꾸려고 할 거요. 우린 그걸 막아야 합니다."

"스파라치노는 어쩌면 총장님의 이런 대응을 예상하고 있을지도 모릅니다."

나는 낮은 목소리로 말했다.

"내가 스스로에게 피뢰침을 단다, 그러니까 아랫사람에게 맡기지 않고 직접 뛰어든다는 뜻이오?"

나는 고개를 끄덕였다.

"글쎄, 그럴지도 모르지."

나는 확신할 수 있었다. 스파라치노가 노리는 상대는 내가 아니었다. 그는 오래된 복수 상대를 염두에 두고 있었다. 스파라치노는 검찰총장을 직접적으로 노리지는 않았다. 경비견, 경호원, 비서들을 다 통과할 수 없기 때문이다. 그 대신 스파라치노는 나를 통해 원하던 것을 얻었다. 내가 이런 식으로 이용당하고 있다는 생각을 하자 더욱 화가 났다. 갑자기 마크가 떠올랐다. 이번 일에서 그가 맡은 역할은 무엇일까?

"당신이 화내는 것은 당연합니다. 나무랄 생각 없소. 하지만 자존심과 감정을 꾹 누르고 참아야 하오. 케이, 난 당신의 도움이 필요합니다."

나는 가만히 듣고만 있었다.

"스파라치노의 놀이공원에서 빠져나올 수 있는 유일한 티켓은 바로 모든 사람들이 찾고 있는 베릴의 원고요. 그것을 찾아낼 방법은 전혀 없소?"

"그 원고는 제 손에 들어온 적이 없습니다."

나는 얼굴이 달아오르는 것을 느꼈다. 에스리지는 내 말을 가로막으며 말했다.

"케이, 내가 묻고 있는 것은 그런 뜻이 아니오. 당신의 사무실을 거치지 않은 증거물은 무수히 많지만, 법의관은 그것을 찾아낼 수 있는 사람이오. 처방전의 약품과 갑자기 사망하기 직전 호소했을 가슴의 통증 같은 것도 찾아낼 수 있소. 또 유가족들이 자살이라고 실토하도록 만들 수도 있잖소. 당신에게는 법을 집행할 힘은 없지만 조사할 권한은 있어요. 그래서 때때로 어느 누구도 경찰에 말해줄 수 없는 세부적인 사항을 찾아낼 수 있는 거요."

"저는 평범한 증인은 되고 싶지 않아요."

"당신은 전문가요. 평범한 증인이 아닙니다. 만약 그렇다면 그건 인력 낭비요."

"경찰들은 대개 신문을 잘하지요. 그들은 사람들이 진실을 말할 거라고 기대하지 않아요."

"그렇다면 당신은 어떻소?"

"이 지역의 좋은 의사들은 그렇게 믿어요. 사람들이 보았던 그대로 진실을 말할 거라고 생각하지요. 의사들은 자신이 할 수 있는 한 최선을 다합니다. 대부분의 의사들은 환자들이 거짓말한다고 생각하지 않습니다."

"케이, 당신은 지금 일반적인 얘기를 하고 있소."

"저는……."

에스리지는 말을 막고 나를 똑바로 쳐다보며 자신의 주장을 펼치기 시작했다.

"케이, 법 조항에 이렇게 나와 있소. '법의관은 죽음의 원인과 방법을 조사하고 그것을 문서로 기록한다.' 이것은 매우 폭넓은 의미요. 법의관에게는 사건을 전적으로 조사할 수 있는 권한이 있소. 법의관이 할 수 없는 것은 체포권 행사뿐입니다. 아마 당신도 알 거요. 경찰은 절대 그 원고를 찾을 수 없어요. 당신은 그 일을 해낼 수 있는 유일한 사람입니다. 그리고 그것은 당신에게 더 중요한 일이오. 당신의 이름과 명예가 걸려 있다는 말입니다."

내가 할 수 있는 것은 더 이상 없었다. 에스리지는 스파라치노와의 전쟁을 선포했고, 나는 징병된 것이다. 에스리지는 시계를 흘깃 쳐다보았다.

"그 원고를 찾아요, 케이. 나는 당신을 잘 알고 있소. 당신이라면 그 원고를 찾을 수 있을 거요. 적어도 그 원고가 어떻게 되었는지는 알 수 있을 겁니다. 세 사람이 죽었소. 그리고 그들 가운데 한 명은 우연하게도 내가 좋아하는 퓰리처상 수상 작가요. 우리는 이 사건을 끝까지 조사해야 합니다. 스파라치노와 관련된 일은 나에게 직접 보고해주기 바라오. 해보겠소, 케이?"

"물론입니다. 해볼게요."

나는 비장한 목소리로 대답했다.

나는 연구원들을 귀찮게 하는 일부터 시작했다.

눈앞에서 결과를 바로 확인할 수 있는 과학적 방법은 극히 드물다. 서류를 검토하는 것은 매우 구체적이고 명백한 결과를 바로 알 수 있는 방법이다. 수요일 늦은 오후, 나는 연구원 윌, 마리노와 함께 여러 시간 동안 벽난로에서 수거한 종잇조각에 매달렸다. 그 결과 우리가 깨달은 것은, 우리 세 사람 모두 만족할 만한 것을 찾지 못했다는 분명한 사실이었다.

나는 내가 무엇을 기대하고 있는지 확신이 서지 않았다. 미스 하퍼가 베릴의 원고를 벽난로 속에 던져 넣었다고 단순하게 결론 내릴 수도 있다. 그렇다면 베릴은 미스 하퍼에게 그 원고를 맡긴 것이 된다. 그 작품에는 공개하고 싶지 않은 내용이 있었기 때문에 미스 하퍼가 세상에 내놓지 않기로 결정했을 것이다. 하지만 가장 중요한 것은, 그 원고가 현장에서 사라지지 않았다는 증거를 잡는 것이다.

그러나 우리가 검토한 서류의 내용은 이러한 가능성과 들어맞지 않았다. 불에 타지 않은 조각은 거의 없었다. 있다 하더라도 동전보다 더 작아서 비디오 비교 측정기에 쓰이는 적외선 필터 렌즈를 이용해야만 했다. 말려 올라간 하얀 재를 검사하는 데는 어떤 기술적인 도움이나 화학 검사도 소용없었다. 너무나 부서지기 쉬운 상태여서, 마리노가 채취해서 담아 둔 마분지 박스에서 도저히 덜어낼 수가 없었다. 우리는 가능한 한 그것이 날리지 않도록 실험실 문과 환기구를 모두 닫았다.

우리의 시도는 절망으로 끝났다. 거의 무게가 나가지 않는 흰 재를 핀셋으로 이리 집고 저리 집으며 애를 먹었지만 이제까지 우리가 알아낸 것은, 미스 하퍼가 약 9킬로그램 정도의 종이와 타자기의 카본 리본(carbon ribbon)을 태웠다는 것뿐이었다. 그것을 확신할 수 있었던 건 몇 가지 타당한 이유가 있었기 때문이다. 목재 펄프로 만든 종이는 태우면 검게 변한다. 반면 면으로 만든 종이는 태우면 믿기지 않을 정도로 하얗게 변하고, 그 재는 미스 하퍼의 벽난로에서 채취한 것처럼 부서지기 쉽다. 리본은 타지 않았다. 타서 오그라든 리본 가운데 알아볼 수 있는 글자는 약 스무 개 정도 되었다. 어떤 단어들은 타지 않고 그대로 남아 있었다. 그 글자들은 필름처럼 하얀 재를 배경으로 검게 도드라져 보였다. 하지만 나머지 글자들은 알아볼 수 없을 정도로 부서진 채 타버린 과자 부스러기처럼 더러웠다.

"A, R, R, I, V."

윌이 철자를 읽어나갔다. 유행이 지난 검은 뿔테 안경 너머로 보이는 그의 눈은 충혈되었고, 얼굴은 많이 지쳐 보였다.

나는 윌이 불러준 철자를 노트에 적었다. 노트의 절반은 이미 채워져 있었다.

"arrived(도착했다), arriving(도착하는), arrive(도착하다). 그리고 또 뭐가 있죠?"

단어를 나열하던 월이 길게 한숨을 내쉬며 물었다.

"arrival(도착), arriviste(출세주의자)."

나는 생각나는 대로 말했다.

"arriviste? 젠장, 그건 또 뭐요?"

마리노가 물었다.

"성공을 위해 수단과 방법을 가리지 않는 사람 말이에요."

"나하고는 거리가 먼 단어군요."

나의 설명에 월이 무덤덤하게 말했다.

"아마 대부분의 사람들도 그렇게 생각할 거예요, 월."

아래층 사무실의 가방 안에 있는 두통약 생각이 간절했다. 계속되는 두통은 눈의 피로 때문인 듯했다.

"맙소사, 무슨 단어들이 이렇게도 많나. 내 생전 이렇게 많은 단어는 본 적이 없소이다. 이중 절반은 들어보지도 못한 것이지만, 몰라서 불편했던 적은 한 번도 없었소."

마리노가 투덜거렸다.

마리노는 회전의자에 몸을 파묻고 책상 위에 발을 올렸다. 그는 캐리 하퍼의 타자기에서 빼낸 리본에 대해 월이 작성한 보고서를 읽고 있었다. 그것은 카본 리본이 아니었다. 즉, 미스 하퍼가 태워버린 카본 리본은 캐리 하퍼의 타자기에 달려 있던 리본이 아니라는 얘기였다. 캐리 하퍼는 또 새로운 작품을 쓰고 있었던 게 아닌가 싶었다. 그 원고는 앞뒤 내용이 맞지 않았다. 그것을 정독한 후 나는 하퍼의 영감이 고갈된 것은 아닌가 하는 의구심이 들었다.

"이런 것도 책으로 낼 수 있을지 모르겠구먼."

마리노가 말했다.

월은 검댕 부스러기에서 또다시 한 문장을 건졌다. 나는 가까이에서 보기 위해 상체를 구부렸다.

"유명한 작가가 죽으면 꼭 잡동사니 책이 나오는 법이지. 하지만 고인은 출판을 원하지 않을 것들이 대부분일 거요."

마리노가 말했다.

"맞아요. 사람들은 그걸 '문학적 향연 뒤에 남은 부스러기'라고 말해요."

나는 중얼거리듯 말했다.

"뭐라고요?"

"아무것도 아니에요. 이번에는 10페이지도 채 안 되는군요. 이걸로 책을 출판하지는 못할 거예요."

"맞소. 책으로 나오는 대신 〈에스콰이어〉나 〈플레이보이〉 같은 잡지에 실릴 거요. 아직 몇 푼의 가치는 있겠지."

마리노가 말했다.

"이 단어는 사람 이름이나 지명 혹은 회사명을 가리키는 것이 분명합니다. 대문자로 CO라고 적혀 있어요."

한동안 말이 없던 월이 심사숙고하며 말했다.

"매우 흥미로운 증거군요."

나의 말에 마리노도 자세히 보기 위해 몸을 일으켰다.

"날리지 않도록 주의하세요."

월이 마리노와 내게 주의를 주었다. 그는 흰 재를 집고 있는 핀셋을 마치 외과용 메스처럼 단단히 부여잡고 있었다. 재 위에는 'bor CO'라는 조그마한 검정 글자가 적혀 있었다.

"행정 구역 군(county), 회사(company), 나라(country), 대학(college)의 약자일 수 있겠군요."

나는 혈압이 높아지면서 다시 기운이 솟는 느낌이 들었다.

"맞소, 그런데 'bor'는 뭐요? 버지니아 주에 있는 군 이름 가운데 bor로 끝나는 곳이 있소?"

마리노는 고개를 갸우뚱하며 물었다.

내가 알기론 버지니아 주에 있는 군 이름 가운데 'bor'로 끝나는 곳은 없었다.

"항구(harbor)?"

내가 말했다.

"좋습니다. 그런데 왜 뒤에 'CO'가 붙어 있을까요?"

윌은 이상하다는 듯 말했다.

"어쩌면 무슨 항구 회사(Harbor company)일지도 모르오."

마리노가 말했다.

나는 전화번호부를 뒤졌다. 'harbor'로 시작하는 회사 이름이 다섯 개 있었다. Harbor East(하버 이스트), Harbor South(하버 사우스), Harbor Village(하버 빌리지), Harbor Imports(하버 임포츠), Harbor Square(하버 스퀘어).

"맞는 단어를 찾아낸 것 같지는 않소."

마리노가 퉁명스럽게 말했다.

전화번호 안내에 전화를 걸어 윌리엄스버그에 이런저런 하버 상호명이 있는지 물어봤지만 별다른 정보를 얻지 못했다. 하버라는 단어가 들어가는 아파트 단지 이름만 하나 있다고 했다. 윌리엄스버그 경찰서 포티트 형사에게 전화해봤으나 그 역시 아파트 단지 이름 이외에는 아는 것이 없다고 했다.

"너무 이 이름에만 매달리지 맙시다."

마리노가 퉁명스럽게 말했다.

윌은 다시 재를 담은 상자에 열중하기 시작했다.

마리노는 이제까지 우리가 찾아낸 단어들을 내 어깨너머로 보았다.

you(너), your(너의), I(나), my(나의), we(우리) 등은 공통으로 들어가는 단어들이었다. 문장에서 흔히 사용되는 단어에는 and(그리고), is(~이다), was(~였다), that(저것), this(이것), which(어느 것), a(하나의), an(하나의) 등이 있었다. 좀 더 특별한 단어들에는 town(마을), home(집), know(알다), please(제발), fear(두려움), work(일하다), miss(그리워하다) 등이 있었다. 일부분이 소실된 단어에 대해서는 그 이전의 형태로 추측해볼 수 있었다. terri나 terrib으로 시작되는 단어로 terrible(끔찍한)을 연상할 수 있었다. 뉘앙스는 물론 찾을 수 없었다. 도대체 어떤 의미로 terrible이라는 단어를 사용한 것일까? '그렇게 끔찍해?' 혹은 '나 정말 화났어' 혹은 '네가 끔찍하게 그리워' 아니면 '당신 정말이지 너무 친절하군요'처럼 호의적인 의미였을까? 잠시 후 우리는 스털링과 캐리라는 이름이 서너 번 정도 남아 있는 것을 찾아냈다.

"미스 하퍼가 태운 것은 사적인 편지가 틀림없어요. 종이의 질과 사용된 단어를 보면 알 수 있어요."

내 의견에 윌도 동의했다.

"혹시 베릴 매디슨의 집에서 특별한 문구용품을 발견한 기억 없어요?"

나는 마리노에게 물었다.

"컴퓨터 용지, 타이핑 용지 그런 것들뿐이었소. 박사가 말하는 비싼 용품은 없었소."

"베릴 매디슨의 프린터는 잉크 리본을 사용합니다."

윌이 우리에게 상기시켰다. 그는 다시 핀셋으로 재를 집어 올리며 말했다.

"또 하나 찾은 것 같습니다."

나는 그것을 들여다보았다. 이번에는 'C'자만 남은 것이었다.

"베릴은 러니어사의 컴퓨터와 프린터를 사용했어요. 그녀가 늘 사용하던 것인지 조사해보는 것도 좋을 거예요."

나는 마리노에게 말했다.

"베릴의 영수증은 모두 조사해봤소."

"몇 년 동안 사용한 것이었죠?"

"보관하고 있던 것은 모두 뒤졌소. 5~6년 정도 될 거요."

"컴퓨터는 영수증과 동일한 제품이었나요?"

"아니, 달랐소. 하지만 프린터는 같은 것이었는데 1천6백 달러나 하는 고급 프린터였소. 잉크 리본도 늘 같은 것을 사용해서 그전에는 어떤 것을 썼는지 도무지 알 길이 없소."

　"알겠어요."

　내 말에 마리노는 등을 주무르면서 이렇게 투덜거렸다.

　"알았다면 다행이오. 그런데 나는 아무것도 모르겠소이다."

10
고백

FBI 아카데미는 버지니아 주 콴티코에 자리하고 있다. 벽돌과 유리로 지은 아카데미 건물은 전쟁터 한가운데에 인공적으로 만든 오아시스 같았다. 수년 전 그곳에서 보냈던 첫날 밤을 나는 영원히 잊지 못할 것이다. 잠자리에 들었던 나는 기관총 소리에 깜짝 놀라 깨어났었다. 그리고 방향을 잘못 트는 바람에 탱크에 깔릴 뻔한 적도 있었다.

오늘은 금요일이다.

벤턴 웨슬리가 회의를 소집해서 마리노와 나는 아침 일찍 FBI 아카데미로 향했다. 아카데미의 분수와 깃발이 시야에 들어오자 마리노는 의기양양해졌다. 나는 마리노를 따라잡기 위해 그가 한 걸음 내디딜 때마다 두 걸음을 걸어야 했다.

아카데미 로비는 햇빛이 환하게 들어와서 마치 근사한 호텔 같았다. 그래서 이곳은 콴티코 호텔로 불리기도 한다. 마리노는 입구에서 권총을 검사받고 방문자 명단에 우리 두 사람의 이름을 적었다. 안내원이 벤턴 웨슬리에게 연락해 우리의 신분을 확인하는 동안 우리는 방문증을 가슴에 달았다.

사무실, 강의실, 연구실들을 모두 연결하고 있는 유리 통로는 마치 미로 같았다. 그리고 건물들도 서로 연결되어 있어 밖으로 나가지 않고도 다른 건물로 건너갈 수 있었다. 나는 이곳에 자주 왔지만, 올 때마다 길을 잃곤 했다. 마리노가 길을 잘 알고 있는 듯해서 나는 그의 뒤통수만 쫓아가면 되었다.

전공마다 색상이 다른 유니폼을 입고 지나가는 학생들이 눈에 들어왔다. 빨간 셔츠에 카키색 바지를 입은 학생들은 경찰요원이었다. 회색 셔츠에 검정 바지, 그리고 광택 나는 긴 부츠를 신은 학생들은 새롭게 신설된 부서인 폭파요원들이었다. 고잠늘은 위아래 모두 검은색 옷을 입고, 엘리트 코스인 인질구조팀은 흰색 옷을 입고 다녔다. 남녀 학생 모두 흠잡을 데 없이 차림새가 단정했고 체격도 좋아 보였으며 군인다운 풍모가 강하게 느껴졌다. 늘 총을 닦는 용매제 냄새가 나는 듯한 늠름한 풍모는 그들을 대표하는 이미지였다.

엘리베이터에 올라타자 마리노는 LL 버튼을 눌렀다. 실내 사격 연습장에서 두 층 아래인 비밀 무기 저장소는 지하 18미터에 위치했다.

아카데미가 '행동과학팀(Behavioral Science Unit)'을 천국이 아닌 지옥과 가까운 곳에 설치한 것은 적절하다는 생각이 들었다. 이곳의 명칭은 늘 바뀐다. 지난번에는 '범죄수사대(Criminal Investigative Agents)'였다. 약자로 쓰면 CIA가 되기 때문에 일부러 혼동되게 이런 명칭을 붙인 것 같았다. 그러나 이들의 업무는 변하지 않는다. 상상을 초월하는 끔찍한 짓을 저지르는 정신이상자들, 사회 부적응자들, 쾌락을 위해 사람을 죽이는 살인마들을 다루는 것이다.

엘리베이터에서 내려 단조로운 복도를 지나자 썰렁한 구조의 사무실이 나타났다. 웨슬리는 우리를 작은 회의실로 안내했다. 회의실 안에서는 로이 하노웰이 긴 테이블 앞에 앉아 우리를 기다리고 있었다.

섬유 전문가 하노웰은 회의에서 가끔 보았는데, 그는 만날 때마다 내 이름을 기억하지 못했다. 그래서 그와 악수를 나눌 때마다 나는 내 소개를 해야 했다.

"아, 맞아요, 맞아요, 스카페타 국장님. 잘 지내셨습니까?"

그는 늘 하던 대로 내게 인사를 건넸다.

웨슬리가 문을 닫았다. 주변을 두리번거리다 재떨이를 찾지 못한 마리노는 얼굴을 찌푸렸다. 쓰레기통에 있던 콜라 캔을 쓸 수밖에 없었다. 나는 담배를 피우고 싶은 욕구를 억눌렀다. 이곳 아카데미에서는 중환자실처럼 담배 연기라고는 흔적조차 찾아볼 수 없었다.

웨슬리의 흰 셔츠는 등에 주름이 져 있었고 그의 눈은 피로해 보였다. 그는 잠시 서류를 정독하더니 곧바로 일 얘기로 들어갔다.

"스털링 하퍼에 대해 새롭게 밝혀진 사실이 있습니까?"

나는 어제 스털링 하퍼의 조직 구조 슬라이드를 확인했다. 결과는 예상하던 대로였다. 그녀의 사인을 이해하는 데에도 더 이상 접근하지 못했다.

"스털링 하퍼는 만성골수백혈병을 앓고 있었어요."

"그것이 사인입니까?"

웨슬리가 나를 쳐다보며 물었다.

"아니에요. 사실, 그녀가 자신의 병을 알고 있었는지도 확실하지 않습니다."

"흥미롭군요. 백혈병을 앓고 있으면서도 모르다니……."

하노웰이 한 마디 했다.

"만성백혈병은 환자도 모르는 사이에 발병합니다. 밤에 식은땀을 흘리거나, 피곤하거나, 체중이 감소하는 등 그다지 심각하지 않은 증후를 느꼈을 겁니다. 혹은 오래전에 발병했다가 재발한 것일 수도 있고요. 백혈병이 더 이상 진행되지 않아서 통증을 전혀 느끼지 않았을 수도 있습니다."

내 설명을 들은 로이 하노웰은 혼란스러워 보였다.

"그렇다면 스털링 하퍼는 왜 죽은 겁니까?"

"모르겠습니다."

나는 모른다는 사실을 인정해야 했다.

"약물은 어떻습니까?"

웨슬리가 메모를 하며 물었다.

"독극물 실험실에서 2차 검사를 진행 중이에요. 첫 번째 보고서에 따르면 혈중알코올농도는 0.3이었습니다. 약국에서 쉽게 구입할 수 있는 기침약도 복용한 상태였습니다. 2층 욕실 장식장 맨 위에서 반 정도 남은 기침약이 발견되었어요."

"약물 때문에 사망한 것은 아니군."

웨슬리는 혼잣말로 중얼거렸다.

"한 병을 다 마셔도 죽지 않습니다. 이번 사건은 아주 특이한 경우예요."

내가 말했다.

"계속 연락하면서 스털링 하퍼에 대한 새로운 사실을 알게 되면 저에게 알려주세요."

웨슬리는 페이지를 넘기며 말했다. 그러고는 다음 사안으로 넘어갔다.

"로이가 베릴 매디슨의 집에서 채취한 섬유를 검사했습니다. 로이, 그것에 대해 얘기해주겠소? 그리고 마리노 경위와 스카페타 박사, 두 분에게 말해줄 것이 한 가지 더 있습니다."

오늘 웨슬리는 그다지 기분이 좋아 보이지 않았다. 우리를 이곳으로 부른 이유도 그다지 즐거운 일 때문만은 아닐 것이라는 느낌이 들었다.

반대로 하노웰은 언제나 그렇듯이 평온해 보였다. 그는 머리카락과 눈썹, 그리고 눈동자도 회색이었다. 뿐만 아니라 그가 입고 있는 양복조차 회색이었다. 그래서인지 그는 늘 약간은 졸리고 피곤해 보였다. 분위기가 너무나 부드럽고 침착해서 절대 흥분하는 일이 없을 것 같았다.

하노웰이 말문을 열었다.

"한 가지 예외가 있습니다. 그것을 제외하고는, 의뢰받은 섬유의 검사 결과는 예상대로입니다. 특이한 염색도 하지 않았고, 가로 단면에 이상한 모양도 나타나지 않았습니다. 여섯 가지의 나일론 섬유는 각각 다른 데서 옮겨진 것으로 결론 내렸습니다. 리치먼드의 그 분석관과 같은 의견입니다. 여섯 가지 가운데 네 가지는 자동차 카펫으로 사용되는 섬유와 일치합니다."

"그것을 어떻게 알 수 있소?"

마리노가 물었다.

"나일론으로 만든 실내 장식품이나 카펫은 햇빛과 열에 무척 약합니다. 자동차 카펫은 쉽게 탈색되거나 부패하는 것을 막기 위해 금속 성분이 함유된 염료로 섬유를 염색하면서 자외선 차단제와 온도 유지제를 첨가하죠. 엑스레이 검사 결과, 여섯 가지 나일론 섬유 가운데 네 가지 섬유에서 금속 성분이 검출되었습니다. 이 섬유들의 출처는 확실하게 말할 수 없지만, 자동차 카펫 섬유가 분명합니다."

"역으로 어떤 상표나 모델을 이용해 찾을 수는 없습니까?"

마리노가 물었다.

"그건 아무래도 힘들 것 같습니다. 특허를 받은 아주 특이한 섬유라면 가능할지도 모르겠습니다만…… 문제의 자동차가 일본에서 만든 것이라면, 섬유를 보고 거꾸로 상표를 찾아내는 것은 부질없는 일입니다. 예를 들어보겠습니다. 도요타 자동차 안에 까는 카펫에는 작은 플라스틱 알갱이가 들어 있습니다. 미국에서 일본으로 수출하는 것이지요. 일본에서는 미국에서 수입한 그것에 섬유를 덧씌웁니다. 그것은 다시 미국으로 건너와 카펫으로 만들어집니다. 그리고 그 카펫은 다시 일본으로 건너가 제조 라인에 있는 자동차 안에 깔리지요."

하노웰은 계속 단조롭게 이야기를 이어갔다. 갈수록 희망 없는 설명뿐이었다.

"미국에서 만들어진 자동차도 골치 아프기는 마찬가지입니다. 예로 들면, 크라이슬러 자동차는 세 군데의 거래처에서 다양한 색깔의 카펫을 공급받습니다. 그리고 모델에 따라서는 도중에 거래처를 바꿀 수도 있습니다. 마리노 경위와 나, 우리 두 사람이 같은 차를 몬다고 칩시다. 실내가 짙은 포도주색으로 장식된 87년형 검정 르바론(LeBaron)이라고 합시다. 두 차량의 포도주색 카펫은 공급자에 따라 서로 다를 수 있어요. 요점은, 내가 검사한 나일론 섬유의 출처가 다양하다는 것입니다. 두 가지는 가정용 카펫에서 나온 것이고, 나머지 네 가지는 자동차 카펫에서 옮겨진 것 같습니다. 색깔과 가로의 단면 모양도 다양합니다. 여기에다 올레핀, 다이넬, 아크릴 섬유도 있습니다. 뒤죽박죽 섞여 있어요."

"범인은 분명히 다양한 카펫을 접하는 직업을 가졌을 것입니다. 베릴 매디슨을 살해할 당시 범인은 다양한 섬유가 묻은 옷을 입고 있었어요."

웨슬리가 추론했다. 모, 코듀로이, 플란넬 등 다양한 섬유가 언급되었으므로 그럴 만도 했다.

"다이넬은 어떤가요?"

내가 물었다.

"보통 여자 옷과 연관이 있습니다. 가발이나 인조털로 쓰이죠."

하노웰이 설명했다.

"맞아요. 하지만 꼭 가발이나 인조털로만 쓰이는 것은 아니죠. 다이넬로 만든 옷은 폴리에스터처럼 정전기를 일으켜서 무엇이든 달라붙어요. 그 때문에 그렇게 많은 흔적들을 달고 다니는 것인지도 모르죠."

내가 의견을 제시했다.

"그럴 가능성도 있습니다."

하노웰이 말했다.

"그러면 범인이 가발을 썼다고 가정해봅시다. 베릴이 범인을 집 안으로 들어오게 했다는 것은, 범인을 두려워하지 않았다는 뜻이오. 여자들은 대부분 같은 여자를 두려워하지 않으니까."

마리노가 의견을 말했다.

"복장도착자?"

웨슬리가 말했다.

"그럴 수도 있겠구먼. 아주 예쁘게 차려입은 놈이었을 수도 있겠어. 정말이지 역겨운 놈들이오. 얼굴을 빤히 쳐다보지 않고서는 구분할 수 없는 놈들도 있다니까."

마리노가 빈정거리며 대꾸했다.

"살인범이 복장도착자라면, 그에게 묻어 있던 섬유들은 어떻게 설명할 수 있죠? 직장에서는 그렇게 치장하고 다닐 수 없잖아요. 그 섬유들을 직장에서 묻혀온 거라고는 보기 힘들어요."

내가 지적했다.

"범인이 길거리에서 일하지만 않는다면 가능한 얘기요. 밤새 이 집 저 집 돌아다녔을 수도 있고, 카펫이 깔린 모텔방을 들락거렸을 수도 있소."

마리노가 말했다.

"그렇다면 특정인을 희생자로 선택한 것은 어떻게 설명할 수 있지요?"

내가 다시 이의를 제기했다.

"정액이 검출되지 않은 것을 보면 알 수 있소. 남성 복장도착자들은 대개 여자를 강간하지 않는 법이오."

마리노가 말했다.

"그들은 여자를 살해하지도 않아요."

내가 응수했다.

"앞서 한 가지 예외가 있다고 언급했습니다. 궁금해하시는 주황색 아크릴 섬유에 관한 것입니다."

하노웰의 회색 눈동자가 내게 고정되었다.

"세 잎 클로버 모양 말인가요?"

내가 물었다.

"맞습니다. 석 장의 잎처럼 보이는 그 모양은 매우 특이한 것으로, 때가 덜 타고 빛을 반사하는 성질을 지니고 있죠. 이 모양의 섬유는 1970년대 후반에 만들어진 플리머스 제품에서만 찾아볼 수 있습니다. 나일론으로 만든 카펫이지요. 그 제품은 베릴 매디슨 사건에서 발견된 주황색 섬유처럼 세 잎 모양을 하고 있습니다."

"하지만 베릴의 집에서 발견된 주황색 섬유는 아크릴이지 나일론이 아니에요."

나는 하노웰에게 상기시켰다.

"물론입니다, 스카페타 국장. 문제의 섬유가 독특하다는 배경 설명을 한 것뿐입니다. 사실 그 섬유는 나일론이 아닌 아크릴인 데다 주황색처럼 밝은 색상은 자동차 카펫으로는 전혀 쓰이지 않습니다. 그 덕분에 우리는 많은 출처들을 제외할 수 있습니다. 1970년대 후반의 플리머스 제품이나 다른 자동차 카펫도 모두 제외할 수 있지요."

"그렇다면…… 그런 주황색 섬유를 단 한 번도 본 적이 없다, 이 말씀이오?"

마리노가 물었다.

"그런 쪽으로 결론을 내리고 있습니다."

하노웰이 머뭇거리면서 대답하자 웨슬리가 말을 이어받았다.

"작년에 우리는 여러 가지 면에서 이 주황색 섬유와 동일한 섬유의 검사를 의뢰받았어요. 로이가 검사했는데, 그리스 아테네에서 납치된 보잉 747기에서 찾아낸 증거물이었소. 아마 모두 기억할 겁니다."

웨슬리의 말이 끝나자 침묵이 흘렀다. 마리노조차 한동안 말이 없었다.

웨슬리의 눈빛은 고뇌에 잠긴 듯 어두워졌다. 잠시 후 그는 침묵을 깨고 말을 이었다.

"납치범들은 탑승 중이던 미국 군인 두 명을 살해해서 도로 위에 버렸습니다. 스물네 살의 해군 체트 램지는 비행기에서 내던져진 최초의 사람이 되었지. 당시 그의 왼쪽 귀에 있던 피딱지에 그 주황색 섬유가 묻어 있었소."

"그 섬유가 비행기 내부에서 나왔을 수도 있다는 말인가요?"

나는 하노웰에게 물었다.

"그런 것 같지는 않습니다. 비행기의 카펫, 실내 장식제, 담요 등과 비교해보았지만 일치하지 않았을뿐더러 비슷하지도 않았어요. 램지에게서 발견된 섬유는 다른 곳에서 묻은 것일 수도 있습니다. 그리고 혈액에 묻어 있었던 것으로 보기도 힘듭니다. 단순히 테러리스트들로부터 램지에게 전해진 것일 수도 있고요."

"그 외에는요?"

내가 다시 물었다.

"또 다르게 생각할 수 있는 것은, 그 섬유가 다른 승객에게서 묻었을 수도 있다는 것입니다. 아마 램지가 상처를 입은 후에 어떤 승객이 그를 스쳤겠죠. 증인들의 설명에 의하면, 램지 근처로 다가간 승객은 아무도 없었습니다. 램지는 비행기 조종석 근처로 옮겨져 다른 승객들과는 떨어져 있었으니까요. 그러고는 구타당하고 총에 맞은 다음 승객용 담요에 둘둘 말려 도로 위로 떨어졌습니다. 참고로 그 담요는 황갈색이었습니다."

"그리스에서 일어난 비행기 납치 사건과 버지니아 주에서 일어난 두 작가의 살해 사건을 어떻게 연결할 수 있겠소?"

마리노가 황당하다는 듯이 말문을 열었다. 하지만 그는 농담처럼 말하지 않았다.

"적어도 두 가지 연관성이 있습니다. 우선 비행기 납치와 베릴 매디슨의 죽음입니다. 실제 범행이 연관 있다는 말은 아닙니다. 그러나 이 주황색 섬유는 너무나 특이하기 때문에, 아테네 사건과 이 사건 사이의 공통분모일 가능성도 배제할 수 없습니다."

그것은 가능성 그 이상이었다. 거의 확실했다.

두 사건 사이에는 공통분모가 있었다. 나는 인물, 장소, 사물을 생각했다. 세 가지 가운데 하나가 분명했다. 세부적인 사항이 서서히 머릿속에서 그려지고 있었다.

"그걸로는 테러리스트들을 문제 삼을 수 없어요. 두 사람은 사살되었고, 두 사람은 도주해서 끝내 잡히지 않았어요."

내 말을 듣던 웨슬리가 고개를 끄덕였다.

"그런데 그들이 테러리스트였다는 게 확실한가요?"

내 질문을 받은 웨슬리는 잠시 뜸을 들이더니 이렇게 대답했다.

"우리는 그들을 테러 집단과 연결하지 않았습니다. 그들이 반미주의자일 거라고 가정했을 뿐이지요. 비행기도 미국 항공사 소유였고 승객의 3분의 1도 미국인이었으니까."

"비행기 납치범들은 무슨 옷을 입고 있었나요?"

내가 물었다.

"평범한 복장이었어요. 바지와 셔츠를 입었는데, 특이한 점은 전혀 없었습니다."

"주황색 섬유는 사살된 두 납치범에게서도 나왔나요?"

나는 하노웰에게 물었다.

"그건 모릅니다. 그들은 도주하던 중에 사살되었고, 우리는 놈들의 시체를 검시할 수 있을 만큼 빨리 호송해오지 못했습니다. 불행하게도 그리스 당국이 보내온 보고서만 받았을 뿐입니다. 납치범들의 옷과 증거물은 내가 직접 검사한 것이 아닙니다. 분명 많은 증거물들이 누락되었을 겁니다. 그러나 납치범의 시체에서 주황색 섬유가 나왔다 하더라도 그 출처를 반드시 찾을 수 있는 것은 아닙니다."

"이봐요, 지금 무슨 말을 하고 있는 겁니까? 도주한 납치범이 버지니아에 나타나 다시 살인 행각을 벌이고 있다는 말이오?"

마리노는 어이없다는 표정으로 물었다.

"마리노, 이상해 보일지 모르지만 그럴 가능성도 완전히 배제할 수는 없네."

웨슬리가 말했다.

"비행기를 납치했던 네 명은 어떤 테러 집단에도 속해 있지 않았어요. 우리는 그들의 진짜 목적이 무엇이었는지, 그들이 누구인지 모릅니다. 두 명이 레바논인이었다는 것만 어렴풋이 기억납니다. 나머지 두 사람은 아마 그리스를 탈출했겠지요. 실제 목표로 삼은 사람은 아마 미국 대사였을 겁니다. 당시 휴가 중이던 미국 대사는 그 비행기에 탑승할 예정이었거든요."

나는 그 사건에 대한 기억을 떠올리며 말했다.

"그렇습니다. 납치 사건 며칠 전, 파리 주재 미국 대사관에서 폭탄이 터졌습니다. 그래서 예약을 취소하지 않은 채 비행 일정을 비밀스럽게 바꿨지요."

웨슬리는 긴장한 모습이었다.

그의 눈길이 나를 스치고 지나갔다. 그는 왼쪽 엄지손가락으로 펜을 톡톡 치면서 말을 이었다.

"그 납치범들이 살인 청부업자들이라는 가능성도 배제할 수 없습니다. 전문적인 무기도 빌렸어요."

"좋소, 좋아요. 베릴 매디슨과 캐리 하퍼가 살인 청부업자들에게 살해되었다는 가능성도 배제하지 맙시다. 하지만 그들의 범행이 잡범 수준의 소행처럼 보인다는 사실도 잊으면 안 되지."

마리노는 성미 급하게 말했다.

"우선적으로 해야 할 일은, 이 주황색 섬유의 출처를 조사하는 겁니다. 그리고 스파라치노를 좀 더 주의 깊게 살펴봐야 할 거예요. 그는 납치범들의 실제 목표였던 미국 대사와 연관되어 있을 수도 있어요."

내 말을 들은 웨슬리는 아무 반응도 보이지 않았다.

마리노는 갑자기 주머니칼을 꺼내더니 엄지손톱을 다듬기 시작했다.

하노웰은 우리 세 사람을 번갈아 쳐다보더니 더 물어볼 것이 없다는 확신이 들었는지 양해를 구한 뒤 자리를 떴다.

마리노는 담배에 불을 붙였다. 그는 담배 연기를 내뿜으며 다시 말문을 열었다.

"지금 나에게 엉뚱한 놈을 쫓아다니라고 요구하는 건가? 그건 아무 쓸모없는 짓이야. 국제적인 살인 청부업자가 연애소설을 쓰는 여류작가와 한때 소설가였지만 수십 년 동안 아무것도 쓰지 못한 시시한 작가를 왜 살해했겠나?"

"나도 모르겠네. 누가, 어떤 연관을 맺고 있는지에 따라 달라지겠지. 그리고 여러 가지 상황에 따라, 아니 모든 것에 따라 달라질 거야. 우리가 할 수 있는 것은 최선을 다해 증거를 찾는 것뿐이네. 다음 안건이 있네. 바로 젭 프라이스."

웨슬리가 말했다. 그러자 마리노는 기다렸다는 듯 재빠르게 대꾸했다.

"그는 벌써 거리를 활보하고 있어."

나는 마리노의 말이 믿기지 않았다.

"언제부터?"

웨슬리가 물었다.

"어제부터리네. 보석으로 풀려났지. 정확하게 5만 날러를 쓰고 말이야."

"그가 어떻게 그럴 수 있었는지 말해줄래요?"

나는 마리노가 왜 진작 그 얘기를 해주지 않았는지 화가 났다.

"물론 말해주리다."

내가 알기론 보석으로 풀려나는 방법은 세 가지다. 첫 번째는 개인적인 안면, 두 번째는 현금이나 금품, 세 번째는 보증인이 10퍼센트의 보석금을 내고 경호원이나 안전요원을 요구하는 것이다. 피고가 도주할 경우의 금전적인 손해를 막기 위해서다. 마리노의 말에 따르면 젭 프라이스는 세 번째 경우라고 했다.

"그가 어떻게 그럴 수 있었는지 말해달라니까요."

나는 마리노에게 재차 말했다. 그리고 담배에 불을 붙이며 재떨이로 쓰는 콜라 캔을 가까이 당겼다.

"내가 아는 건 한 가지 방법뿐이오. 그는 변호사에게 전화했고, 변호사는 제삼자에게 인도할 수 있는 계좌를 개설했고, 럭에 돈을 보냈을 거요."

마리노가 말했다.

"럭이라니요?"

"17번가에 있는 전당포요. 시 교도소에서 한 블록 떨어진 곳에 있지. 찰리 럭이라는 사람이 수감자들을 상대로 운영하는 곳이오. 혹&워크로 알려져 있기도 하오. 찰리와 나는 오래전부터 알고 지냈는데, 잡담도 나누고 가끔 농담도 하는 사이요. 때로는 비밀을 알려주기도 하지만, 어떨 때는 입을 다물어버리는 사람이오. 이번 경우는 불행하게도 후자요. 젭 프라이스의 변호사 이름을 가르쳐달라고 아무리 을러도 소용없었소. 분명한 건 이곳 변호사는 아닌 것 같았소."

"프라이스는 고위층과 연결되어 있을 거예요."

내가 말했다.

"분명히 그럴 겁니다."

웨슬리가 침울한 표정으로 동의했다.

"프라이스는 아무 말도 하지 않았나요?"

내가 물었다.

"묵비권을 행사했소. 젠장, 입도 뻥긋하지 않더군."

마리노가 대답했다.

"마리노, ATF(Bureau of Alcohol, Tobacco, Firearms and Explosives, 미국 법무부 산하의 주류 · 담배 및 총기단속국—옮긴이)에서 조사해보았을 텐데, 젭 프라이스의 무기는 어땠나?"

웨슬리는 다시 메모를 하며 질문을 던졌다.

"무기들은 그의 이름으로 등록되어 있다고 하더군. 프라이스에게는 무기 소지 허가증도 있었다네. 허가증은 6년 전에 발행된 것으로, 이곳 북부 버지니아의 어느 망령 든 판사가 내준 거야. 그 판사는 지금 은퇴해서 남부 어딘가로 이사 갔지. 프라이스의 배경에 대해서도 검토해봤는데 미혼이었고, 허가증을 발급받은 당시 워싱턴에 있는 펑클스타인이라는 금은(金銀) 교역 회사에서 일했어. 하지만 그 회사는 더 이상 존재하지 않아."

"그의 전과 기록은?"

웨슬리는 뭔가 계속 쓰면서 마리노에게 물었다.

"전과는 없고, 89년형 BMW가 그의 이름으로 등록되어 있어. 주소지는 작년 겨울에 이사한 뒤퐁 광장에서 가까운 아파트야. 그에게 아파트를 임

대해준 부동산에서는 직업란에 그를 자영업자로 적어놓았더군. 그 부동산을 조사 중인데, 지난 5년 동안의 세금 기록을 곧 볼 수 있을 거네."

"어느 개인이 프라이스를 고용했을 가능성도 있나요?"

내가 물었다.

"이 구역 내에서는 그럴 가능성이 없소."

마리노가 대답했다. 웨슬리는 고개를 들어 나를 바라보며 입을 열었다.

"누군가가 그를 고용한 것입니다. 무슨 목적인지는 모르겠지만, 분명한 것은 그가 임무에 실패했다는 것입니다. 젭 프라이스 배후에 누가 있든, 그는 다시 시도할 겁니다. 다음에는 연루되지 않기를 바랍니다, 케이."

"나 역시 그러긴 바라지 않아요. 벤턴, 이렇게 밀씀드리면 안심되나요?"

그러자 웨슬리는 아버지처럼 계속 말을 이었다.

"내 말은, 당신이 다치기 쉬운 상황이라면 피하라는 겁니다. 예를 들어 건물 안에 아무도 없을 때 혼자 사무실에 있는 것은 좋지 않아요. 비단 주말만 얘기하는 건 아닙니다. 업무가 끝나고 사람들이 퇴근한 후에 혼자 어두운 주차장으로 가는 것도 위험합니다. 주변에 이상한 기척이 느껴지면 되도록 일찍 퇴근하세요."

"명심하겠습니다."

"만약 늦게 퇴근할 경우에는 경비원을 불러 주차장까지 바래다달라고 해요, 케이."

웨슬리가 장황하게 늘어놓자 마리노가 자청해서 끼어들었다.

"그런 문제라면 나를 호출해요. 내가 갈 수 없는 상황이면 순찰차를 보내달라고 하시오."

운이 좋으면 자정쯤 집에 돌아갈 수 있겠군. 나는 마음속으로 딴생각을 하고 있었다.

웨슬리는 다시 한 번 나에게 신신당부했다.

"조심, 또 조심해야 합니다. 다른 사람들이 뭐라 하든, 두 사람이 살해되었어요. 살인범은 여전히 활보하고 있고. 피해자의 행동과 범행 동기를 종잡을 수 없기 때문에, 그 어떤 일도 일어날 수 있는 상황입니다."

차를 몰고 집으로 돌아오는 동안 웨슬리의 말이 자꾸 떠올랐다. 그 어떤 일이 일어날 수 있는 상황이라면, 불가능한 일은 없다는 뜻이다.

1+1은 3이 아니다. 하지만 3일 수도 있다. 스털링 하퍼의 죽음은 그녀의 남동생과 베릴의 죽음과는 다른 것 같았다. 하지만 같다면 어떻게 할 것인가?

"베릴이 살해되던 날 밤 미스 하퍼는 이곳에 없었다고 했는데, 더 알아낸 사실은 없나요?"

나는 마리노에게 물었다.

"없소."

"그날 미스 하퍼가 어디를 갔든, 직접 운전했을까요?"

"하퍼 남매가 가진 차는 흰색 롤스로이스뿐이오. 베릴이 죽은 그날 밤에는 하퍼가 차를 몰고 나갔소."

"확실해요?"

"컬페퍼 술집에서 확인했소. 그날 밤 하퍼는 평소와 같은 시간에 술집에 도착했소. 그리고 6시 30분경에 차를 몰고 떠났소."

월요일 아침, 나는 임원 회의에서 휴가를 쓰겠다고 공고했다. 최근에 일어난 일련의 사건들 때문인지 이상하게 여기는 사람은 아무도 없었다.

사람들은 내가 젭 프라이스와 맞닥뜨린 일로 너무 심한 스트레스를 받아서 모래찜질이나 하면서 머리를 식힐 거라고 지레짐작했다. 나는 어디로 가는지 아무에게도 말하지 않았다. 어디로 떠날지 나 자신도 몰랐기 때문이다.

나는 안도의 숨을 내쉬는 로즈와 과중한 업무를 뒤로하고 터벅터벅 사무실을 나섰다.

집으로 돌아온 나는 아침 내내 수화기에 매달려 있었다. 리치먼드 버드 공항에 이착륙하는 모든 항공사에 전화를 걸었다. 버드 공항은 미스 하퍼가 이용하기에 가장 편리할 듯했다.

"20퍼센트의 벌금을 물어야 한다는 것은 나도 알고 있어요. 오해한 것 같은데, 나는 티켓을 바꾸려는 게 아니에요. 몇 주 전에 스털링 하퍼라는 여자분이 탑승했는지 알고 싶을 뿐이에요."

나는 US항공 직원에게 말했다.

"비행기 표가 본인 것이 아닙니까?"

"네. 비행기 표는 스털링 하퍼라는 이름으로 발권되었어요."

나는 같은 말을 세 번째 반복하고 있었다.

"그렇다면 스털링 하퍼 씨 본인이 직접 저희에게 연락하셔야 합니다."

"스털링 하퍼는 죽었어요. 그녀가 직접 연락할 수 없다고요."

US항공 직원은 깜짝 놀라더니 잠시 말을 잇지 못했다.

"스털링 하퍼 씨는 여행을 하려던 즈음 갑자기 사망했어요. 컴퓨터로 확인해주시겠어요?"

여러 항공사의 컴퓨터 기록을 확인해본 결과, 스털링 하퍼는 베릴 매디슨이 살해된 10월 마지막 주에 리치먼드를 떠나지 않았다. 또한 스털링 하퍼는 직접 차를 몰고 가지도 않았다. 그녀가 버스를 이용했을 가능성도 진지하게 고려해보았다. 그리고 마지막으로 기차가 남았다.

앰트랙 역의 존이라는 역무원과 전화가 연결되었다. 그는 컴퓨터가 다운되었으니 나중에 전화해주겠다고 했다. 전화를 끊자마자 현관 벨이 울렸다.

아직 정오가 되지 않은 시각이었다. 가을 사과처럼 새콤하고 청명한 날씨였다. 유리창을 통해 들어온 햇빛이 거실에 네모 모양의 빛 그림자를 만들고 있었다.

진입로 위에는 낯선 은색 마쓰다 세단이 주차되어 있었다. 차의 앞 유리에 햇빛이 반사되어 반짝였다. 현관문에 난 작은 구멍을 들여다보자, 창백한 얼굴의 금발 청년이 서 있었다. 나는 고개를 숙이고 뒷걸음질 쳤다.

청년이 입고 있는 가죽 재킷의 칼라가 빳빳하게 세워져 있었다. 내 손에 든 권총은 단단하고 묵직했다. 나는 그것을 운동복 윗도리 주머니에 찔러 넣고 현관문의 잠금장치를 풀었다. 그와 얼굴을 마주 보자 비로소 나는 그가 누구인지 알아차렸다.

"스카페타 국장님?"

그는 불안한 목소리로 물었다.

나는 그를 집 안으로 안내하지 않았다. 대신 윗도리 주머니에 들어 있는 권총을 꽉 움켜쥐었다.

"이렇게 갑자기 찾아와서 죄송합니다. 사무실로 전화를 드렸더니 휴가 중이라고 하더군요. 전화번호부에서 박사님 댁 전화번호를 찾긴 했는데, 계속 통화 중이었습니다. 그래서 집에 계실 거라고 생각하고 이렇게 불쑥 찾아왔습니다. 박사님께 꼭 드릴 말씀이 있습니다. 잠깐 안으로 들어가도 될까요?"

알 헌트는 마리노가 보여준 비디오테이프에서보다 더 순수해 보였다.

"무슨 일이죠?"

나는 냉정하게 물었다.

"베릴 매디슨에 대한 일 때문입니다. 참, 제 이름은 알 헌트입니다. 시간은 많이 빼앗지 않겠습니다. 약속드립니다."

나는 현관문에서 한 걸음 뒤로 물러났고, 알 헌트는 집 안으로 들어왔다. 그는 거실에 놓인 긴 의자로 가서 앉았다. 그의 얼굴은 백지장처럼 하얗게 변했다.

나는 팔걸이가 있는 의자에 앉았다. 불룩하게 튀어나온 내 윗도리 주머니에 그의 눈길이 고정되었다.

"총을 갖고 계신가요?"

그가 물었다.

"그래요."

"저는 총을 싫어합니다."

"좋아할 수 있는 물건은 아니죠."

"어렸을 때 아버지께서 사슴 사냥에 데리고 간 적이 있는데, 아버지는 암사슴을 명중시켰습니다. 가까이 다가가서 보니 가여운 암사슴은 누워서 울고 있었어요. 그 이후로 저는 절대 총을 쏘지 않습니다."

"베릴 매디슨과 아는 사이인가요?"

나는 단도직입적으로 물었다.

"경찰이 그녀에 대해 말해주었습니다. 마리노, 네, 마리노 경위라는 분이었습니다. 그분이 제가 근무하는 세차장으로 찾아와서는 경찰서로 가자고 했습니다. 우리는 오랫동안 이야기를 했습니다. 베릴 매디슨은 제가 일하는 세차상에서 세차를 했습니다. 그렇게 해서 그녀를 만나게 되었습니다."

그가 얘기하는 동안, 나는 나에게서 무슨 색깔이 발산되는지 궁금하지 않을 수 없었다. 차가운 파랑? 혹은 밝은 빨강일 수도 있다. 나는 깜짝 놀란 상태이고 그것을 숨기기 위해 안간힘을 쓰고 있으니까. 나는 그에게 나가달라고 말할까 고민하고 있었다. 경찰을 부르는 것도 고려해봤다. 그가 내 집 안에 앉아 있다는 사실이 믿기지가 않았다.

내가 아무런 조치도 취하지 않은 것은, 그의 순수한 대담성과 나의 호기심 때문이었다.

"헌트 씨……."

"알이라고 불러주십시오."

그는 내 말을 막으며 말했다.

"그러죠. 그런데 알, 왜 나를 만나러 온 거죠? 정보를 가지고 있다면 마리노 경위에게 말하면 되잖아요."

그가 입은 재킷의 칼라는 그의 볼까지 올라와 있었다. 그는 어쩔 줄 몰라 하는 표정으로 자신의 손을 내려다보았다.

"제가 지금 드릴 말씀은 경찰에 알릴 성질의 것이 아닙니다. 박사님이라면 이해할 거라고 생각했습니다."

"왜 그렇게 생각하죠? 당신은 날 모르잖아요."

"당신은 베릴을 돌봐주었습니다. 대체로 여자들은 남자들보다 더 직관적이고 자애롭습니다."

알 헌트는 아마 단순한 이유 때문에 나를 찾아온 것인지도 모른다. 나는 자신을 모욕하지 않을 것이라고 믿었을 것이다. 그는 나를 바라보았다. 공포에 질리기 직전인 그의 두 눈에는 고통과 수심이 가득 차 있었다.

"스카페타 국장님, 무언가를 확실하게 믿어본 적이 있나요? 뒷받침할 만한 증거는 전혀 없는데 말입니다."

"투시력을 말하는 거라면, 난 그렇지 못해요."

"박사님은 과학자입니다."

"그래요, 나는 과학자예요."

"하지만 박사님에게는 감정도 있습니다. 제가 무슨 말을 하는지 잘 아실 겁니다. 그렇죠?"

그의 눈빛은 다급해 보였다.

"그래요. 당신이 무슨 말을 하는지 알아요, 알."

내 말에 알은 안도하는 것 같았다. 그는 깊게 숨을 들이쉬었다.

"저는 많은 것을 압니다, 스카페타 박사님. 누가 베릴을 살해했는지도 압니다."

나는 아무런 반응도 나타내지 않았다.

"저는 그자를 압니다. 그가 무슨 생각을 하는지, 무엇을 느끼는지, 왜 그런 짓을 했는지 압니다. 제가 하는 말을 매우 신중하게 고려하겠다고 약속해주십시오. 부디 심각하게 받아들여 주십시오. 그리고 바로 경찰에 알리지는 말아주세요. 그들은 이해하지 못할 겁니다."

헌트의 목소리는 절실했다.

"당신이 말하는 것을 신중하게 고려하겠어요."

내가 대답했다.

그는 상체를 앞으로 기울였다. 그의 병약해 보이는 얼굴에서 두 눈만 빛나고 있었다.

나는 본능적으로 주머니 속의 오른손에 힘을 주었다. 권총의 방아쇠 부분이 손바닥에 느껴졌다.

"경찰은 모든 걸 잘못 이해하고 있어요. 그들은 제 말을 이해할 수 없습니다. 예를 들면, 제가 왜 심리학 공부를 그만두었는지도 이해하지 못합니다. 경찰은 그것을 이해하려 하지 않습니다. 저는 석사 학위를 가지고 있습니다. 그래서 어쨌단 말입니까? 저는 간호사로 일했고 지금은 세차장에서 일합니다. 그것이 어쨌단 말입니까? 경찰은 그 사실을 도무지 이해하려 하지 않습니다. 안 그렇습니까, 박사님?"

나는 아무런 대꾸도 하지 않았다.

"어렸을 적 제 꿈은 심리학자, 심리치료사 혹은 정신과 의사가 되는 것이었습니다. 그것은 너무나 자연스럽게 다가왔죠. 그것은 제 꿈이 되었고, 제겐 그만한 재능도 있었습니다."

"그런데 그렇게 되지 않았군요. 왜죠?"

나는 그 사실을 상기시켰다.

"왜냐하면 그것은 저를 파괴할 것이 분명하기 때문입니다. 그것은 제가 제어할 수 있는 것이 아닙니다. 그냥 저절로 일어나는 것입니다. 저는 다른 사람들의 문제와 특이한 현상에 완전히 빠져들기 때문에, 결국 저 자신도 길을 잃고 숨이 막히는 지경에 이르게 되죠. 저는 병원에서 일하면서 이것이 얼마나 치명적인지 깨닫게 되었습니다. 저는 심리를 연구했고 학위도 받았습니다. 저는 절대 잊지 못할 것입니다. 프랭키. 프랭키는 편집광적인 정신분열증 환자였습니다."

"프랭키?"

"네, 그래요. 프랭키……. 그는 장작으로 자신의 어머니를 때려 죽였습니다."

그의 목소리는 차가웠고, 덩달아 나는 한기를 느꼈다.

"저는 우연히 프랭키를 알게 되었어요. 그 겨울날 오후, 저는 비로소 그의 삶에 대해 완전히 알게 되었습니다. 저는 프랭키에게 물었습니다. '프랭키, 프랭키, 그게 뭐였지? 무엇 때문에 그렇게 했지? 네 머릿속에, 네 신경에 무슨 일이 일어났는지 기억하니?'"

프랭키를 다그치는 그의 모습이 어렴풋이 보이는 듯했다.

"그는 늘 하던 대로 벽난로 앞에 앉아 타들어 가는 불꽃을 바라보고 있었다고 했습니다. 그때 누군가가 그에게 속삭이기 시작했습니다. 너무나 끔찍한 일을 속삭였습니다. 집에 돌아온 그의 어머니는 평소처럼 그를 바라보았습니다. 그런데 이번에는 프랭키의 눈에 이상한 것이 보이는 겁니다. 그는 큰 소리로 고함을 쳤고, 아무 생각도 할 수 없었습니다. 다음 순간, 그의 온몸에 피가 묻어 있었고, 그의 어머니는 얼굴이 없어져 버렸습니다. 그는 그런 이상한 상태로 제게 왔습니다. 저는 그 후 며칠 동안 잠을 이루지 못했습니다. 눈을 감을 때마다 온몸에 피가 묻은 프랭키가 소리치는 모습이 보였기 때문입니다. 저는 그를 이해할 수 있었습니다. 그가 했던 행동을 이해할 수 있었습니다. 누구의 이야기든, 어떤 이야기든 간에 저는 모든 것을 이해할 수 있었습니다."

나는 가만히 앉아 그의 이야기만 듣고 있었다. 더 이상 상상력을 발휘할 수 없었다. 과학자이자 법의관인 나는 신중하게 행동해야 했다.

"누군가를 죽이고 싶다고 느껴본 적 있나요, 알?"

내가 물었다.

"누구나 한 번쯤은 그런 생각을 해보았을 겁니다."

헌트와 나의 눈이 마주쳤다.

"누구나라고요? 정말 그렇게 생각해요?"

"네, 사람은 누구나 그럴 가능성이 있으니까요."

"그럼 당신은 누구를 죽이고 싶었나요?"

"저는 총이나 다른 위험한 물건들은 소지하지 않습니다. 그런 충동에 쉽게 굴복하고 싶지 않기 때문입니다. 자신이 이상한 행동을 하는 망상에 시달리다 그것이 구체화되면 문은 덜커덕 열리게 됩니다. 사실상 이 세상에서 일어나는 모든 흉악한 사건들은 먼저 머릿속에서 상상한 것입니다. 우리는 선하지도, 악하지도 않습니다. 심지어 정신이상자로 분류된 사람들이 저지른 행동에도 나름대로 이유가 있습니다."

헌트의 목소리는 떨리고 있었다.

"그럼 베릴에게 일어났던 사건의 배후에는 어떤 이유가 있었나요, 알?"

내가 물었다.

나는 내 생각을 정확하고 분명하게 말했다. 그러나 머릿속에서 상상하던 것을 지우려 하자 속이 울렁거렸다. 벽에 묻어 있던 검붉은 핏자국들, 흉부까지 나 있던 칼에 찔린 상처들, 그녀의 책장에 가지런히 놓여 있던 그녀의 소설들…….

"이 일을 저지른 사람은 베릴을 사랑했습니다."

헌트가 말했다.

"하지만 그걸 보여주는 방법이 너무 잔인하군요. 그렇게 생각하지 않아요?"

"사랑은 잔인할 수 있습니다."

"당신은 베릴을 사랑했나요?"

"우리 두 사람은 닮은 데가 많았습니다."

"어떤 점에서요?"

"동일한 점이 많았습니다. 이를테면…… 외롭고, 민감하고, 다른 사람들로부터 오해를 받았어요. 그것 때문에 사람들은 그녀를 멀게 느끼고, 가까이 다가갈 수 없는 사람이라고 생각했습니다. 저는 그녀에 대해 아는 것이 아무것도 없습니다. 그녀에 대해 얘기해준 사람이 아무도 없었다는 뜻입니다. 하지만 저는 그녀의 마음을 느낄 수 있었습니다."

"어떤 식으로 말인가요?"

"그녀는 자아와 자신의 가치에 대해 잘 알고 있는 사람이라는 것을, 저는 직관적으로 알 수 있었습니다. 하지만 그녀는 다른 사람들과 다르다는 이유로 치르는 대가에 대해 분노하고 있었습니다. 그녀는 무언가에 상처

입은 모습이었습니다. 그 때문에 저는 그녀에게 관심을 보였습니다. 저는 그녀에게 다가가고 싶었습니다. 그녀를 이해할 수 있었기 때문입니다."

"그런데 왜 그녀에게 다가가지 않았나요?"

내가 물었다.

"상황이 좋지 않았습니다. 아마 다른 곳에서 만났더라면 좋았을 겁니다."

"알, 베릴에게 이 일을 저지른 사람에 대해 말해줘요. 그는 상황이 좋아서 베릴에게 다가간 건가요?"

"아닙니다."

"아니라고요?"

"상황은 전혀 좋지 않았습니다. 그는 그럴 만한 사람이 아니었고, 그러한 자신의 처지도 잘 알고 있었습니다."

헌트의 모습이 갑자기 바뀌었다. 이제 그는 심리학자처럼 보였다. 그의 목소리는 더 차분해졌다. 그는 무릎 위에 손을 올려놓은 채 정신을 집중하고 있었다.

"그는 자신에 대해 매우 비관적으로 생각했고, 자신의 느낌을 잘 표현할 줄도 몰랐습니다. 호감은 집착으로 변하고, 사랑은 병적으로 변합니다. 그는 사랑하는 사람을 소유해야만 합니다. 자신을 너무 나약하고, 하찮고, 쉽게 상처받는다고 여기기 때문입니다. 짝사랑이 되돌아오지 않으면, 그는 점점 더 집착하게 됩니다. 그리고 그의 반응과 생각은 한 가지로 제한됩니다. 이상한 목소리를 듣는 프랭키와 마찬가지로 다른 무언가가 그를 몰고 가는 것입니다. 그는 더 이상 자신을 통제할 수가 없습니다."

"그는 똑똑한 사람인가요?"

"상당히 똑똑한 사람이라고 할 수 있습니다."

"교육 수준은 어떻습니까?"

"문제는, 그는 교육받은 대로 할 수 없었다는 것입니다."

"그런데 왜 하필 베릴이었죠? 왜 베릴 매디슨을 선택한 거죠?"

나는 정말 그게 궁금했다.

"베릴에게는 그가 갖지 못한 자유와 명성이 있었습니다. 그는 베릴에게 끌린다고 생각했습니다. 그러나 사실은 그 이상이었습니다. 그는 베릴을 소유하고 싶었습니다. 어떤 의미에서 그는 베릴이 되고 싶었던 거죠."

"그렇다면 그는 베릴이 작가라는 것을 알았다는 말인가요?"

"그에게 감출 수 있는 것은 거의 아무것도 없습니다. 그는 어떤 방법으로든 알아냈을 겁니다. 그녀가 눈치채기 시작했을 때, 그는 이미 그녀에 대해 많은 것을 알고 있었습니다. 그녀는 끔찍한 고통과 깊은 공포심을 느꼈을 겁니다."

"그날 밤에 대해 말해줘요. 베릴이 살해된 날 밤에 무슨 일이 일어났던 거죠?"

"제가 아는 것은 신문에서 본 것이 전부입니다."

"신문에서 읽은 것을 이어 맞춰보겠어요?"

내가 물었다. 헌트는 허공을 바라보았다.

"그날 밤, 베릴은 집에 있었습니다."

그가 잠시 쉬었다가 말을 이었다.

"범인이 그녀의 집에 나타난 것은 밤이 깊어갈 무렵이었습니다. 그녀는 그에게 문을 열어준 것으로 보입니다. 자정이 되기 전 그는 베릴의 집을 떠났고, 경보장치는 꺼져 있었습니다. 그리고 그녀는 칼에 찔려 죽은 상태였습니다. 강간당한 흔적도 있었습니다. 이것이 제가 신문에서 읽은 내용입니다."

"사건에 대해 어떻게 생각해요? 신문 내용과 다르게 생각하는 것은 없어요?"

나는 담담하게 질문했다.

헌트는 상체를 앞으로 기울였다. 그의 행동은 또다시 갑자기 변했다. 그의 두 눈은 흔들렸고, 아랫입술은 떨리고 있었다.

"저는 머릿속에서 사건 현장을 봅니다."

"예를 들면?"

"경찰에는 알리고 싶지 않은 것들입니다."

"난 경찰이 아니에요."

"경찰들은 이해하지 못할 겁니다. 제가 보고 느끼는 것들에는 이유가 없습니다. 그것은 프랭키 같은 것입니다. 그것은 끔찍한 일을 저지른 다른 살인범들과 같습니다. 저는 자세한 설명을 듣지 않고서도, 사건이 일어난 현장의 모습이 눈앞에 떠오릅니다. 자세한 설명을 들어야 사건을 이해할 수 있는 것은 아닙니다. 왜 그런지는 박사님도 아실 겁니다. 그렇지 않습니까?"

헌트는 눈물을 삼켰다.

"글쎄요……."

"왜냐하면 이 세상에 있는 프랭키 같은 사람들은 자세한 설명 따위는 모릅니다. 마치 기억나지 않는 나쁜 일과 같아요. 악몽에서 깨어난 느낌이 들면, 눈앞의 파멸을 직시하게 됩니다. 얼굴 없는 어머니를 보는 것이지요. 혹은 피를 흘리며 죽은 베릴의 모습일 수도 있습니다. 정신없이 도망치거나 경찰이 문을 두드릴 때에야 비로소 제정신으로 돌아옵니다."

"베릴을 죽인 범인은 자신이 한 일을 정확히 기억하지 못한다는 말인가요?"

나는 조심스럽게 물었다.

"아뇨, 범인은 자신이 한 일을 정확히 기억하고 있습니다."

"확신할 수 있나요?"

"정신과 의사들이 수천 년 동안 물어보아도 정확한 대답은 얻을 수 없을 것입니다. 진실은 절대 알 수 없습니다. 같은 일을 다시 해보거나, 어느 한도 내에서 추론해야 합니다."

"당신은 어느 쪽인가요? 같은 일을 다시 해보는 편인가요, 추론하는 편인가요?"

그는 아랫입술을 깨물었다. 그의 호흡은 거칠어지고 있었다.

"있는 그대로의 사실을 듣고 싶습니까?"

"그래요."

"그가 베릴을 처음 알게 된 이후 많은 시간이 흘렀습니다. 그러나 베릴은 그의 존재를 전혀 알지 못했습니다. 그녀는 어디에선가 그를 보았을 수도 있지만, 그를 알아보지는 못했습니다. 그는 분노하고 집착했습니다. 그리고 결국 그녀의 집으로 찾아갔습니다. 무언가가 시킨 것입니다. 그녀를 반드시 대면해야 한다고 시킨 것입니다."

"뭐라고요? 뭐가 시켰다는 말인가요?"

"그건 저도 모릅니다."

"베릴을 죽이기로 결심했을 때, 그의 감정은 어땠나요?"

"분노, 분노였습니다. 그는 사신이 원하던 대로 일이 진행되지 않자 화가 났습니다."

헌트는 눈을 감은 채 말했다.

"베릴과 어떤 관계도 가질 수 없어서 화가 난 건가요?"

내가 물었다. 헌트는 여전히 눈을 감은 채 천천히 고개를 가로저었다.

"아닙니다. 표면적으로는 그렇게 보일 수도 있습니다만 뿌리는 더 깊습니다. 시작부터 그의 뜻대로 된 것이 아무것도 없었기 때문에 화가 났습니다."

"어릴 때부터 말인가요?"

"네."

"어렸을 때 학대받았나요?"

"감정적으로 학대받았습니다."

"누구한테요?"

헌트의 눈은 여전히 감겨 있었다.

"그의 어머니로부터요. 베릴을 죽일 때 그는 자신의 어머니를 죽인 겁니다."

"알, 정신병 치료에 대해서도 공부했나요? 관련 서적을 읽는다거나……."

그때 헌트가 눈을 떴다. 그는 마치 내가 한 말을 듣지 못한 것 같았다.

"그가 그 순간을 얼마나 자주 상상했는지 이해해야 합니다. 그것은 충동적인 행동이 아니었습니다. 그는 아무런 생각도 없이 베릴의 집으로 쳐들어갔던 것이 아닙니다. 타이밍은 충동적일 수 있지만, 방법은 세부적인 것까지 계획된 것입니다. 베릴이 자신을 보고 깜짝 놀라서 집 안으로도 들어오지 못하게 하자 그는 참을 수가 없었습니다. 그녀는 경찰에 신고해서 상황을 설명할 것입니다. 베릴이 자신을 알아보았다 하더라도, 이제는 그의 가면이 벗겨져 그녀 근처에는 얼씬도 못 할 겁니다. 그는 실패할 가능성도 없고 베릴의 의심도 사지 않을 계획을 짰습니다. 그날 밤, 그는 현관문 앞에 나타났고, 그녀에게 신뢰감을 주었습니다. 그래서 베릴은 그를 집 안으로 들어오게 한 것입니다."

머릿속으로 나는 베릴 매디슨의 집에 나타난 그 남자를 떠올릴 수 있었다. 그러나 그 남자의 얼굴이나 머리 색깔은 보이지 않았다. 다만 희미한 얼굴에, 그녀를 살해할 때 사용한 긴 칼이 번쩍거릴 뿐이었다.

"그리고 그가 이성을 잃는 순간이 옵니다. 그다음 일어난 일에 대해서 그는 기억하지 못합니다. 그녀의 공포와 두려움도 그에게는 즐겁지 않았습니다. 그는 그런 부분을 미처 예측하지 못했습니다. 베릴이 자신으로부터 도망칠 때, 그는 그녀의 눈에서 공포를 보았습니다. 순간 그는 베릴이 온몸으로 자신을 거부한다는 것을 깨달았습니다. 그리고 자신이 하고 있는 끔찍한 일을 깨닫기 시작했습니다. 자신에 대한 경멸감은 그녀에 대한 경멸감으로 표현되었습니다. 그건 바로 분노였습니다. 자신이 가장 비열한 존재로 느껴지자 그는 그녀에 대한 자제력을 잃어버렸습니다. 그의 존재는 살인범, 파괴자, 찢고 칼로 찌르고 때리는 야수였습니다. 베릴의 비명과 그녀가 흘리는 피는 그에게도 끔찍한 것이었습니다. 자신이 오랫동안 우상으로 섬겨왔던 성전이 파괴되고 난도질당하는 것을 보면 볼수록, 그는 눈앞에 벌어지고 있는 모습을 더욱더 견딜 수 없었습니다."

그는 나를 바라보았다. 그의 눈은 텅 비었고, 얼굴에는 어떠한 감정도 남아 있지 않았다.

"이 사건과 연관시킬 수 있겠습니까, 스카페타 박사님?"

"잘 듣고 있어요."

이것이 내가 말한 전부였다.

"그는 우리 모두의 마음속에 있는 인물입니다."

"알, 그는 양심의 가책을 느끼나요?"

"그는 그런 것을 넘어선 상태입니다. 그도 자신이 한 행동을 보고 즐겁지는 않을 겁니다. 아마 자신이 한 짓을 완전히 깨닫지도 못할 겁니다. 그에게 남은 것은 혼란스러운 감정들뿐입니다. 머릿속에서는 그녀를 죽이려 하지 않습니다. 그는 그녀를 떠올리며 다시 그녀에게 가까이 가려 합니다. 그리고 그녀와의 관계는 세상에서 가장 깊고 친밀한 것이라고 상상합니다. 그녀가 숨을 거두는 마지막 순간까지 자신을 생각할 거라고 믿기 때문입니다. 그것은 다른 사람에게서 느낄 수 있는 최고의 친밀함이라고, 그리고 그녀는 죽은 후에도 자신을 계속 생각할 거라고 상상합니다. 그러나 그의 이성은 만족하지 못하고 좌절합니다. 그는 깨닫기 시작합니다."

그가 눈을 내리깔고 힘없이 말을 이었다.

"어느 누군가를 완전히 소유하는 것은 불가능하다는 것을."

"무슨 뜻이죠?"

내가 물었다.

"그의 행동이 그의 욕구를 충족시킬 수 없다는 뜻입니다. 그는 베릴과의 친밀함을 확신하지 못했습니다. 그의 어머니에게서 친밀감을 한 번도 느껴보지 못했던 것과 마찬가지입니다. 다시 불신이 싹트는 것입니다. 그리고 이제는 합당한 이유로 베릴과 관계를 가질 사람들이 나타난 것입니다."

"예를 들어서요?"

"경찰들입니다. 그리고 당신도."

그의 두 눈은 내게 고정되었다.

"우리가 베릴의 살인범을 조사하기 때문인가요?"

나는 등골이 오싹해지는 것 같았다.

"그렇습니다."

"우리가 베릴의 사건에 몰두해 있고, 베릴과의 관계가 더 공공연하기 때문인가요?"

"그렇습니다."

"그렇다면 어떤 결과가 나타날 수 있나요?"

"캐리 하퍼가 죽었습니다."

"그가 하퍼를 죽인 건가요?"

"그렇습니다."

"이유는요?"

나는 초조하게 담배에 불을 붙였다.

"그가 베릴에게 한 짓은 사랑이었습니다. 하지만 그가 하퍼에게 한 짓은 증오였습니다. 그는 이제 증오심에 불타 있습니다. 베릴과 연관된 사람들은 모두 위험에 처해 있습니다. 그리고 이 점을 경찰과 마리노 경위에게 말하고 싶었습니다. 하지만 아무 소용도 없었을 겁니다. 경찰이나 마리노 경위는 저를 정신이상자로 생각할 테니까요."

"그가 누구죠? 누가 베릴을 죽였나요?"

알 헌트는 소파 가장자리로 몸을 옮기며 손으로 얼굴을 문질렀다. 고개를 들자 그의 얼굴은 붉게 상기되어 있었다.

"짐 짐."

헌트가 속삭였다.

"짐 짐이라고요?"

나는 어리둥절해져서 물었다.

"모릅니다. 머릿속에서 그 이름이 계속해서 들립니다. 끊이지 않고 계속해서 들립니다."

나는 미동도 없이 앉아 있었다.

"내가 발할라 병원에서 일한 것은 아주 오래전 일입니다."

"병원이라고요? 그럼, 짐 짐은 당신이 그곳에서 일할 때 만난 환자인가요?"

알 헌트의 두 눈에는 수많은 감정이 폭풍처럼 몰아치고 있었다.

"잘 모르겠습니다. 그저 그의 이름이 들리고 그 장소가 눈에 보일 뿐입니다. 내 생각은 그곳의 어두운 기억들로 되돌아갑니다. 지금은 많이 잊어버렸습니다. 짐 짐. 짐 짐. 마치 기차가 칙칙폭폭 하는 소리 같습니다. 그소리는 멈추지 않습니다. 두통이 생길 지경입니다."

"그것이 언제였나요?"

"10년 전입니다!"

헌트가 소리쳤다.

10년 전이라면 알 헌트가 식사 과정을 밟고 있을 때가 아니다. 그는 기껏해야 10대 후반이었을 것이다.

"알, 그때 당신은 석사 과정을 밟고 있었던 게 아니에요. 당신은 그곳의 환자였어요. 그렇죠?"

그는 두 손으로 얼굴을 감싸며 흐느꼈다.

잠시 후 마음을 가라앉힌 그는 더 이상 아무 말도 하려 하지 않았다. 몹시 우울해진 헌트는 약속 시각에 늦었다며 중얼거렸다. 그러고는 도망치듯 가버렸다.

내 심장은 빨리 뛰기 시작하더니 좀처럼 진정되지 않았다. 나는 커피를 한 잔 타서 들고 천천히 부엌을 왔다 갔다 하며 무엇을 해야 할지 생각에 잠겼다.

그때 전화벨이 울렸다. 나는 소스라치게 놀라며 수화기를 들었다. 왠지 불길한 예감이 들었다.

"케이 스카페타 씨 부탁합니다."

"전데요."

"앰트랙 역의 존입니다. 원하시는 정보를 찾았습니다. 어디 보자……스털링 하퍼 씨는 왕복권을 구입했습니다. 출발 날짜는 10월 27일, 돌아오는 날은 10월 31일입니다. 기록에 의하면 그녀는 기차에 탑승했습니다.

적어도 누군가가 그녀의 표를 갖고 승차한 겁니다. 시간을 알려드릴까요?"

"네, 부탁합니다."

나는 그가 불러주는 시간을 받아 적었다.

"무슨 역이었죠?"

"출발은 프레더릭스버그, 목적지는 볼티모어입니다."

나는 마리노에게 전화를 했다. 그는 외근 중이었다. 그가 새로운 소식을 가지고 내게 전화한 것은 저녁 무렵이었다.

"내가 가야 하나요?"

나는 깜짝 놀라서 물었다.

"그럴 필요는 없을 것 같아요. 그가 한 행동은 의심의 여지가 없소. 메모를 해서 속옷에 핀으로 고정해두었는데 미안하다고, 더 이상 어쩔 수 없다고 쓰여 있었소. 사건 현장에서 의심스러운 것은 발견되지 않았소. 곧 시신을 치울 생각이오. 그리고 콜먼 박사가 와 있소."

수화기를 통해 마리노가 상황을 설명해주었다. 콜먼은 지방 법의관이었다.

알 헌트는 우리 집에서 나간 직후, 긴터 파크에 있는 궁전 같은 집으로 차를 몰고 갔다. 그가 부모와 함께 살고 있는 곳이었다. 그는 아버지의 서재에서 종이와 펜을 찾았다. 그리고 지하실로 이어지는 계단으로 내려와 좁다란 검정 가죽 벨트를 풀었다. 그는 신발과 바지를 벗어 바닥에 두었다. 그의 어머니가 세탁물을 두러 아래층으로 내려갔을 때 발견한 것은, 세탁실 안에서 목을 매단 자신의 외아들이었다.

11
두 여인

자정이 지나 비가 내리기 시작하더니, 아침에는 온 세상이 꽁꽁 얼어붙었다. 나는 토요일 내내 집에 있었다. 알 헌트와 나누었던 대화가 계속 머릿속을 맴돌았다.

처마에 매달려 있던 고드름이 녹아 갑자기 뚝 떨어지는 것처럼, 나는 생각에 잠겨 있다가도 깜짝깜짝 놀라곤 했다. 죄책감이 들었다. 자살을 목격한 사람들이라면 누구나 안타까운 마음이 들 것이다. 그의 자살을 막을 수도 있었는데 그렇게 하지 못했다는 생각에 마음이 괴로웠다.

별다른 감정 없이, 나는 알 헌트의 이름을 사망자 명단에 추가했다. 네 사람이 죽었다. 두 사람은 잔인하게 살해되었고 나머지 두 사람은 그렇지 않았지만, 이 모든 사건은 어떤 방법으로든 서로 연관되어 있었다. 어쩌면 밝은 주황색 섬유로 연결되어 있는지도 모른다.

토요일과 일요일은 집 서재에서 일을 했다. 나는 휴가 중이었다. 사무실에 나가더라도 책임자가 아니라는 생각만 들 것이다. 그리고 나는 더 이상 필요한 사람이 아니라는 느낌만 들 것이다. 일은 나 없이도 잘 진행

될 것이다. 사람들은 내게 찾아왔고, 그들은 죽었다. 존경하는 검찰총장은 내게 해답을 요구했고, 나는 아무것도 대답해줄 수 없었다.

나는 내가 아는 방법으로 대항해 나갔다. 서재 컴퓨터에 앉아 사건에 대한 기록들을 입력하고, 참고 서적을 뒤지기도 했다. 그리고 많은 전화 통화를 했다.

월요일 아침, 스테이프 밀 거리에 있는 앰트랙 역에서 나는 마리노와 만났다. 우리는 대기 중인 두 기차 사이를 지나갔다. 차가운 겨울 공기가 기차 엔진과 기름 냄새로 데워지는 것 같았다. 우리는 기차에 올라탄 후 역에서 나누던 이야기를 계속했다.

"알 헌트를 담당했던 정신과 의사 매스터슨 박사는 별로 말이 없는 사람이더군요. 하지만 그는 헌트에 대해 자세히 기억하고 있었어요."

나는 조심스럽게 쇼핑백을 내려놓으며 말했다. 그런데 내가 앉는 좌석은 왜 늘 발 받침대가 고장 난 것일까?

마리노는 입이 찢어져라 하품을 하면서 발 받침대를 끌어당겼다. 그의 것은 잘 작동되었다. 그는 나에게 자리를 바꾸어주겠다고 권하지 않았다. 그가 권했다면, 나는 받아들였을 것이다.

"알 헌트가 정신병원에 입원했을 당시에는 열여덟, 열아홉 살 정도였겠군."

"네. 알 헌트는 심한 우울증 환자였어요."

"그런 것 같았소."

"그게 무슨 뜻이죠?"

내가 물었다.

"그런 타입은 늘 우울한 법이오."

"어떤 타입을 말하는 거예요?"

"그와 얘기를 나눌 때, 내 머릿속에는 동성연애자라는 단어가 몇 번 떠올랐소."

마리노는 보통 사람들과 약간만 다른 사람과 얘기를 나눌 때면 항상 그

단어를 떠올리곤 했다.

기차는 마치 부두에서 바다를 향해 나아가는 배처럼 스르르 앞으로 미끄러져 갔다.

"그 대화 내용을 녹음해두었으면 좋았을 텐데."

마리노는 다시 하품을 하면서 말했다.

"매스터슨 박사와의 대화 말인가요?"

"아니, 알 헌트 말이오. 그가 박사 집에 찾아와서 나누었다는 그 대화."

"그건 쓸데없는 이론들뿐이었어요. 상관없는 일이에요."

나는 불편한 마음으로 말했다.

"나도 모르겠소. 범인은 별별 것을 다 알고 있소. 그놈이 좀 더 오래 머물러주면 좋을 텐데."

알 헌트가 아직 살아 있고 알리바이가 성립되지 않았다면, 알 헌트가 내게 했던 말은 아주 중요한 의미를 지닐 것이다. 경찰은 헌트가 부모와 살던 집을 샅샅이 수색했다. 하지만 헌트가 베릴 매디슨과 캐리 하퍼의 죽음과 연관이 있다는 증거는 아무것도 발견되지 않았다. 게다가 헌트는 베릴이 살해되었던 날 밤, 컨트리클럽에서 부모와 함께 저녁을 먹고 있었다. 그리고 하퍼가 살해되었을 때에는 부모와 함께 오페라를 관람하고 있었다. 헌트 부모의 진술은 사실로 확인되었다.

기차는 덜컹덜컹 흔들리면서 북쪽을 향해 달렸다. 기차의 기적 소리가 음울하게 울렸다.

"베릴과의 일이 헌트를 벼랑으로 몰고 간 것 같소. 내 의견은 이렇소. 헌트는 베릴의 살인범과 자신이 관계된 것에 너무 놀라 갑자기 궤도를 벗어나 버린 거요. 그래서 자살한 거요."

마리노가 말했다.

"내 생각에는 베릴이 헌트의 옛 상처를 건드린 것 같아요. 헌트는 그녀를 보자 자신이 여자와 관계를 가질 수 없다는 사실을 떠올렸을 거예요."

"헌트와 살인범이 마치 형제 사이였다는 말처럼 들리는군. 두 사람 모두 성불구자요. 인생의 패배자."

"헌트는 폭력적이지 않았어요."

"헌트도 그런 성향을 가졌는데 그것을 견디지 못했는지도 모르지."

마리노가 말했다.

"우리는 누가 베릴과 하퍼를 죽였는지 아직 몰라요, 마리노. 범인이 헌트와 비슷한지 그렇지 않은지 그것도 모르죠. 범행 동기조차도……. 범인은 젭 프라이스 같은 사람일 수도 있어요. 혹은 짐 짐일 수도 있고."

"빌어먹을 짐 짐."

마리노는 점잖지 못하게 말했다.

"이 시점에서는 그 어떤 것도 소홀히 해서는 안 돼요."

"좋을 대로 하시오. 발할라 병원에서 퇴원한 짐 짐이라는 자는 이제 주황색 아크릴 섬유를 온몸에 묻힌 채 파트타임 테러리스트로 일하고 있다. 정답이오?"

마리노는 의자 깊숙이 몸을 묻으며 눈을 감았다. 그리고 자신에게도 휴가가 필요하다고 중얼거렸다.

"나도 마찬가지예요. 당신과 떨어져 있는 휴가가 필요해요."

어젯밤 벤턴 웨슬리는 헌트 사건 때문에 내게 전화를 해왔다. 나는 어디로 갈 것인지, 무슨 이유로 가는지 말해주었다. 웨슬리는 나 혼자 가는 것은 절대 안 된다고 했다. 그의 머릿속에는 테러리스트와 여러 무장 단체들이 떠다니고 있는 게 분명했다. 그는 마리노와 동행할 것을 권했다. 마리노와 동행하는 걸 꺼릴 이유는 없었다. 문제는 시간이었다. 아침 6시 35분 기차에 남은 좌석이 하나도 없었던 것이다. 하는 수 없이 마리노는 새벽 4시 48분 표를 두 장 예약했다. 나는 역으로 가기 전에 스티로폼 박스를 가지러 새벽 3시에 사무실에 들렀다. 그 박스는 지금 쇼핑백 안에 들어 있다. 나는 너무 힘든 벌을 받는 느낌이었다. 졸음이 몰려오면서 눈이 감겼다. 나는 젭 프라이스가 있는 세계에는 발을 들여놓지 않게 될 것이다. 나의 수호천사 마리노가 구해줄 테니까.

다른 승객들도 잠이 들었는지 개인 조명은 대부분 꺼져 있었다. 얼마 지나지 않아 기차는 애시랜드를 천천히 가로질렀다. 나는 철로 변에 늘어선 새하얀 집에 어떤 사람들이 살고 있을지 궁금했다. 창문에는 불이 꺼져 있었고, 현관에 달린 깃대가 힘차게 우리를 맞아주는 것 같았다. 이발소, 문방구, 은행 등의 불 꺼진 간판들이 지나쳤다.

기차는 속력을 내어 랜돌프 메이컨 대학 건물을 감싸며 커브를 틀었다. 영국풍의 캠퍼스 건물들이 시야에 들어왔다. 서리가 내려앉은 운동장은 달빛이 비치는 이른 시간부터 사람들로 붐볐다. 운동장 한쪽에는 여러 색깔의 썰매들이 한 줄로 늘어서 있었다. 마을 뒤로는 붉은 흙으로 덮인 구릉과 숲이 보였다.

나는 기차의 리듬에 몸을 싣고 등받이에 머리를 기댔다. 리치먼드에서 멀어지면 멀어질수록 내 마음은 편안해졌다. 그리고 나도 모르는 사이에 잠 속으로 빠져들었다.

나는 한 시간 동안 꿈도 꾸지 않고 깊은 잠을 잤다. 눈을 뜨자 차창 너머로 푸르스레하게 동이 터오고, 기차는 콴티코 강을 지나고 있었다. 출렁이는 강물 위로 물비늘이 반짝였다. 나는 마크를 생각했다. 뉴욕에서 보냈던 밤과 마크와 함께했던 지난날을 떠올렸다. 자동응답기에 남겨놓은 메시지 이후 나는 마크로부터 한 마디 연락도 받지 못했다. 그가 무엇을 하는지 궁금했다. 하지만 그걸 아는 것이 두렵기도 했다.

마리노는 나를 곁눈으로 보면서 자세를 고쳐 앉았다. 아침 식사를 하고 담배를 피울 시간이었다. 물론 순서를 거꾸로 해도 좋다.

식당칸은 반혼수 상태의 승객들로 절반 정도 차 있었다. 전국의 어느 버스 터미널에서나 볼 수 있는, 느긋하게 졸고 있는 사람들이었다. 어떤 젊은이는 이어폰에서 흘러나오는 음악에 맞춰 졸고 있었고, 칭얼대는 아기를 안은 여인은 무척 피곤해 보였다. 카드놀이를 하는 노부부도 있었다.

우리는 구석의 빈 테이블을 발견했다. 마리노가 음식을 주문하러 가자 나는 담배에 불을 붙였다. 마리노는 햄과 달걀을 넣은 샌드위치를 가져왔다. 따뜻하기만 할 뿐 아무런 맛도 없는 샌드위치였다. 커피는 나쁘지 않았다.

마리노는 샌드위치의 셀로판 봉지를 이로 뜯으면서 쇼핑백을 바라보았다. 내 좌석 바로 옆에 둔 쇼핑백 안에는 스털링 하퍼의 간과 혈액, 위액 샘플을 담은 스티로폼 박스가 들어 있었다. 박스 안은 드라이아이스로 채웠다.

"녹지 않고 얼마나 갈 수 있소?"

마리노가 물었다.

"다른 곳을 들르지 않는다면 도착하고도 충분한 시간이에요."

"충분한 시간이라…… 지금 우리가 가진 것이 바로 충분한 시간이오. 내가 또 그 기침약 얘기하면 화낼 거요? 당신이 지난밤에 그 약을 달그락거릴 때 나는 비몽사몽이었소."

"맞아요, 오늘 아침처럼 비몽사몽이었죠."

"피곤하지도 않소?"

"너무 피곤해요. 이러다 죽을지도 모르겠어요."

"무슨 소리…… 난 저런 것들을 못 들고 다니니까 반드시 살아야 하오."

마리노의 농담에 나는 희미하게 미소 지었다. 마리노는 커피를 홀짝이며 쇼핑백을 흘깃 보았다.

나는 녹음한 강의 내용을 들려주는 것처럼 설명하기 시작했다.

"미스 하퍼의 욕실에서 찾은 기침약의 주성분은 덱스트로메소르판이에요. 아편에서 뽑은 진통제인 코데인과 비슷한 거죠. 덱스트로메소르판은 상당히 많은 양을 주입하기 전에는 양성 반응을 일으키지 않아요. d-아이소머라는 복합물인데, 아마 당신은 들어도 모르는 이름일 거예요."

"아, 그래요? 내가 아는지 모르는지 박사가 어떻게 아시오?"

"3-메톡시-N-메틸모르핀."

"알았소. 나는 들어도 모르는 이름이외다."

"이와 동일한 l-아이소머라는 복합물이 있어요. l-아이소머의 성분은 레보메소르판인데, 모르핀보다 다섯 배나 강한 마취제예요. 두 약의 유일한 차이점은 편광경이라는 광학 기구로 들여다보면 알 수 있어요. 덱스트로메소르판은 빛에 대해 오른쪽으로 회전하고, 레보메소르판은 왼쪽으로 회전해요."

"다시 말해서, 그 기묘한 고안물이 없으면 두 약의 차이점을 알 수 없는 게로군."

마리노가 결론을 내렸다.

"일반적인 독물 실험으로는 알 수 없어요. 레보메소르판은 덱스트로메소르판으로 나오죠. 성분이 동일하기 때문이에요. 유일한 차이점은 빛에 대해 서로 다른 방향으로 반응한다는 거예요. 같은 이당류(二糖類)로 구성되어 있다 하더라도 d-슈크로스와 l-슈크로스는 빛에 반대 방향으로 회전해요. d-슈크로스가 우리가 먹는 설탕이에요. 반면 l-슈크로스는 음식으로서는 아무런 영양가도 없어요."

"잘은 모르겠지만 대충 알아들은 것 같소. 그런데 성분은 같은데 어떻게 다를 수가 있지?"

마리노는 눈을 비비며 말했다.

"일란성 쌍둥이를 한번 생각해보세요. 같은 사람은 아니지만 생긴 건 똑같잖아요. 다만 한 아이는 오른손잡이고 다른 아이는 왼손잡이예요. 하나는 기침을 멎게 해주지만, 다른 하나는 너무 강해서 목숨을 위협할 수도 있어요. 이해하는 데 도움이 되었나요?"

"아, 그런 것 같소. 미스 하퍼가 목숨을 끊으려면 얼마 정도의 레보메소르판이 필요한 거요?"

"아마 30밀리그램이면 될 거예요. 15밀리그램짜리 알약 두 개면 돼요."

"그렇다면 미스 하퍼가 그걸 먹었단 말이오?"

"만약 그랬다면 바로 잠들어서 혼수상태에 빠졌을 거예요. 그리고 사망했겠죠."

"그녀는 아이소머에 대해서 몰랐을까?"

"아마 알았을 거예요. 미스 하퍼는 혈액암인 백혈병을 앓고 있었어요. 어쩌면 자살로 가장했을 수도 있어요. 벽난로 속에 녹아 있던 플라스틱 물체와 그녀가 죽기 직전에 태운 것의 재를 보면 그런 생각이 들어요. 미스 하퍼는 의도적으로 기침약을 남겨서 수사의 초점을 빗나가게 했을 가능성도 있어요. 이 모든 상황으로 볼 때, 독물 검사 결과 덱스트로메소르판으로 나온 것은 그리 놀랄 일이 아니죠."

미스 하퍼에게는 친척이 아무도 없었고 친구도 거의 없었다. 있다 하더라도 미스 하퍼는 여행을 많이 한 사람 같지는 않았다. 그녀가 최근에 볼티모어로 여행을 갔다는 것을 알았을 때, 가장 먼저 떠오른 것은 세계 최고 수준의 암 종양 클리닉이 있는 존스 홉킨스 대학병원이었다.

급히 두어 군데 전화해보자 미스 하퍼가 존스 홉킨스를 정기적으로 방문했다는 사실을 확인할 수 있었다. 혈액과 골수 검사 때문이었는데, 미스 하퍼는 자신의 병을 아무에게도 말하지 않았던 것이 분명했다.

미스 하퍼의 약물 처방에 대한 정보를 얻자, 여기저기 흩어져 있던 생각들이 한데 모이는 것 같았다. 사무실 건물에 있는 실험실에는 편광경이 없어서 레보메소르판을 검사할 수 없었다. 존스 홉킨스 대학병원의 이스마일 박사는 필요한 샘플을 가져오면 도와주겠다고 약속했다.

7시가 가까워올 즈음 우리는 워싱턴 D.C.의 근교를 지났다. 울창한 숲과 늪지를 지나자 갑자기 도심이 펼쳐졌다. 나무 사이로 솟아 있는 제퍼슨 동상이 눈길을 끌었다. 기차에서 내다보이는 고층 빌딩은 너무 가까이 있어서 깨끗한 유리창 너머로 화분과 조명등이 훤히 보일 정도였다. 기차는 두더지처럼 지하로 내려가더니 어둠 속으로 잠복했다.

우리는 암 종양 클리닉의 약물연구소에 있는 이스마일 박사를 만났다. 이스마일 박사는 미소로 맞아주었다. 나는 작은 스티로폼 박스를 책상 위에 올려놓았다.

"이것이 말씀하신 그 샘플인가요?"

"네, 아직 냉동 상태일 거예요. 역에서 바로 오는 길이에요."

"전력을 다해 실험하면, 아마 하루 정도면 결과가 나올 겁니다, 스카페타 국장님."

"그걸 가지고 정확히 무엇을 하는 겁니까?"

마리노는 사무실을 둘러보며 물었다. 여느 실험실과 다름없는 모습이었다.

이스마일 박사는 마리노가 알아들을 수 있게 차근차근 설명해주었다.

"아주 간단합니다. 우선 위액을 추출합니다. 시간도 오래 걸리고 가장 힘든 과정이지요. 그 과정이 끝나면 추출물을 편광경에 올려놓습니다. 망원경과 비슷해 보이는데, 회전 렌즈가 딸려 있지요. 편광경을 들여다보며 렌즈를 오른쪽과 왼쪽으로 회전하면 됩니다. 문제의 약이 덱스트로메소르판이면 빛이 오른쪽으로 회전할 것입니다. 렌즈를 오른쪽으로 회전하면 빛이 더 밝아진다는 뜻입니다. 레보메소르판이라면 방향이 그와 반대입니다."

이스마일 박사는 레보메소르판이 말기 암 환자들에게만 처방되는 아주 효과적인 진통제라고 설명해주었다. 그 약은 이곳 존스 홉킨스 대학병원에서 개발했기 때문에, 이스마일 박사는 그 약을 투여한 모든 환자들의 명단을 가지고 있었다. 처방 범위를 확정하기 위한 목적이었다. 우리에게 보너스로 주어진 것은 미스 하퍼의 치료 기록이었다.

"하퍼 씨는 혈액과 골수 검사를 위해 두 달에 한 번씩 이곳을 방문했습니다. 한 번 올 때마다 2밀리그램짜리 알약을 250개씩 받아갔습니다."

이스마일 박사는 두꺼운 진찰 기록을 보며 말을 이었다.

"어디 봅시다…… 그녀가 마지막으로 온 것은 10월 28일이었습니다. 현재 100알, 적어도 75알은 남아 있어야 합니다."

"약은 한 알도 발견되지 않았어요."

내가 말했다.

"유감이군요. 그녀는 치료를 잘 하고 있었습니다. 아주 온화한 부인이었지요. 그녀가 딸과 함께 오는 모습을 보면 늘 기분이 좋았습니다."

이스마일 박사의 얼굴이 어두워졌다.

갑자기 침묵이 흘렀다.

"잠깐, 딸이라고요?"

내가 물었다.

"그럴 거라고 생각했습니다. 금발의 아가씨였는데……."

마리노는 이스마일 박사의 말을 가로막으며 물었다.

"10월 마지막 주에 그 금발 아가씨가 미스 하퍼와 함께 오지 않았소?"

"그때 그 아가씨는 오지 않았습니다. 하퍼 씨 혼자 왔지요."

이스마일 박사는 미간을 찌푸리며 말했다.

"미스 하퍼가 이곳에 다닌 지는 얼마나 되었나요?"

내가 물었다.

"기록을 확인해야 하지만 3, 4년 정도 되었을 겁니다. 적어도 2년은 더 됐습니다."

"박사님께서 미스 하퍼의 딸이라고 생각하신 그 금발 아가씨도 늘 함께 왔나요?"

내가 물었다.

"처음에는 자주 오지 않았습니다. 그러나 올해에는 늘 함께 왔습니다. 지난 10월을 제외하고는. 어쩌면 그 이전엔 안 왔을 수도 있습니다. 따님을 보고 감명받았습니다. 아플 때 가족의 간호를 받는다는 건 좋은 일입니다."

"미스 하퍼가 이곳에 올 때면 어디에서 묵었습니까?"

마리노의 턱 근육이 다시 실룩거렸다.

"대부분의 환자들은 근처에 있는 호텔에 묵습니다. 그런데 하퍼 씨는 항구에 있는 호텔을 좋아했습니다."

이스마일 박사가 대답했다.

긴장과 수면 부족 탓인지 나의 반응은 더뎌지고 있었다.

"혹시 무슨 호텔인지 아십니까?"

마리노가 물었다.

"전혀 모르겠습니다."

필름처럼 얇은 흰 재 위에 적혀 있던 글자가 갑자기 눈앞에 떠올랐다. 나는 두 사람의 말을 급히 가로막았다.

"전화번호부 좀 볼 수 있을까요?"

15분 후, 마리노와 나는 길거리에서 택시를 기다리고 있었다. 태양은 밝게 빛났지만 날씨는 차가웠다.

"젠장, 박사 말이 맞기를 바랄 뿐이오."

마리노는 재차 말했다.

"곧 밝혀지겠죠."

나는 긴장하고 있었다.

전화번호부의 상호란에는 하버 코트(Harbor Court)라는 호텔이 있었다. 'bor Co', 'bor C'와 일치한다. 타다 남은 종이에 있던 그 글자들이 자꾸 눈앞에 떠올랐다. 그 호텔은 시내에서 가장 고급스러운 호텔 가운데 하나로 하버 광장 맞은편 거리에 있었다.

"왜 이런 고생을 사서 하는 거요? 미스 하퍼는 자살했소. 그렇지 않소? 왜 이런 추측을 하면서 사서 고생을 하는지 나로서는 도저히 이해할 수가 없소."

손님을 태운 택시가 지나가자 마리노는 불평을 늘어놓았다.

"미스 하퍼는 자존심이 강한 사람이었어요. 자살 행위는 아마 그녀에게 수치스러운 일이었을 거예요. 아무에게도 그 사실을 알리고 싶지 않았겠죠. 그래서 그녀는 내가 집에 있는 동안 목숨을 끊은 거예요."

"이유는?"

"죽은 지 일주일이나 지나서 자신의 시신이 발견되는 것을 원치 않아서였겠지요."

교통은 심하게 정체되었다. 걸어가는 편이 더 빠르지 않을까 하는 생각이 들었다.

"미스 하퍼는 아이소머에 대해 알고 있었다고 생각하오?"

"알았을 거예요."

"어떻게 알았단 말이오?"

"마리노, 미스 하퍼는 품위 있게 죽기를 원했을 거예요. 오랫동안 자살에 대해 생각했을 수도 있어요. 백혈병이 심해져서 심한 고통에 시달리고 싶지 않았기 때문인지도 모르죠. 레보메소르판은 그에 대한 완벽한 선택이에요. 부검을 통해서도 알아낼 수 없으니까요. 덱스트로메소르판이 들어 있는 기침약이 집 안에서 발견되었어도 마찬가지예요."

그때 멀리서 택시가 한 대 오고 있었다. 마리노는 택시가 제발 우리 쪽으로 오기를 기도했다.

"그게 사실이오? 박사, 정말 대단하오. 진심이오."

"비극적이에요."

마리노는 껌을 꺼내 질겅질겅 씹기 시작했다.

"모르겠소이다. 나도 코에 튜브를 끼워 넣고 병원 신세 지고 싶은 마음은 추호도 없소. 어쩌면 나도 미스 하퍼처럼 생각했을지도 모르겠소."

"미스 하퍼는 백혈병 때문에 자살한 게 아니에요."

"나도 알고 있소. 하지만 연관이 있을 수도 있소. 그녀는 살날이 얼마 남지 않은 상황에서 베릴이 살해되었고, 남동생도 살해되었소. 더 질질 끌 이유가 뭐가 있겠소?"

마리노는 어깨를 으쓱했다.

택시에 오른 우리는 운전사에게 호텔의 위치를 설명했다. 10분 동안 우리는 아무 말도 없이 앉아 있었다. 택시는 속도를 늦추고 좁은 아치문을 지나 호텔 안으로 들어갔다. 벽돌을 쌓아 올려 만든 뜰은 꽃밭과 작은 나무들로 환했다.

모자를 쓴 연미복 차림의 도어맨이 우리를 맞아주었다. 도어맨은 분홍색과 크림색으로 장식된 밝은 로비로 우리를 안내했다. 모든 것이 새것처럼 깨끗했고, 반짝반짝 윤이 났다. 근사한 가구 위에는 신선한 꽃들이 놓여 있었고, 호텔 직원들은 부담스럽지 않으면서도 언제든 손님들을 도와줄 준비를 하고 있었다.

우리는 잘 꾸며진 사무실로 안내되었다. 그곳에는 잘 차려입은 매니저가 전화 통화를 하고 있었다. 책상 위의 명판에는 T. M. 블랜드라고 적혀 있었다. 우리가 사무실로 들어서자 그는 서둘러 통화를 마쳤다.

마리노가 용건을 간략하게 말했다.

"죄송하지만 손님 명단은 함부로 말씀드릴 수 없습니다."

블랜드는 친절하게 미소 지으며 말했다.

미리노는 가죽 의자에 앉아 담배에 불을 붙였다. 벽에는 '금연' 표시가 눈에 잘 띄는 곳에 붙어 있었다. 마리노는 지갑을 꺼내 신분증을 보여주었다.

"피트 마리노라고 하오. 리치먼드 경찰청의 강력계 형사요. 이분은 스카페타 박사, 버지니아 법의국장이오. 고객 명단을 함부로 말할 수 없다는 것을 누구보다도 잘 알고 있소. 호텔 입장도 잘 알고 있소, 블랜드 씨. 그런데 말이오, 스털링 하퍼가 죽었소. 그녀의 남동생인 캐리 하퍼와 베릴 매디슨도 살해됐소. 우리는 스털링 하퍼가 왜 죽었는지 아직 밝혀내지 못한 상태요. 그래서 이곳으로 온 거요."

"신문을 봐서 알고 있습니다, 마리노 형사님. 저희 호텔은 가능한 한 수사에 협조할 것입니다."

블랜드의 표정이 흔들리기 시작했다.

"그럼 그들이 이 호텔에 묵었었는지 말해주시오."

"캐리 하퍼 씨는 이곳에 묵은 적이 없습니다."

"그렇다면 미스 하퍼와 베릴 매디슨은 이곳에 묵었다는 얘기로구먼."

마리노가 말했다.

"그렇습니다."

"얼마나 자주 묵었소? 그리고 마지막으로 온 건 언제요?"

"미스 하퍼의 체류 기록을 확인해야 합니다. 잠시 기다려주시겠습니까?"

블랜드는 15분이 채 지나지 않아서 돌아왔다. 그는 컴퓨터에서 출력한 것을 우리에게 건네주었다.

"보시는 것처럼, 미스 하퍼와 베릴 매디슨은 지난 1년 반 동안 저희 호텔에 여섯 번 묵으셨습니다."

블랜드가 자리에 앉으며 말했다.

나는 프린트된 날짜를 훑어보았다.

"8월 마지막 주와 10월 말을 제외하곤 대략 두 달에 한 번씩 묵었군요. 10월 말에는 미스 하퍼 혼자 투숙했고……."

블랜드가 고개를 끄덕였다.

"방문 목적은 뭐였소?"

마리노가 물었다.

"아마 볼일이 있었겠지요. 쇼핑을 하거나 휴식차 들렀을 수도 있고요. 잘은 모릅니다. 호텔에서는 손님들에게 그런 걸 물어보지 않으니까요."

"그들이 죽지만 않았다면 나도 호텔 손님들 얘기 따윈 묻지 않았을 거요. 그들이 이곳에 묵었을 때 어땠는지 말해주시오."

블랜드의 얼굴에서 미소가 사라졌다. 그는 노트에서 고급스러운 볼펜을 빼 들더니 목을 가다듬으며 다시 말문을 열었다. 그는 당황하는 기색이 역력했다.

"제가 본 그대로 설명드리겠습니다."

"그렇게 해주시오."

마리노가 말했다.

"두 사람은 여행 일자를 따로 잡았습니다. 대개 미스 하퍼가 베릴 매디슨보다 하루 먼저 체크인했습니다. 그리고 떠날 때도 따로 떠났습니다."

"그게 무슨 말이오, 같이 떠나지 않다니?"

"같은 날 체크아웃을 했지만, 두 사람이 같은 시간에 떠나지는 않았습니다. 교통수단도 다른 것 같았습니다. 서로 다른 택시를 타고 떠났으니까요."

"두 사람 모두 역으로 간 게 아니었나요?"

내가 물었다.

"제가 보기에는, 매디슨 양은 공항으로 가는 것 같았습니다. 미스 하퍼는 기차를 이용했고요."

"객실은 어땠나요?"

나는 출력물을 살펴보며 물었다.

"맞소, 어떤 방을 썼는지 나와 있지 않군. 더블 룸이었소, 싱글 룸이었소? 그러니까 침대가 하나였소, 둘이었소?"

마리노는 집게손가락으로 출력물을 가리키며 물었다.

블랜드의 얼굴이 약간 붉어졌다.

"두 사람은 늘 항구가 내다보이는 더블 룸에 묵었습니다. 그분들은 저희 호텔의 특별한 손님이었습니다. 마리노 형사님, 그 부분만은 제발 언론에 알리지 말아주십시오."

"젠장, 내가 그런 사람으로 보이오?"

"두 사람이 이 호텔에 무료로 묵기라도 했다는 말인가요?"

내가 물었다.

"그렇습니다."

"어떻게 된 건지 설명해주시오."

마리노가 말했다.

"조지프 맥티규 씨가 그렇게 하길 원했습니다."

"뭐라고요? 리치먼드의 사업가 조지프 맥티규 말인가요?"

나는 상체를 앞으로 기울여 그를 뚫어지게 바라보았다.

"맥티규 씨는 항구 주변을 개발한 사업가이십니다. 그는 저희 호텔에도 지대한 관심이 있었습니다. 미스 하퍼가 저희 호텔을 무료로 사용할 수 있었던 것은 맥티규 씨의 요청 때문이었습니다. 저희는 맥티규 씨가 사망한 후에도 그분의 뜻을 따르고 있습니다."

잠시 후, 호텔 정문으로 나온 나는 도어맨에게 1달러짜리 지폐를 팁으로 주었다.

우리는 다시 택시에 올라탔다.

"조지프 맥티규가 누구인지 말해주겠소? 박사는 알고 있는 것 같던데."

"리치먼드에 사는 그의 부인을 만난 적이 있어요. 체임버레인 가든스에 살고 있어요."

"이런 젠장!"

"맞아요, 나도 한 대 얻어맞은 느낌이에요."

"도대체 무슨 뜻인지 박사는 알아들었소?"

나는 생각을 정리할 수 없었다. 머릿속에서는 의구심만 커지고 있었다.

"정말 이상하군. 미스 하퍼는 기차를 타고, 베릴은 비행기를 타다니. 목적지는 같은데 말이오."

"그렇게 이상하지도 않아요. 마리노, 그들은 함께 여행할 수 있는 처지가 아니었어요. 그들은 어떤 일도 함께해서는 안 됐어요. 기억 안 나요? 캐리 하퍼가 역으로 누이를 마중 나오면, 베릴이 어떻게 몸을 숨기겠어요? 어쩌면 미스 하퍼가 베릴이 책을 쓸 수 있도록 도와주었는지도 몰라요. 하퍼 가의 배경을 설명해주면서요."

마리노는 차창 밖을 내다보고 있었다.

"내 의견을 듣고 싶소? 나는 말이오, 그 두 여자가 레즈비언이었을 것 같소."

택시 운전사의 수상쩍은 눈길이 백미러에 비쳤다.

"그들은 서로 사랑했을 거예요."

나는 그렇게만 말했다.

"두 사람은 이곳에서 가끔 관계를 가졌을 거요. 이곳 볼티모어에서 두 달에 한 번씩 만나 즐겼겠지. 아는 사람도 없고, 신경 쓰이는 사람도 없으니까. 그 때문에 베릴이 키웨스트로 날아갔을 수도 있소. 그녀는 동성연애자였소. 동성연애자의 천국인 그곳이 아마 편안하게 느껴졌을 거요."

마리노는 계속 고집을 부렸다.

"마리노, 당신의 동성연애 억측은 지겨울 뿐 아니라 이제는 거의 광적이에요. 조심해요. 그렇지 않으면 사람들이 당신을 의심할 거예요."

"아, 알았소."

마리노는 전혀 유쾌한 표정이 아니었다.

나는 침묵을 지켰다.

마리노는 지치지도 않고 말을 이었다.

"요점은, 베릴이 키웨스트에 있는 동안 여자친구를 사귀었을 수도 있다는 거요."

"조사해보면 되겠네요."

"그것만은 절대 안 되오. 미국의 에이즈 수도에 가서 모기에라도 물리면 어떡하란 말이오? 그리고 동성연애자들과 떠들어대기에는 시간이 아깝지."

"그런데 플로리다 경찰은 베릴이 그곳에서 접했던 사람들에 대해 조사했나요?"

나는 심각하게 물었다.

"경찰 두어 명이 빈둥거리고 있다고 했소. 미안하다고 하더군. 그들은 음식이나 심지어 물 마시는 것도 두려워하고 있소. 베릴이 편지에 썼던 그 레스토랑의 동성연애자들은 지금 이 순간에도 에이즈로 죽어가고 있소. 경찰들은 늘 장갑을 끼고 있어야 하오."

"면담할 때도요?"

"물론이오. 죽어가는 환자와 면담할 때는 수술용 마스크도 써야 하지. 도움이 되는 건 하나도 없었소. 정보도 얻지 못했고……."

"그렇지 않을 거예요. 당신이 그들을 문둥병자처럼 취급하니까 그들도 입을 열지 않는 거예요."

"그렇다면 플로리다의 그 부분을 톱으로 잘라내 바다에 띄워 보내란 말이오?"

"다행스럽게도, 그렇게 하라고 한 사람은 아무도 없어요."

저녁때 집에 돌아오자 여러 통의 전화 메시지가 나를 기다리고 있었다. 나는 그 가운데 하나는 마크의 메시지이길 바라면서 와인을 한 잔 마시며 침대 모서리에 앉아 응답기에 귀를 기울였다.

가정부 버사는 감기에 걸려 내일 못 온다고 했고, 검찰총장은 내일 아침 조찬을 같이하자며 베릴 매디슨의 실종된 원고 건으로 스파라치노가 소송을 준비 중이라고 했다.

그리고 세 통의 전화는 내가 답해줘야 하는 것들이었다. 어머니는 크리스마스 때 칠면조를 먹을지 햄을 먹을지 내게 물었다. 그것은 1년에 한 번이라도 같이 휴가를 보낼 수 있는지 묻는 어머니 나름의 방식이었다.

그다음에 이어지는 숨 가쁜 목소리는 낯선 음성이었다.

"……당신은 아주 아름다운 금발이더군. 케이, 원래 금발이야 아니면 염색한 거야?"

나는 메시지를 다시 들었다. 그리고 화들짝 놀라 사이드 테이블 서랍을 열었다.

"……케이, 원래 금발이야 아니면 염색한 거야? 뒤 현관에 작은 선물을 두고 왔어."

나는 깜짝 놀라서 권총을 움켜쥐었다. 메시지를 다시 한 번 더 들었다. 거의 속삭이는 목소리였다. 조용하고 신중한 목소리는 백인 남자의 음성 같았다. 억양도 거의 없었고 감정도 전혀 느껴지지 않았다.

나는 계단을 내려가는 내 발소리를 듣고도 긴장했다. 나는 방마다 불을 켜고 둘러보았다. 뒤 현관은 부엌 쪽에 있었다. 부엌 창가로 걸음을 옮기자 심장이 두근거렸다. 약간 열린 창문 커튼 뒤로 새 모이통이 눈에 들어왔다. 나는 어깨 위로 총을 들어 올렸다. 총구는 천장을 향하고 있었다.

뒤 현관에서는 빛이 새어 나오고 있었다. 잔디밭과 정원에 있는 나무들이 그 빛을 받아 희미하게 모습을 드러냈다. 나는 문손잡이를 잡은 채 조용히 서 있었다. 권총의 안전장치를 풀 때 내 가슴은 방망이질 치고 있었다.

문을 열자 바깥 부분이 긁혀 있었다. 거의 알아볼 수 없을 정도였다. 바깥 문손잡이가 느슨해진 것을 보자 나는 힘껏 문을 닫았다. 그 바람에 창문이 소리를 내며 흔들렸다.

마리노는 잠에서 깨어난 목소리였다.

"지금 당장 우리 집으로 와주세요."

나는 수화기에 대고서 소리쳤다. 목소리는 평소보다 한 옥타브 더 높았다.

"집 안에서 꼼짝 말아요. 내가 도착할 때까지 아무에게도 문을 열어주지 마시오. 알겠소? 바로 가셨소."

마리노는 결연하게 말했다.

네 대의 경찰차가 우리 집 앞에 서 있었다. 경찰들은 손전등을 들고 어두운 관목 숲에서 보초를 서고 있었다.

"K-9팀이 이곳으로 오고 있소. 그놈이 아직도 이곳을 배회할 가능성은 거의 없지만, 그래도 철저히 확인했소."

마리노는 부엌 식탁 위에 무전기를 내려놓으며 말했다.

나는 마리노가 청바지 입은 모습을 처음 보았다. 그는 좀 더 캐주얼하고 멋있게 보일 수도 있었다. 흰색 면양말과 싸구려 운동화 그리고 너무 꼭 끼는 회색 땀복만 입지 않았더라면.

부엌에는 갓 끓인 커피 냄새가 가득했다. 나는 여러 사람들이 마실 수 있도록 큰 주전자에 커피를 끓였다. 그리고 뭔가 할 일이 있는 것처럼 두리번거렸다.

"천천히 다시 말해주시오."

마리노는 담배에 불을 붙이며 말했다.

"집에 돌아와서 자동응답기를 틀었어요. 마지막 메시지를 틀자 그 목소리가 나왔어요. 젊은 백인 남자 목소리였어요. 당신이 직접 들어봐야 해요. 내 머리 색깔에 대해 말했는데, 염색한 것이 아니냐고 물었어요. 뒤 현관에 선물을 두고 간다고 하기에 부엌으로 내려와서 창밖을 내다보았는데 아무것도 없었어요. 내가 뭘 기대했는지 모르겠어요. 어떤 끔찍한 물건이 박스 안에 들어 있을 거라고 생각했던 것 같아요. 문을 열었을 때, 무언가 긁히는 소리가 들렸어요. 느슨해진 바깥 문손잡이가 달그락거리는 소리였어요."

식탁 위에는 증거물을 담은 주머니가 놓여 있었다. 그 안에는 방패 모양의 펜던트가 달린 두꺼운 금목걸이가 들어 있었다.

"하퍼가 술집에서 하고 있던 목걸이가 틀림없어요?"

나는 재차 물었다. 마리노의 얼굴이 굳어졌다.

"그렇소. 틀림없어요. 이 물건이 어디 있었는지도 이제 분명해졌소. 범인은 하퍼를 죽인 다음 이 목걸이를 가져간 거요. 놈이 박사에게 이른 크리스마스 선물을 준 거구먼. 그놈이 박사에게 반했나 보군."

"제발 그만 해요."

나는 조바심을 내며 말했다.

마리노는 증거물 주머니를 끌어당겨 안에 있는 금목걸이를 자세히 들여다보았다. 그는 웃고 있지 않았다.

"농담하는 것 아니오. 끝부분의 고리가 약간 구부러진 것 보았소? 하퍼의 목에서 낚아챌 때 구부러진 것 같소. 그리고 나서 펜치로 다시 편 것 같소. 범인이 목걸이를 하고 다녔을 수도 있고. 하퍼의 목에서 목걸이에 긁힌 상처는 없었소?"

"목은 거의 남아 있지도 않았어요."

나는 느릿느릿 말했다.

"이런 펜던트, 전에 본 적 있소?"

"없어요."

펜던트는 방패 모양이었고 18K였다. 뒷면에는 1906이라는 년도 이외에는 아무것도 새겨져 있지 않았다.

"뒷면에 찍힌 네 개의 상표를 보면 영국에서 만든 것 같아요. 상표는 국제적인 코드예요. 그 펜던트가 언제, 어디서 그리고 누구에 의해 제작되었는지 표시되어 있어요. 보석상들은 그 코드를 읽어낼 수 있을 거예요. 내가 보기에는 분명 이탈리아제는 아닌 것 같아요…….."

"박사."

"18K에는 750을 찍고, 14K에는 500을 찍어요……."

"스카페타 박사!"

"슈워츠차일드에 아는 보석 상담원이 있어요."

나는 히스테리를 부리는 노처녀처럼 말을 늘어놓았다.

"이봐요, 박사. 그린 건 중요하지 않소. 알겠소? 이 목걸이를 만들어낸 가계도를 그려봐야 아무 소용 없소. 목걸이를 걸어둔 범인의 이름을 알 수 없단 말이오. 이 집구석에는 뭐 마실 것 좀 없소? 브랜디, 브랜디 있소?"

"당신은 지금 근무 중이에요."

"내가 마실 게 아니오. 박사가 마실 거요. 이만큼만 부어 오시오. 그러고 나서 얘기합시다."

마리노는 엄지와 집게손가락으로 약 5센티미터를 재어 보였다.

나는 찬장으로 가서 술을 약간 따라 왔다. 목을 타고 내려간 브랜디가 금세 혈액 속으로 퍼지면서 몸을 데워주었다. 마음은 더 이상 떨리지 않았다.

마리노는 호기심 어린 눈으로 나를 바라보았다.

그의 눈을 보자, 여러 가지 생각이 들었다. 나는 볼티모어에서 돌아온 옷차림 그대로였다. 옷은 구겨져 있고, 팬티스타킹은 허리를 죄어왔고, 무릎은 헐렁해졌다. 갑자기 세수와 양치를 하고 싶다는 욕구가 강렬하게 치솟았다. 머리도 가려웠다. 내 꼴은 말이 아니었다.

"그자가 장난삼아 협박한 것은 아닐 거요."

내가 술을 한 모금 마시자 마리노는 조용한 목소리로 말했다.

"내가 그 사건에 개입되어 있기 때문에 불쑥 나타났을 거예요. 비웃는 거죠. 정신이상자들이 수사관들을 비웃거나 기념품을 보내는 일은 특이한 일이 아니에요."

하지만 나는 실제로 그것을 믿지 않았다. 마리노도 분명 믿지 않을 것이다.

"두어 팀 정도 상주시켜놓겠소. 그들이 박사의 집을 주시할 거요. 그리고 박사가 지켜야 할 사항이 두어 가지 있소. 반드시 지켜주기 바라오. 우선 어슬렁거리며 돌아다니지 마시오. 당신의 하루 일과가 어떤지는 몰라도, 가능한 한 뒤죽박죽 섞으시오. 금요일 오후에 식료품 가게에 간다면 수요일에 가고, 식료품 가게도 다른 곳으로 가시오. 집 밖으로 나갈 때나 차에서 내릴 때는 반드시 주변을 둘러보시오. 낯선 사람이나 낯선 차를 발견하거나 집에 누군가 침입한 흔적이 있으면 문을 걸어 잠그고 경찰을 불러요. 집 안으로 들어왔을 때 무언가 이상한 낌새가 느껴지면 밖으로 나와 경찰에게 전화하시오. 뭔가 기어 다니는 소리만 들려도 말이오. 그리고 경찰과 함께 집 안으로 들어가서 샅샅이 확인하는 거요."

"집에 경보장치가 있어요."

내가 말했다.

"베릴의 집에도 있었소."

"베릴은 범인을 집 안으로 들였어요."

"확실한 사람이 아니면 절대 들어오게 해서는 안 되오."

"범인이 어떻게 한다는 말이죠? 경보장치를 피해가기라도 한단 말인가요?"

"뭐든지 가능하오."

웨슬리도 이와 똑같은 말을 했던 것이 기억났다.

"어두워진 후나 주변에 아무도 없을 때까지 사무실에 남아 있지 마시오. 출근할 때도 마찬가지요. 주차장에 아직 차들이 없는 이른 아침에 출근한다면, 이제부터는 출근 시간을 더 늦추도록 해요. 자동응답기는 늘 켜놓고, 그런 전화가 또 걸려오면 곧장 내게 연락하시오. 두어 번 더 오면 도청 장치를 달아야겠소."

"베릴에게 했던 것처럼요?"

나는 화가 나기 시작했다.

마리노는 대답하지 않았다.

"마리노, 내 권리도 그런 식으로 뺏는 건가요? 이미 너무 늦었다면 그게 다 무슨 소용이 있죠?"

"내가 오늘 밤 이 거실 소파에서 잤으면 좋겠소?"

다음 날 아침을 상상하자 막막했다. 마리노는 트렁크 팬티 차림에 튀어 나온 배가 그대로 드러나는 티셔츠를 입고 맨발로 욕실로 걸어 들어갈 것이다. 게다가 잠자리는 엉망으로 구겨져 있을 것이 분명했다.

"아뇨, 괜찮아요."

"총을 휴대하고 다닐 수 있는 허가증 있소?"

"무기 소지 허가증 말이에요? 그건 없어요."

마리노는 의자를 밀치며 일어섰다.

"내일 아침 레인하드 판사와 만나기로 했소. 내가 박사 얘기를 하리다."

잠시 후 나는 혼자 남았다.

자정이 가까운 시각이었지만 잠이 오지 않았다. 나는 브랜디를 한 잔 더 마셨다. 그리고 또 한 잔을 더 마셨다. 나는 어두운 천장을 바라보며 침대에 누워 있었다. 살다가 나쁜 일이 일어나거나 불행과 위험이 한꺼번에 몰려오면, 사람들은 스스로 자초한 일이 아닌지 조심스럽게 생각해보는 모양이다.

에스리지 말이 옳은지도 몰랐다. 나는 사건에 너무 깊이 개입해서 위험에 처한 것이다. 나는 그런 생각을 하다가 영원히 깨어나지 않을 것 같은 깊은 잠 속으로 빠져들었다.

나는 악몽에 시달렸다.

에스리지가 담뱃불로 조끼에 구멍을 내고 있었다. 필딩이 검시하고 있던 시체가 갑자기 커다란 쿠션처럼 보이기 시작했다. 그가 시체의 동맥을 찾지 못했기 때문이다. 마리노는 가파른 언덕 위에서 스프링에 달린 죽마(竹馬)를 타고 있었다. 나는 그가 곧 떨어지고 말 거라고 생각했다.

12
경고

이른 아침, 나는 어둑한 거실에 서서 정원을 내다보았다.

내 차는 아직 정비소에서 돌아오지 않았다. 요즘 빌려 타고 있는 왜건 스타일의 자동차가 눈에 들어왔다. 문득 이런 의구심이 들었다. 차 아래에 몸을 숨기고 있던 사람이 내가 운전석 문을 여는 순간 내 발목을 잡는 것은 얼마만큼 어려운 일일까? 그는 나를 죽일 필요도 없을 것이다. 이미 심장마비로 죽었을 테니까. 희미한 가로등 밑의 길거리는 텅 비어 있었다. 나는 커튼을 살짝 젖혀 밖을 내다보았다. 아무것도 보이지 않았다. 그리고 아무 소리도 들리지 않았다. 평소와 다른 점은 아무것도 없었다. 캐리 하퍼가 술집에서 집으로 돌아오던 그날 저녁에도 평소와 다른 점은 아무것도 없었을 것이다.

검찰총장과의 조찬 약속 시각이 한 시간도 채 남아 있지 않았다. 지금 용기를 내어 밖으로 나가지 않으면 약속에 늦을 것이다. 차까지 걸어가야 하는 거리는 약 9미터 정도였다.

나는 정원의 키 작은 나무들을 유심히 살펴보았다. 날이 밝아오자 나는 나무 그림자들도 유심히 보았다. 하늘에 떠 있는 달은 영롱한 아침 이슬처럼 각도에 따라 무지개색을 띠었다. 잔디는 서리가 내려 은빛이었다.

그는 어떻게 베릴의 집과 하퍼의 집에 갔을까? 그리고 우리 집에는 어떻게 왔을까? 그에게는 교통수단이 있었을 것이다. 범인이 이곳저곳 돌아다닐 수 있다는 것은 거의 생각해보지 않은 사실이었다. 어떤 종류의 차량을 이용했는지는 그의 나이와 인종만큼이나 중요한 사항이었다. 그러나 그걸 언급한 사람은 아직 아무도 없었다. 웨슬리조차 말하지 않았다.

나는 텅 빈 거리를 바라보며 그 이유를 생각해보았다. 그리고 왠지 콴티코에서 본 웨슬리의 어두운 표정이 자꾸 떠올라 마음이 불편했다.

나는 에스리지와 조찬을 하며 그 걱정을 털어놓았다.

"단순하게 생각하면, 웨슬리가 당신에게 말하지 않은 부분도 있을 거요." 에스리지가 말했다.

"예전에는 모든 것을 터놓고 얘기했어요."

"사무적인 이유로 함구했을 수도 있잖소, 케이."

"웨슬리는 프로파일러예요. 그는 언제나 자신의 이론과 의견을 터놓고 말했어요. 그런데 이번 사건에서는 달라요. 프로파일러의 임무를 전혀 하고 있지 않다고요. 성격도 바뀌었어요. 유머도 없어지고, 저와 눈을 마주치지도 않아요. 너무나 낯설어서 불편할 정도예요."

나는 깊이 숨을 들이마셨다.

"여전히 혼자 고립되었다고 느끼는군. 그렇잖소, 케이?"

"네……."

"그리고 편집증도 약간 생기고?"

"맞아요."

"케이, 당신은 나를 신뢰합니까? 나는 당신 편이고 늘 최선을 다하고 있다는 것을 믿나요?"

나는 천천히 고개를 끄덕거렸다. 그리고 다시 한 번 깊이 숨을 들이마셨다.

우리는 캐피털 호텔의 레스토랑에서 낮은 목소리로 이야기를 나누고 있었다. 이 호텔은 정치인들이나 행정가들이 즐겨 찾는 곳이었다. 서너 테이블 건너편에 상원의원 파틴이 앉아 있었다. 그는 얼굴이 잘 알려진 유명인이었는데, 지난번에 보았을 때보다 얼굴에 주름이 좀 는 것 같았다. 그는 어떤 청년과 심각하게 이야기를 하고 있었다. 어디에서 본 듯한 청년이었다.

"스트레스를 받을 때면 누구나 혼자 고립된 것 같고 편집증도 생기게 마련이오."

에스리지는 온화한 눈길로 말했다. 그러나 얼굴에는 걱정스러움이 묻어났다.

"들판에 혼자 서 있는 느낌이에요. 사실이 그렇기도 하고요."

"웨슬리가 왜 그렇게 걱정하는지 이제 알 것 같소. 케이, 내가 걱정하는 것은 당신이 직관에 의존해서 가설을 세운다는 것이오. 그리고 본능에 기대지요. 때때로 그것은 매우 위험할 수 있소."

"때때로 그럴 수 있어요. 하지만 사건을 너무 복잡하게 생각하는 것도 매우 위험할 수 있어요. 살인의 동기는 대개 실망스러울 정도로 단순한 경우가 많아요."

"항상 그런 것은 아니지."

"아니, 거의 항상 그래요."

"스파라치노의 음모가 이 일련의 죽음들과 연관되어 있다고 생각하오?"

에스리지가 물었다.

"모두들 너무 쉽게 그의 음모에 속아 넘어간다는 생각이 들어요. 스파라치노의 행동과 범인의 행동은 평행으로 달리는 두 기차와 같아요. 두 사람 모두 위험한 인물이고, 때로는 치명적일 수도 있어요. 하지만 두 사람이 같지는 않아요. 연결되어 있지도 않고요. 원동력도 각기 다르죠."

"실종된 원고는 연결되어 있지 않겠소?"

"모르겠어요."

"전혀 감도 못 잡겠소?"

마치 숙제를 안 해서 추궁당하는 느낌이었다. 나는 그가 그만 묻기를 바랐다.

"모르겠어요. 전혀…….""

"스털링 하퍼가 죽기 직전 벽난로에 태웠던 것이 그 원고일 가능성은?"

"그렇지 않을 거예요. 까맣게 탄 종이를 검사해보았는데, 두꺼운 고급 용지로 밝혀졌어요. 비싼 편지지나 변호사들이 쓰는 메모장으로 보입니다. 그런 종이에 소설을 썼다고는 보기 힘들어요. 미스 하퍼가 개인적인 편지들을 태운 것 같아요."

"혹 베릴 매디슨에게서 온 편지 아니오?"

"아직 밝혀내지 못했습니다."

나는 이미 많은 것을 알아냈지만, 그렇게 대답했다.

"아니면 캐리 하퍼의 편지일 수도 있고."

"하퍼의 개인 서류들이 상당수 발견되었어요. 하지만 그 가운데 누가 건드렸거나 최근에 사라진 것으로 보이는 흔적은 전혀 없었습니다."

"만약 그게 베릴에게서 온 편지라면, 미스 하퍼는 왜 그것을 태웠을까요?"

"글쎄요."

에스리지는 복수의 화신인 스파라치노를 생각하고 있는 게 분명했다. 나는 그걸 알 수 있었다.

스파라치노는 신속하게 움직이고 있었다. 나는 33페이지에 달하는 소송 서류를 읽어보았다. 스파라치노는 나와 경찰과 버지니아 주 정부를 상대로 소송을 준비 중이었다. 내 비서 로즈에 의하면 〈피플〉 기자가 그 일로 전화했으며, 어느 사진기자는 로비로 들어가는 것을 저지당하자 건물 사진만 찍고 돌아갔다고 했다. 나는 악명이 높아지고 있었다. 그리고 언급을 회피하고 자신을 방어하는 데도 전문가가 돼가고 있었다.

"스카페타, 당신은 범인이 정신이상자라고 생각하고 있소. 그렇지 않소?"

에스리지가 직선적으로 물었다.

주황색 아크릴 섬유가 납치범들과 연관되어 있든 그렇지 않든, 나는 그 가능성도 고려하고 있었다. 나는 에스리지에게 그렇다고 말했다.

에스리지는 반도 먹지 않은 음식을 내려다보았다. 그가 다시 눈을 들었을 때, 나는 놀라고 말았다. 그의 눈에 슬픔과 절망이 깃들어 있었던 것이다. 내키지 않는 기색이 역력했다.

"케이, 이 말을 꺼내기가 쉽지는 않소만, 당신이 알아야 하는 일이오. 실제로 어떤 일이 벌어지고 있는지, 당신이 어떤 생각을 하는지는 모르지만 이 이야기는 들어야 하오."

니는 비스킷을 하나 집었다. 그러나 담배를 피우는 것이 나을 것 같아서 담배를 꺼냈다.

"내 주변에 얼쩡거리는 사람이 하나 있소. 법조계에 관련된 인물이오."

"이건 스파라치노에 관한 일이에요."

나는 에스리지의 말을 막았다.

"마크 제임스에 관한 일이오."

에스리지가 마크의 이름을 입에 올리는 순간 나는 완전히 무기력해지고 말았다.

"지금…… 마크라고 하셨나요?"

"케이, 당신에게 물어봐도 되는지 사실 잘 모르겠소."

"그게 무슨 뜻이죠?"

"몇 주 전 마크 제임스와 당신이 같이 있는 걸 뉴욕에서 본 사람이 있소. 갤러그에서. 나도 몇 년 전에 가본 곳이오."

어색한 침묵이 흐르자 그가 헛기침을 했다. 나는 피어오르는 담배 연기를 바라보았다.

"기억나는 것은, 스테이크 맛이 일품이었다는 거요……."

"그만 하세요, 총장님."

나는 낮게 말했다.

"그곳에 오던 마음씨 좋은 아일랜드 사람들은 만취하지도 않고 남을 희롱하지도 않고……."

"제발 그만 하세요!"

나는 격앙되어 소리쳤다.

파틴 의원이 우리 테이블 쪽을 바라보았다. 에스리지와 나를 흘긋 바라보는 그의 두 눈은 호기심으로 가득했다. 그때 웨이터가 다가와 커피를 따라주면서 필요한 것은 없는지 물었다. 실내는 약간 더웠다.

"그런 헛소리 마세요. 누가 나를 보았죠?"

그는 손을 내저었다.

"중요한 것은, 당신이 그를 어떻게 아는가 하는 겁니다."

"아주 오래전부터 알던 사람이에요."

"그건 내 질문에 대한 답이 아니오."

"로스쿨을 다닐 때부터 알았어요."

"가까운 사이였소?"

"네."

"사랑한 사이였소?"

"맙소사."

"미안하오, 케이. 이건 중요한 일이오."

에스리지는 냅킨으로 입을 닦은 뒤 커피잔으로 손을 가져갔다. 그는 주변을 두리번거렸다. 대체 무슨 말을 하고 싶은 걸까? 에스리지는 마음이 편치 않아 보였다.

"뉴욕에서 밤새 같이 있었소? 옴니 호텔에서?"

내 뺨이 달아올랐다.

"당신의 사생활을 간섭하는 것이 아니에요, 케이. 하지만 이번만은 예외요. 당신에게 미안하게 생각합니다. 스파라치노는 법무부의 조사를 받고 있는데, 마크는 공범이오."

"스파라치노와 공범이라고요?"

"케이, 이건 매우 심각한 일이오. 당신이 로스쿨에서 만났던 그 마크 제임스가 어떤 사람이었는지 나는 잘 모릅니다. 하지만 현재 그가 어떤 사람인지는 잘 알고 있소. 나는 당신이 그와 만난 이후, 그에 대해 자세하게 조사해봤어요. 그는 7년 전 텔러해시에서 심한 곤경에 처했더랬소. 갈취와 사기죄였소. 유죄 판결을 받고 실제로 감옥에 가기도 했더군. 그가 스파라치노를 알게 된 것은 그 일 이후였소. 스파라치노도 조직범죄에 연루된 것으로 의심받고 있어요."

피가 거꾸로 솟는 느낌이었다. 에스리지가 급히 내게 물잔을 건네준 걸 보면, 나는 하얗게 질렸던 것 같다. 에스리지는 내가 정신을 차릴 때까지 잠자코 기다려주었다. 내가 그와 눈을 마주치자 그는 중난했던 이야기를 계속했다.

"케이, 마크는 온도프&버거에서 일한 적이 없소. 그 회사에서는 마크 제임스라는 이름을 들어본 적도 없다고 하더군요. 당연한 일이오. 마크는 법을 집행할 수 있는 입장이 아니니까. 그는 예전에 변호사 자격증을 박탈당했소. 그는 스파라치노를 개인적으로 도와주는 것 같소."

"스파라치노는 온도프&버거에서 일하나요?"

나는 겨우 입을 열었다.

"스파라치노는 그 회사의 문화 연예 담당 변호사요. 그것만큼은 사실입니다."

나는 아무 말도 못 한 채 이를 악물고 터져 나오려는 눈물을 삼켰다.

"케이, 그를 멀리해야 하오. 제발 그를 만나지 마시오. 그와 어떤 관계든 당장 헤어져야 합니다."

그는 부드러운 목소리로 나를 달랬다. 하지만 그의 목소리는 갈라지고 있었다.

"그와 어떤 관계도 아니에요."

나는 떨리는 음성으로 말했다.

"그와 마지막으로 연락한 것이 언젭니까?"

"몇 주 전이에요. 마크가 전화를 했어요. 30초도 통화하지 않았어요."

그는 마치 예상하고 있었다는 듯 고개를 끄덕였다.

"그는 늘 쫓기는 인생이오. 범죄를 저지른 흑독한 대가지. 마크 제임스에게는 길게 통화할 시간이 없을 거요. 더 이상 바라는 것이 없다면 이제 당신에게 접근하지 않을 겁니다. 뉴욕에 같이 있었을 때 상황을 얘기해주시겠소?"

"나를 만나고 싶다고 했어요. 그리고 스파라치노를 조심하라고 경고했어요."

"그가 스파라치노를 조심하라고 경고했단 말이오?"

"네."

"그가 무슨 말을 하던가요?"

"총장님이 스파라치노에 대해 얘기했던 것과 비슷한 얘기를 했어요."

"마크가 왜 당신에게 그런 얘기를 한단 말이오?"

"나를 보호해주고 싶다면서……."

"그 말을 믿소?"

"도대체 누구 말을 믿어야 할지 모르겠어요."

내가 말했다.

"케이, 그자를 사랑하는 겁니까?"

나는 에스리지를 뚫어지게 바라보았다.

"나는 당신이 얼마나 다치기 쉬운지 말하는 거요. 내가 이 상황을 즐기고 있다고 생각하지 말아요, 케이."

"저 역시 이 상황을 즐기고 있다고 생각하지 마세요."

나는 겨우 그렇게 말했다.

에스리지는 무릎 위에 올려져 있던 냅킨을 반듯하게 접어서 접시 옆에 놓았다.

"내가 이렇게 으름장을 놓는 데는 그럴 만한 이유가 있소. 케이, 마크 제임스는 당신에게 끔찍한 해를 끼칠 수 있소. 법의국 건물에 침입했던 그 사건에도 그가 개입했을 수 있소…….”

나는 격앙된 목소리로 그의 말을 가로막았다.

“무슨 이유에서죠? 무슨 증거로…….”

나는 목까지 올라오는 말을 삼켰다. 상원의원 파틴과 그와 대화를 나누던 청년이 우리 테이블로 다가왔기 때문이었다. 나는 그들이 우리 쪽으로 오는 것을 알아차리지 못했다. 에스리지와 나 사이에 도는 긴장감 때문인지 그들은 약간 멋쩍어했다. 에스리지는 자리에서 일어서며 파틴 의원을 맞았다.

“존, 반갑소. 이쪽은 법의국장 케이 스카페타 박사요. 서로 아는 사이지요?”

파틴 의원은 눈웃음을 지으며 악수를 청했다.

“물론입니다. 잘 지내십니까, 스카페타 박사? 여긴 내 아들 스콧이오.”

스콧은 작고 탄탄한 몸에 거친 인상마저 주는 아버지와는 전혀 닮지 않은 모습이었다. 그는 빼어난 미남이었다. 큰 키에 건장했고, 세련된 얼굴 위로는 탐스런 검은 머리카락이 내려와 있었다. 그는 20대로 보였다. 그의 눈 속에 조용히 불타고 있는 거만함이 나를 불편하게 했다. 진심에서 우러나오는 인사를 나누어도 마음은 여전히 불편했다. 파틴 상원의원 부자가 떠난 후에도 마음이 불편하기는 마찬가지였다.

“전에 어디에선가 본 것 같아요.”

웨이터가 커피를 더 따라주었다.

“누구 말이오? 파틴 의원?”

“아뇨. 파틴 의원이야 당연히 본 적이 있죠. 그의 아들 스콧 말이에요, 낯이 익어요.”

“아마 TV에서 봤을 겁니다. 그는 배우예요. 정확히 말하면 배우 지망생이지. 몇몇 드라마에 조연으로 나왔소.”

“맙소사.”

나는 낮게 중얼거렸다.

"아마 영화에도 두어 번 출연했을 거요. 캘리포니아를 떠나 지금은 뉴욕에서 살고 있소."

"그게 아니에요!"

나는 깜짝 놀라 소리쳤다.

에스리지는 커피잔을 내려놓고 침착하게 나를 바라보았다.

"우리가 오늘 이곳에서 아침 식사 하는 걸 그 사람이 어떻게 알았을까요?"

어떤 영상이 떠오르자 나는 마음을 가라앉힐 수가 없었다. 그는 마크와 함께 식사했던 갤러그에서 본 적이 있는 청년이었다. 우리가 앉아 있던 자리 근처에서 맥주를 마시고 있었던 것이다.

"그가 어떻게 알았는지는 나도 모릅니다. 나에겐 별로 놀랄 일이 아니오, 케이. 스콧은 며칠째 내 뒤를 밟고 있으니까."

에스리지의 눈은 은밀한 만족감으로 빛났다.

"그럼 법조계에 있다는 인물이 설마……."

"아니오, 말도 안 되는 소리요."

"그럼 스파라치노?"

"나도 그렇게 생각하오. 아마 일리 있는 추측일 거요. 그렇지 않소, 케이?"

"왜죠?"

에스리지는 계산서를 자세히 들여다보았다.

"일이 어떻게 진행되고 있는지 알고 싶은 겁니다. 염탐하거나 혹은 겁주기. 둘 중에서 선택해보시오."

스콧 파틴은 우울하고 지적인 분위기의 미남형에 말수가 적은 젊은이라는 인상을 내게 남겼다. 나는 그가 〈뉴욕 타임스〉를 읽으며 우울하게 맥주를 마시던 모습을 기억하고 있었다. 내가 그를 희미하게나마 알아본 것은 다름이 아니라 그의 수려한 외모 때문이다. 잘생긴 사람들은 마치 화려한 꽃꽂이처럼 그냥 지나칠 수 없게 마련이다.

마리노와 나는 엘리베이터를 타고 1층 로비로 내려왔다. 나는 이 모든 이야기를 마리노에게 해주어야 한다는 강박관념에 사로잡혀 있었다.

"확실해요. 스콧은 우리 테이블 근처에 앉아 있었어요. 갤러그에서요."

나는 재차 설명했다.

"같이 있었던 사람은 아무도 없었단 말이오?"

"그래요. 그는 맥주를 마시며 잡지를 읽고 있었어요. 식사는 하지 않았던 것 같은데, 잘 기억나지 않아요."

우리는 마분지와 먼지 냄새가 나는 커다란 창고 안을 지나가고 있었다.

마크가 했던 또 다른 거짓말은 없는지, 내 머릿속은 바쁘게 돌아갔다. 스파라치노는 내가 뉴욕에 온 것을 몰랐고, 갤러그에서 만난 것은 우연이라고 마크는 말했었다. 하지만 그것은 사실일 리 없었다. 그날 밤, 스파라치노는 나를 염탐하기 위해 스콧을 보낸 것이다. 그것은 내가 마크와 함께 있을 거라는 사실을 그가 알았기 때문에 가능한 일이다.

"다르게 볼 수도 있소. 스콧이 뉴욕에서 살아남은 것은 스파라치노를 위해 잡일을 해준 덕분이라고 칩시다. 스콧은 박사가 아니라 마크의 뒤를 밟은 것일 수도 있소. 기억하시오, 마크에게 그 스테이크집을 권한 건 스파라치노였소. 적어도 마크는 그렇게 말했소. 그러니 스파라치노 입장에서는 마크가 그곳에서 식사를 하는지 알고 싶었을 거요. 그리고 스콧에게 마크가 무슨 일을 하는지 확인하라고 시켰을 거요. 마크와 당신이 들어올 때, 스콧은 혼자 앉아서 맥주를 마시고 있었소. 그는 틈을 타서 밖으로 나가 스파라치노에게 특종을 알려주었을 거요. 바로 그거요! 그다음엔 스파라치노가 걸어 들어오는 거요."

마리노는 먼지가 가득 쌓인 창고 한가운데에서 장황하게 설명을 늘어놓았다.

나는 그렇게 믿고 싶었다.

"그냥 가정일 뿐이오."

마리노는 이렇게 덧붙였다.

나는 그것을 믿지 않을 것이다. 자꾸만 떠오르는 참혹한 사실은, 마크가 나를 배신했다는 것이다. 에스리지는 분명 그를 범죄자라고 했다.

"모든 가능성을 다 고려해야 하오."

마리노는 결론적으로 말했다.

"물론이에요."

다시 좁은 복도를 내려가자 육중한 철문이 버티고 있었다. 나는 맞는 열쇠를 찾아 문을 열었다. 무기 분석가들이 세상에 있는 모든 화기들을 시험하는 곳이었다. 매음굴 같은 시멘트 벽은 총알 자국으로 얼룩져 있었고, 한쪽 벽 전체는 나무판으로 되어 있었다. 말판 위에는 각 법원에서 압수해서 최종적으로 이곳 연구소로 넘겨진 권총과 소총들의 숫자가 일렬로 적혀 있었다. 멀리 보이는 벽에는 두꺼운 강철이 깔려 있었는데, 수년 동안 발사한 총탄 자국이 수없이 나 있었다.

마리노는 구석에 있는 마네킹 쪽으로 걸어갔다. 그곳에는 흉부, 엉덩이, 머리, 다리가 떨어져 나간 수많은 마네킹들이 쌓여 있었다. 아우슈비츠의 집단 무덤이 생각났다.

"박사는 살집이 별로 없는 걸 선호하지. 안 그렇소?"

마리노는 흰색으로 칠한 창백한 남자 마네킹의 흉부를 골랐다.

나는 마리노의 말을 무시한 채 총집에서 권총을 꺼냈다. 마리노는 플라스틱 더미를 뒤지더니 눈과 머리카락을 갈색으로 칠한 백인 남자의 머리를 골라냈다. 마리노는 먼저 골라놓은 흉부 위에 그 머리를 얹은 다음 마분지 박스 위에 올렸다. 박스는 강철 벽에서 약 서른 걸음 정도 떨어져 있었다.

"한 방에 끝내시오."

마리노가 말했다.

나는 권총에 총알을 장전하며 마리노가 뒷주머니에서 9구경 자동권총을 꺼내는 것을 보았다. 그는 슬라이드를 뒤로 당겨 탄창을 빼낸 후 다시 슬라이드를 앞으로 밀었다.

"크리스마스 선물이오."

마리노가 내게 총을 내밀며 말했다. 첫 번째 발사 신호에 불이 켜졌다.

"고맙지만 사양하겠어요."

나는 최대한 공손하게 말했다.

"박사 권총으로는 다섯 발밖에 쏘지 못해요. 그러면 게임 끝이오. 알겠소?"

"만약 명중시키지 못하면?"

"젠장. 모두 명중시키는 사람은 아무도 없소. 문제는, 박사의 권총에는 총알이 다섯 발밖에 들어가지 않는다는 것이오."

"몇 발밖에 쏘지 못한다 해도 차라리 내 것으로 하겠어요."

"이 총이 훨씬 위력적이오."

"알아요. 내 총으로 볼 때보나 15미터 이상 더 멀리 나가고 파괴력도 더 크겠지요."

"총알을 세 배 이상 장전할 수 있는 것은 말할 것도 없소."

마리노가 덧붙였다.

나는 예전에 9구경 권총을 쏴봤지만 마음에 들지 않았다. 그건 38구경보다 정확하지 못했다. 그다지 안전하지도 않았고 고장 가능성도 있었다.

나는 절대 양을 질로 대체하지 않는다. 게다가 38구경 이외의 다른 권총에 대해 교육받고 연습한 적도 없었다.

"나는 한 방이면 돼요."

나는 방음용 귀마개를 쓰며 말했다.

"알았소. 눈과 눈 사이를 명중시킨다면."

왼손에 권총을 잡은 채 나는 연속으로 방아쇠를 당겼다. 한 발은 마네킹의 머리를 관통했고 나머지 세 발은 가슴에 맞았다. 다섯 번째 총알은 왼쪽 어깨를 스치고 지나갔다. 사격은 순식간에 끝났다. 마네킹의 머리와 가슴 부분이 벽에 맞아 둔탁한 소리를 내며 굴러떨어졌다.

마리노는 아무 말 없이 9구경 권총을 테이블 위에 올려놓았다. 그리고 어깨에 찬 권총집에서 357구경 권총을 꺼냈다. 마리노는 나에게 줄 자동 권총을 찾느라 매우 애썼을 것이 분명했다. 그는 내가 좋아할 거라고 생각했을 것이다.

"고마워요, 마리노."

내가 말했다.

그는 실린더를 끼우고 천천히 팔을 들어 올렸다.

나는 그의 배려에 감사하다고 다시 말했다. 그는 내 말을 듣지 못했거나 듣고 있지 않은 것 같았다.

그가 여섯 발을 쏘자 나는 뒤로 물러났다. 마네킹의 머리는 바닥으로 곤두박질쳤다. 그는 재빨리 장전한 다음 이번에는 흉부를 향해 쏘았다. 마리노가 사격을 마치자 연기가 아스라이 공기 속으로 퍼졌다.

나는 앞으로 마리노가 살의를 느낄 만큼 절대 화나게 하지 않으리라 마음먹었다.

"앉아 있는 사람을 쏘는 건 아무것도 아니에요."

내가 말했다.

"박사 말이 맞소. 아무것도 아니오."

마리노는 귀마개를 벗으며 말했다.

우리는 머리 윗부분의 트랙에 나무 프레임을 끼워 넣고 그것에 점수 기록표를 달았다.

탄약통이 비었을 때, 나는 내가 아직도 작은 목표물을 명중시킬 수 있다는 사실에 만족스러웠다. 나는 나무 프레임을 깨끗하게 없애기 위해 두어 발을 더 쏘았다. 그리고 헝겊에 용매제를 묻혀 권총을 닦았다. 용매제 냄새를 맡으면 늘 FBI 아카데미가 있는 콴티코가 떠올랐다.

"내 의견을 듣고 싶소? 박사가 집에 있을 때 필요한 것은 이런 권총이 아니라 엽총이오."

나는 아무 말 없이 권총을 총집에 넣었다.

"총알이 자동으로 장전되는 레밍턴 엽총 같은 것도 있소. 열다섯 개의 탄구가 있는 것이오. 세 번 회전하니까, 다 합해서 마흔다섯 발의 총알을 범인에게 쏠 수 있단 말이오. 범인은 절대 살아남지 못할 거요."

"난 괜찮아요. 정말이에요. 그런 무기는 필요 없어요."

나는 침착하게 말했다. 나를 올려다보는 마리노의 눈빛이 완강했다.

"총을 쏘고 있는데도 범인이 계속 다가올 때의 느낌이 어떤지 알기나 하오?"

"아뇨, 모르겠어요."

"나는 알고 있소. 경험해봤거든. 마약에 완전히 취한 괴한에게 총을 쏘다가 총알이 떨어지고 말았지. 놈은 상체에 네 발을 맞았지만 조금도 멈칫거리지 않았소. 스티븐 킹의 소설에나 나올 법한 장면이었지. 마치 살아 있는 시체가 다가오는 것 같았소."

나는 코드 주머니에 들어 있던 헝겊을 꺼내 총에 묻은 오일과 손에 묻은 용매제를 닦아냈다.

"베릴의 집 안으로 쳐들어간 범인도 그런 놈이오. 내가 말한 그 미치광이 같은 놈이란 말이오. 몸이 무엇으로 만들어졌는지는 모르겠지만, 한번 시작하면 멈추지 않소."

"뉴욕의 그 범인은 죽었나요?"

내가 물었다.

"결국에는 죽었소. 응급실에서. 우리는 같은 앰뷸런스에 실려 병원으로 옮겨졌소. 일종의 여행이었던 셈이지."

"당신도 많이 다쳤겠군요."

마리노의 표정은 가늠하기가 어려웠다.

"별것 아니었소. 78군데가 긁혔을 뿐이오. 몸에 상처도 남았소. 내가 셔츠 벗은 모습 한 번도 보지 못했을 거요. 그자는 칼을 가지고 있었소."

"정말 끔찍하군요."

"나는 칼이 싫소."

"나도 마찬가지예요."

우리는 밖으로 나왔다. 오일과 탄피 찌꺼기 때문에 손이 더러워졌다. 사격은 많은 사람들이 생각하는 것보다 더 지저분한 일이다.

마리노는 지갑을 꺼냈다. 그러고는 나에게 작은 카드를 건네주었다.

"신청서도 쓰지 않았는데……."

마리노가 건네준 무기 소지 허가증을 내려다보며 나는 약간 당혹스러워졌다.

"레인하드 판사가 나에게 호의를 베풀어주었소."

"고마워요, 마리노."

마리노는 얼굴에 웃음을 띠며 문을 열어주었다.

웨슬리와 마리노가 신신당부했고 나도 그렇게 하겠다고 생각하면서도, 날이 어두워지고 주차장이 텅 빌 때까지 여전히 사무실에 남아 있었다. 나는 책상 위에 쌓인 서류들을 포기한 채 일정표를 확인했다.

로즈는 내가 할 일을 체계적으로 다시 정렬해놓았다. 약속들은 몇 주 미루어두거나 취소했고, 강의와 부검은 필딩에게 넘겼다. 건강 전도사이자 나를 빼면 법의국의 최고 책임자인 필딩은 나에게 세 번 전화했다. 결국 마지막 통화 때는 어디 아픈 것은 아닌지 물어보았다.

필딩은 나의 빈자리를 메우는 데 차츰 익숙해지고 있었다. 로즈는 부검 감정서를 타이핑하고 있었는데, 내 일 대신 필딩의 일을 도와주고 있었다.

내가 없어도 해는 뜨고 졌으며 사무실은 잘 굴러갔다. 아마 내가 좋은 직원들을 선발해 교육시켰기 때문일 것이다. 신이 세상을 창조한 다음, 더 이상 자신을 필요로 하지 않는 세상을 보고 어떤 느낌이 들었을까 하는 의구심이 들었다.

나는 곧장 집으로 향하지 않고 체임버레인으로 차를 몰았다. 날짜가 지난 공고문들이 여전히 엘리베이터 안에 붙어 있었다. 엘리베이터 안에는 키 작은 노파가 함께 타고 있었다. 새가 나뭇가지에 앉아 있는 것처럼 보행기에 붙어 있던 그녀는 잠시도 내게서 눈을 떼지 않았다.

나는 맥타규 부인에게 미리 연락하지 않았다. 몇 차례 큰 소리로 문을 두드리자 378호 문이 열렸다. 그녀는 문을 빠끔히 열고 난처한 표정으로 밖을 내다보았다. 거실에서는 TV 소리가 시끄럽게 들려왔다.

나는 다시 내 소개를 했다. 그녀가 나를 기억하고 있을지 알 수 없었기 때문이다.

문이 활짝 열리더니 그녀의 얼굴이 밝아졌다.

"물론이에요, 기억하고말고. 이렇게 들러주다니 영광이에요. 안으로 들어오시겠어요?"

맥티규 부인은 분홍색 누비옷과 그것과 한 쌍으로 보이는 슬리퍼를 신고 있었다.

나는 그녀를 따라 거실로 들어갔다.

그녀는 TV를 끄고 소파에 있던 무릎 덮개를 치웠다. 아마 그곳에서 저녁 뉴스를 보면서 간식으로 잡곡빵을 먹고 있었던 듯했다.

"죄송합니다. 식사를 방해한 것 같군요."

내가 말했다.

"아니에요. 주전부리를 하고 있었어요. 뭐 시원한 거라도 가져다드릴까요?"

그녀는 재빨리 말했다.

나는 사양했다. 그녀가 빵 부스러기를 치우는 동안 나는 의자에 가만히 앉아 있었다.

갑자기 할머니에 대한 추억이 떠올랐다. 할머니는 귀의 살점이 떨어져 나가는 것을 보고도 유머를 잃지 않는 분이셨다.

할머니는 돌아가시기 직전 여름에 나를 보러 마이애미에 오셨다. 우리는 함께 물건을 사러 나갔다. 할머니는 즉흥적으로 남자 팬티에 생리대를 대보더니 그만 웃음보를 터뜨리고 말았다. 할머니는 있는 힘을 다해 소변을 꾹 참았고, 우리는 서둘러 여자 화장실로 갔다. 우리 두 사람은 어찌나 웃었던지, 나는 배꼽이 다 빠질 지경이었다.

"뉴스에서 오늘 밤에 눈이 올 거라고 하네요."

맥티규 부인이 소파에 앉으며 말했다.

"바깥 날씨가 흐려요. 아마 추워서 눈이 올 거예요."

나는 건성으로 대답했다.

"하지만 일기예보를 믿을 수 없어요."

"눈길 운전은 위험하지요."

내 머릿속은 무겁고 우울한 생각들로 가득 찼다.

"올해에는 화이트 크리스마스가 될 수도 있겠군요. 근사하겠죠, 박사님?"

"네, 근사할 거예요."

나는 아파트 안에 혹여 타자기가 있진 않은지 여기저기 둘러보았지만 헛수고였다.

"작년 크리스마스에 눈이 내렸는지 잘 기억나지 않네요."

맥티규 부인은 불편한 심정을 껄끄러운 대화로 감추려 했다. 그녀는 내가 찾아온 것이 좋은 소식을 전해주러 온 것이 아님을 직감한 것이다.

"정말 아무것도 안 마시겠어요? 포트 한 잔 드릴까요?"

"고맙습니다만 사양하겠습니다."

잠시 침묵이 흘렀다.

맥티규 부인의 두 눈은 어린아이의 그것처럼 상처받기 쉽고 불안해 보였다.

"맥티규 부인, 지난번에 제게 보여주신 그 사진을 다시 볼 수 있을까요?"

그녀는 눈을 몇 번 깜박였다. 그녀의 미소는 마치 상처 자국처럼 엷고 창백했다.

"베릴의 사진 말입니다."

나는 덧붙여 말했다.

"그럼요, 보여드리지요."

그녀는 천천히 자리에서 일어났다. 사진을 가지러 가는 그녀의 모습에는 거리낌 같은 것이 있었다. 그리고 사진을 건네주는 그녀의 표정에는 두려움이 어렸다. 혹은 단순히 혼란스러워하는 것인지도 몰랐다. 나는 봉투와 사진을 싸두었던 두꺼운 흰 종이도 보여달라고 부탁했다.

봉투를 받은 나는 종이의 무게가 꽤 묵직한 느낌을 받았다. 램프에 가까이 대고 비추어보자 반투명한 크레인표 무늬가 비쳤다. 그것은 주로 고급 용지에서 볼 수 있는 상표였다.

나는 사진을 훑어보았다. 맥티규 부인의 얼굴에는 당혹스러운 기색이 역력했다.

"죄송합니다. 지금 제 행동이 이상해 보일지도 모르겠군요. 그런데 제가 보기에는 이상하게도 사진이 봉투보다 훨씬 오래된 것 같네요."

맥티규 부인은 무슨 말을 해야 할지 망설이는 것 같았다.

"맞아요. 사진은 남편의 서류에서 찾아낸 거예요. 안전하게 보관하려고 봉투에 넣어두었죠."

그녀는 놀란 눈으로 계속 나를 바라보고 있었다.

"이 종이는 부인 것이었나요?"

"아, 아니에요. 남편 것이었어요. 하지만 내가 골라준 거예요. 보면 알겠지만 아주 고급스러운 용지예요. 남편이 죽은 이후로도 그 용지와 봉투들을 그대로 보관하고 있어요. 앞으로 충분히 사용하고도 남을 만큼 많이 있어요."

맥티규 부인은 주스잔을 들더니 재빨리 한 모금 마셨다. 부인에게 단도직입적으로 물어보는 수밖에 없었다.

"맥티규 부인, 남편에게 타자기가 있었나요?"

"네, 있었어요. 폴스 처치에 살고 있는 딸애에게 주었지요. 나는 늘 손으로 직접 편지를 쓰거든요. 요즘에는 관절염 때문에 많이 쓰지도 못하지만요."

"어떤 종류의 타자기였죠?"

"글쎄요, 전기 타자기였고 아주 새것이었다는 것 외에는 잘 기억나지 않아요. 남편은 3~4년마다 신형으로 바꾸곤 했어요. 남편은 컴퓨터가 나온 이후에도 늘 타자기로 편지를 썼지요. 사무실 매니저가 남편에게 컴퓨터를 쓰라고 몇 년 동안이나 설득했지만, 남편은 늘 타자기를 썼어요."

"집에서요, 아니면 사무실에서요?"

"두 곳 모두에서요. 남편은 집 서재에서도 밤늦게까지 일하곤 했지요."

"남편께서는 하퍼 씨나 미스 하퍼와 서신을 교환했나요?"

내 질문에 맥티규 부인은 주머니에서 휴지를 꺼내더니 배배 꼬기 시작했다.

"너무 많은 질문을 드려 죄송합니다."

나는 부드러운 목소리로 말을 이어갔다.

부인은 주름지고 피부가 얇은 손을 내려다보며 아무 말도 하지 않았다.

"부탁입니다. 중요하지 않은 거라면 물어보지 않았을 거예요."

나는 조용한 목소리로 말했다.

"그녀에 관한 일이죠. 그렇죠?"

맥티규 부인은 고개를 숙인 채 휴지만 갈기갈기 찢고 있었다.

"스털링 하퍼에 관한 일이에요."

내가 말했다.

"그렇군요."

"제발 말씀해주세요, 맥티규 부인."

"그녀는 아주 아름답고 우아했어요. 고상한 여인이었지요."

"남편께서 미스 하퍼에게 편지를 쓴 적이 있나요?"

"네, 그래요."

"그걸 어떻게 아시죠?"

"편지를 쓸 때 서재에 들어가 보면 사업상의 편지라고 하더군요. 늘 그렇게 말했어요."

나는 아무 말도 하지 않았다.

"남편 조는 모든 여자들이 좋아할 만한 남자였어요. 숙녀의 손에 입을 맞춰주고 여자들을 여왕처럼 느끼게 해주죠."

그녀는 미소 짓고 있었지만 눈은 무표정했다.

"미스 하퍼도…… 남편에게 답장을 썼나요?"

나는 잠시 망설이며 물었다. 맥티규 부인의 마음을 상하게 하고 싶지 않아서였다.

"그건 잘 모르겠습니다."

"남편께서만 편지를 쓰고 미스 하퍼는 한 번도 답장하지 않았나요?"

"남편은 문학 애호가였어요. 언젠가는 글을 쓰겠다고 입버릇처럼 말했죠. 그는 늘 무언가를 읽고 있었어요."

"남편께서 왜 캐리 하퍼를 그토록 좋아했는지 알겠군요."

내가 말했다.

"하퍼 씨는 절망에 빠질 때면 자주 남편에게 전화하곤 했어요. 작가들에게는 이떤 주기가 있는 것 같았어요. 하퍼 씨와 남편은 문학과 다른 주제들에 대해 아주 흥미진진한 대화를 나누었어요. 남편이 가장 좋아한 작가는 포크너였어요. 헤밍웨이나 도스토옙스키도 좋아했지요. 우리가 연애하던 시절, 나는 알링턴에 살았고 남편은 이곳에 살았어요. 남편은 나에게 얼마나 아름다운 편지를 써 보냈는지 몰라요."

그렇게 아름다운 편지를 그는 노년에 찾아온 사랑, 아름다운 독신인 스털링 하퍼에게 썼을 것이다. 그리고 속이 깊은 미스 하퍼는 자살하기 전에 그 편지들을 태운 것이다. 맥티규 부인의 마음에 상처를 주고 싶지 않았기 때문이다.

"그 편지들을 찾았군요."

맥티규 부인의 목소리는 너무 작아 거의 들리지 않았다.

"미스 하퍼에게 보낸 편지 말인가요?"

"네. 남편이 쓴 편지들 말이에요."

"아니에요."

그것은 내가 이제까지 평생 해왔던 거짓말 중에서 가장 선한 거짓말이었다.

"그런 편지는 찾지 못했어요, 맥티규 부인. 경찰 조사에 의하면, 미스 하퍼의 개인 물품에 남편분이 보낸 편지는 없었어요. 남편분의 편지지도, 미스 하퍼에게 호의를 보낸 흔적도 발견되지 않았습니다."

그러자 맥티규 부인의 얼굴이 누그러졌다.

"미스 하퍼와 함께 시간을 보낸 적이 있나요? 예를 들어서, 사교적인 모임에서라도……."

내가 물었다.

"네, 있어요. 두 번이었던 것으로 기억해요. 한 번은 미스 하퍼가 디너파티에 왔었어요. 그리고 또 한 번은 하퍼 남매와 베릴 매디슨이 우리 집에 와서 하룻밤 자고 갔어요."

그 말을 듣자 나는 관심이 생겼다.

"언제요?"

"남편이 죽기 몇 달 전이었어요. 연초였던 것 같아요. 베릴이 우리 단체에서 연설을 하고 한두 달이 지난 후였죠. 크리스마스트리에 여전히 불이 켜져 있었으니까 그맘때가 확실해요. 그녀를 대접하는 것은 아주 즐거운 일이었어요."

"베릴 말인가요?"

"그럼요! 난 너무 기뻤어요. 그 세 사람은 사무적인 일로 뉴욕에 갔다가 돌아오는 길이었어요. 그들은 베릴의 출판 계약자를 만나고 온 것 같았어요. 비행기로 리치먼드에 도착하자마자 고맙게도 우리 집으로 와주었지요. 하퍼 남매만 우리 집에서 묵었어요. 베릴은 이곳 리치먼드에 사니까 자기 집으로 돌아갔고요. 늦은 저녁 무렵, 남편이 베릴을 집까지 태워다주었어요. 그리고 다음 날 아침 하퍼 남매를 윌리엄스버그로 데려다주었고요."

"그날 밤에 무슨 일이 있었는지 기억나세요?"

"글쎄요…… 양고기 요리를 준비하고 있었어요. 하퍼 씨의 짐이 없어지는 바람에 공항에서 늦게 도착했어요."

그것은 거의 1년 전 일이었다. 우리가 수집한 정보에 의하면 베릴이 협박 전화를 받기 이전이었다.

"그들은 여행으로 약간 지쳐 있었는데 남편이 잘 대해주었어요. 남편만큼 정성껏 손님을 대접하는 사람은 아마 만나기 어려울 거예요."

맥티규 부인은 알았을까? 남편이 미스 하퍼를 바라보는 눈길을 보고, 남편이 그녀를 사랑한다는 걸 알았을까?

오래전 우리가 마지막으로 함께 있었을 때, 멀게만 느껴지던 마크의 눈빛이 떠올랐다. 나는 그것을 본능적으로 알 수 있었다. 그는 더 이상 나를 생각하고 있지 않았다. 그러나 나는 그가 다른 사람을 사랑한다는 것을 믿으려 하지 않았다. 그가 그렇게 말하기 전까지는.

"케이, 미안해."

우리가 좋아하던 조지타운의 카페에 마지막으로 갔을 때 마크는 아이리시 커피를 마시며 그렇게 말했다. 회색빛 하늘에서는 가는 눈발이 날리고 있었고, 두꺼운 코트를 입고 예쁜 뜨개 목도리를 두른 아름다운 연인들이 지나가고 있었다.

"사랑해, 케이."

"하지만 내가 너를 사랑하는 방식과는 다르겠지."

내 마음은 그때까지 느껴보지 못한 고통으로 괴로웠다.

그는 탁자를 내려다보고 있었다.

"너에게 상처 주고 싶지 않아."

"물론 그렇겠지."

"미안해, 정말 미안해."

나는 그가 진심으로 미안해한다는 걸 알 수 있었다. 그는 정말, 정말 진심으로 미안해했다. 하지만 그런다고 해서 바뀌는 것은 아무것도 없었다.

나는 그녀의 이름을 몰랐다. 알고 싶지 않았기 때문이다. 그녀는 마크와 결혼했던 여자는 아니었다. 결혼했던 재닛은 죽었다고 했다. 그러나 그것도 거짓말인지 모른다.

"……그는 신경질적인 사람이었어요."

생각에 잠겨 있던 나는 깜짝 놀라 되물었다.

"누구 말인가요?"

나는 다시 맥티규 부인을 바라보며 물었다. 그녀는 갑자기 몹시 피곤해 보였다.

"하퍼 씨요. 그는 잃어버린 가방 때문에 몹시 신경질을 부렸어요. 다행히 그 가방은 다음 항공편으로 도착했어요. 그 덕에 화가 약간 누그러지긴 했지만……. 암튼 성질이 대단했어요. 맙소사, 아주 오래전 일 같군요. 실제로는 그렇게 오래된 일도 아닌데."

"부인, 베릴은 어땠나요? 혹시 그날 밤 베릴에 대해 기억나는 거라도 있나요?"

"그들 모두 저세상으로 갔어요."

그 어둡고 공허한 사실에 직면한 맥티규 부인은 무릎 위에 가지런히 손을 올렸다.

그날 저녁 파티에 참석했던 사람들은 모두 죽은 것이다. 그녀를 제외하고는.

"맥티규 부인, 우리는 그 사람들에 대해 이야기하고 있어요. 그들은 여전히 우리와 함께 있어요."

"그럴지도 모르지요."

그녀의 눈에 눈물이 고였다.

"우리는 그들의 도움이 필요하고, 그들 또한 우리의 도움이 필요해요."

그녀는 고개를 끄덕였다.

"그날 밤에 대해 얘기해주세요. 베릴에 대해서도요."

"그녀는 거의 말이 없었어요. 벽난로의 장작불을 바라보던 모습이 기억나네요."

"그 외에 생각나는 것은요?"

"무슨 일이 있었어요."

"뭐라고요? 맥티규 부인, 무슨 일이 있었나요?"

나도 모르게 목소리가 커졌다.

"베릴과 하퍼 씨는 서로 사이가 좋지 않은 것 같았어요."

"왜요? 두 사람이 언쟁이라도 했나요?"

"운송 회사 직원이 하퍼 씨의 가방을 갖다준 직후였어요. 하퍼 씨는 가방을 열고 봉투를 꺼냈어요. 봉투 안에는 종이가 들어 있었지요. 정확히는 기억나지 않지만, 하퍼 씨는 이미 술을 많이 마신 상태였어요."

"그리고 무슨 일이 있었나요?"

"하퍼 씨는 미스 하퍼와 베릴에게 거친 말을 하며 말다툼을 했어요. 그러니는 종이를 집어서 물 속으로 던져버렸어요. '저건 쓰레기야, 쓰레기!' 라고 소리치면서요."

"그가 태운 것이 무엇이었나요? 혹시 계약서 아니었나요?"

"그런 것 같지는 않았어요. 내 느낌으로는 베릴이 쓴 원고 같았어요. 타이핑한 원고 같았는데, 하퍼 씨는 베릴에게 심하게 화를 냈어요."

그것은 베릴이 쓰고 있던 자서전이었을 것이다. 혹은 미스 하퍼와 베릴, 스파라치노가 함께 논의한 자서전 초안이었는지도 모른다. 하퍼는 그 것을 보고 이성을 잃을 만큼 격분했을 것이다.

"그때 남편이 끼어들었어요."

맥티규 부인은 심하게 굽은 손가락을 꼭 맞잡으면서 말했다.

"남편분은 어떻게 했나요?"

"남편은 베릴 매디슨을 집으로 데려다주었어요. 그 때문에 그 일이 일어났어요."

맥티규 부인은 두려움에 떨며 나를 바라보았다.

"그 때문에 그 일이 일어났다고요?"

내가 물었다.

"그 때문에 그들이 죽은 거예요. 맞아요. 그 당시에도 그런 느낌이 들었어요. 정말 섬뜩한 느낌이었어요."

"부인, 설명해주세요. 자세하게 설명할 수 있겠어요?"

"그 때문에 그들이 죽은 거예요. 그날 밤, 그 방은 증오로 가득 차 있었어요."

맥티규 부인은 같은 말만 반복하고 있었다.

13
사이코드라마

발할라 병원은 상류층이 모여 사는 버지니아 주 앨버마를 카운티의 평화로운 언덕 위에 자리 잡고 있었다. 앨버마를 카운티는 내 사무실과 관련을 맺고 있는 버지니아 대학이 있는 곳이어서, 나는 정기적으로 몇 차례 이곳을 방문하기도 했다. 그때마다 언덕 위에 서 있는 으리으리하고 근사한 벽돌 건물을 종종 봐왔지만, 나는 개인적인 이유나 직업적인 이유로 이 병원을 방문한 적이 한 번도 없었다.

한때 그곳은 부호와 유명인들이 드나드는 근사한 호텔이었는데, 경기침체로 파산한 그 호텔을 정신과 의사 삼 형제가 사들였다. 그들은 발할라 호텔을 부유한 사람들을 대상으로 하는 정신 치료 요양소로 체계적으로 전환시켰다. 돈이 많은 가족들은 치매에 걸린 부모나 정신박약아 자녀들을 그곳에 맡길 수 있었다.

알 헌트가 10대 때 이곳으로 보내진 것은 그다지 놀랄 일이 아니었다. 내가 놀란 것은 헌트를 치료했던 정신과 의사가 나와 얘기하는 것을 꺼리는 태도였다.

워너 매스터슨 박사는 직업적인 호의를 보이기는 했지만 내가 전화로 아무리 끈질기게 질문해도 쉽게 입을 열지 않았다. 그는 나와 이야기하고 싶지 않은 것이 분명했다. 아마 그에겐 선택의 여지가 없었던 모양이다. 하는 수 없이 나는 그를 직접 찾아가 만나기로 했다.

자갈이 깔린 방문객 주차장에 차를 세운 다음, 나는 곧장 로비로 들어 갔다. 로비는 빅토리아풍의 가구들로 장식되어 있었고, 바닥에는 동양 카 펫이 깔려 있었다. 창문에는 정교한 장식의 두꺼운 커튼이 고풍스럽게 드 리워져 있었다. 안내원에게 말을 건네려 할 때 누군가가 뒤에서 나를 불 렀다.

"스카페타 국장님?"

고개를 돌리자 키가 훤칠한 흑인 남자가 서 있었다. 그는 유럽풍의 감 색 양복을 입고 있었는데, 머리는 짧은 곱슬머리였다. 그의 광대뼈와 이마 는 도도해 보일 정도로 높았다.

"워너 매스터슨이라고 합니다."

그는 활짝 웃으며 손을 내밀었다.

그가 나에게 먼저 말을 건네자, 나는 어디선가 그를 만났는데 기억하지 못하는 것은 아닐까 하는 생각이 들었다.

그는 신문과 TV 뉴스를 통해 나를 이따금씩 본 적이 있다고 말했다. 나 로서는 어쩔 도리가 없었다.

"제 사무실로 가시지요. 운전하시느라 피곤한 건 아닌지 모르겠군요. 뭐 마실 거 드릴까요? 커피? 탄산음료?"

이 모든 얘기들을 그는 걸어가면서 쏟아냈다. 나는 그의 넓은 보폭을 따라잡기 위해 최선을 다했다. 키가 훤칠한 종족들은 짧은 다리를 달고 다니는 것이 어떤 기분인지 도저히 알 수 없을 것이다. 사람들은 고속열 차를 타고 달리는 세상에서 나는 수레를 끌고 다니는 느낌이다.

매스터슨 박사가 나를 찾느라 주변을 둘러본 것은 긴 복도 끝에서였다. 그는 문손잡이를 잡은 채 내가 오기를 기다렸다가 사무실로 안내했다.

나는 그가 권하는 자리에 앉았다. 그는 책상에 앉자마자 능숙한 솜씨로 파이프에 담배를 채우기 시작했다. 한눈에 봐도 비싸 보이는 파이프였다.

"나로서는 알 헌트의 죽음에 충격을 금할 수가 없었습니다, 스카페타 박사님."

매스터슨 박사는 두꺼운 서류철을 꺼내며 명확한 어투로 말하기 시작했다.

"놀라셨나요?"

"놀랐다고만은 할 수 없습니다."

"알 헌트 사건에 대해 다시 짚어보고 싶습니다."

내 말에 그는 한참 농안 머뭇거렸다.

나는 그에게 진찰 기록을 볼 수 있는 나의 법적 권리를 설명해주었다.

"좋습니다."

그는 웃으면서 내게 진찰 기록을 넘겨주었다.

나는 두꺼운 봉투를 열어 그 안에 든 것을 정독하기 시작했다. 파이프는 향기 나는 나무를 깎아 만든 것인지 푸른 담배 연기에서 좋은 냄새가 났다.

기록에 의하면 알 헌트는 입원 절차를 밟은 다음 정기적으로 정밀 검사를 받았다. 11년 전 4월 10일 아침, 알 헌트가 병원에 입원할 당시 신체적인 건강은 아주 좋은 상태였다. 그러나 정신 건강에 대한 검사 결과는 이야기가 달랐다.

"입원할 당시 긴장병(정신분열증의 한 가지. 경직된 표정으로 부자연스러운 태도를 취하며, 갑자기 소리를 지르거나 사납게 날뛰는 특징이 있음─옮긴이)을 앓고 있었나요?"

내가 물었다.

"극단적인 우울증에 빠져 어떤 자극에도 반응을 보이지 않았습니다. 자신이 왜 여기 있는지조차 몰랐습니다. 그는 어떤 것도 말할 수 없는 상태였죠."

"구체적으로 말씀해주시겠습니까?"

"그에게는 질문에 대답할 만한 감정적인 에너지가 없었습니다. 기록을 보면 알겠지만, 지능 검사를 위한 스탠퍼드-비네 방식이나 인성 검사를 위한 MMPI 방식으론 테스트할 수 없었습니다. 그 방식들로는 나중에야 검사를 할 수 있었지요."

매스터슨 박사가 말했다.

결과는 기록에 나와 있었다. 스탠퍼드-비네 방식으로 측정한 알 헌트의 지능지수는 130이었다. 알 헌트의 문제점은 지능이 떨어지는 게 아니었다. 그것만은 확신할 수 있었다. 미네소타 대학의 복합적 인성 개발 실험 결과에 따르면, 헌트는 정신분열증이나 정신적인 불안 상태를 앓고 있었다.

매스터슨 박사의 판단에 의하면 알 헌트의 증상은 '극단적인 성격으로 인한 정신분열적인 인성 불안'이라고 했다. 그 증상이 현실화된 것은, 헌트가 욕실 문을 잠그고 칼로 자신의 손목을 그었을 때였다.

그것은 자살 행위였다. 상처를 입은 헌트는 살려달라고 소리치면서도 자신의 생명을 끊으려 했다. 헌트의 어머니는 가까운 병원 응급실로 급히 아들을 옮겼다. 그곳에서 상처를 꿰매고 안정을 찾은 헌트는 다음 날 아침 이곳 발할라에 입원했다. 헌트의 어머니 말에 따르면, 저녁 식사 때 남편이 성질을 부려서 사건이 일어났다고 했다.

"헌트는 환자들이 참여하는 어떤 그룹이나 치료법에도 참가하려 하지 않았습니다. 우울증 치료제를 복용해도 증상은 그다지 좋아지지 않았어요. 치료 기간 동안 그가 말하는 것을 한 번도 보지 못했습니다."

일주일이 지나도록 치료에 아무런 반응이 없자 매스터슨 박사는 전기 충격 요법을 고려했다고 한다. ECT(electroconvulsive therapy)라고도 부르는 전기 충격 요법은 고장 난 컴퓨터를 다시 부팅하는 것과 마찬가지 원리로, 두뇌 회로를 다시 연결해서 건강을 되찾을 수도 있지만 치명적인 문제를 유발해서 영원히 정신을 놓아버릴 수도 있다. 그래서 전기 충격

요법은 젊은이들에게는 거의 쓰이지 않는다.

"ECT를 사용했나요?"

진찰 기록에 그것에 관해 언급되어 있지 않은 것을 보고 내가 물었다.

"아닙니다. 다른 방법이 없어서 ECT를 쓰기로 결정하고 있던 즈음, 사이코드라마에서 작은 기적이 일어났습니다."

그는 잠시 말을 멈추고 파이프에 다시 불을 붙였다.

"그때 했던 사이코드라마에 대해 설명해주시겠어요?"

"사이코드라마는 대개 기계적인 방법으로 진행됩니다. 워밍업이라고 부르는 것이지요. 환자들에게 일렬로 서서 꽃을 흉내 내라고 지시했습니다. 튤립, 수선화, 네이시…… 환자들은 저마다 머릿속에 떠오르는 꽃을 몸을 구부리며 연기하고 있었습니다. 꽃은 환자들이 직접 선택할 수 있었습니다. 그 사이코드라마는 알이 참석한 최초의 치료 과정이었습니다. 그는 팔을 벌리고 고개를 숙였습니다. 치료사가 헌트에게 무슨 꽃이냐고 묻자 그는 팬지(팬지꽃은 동성애 남자를 비하해서 부르는 이름이기도 하다-옮긴이)라고 대답했습니다."

나는 아무 말도 하지 않았다. 우리 앞에 나타났던 그 불쌍한 소년에 대한 연민이 울컥 치밀어 올랐다.

"우선, 알이 아버지에 대해 어떻게 생각하는지 알 수 있습니다. 그의 아버지는 거칠고, 아들의 여성적인 면과 연약함을 비웃는다고 추론할 수 있습니다. 하지만 실제로는 그 이상이었습니다. 알의 색깔론에 대해 아십니까?"

매스터슨 박사는 손수건으로 안경을 닦은 다음 나를 빤히 쳐다보았다.

"조금은 압니다."

"팬지도 일종의 색입니다."

"네, 아주 짙은 보라색이죠."

"그것은 절망의 파랑과 분노의 빨강이 혼합된 색입니다. 상처의 색, 고통의 색입니다. 그리고 알의 색이기도 하죠. 알은 자신의 영혼에서 발산되는 색이라고 말했습니다."

"열정적인 색이죠. 아주 강렬하고요."

"알 헌트는 강렬한 청년이었습니다. 스카페타 국장님, 알이 자신에게 투시력이 있다고 믿은 걸 아십니까?"

"아뇨, 잘 모릅니다."

나는 불편한 마음으로 대답했다.

"그는 투시력, 텔레파시, 미신 같은 것을 모두 믿었습니다. 그가 극단적으로 스트레스를 받을 때나 다른 사람의 마음을 읽을 수 있다고 믿을 때 이런 특징들은 더욱 확연히 드러났습니다."

"알은 진짜 다른 사람의 마음을 읽을 수 있었나요?"

"그는 직관력이 매우 뛰어났습니다. 때로 그 직관이 맞을 때도 있었습니다. 그것이 알의 문제이기도 했습니다. 알은 다른 사람들의 생각이나 느낌을 알아맞혔습니다. 때로는 사람들의 미래나 과거를 알아맞히는 능력도 갖고 있었죠. 전화로도 잠깐 말했듯이, 알은 자신의 직관력을 너무 멀리 발산했어요. 그는 다른 사람들과 자신을 혼동하고 편집증 증세를 보였습니다. 그의 자아가 너무 약한 것도 한 요인이었습니다. 그는 마치 물과 같았습니다. 담는 그릇에 따라 모양이 바뀌지요. 진부한 용어로 표현하면, 그는 자신을 우주라고 생각한 것입니다."

"위험했겠군요."

내가 말했다.

"지금은 그렇지 않습니다. 죽었으니까요."

"알이 자신을 불쌍하게 여겼다는 말인가요?"

"바로 그것입니다."

"알의 증세와는 맞지 않는 것 같군요. 극단적인 성격 이상을 가진 사람들은 대개 다른 사람들에 대해서는 아무것도 느끼지 못하잖아요."

"그것은 투시력이나 미신 등에 대한 신념의 일부분에 지나지 않았습니다. 알은 자신이 다른 사람들을 너무 불쌍하게 여기기 때문에 사회 부적응자가 되었다고 믿었습니다. 그는 다른 사람들의 고통을 진심으로 알고 있다고 믿었으며, 실제로 그 고통을 경험했다고도 했습니다. 앞서 말한 대로, 알은 사람들이 무슨 생각을 하는지 안다고 믿었습니다. 사실, 알 헌트는 사회적으로 고립되어 있었습니다."

"메트로폴리탄 병원 사람들에 따르면, 알은 간호사로 일할 때 다른 사람을 극진히 돌봤다고 했어요."

나는 그 점을 지적했다.

"그건 놀랄 일이 아닙니다. 알은 응급실에서 간호사로 일했습니다. 만약 장기 치료 병동이었다면 절대 견뎌내지 못했을 겁니다. 알은 자신과 가끼운 사이가 될 필요가 없는 사람들이라면 매우 성실하게 보살핍니다. 하지만 특정 환자를 장기적으로 돌보는 것은 불가능합니다."

"그 때문에 석사 학위를 받고서도 정신 치료 실습을 받을 수 없었던 거군요."

"물론입니다."

"아버지와의 관계는 어땠나요?"

"두 사람 관계에는 문제가 있었습니다. 알은 학대받았습니다. 알의 아버지는 거칠고 거만한 사람이었습니다. 그는 아들을 두들겨 패면 남자로 만들 수 있다고 생각했습니다. 알은 정신적으로 그렇게 거친 횡포에 맞설 만한 준비가 되어 있지 않았습니다. 그때의 충격이 평생 간 것 같습니다. 그는 어머니의 품속으로 숨어들었습니다. 어머니의 품속에서 그는 점점 더 정체성에 혼란을 느끼게 됐죠. 많은 남성 동성연애자들이 거친 아버지 밑에서 자랐다는 사실은 놀랄 일이 아닙니다."

마리노 생각이 났다. 마리노에게는 다 큰 아들이 있다. 마리노가 교외 서쪽 어딘가에 살고 있는 자신의 외아들에 대해 한 번도 얘기한 적이 없다는 사실이 갑자기 떠올랐다.

"그럼 알이 동성연애자였다고 생각하나요?"

내가 물었다.

"그는 너무 불완전했습니다. 그는 자신을 사회 부적응자라고 느꼈습니다. 그 때문에 어떤 사람과도 얘기를 나눌 수 없었고, 어떤 사람과도 친밀한 관계를 가질 수 없었습니다. 내가 아는 한, 알은 동성연애자와 관계한 적이 없습니다."

매스터슨 박사는 허공을 쳐다보며 파이프를 물었다. 그의 표정은 읽어내기가 어려웠다.

"사이코드라마를 했던 그날 무슨 일이 일어났나요? 아까 말씀하신 작은 기적이란 뭐죠? 팬지꽃 흉내 낸 것 말인가요?"

나는 조급한 마음에 한꺼번에 질문을 퍼부었다.

"그것은 기적의 시작에 불과했습니다. 알은 아버지와 격렬하게 대화하기 시작했습니다. 그는 방 한가운데에 있는 빈 의자에 아버지가 앉아 있다고 상상했습니다. 대화 내용이 점점 더 격렬해지자 치료사는 사태를 파악하고 의자에 앉아 아버지 역할을 했습니다. 그 당시 알은 너무나 몰두해서 거의 비몽사몽 상태였습니다. 실제와 가상 세계를 구분하지 못했으니까요. 그리고 드디어 분노가 폭발했습니다."

"어떻게 폭발했나요? 폭력적으로 변했나요?"

"알은 주체할 수 없을 정도로 눈물을 흘렸습니다."

"알의 아버지 역할을 맡은 치료사가 그에게 뭐라고 했나요?"

"의례적인 독설로 그를 모욕했습니다. 남자로서, 인간으로서 쓸모없는 놈이라고 했습니다. 알은 자신에 대한 비판에는 극단적으로 예민하게 반응합니다. 이 때문에 그는 혼란에 빠지기도 합니다. 그는 자신이 다른 사람들에게 지나치게 민감하다고 생각합니다. 사실은, 자기 자신에게 민감한데도 말이지요."

"알을 담당한 심리치료사가 있었나요?"

내가 물었다. 기록들을 훑어보니 치료사의 이름이 적혀 있지 않았다.

"물론입니다."

"누구였지요?"

"방금 말했던 그 치료사입니다."

"같이 사이코드라마를 한 치료사 말인가요?"

그는 고개를 끄덕였다.

"아직도 이 병원에서 일하나요?"

"아닙니다. 짐은 더 이상 이곳에서 일하지 않습니다."

"짐이라고요?"

나는 깜짝 놀라 물었다.

매스터슨 박사는 파이프에서 담뱃재를 털어냈다.

"그 사람 이름은 뭐죠? 지금은 어디에 있나요?"

"짐 반스. 그는 수년 전 교통사고로 사망했습니다."

"몇 년 전이죠?"

"아마 8~9년쯤 됐을 겁니다."

매스터슨 박사는 다시 안경을 닦기 시작했다.

"사고는 어떻게 일어났나요? 장소는요?"

"자세한 것은 기억나지 않습니다."

"아쉽군요."

나는 그 문제에는 더 이상 관심이 없는 것처럼 말했다.

"알 헌트를 이번 사건의 용의자로 생각하십니까?"

그가 물었다.

"사건은 두 건이에요. 모두 살인 사건이죠."

"그렇군요. 두 건이군요."

"질문에 대답하자면, 사건의 용의자를 찾아내는 것은 내 일이 아니에요. 그것은 경찰 소관이지요. 내 관심사는 알이 자살했다는 사실을 뒷받침할 만한 정보를 모으는 거예요."

"스카페타 박사, 알의 죽음에 무슨 의혹이라도 있습니까? 자살한 게 아닐 수도 있다는 말인가요?"

"알의 옷차림이 이상했어요. 셔츠에 트렁크 팬티를 입고 있었어요. 조사할 필요가 있습니다."

나는 있는 그대로 사실을 말했다.

"수음 가사 상태를 의심하는 겁니까? 그러니까, 자위하던 도중 갑자기 사망했단 말인가요?"

매스터슨 박사는 놀라 눈썹을 추어올렸다.

"그 질문에 대한 해답을 찾기 위해 최선을 다하고 있습니다. 늘 제기되어 온 의문이지요."

"알겠습니다. 왜 죽었는지 확실하게 해두기 위해서군요. 유족들이 박사가 작성한 사망확인서에 반론을 제기할 수도 있을 테니 말입니다."

"이유야 어쨌든 상관없어요."

내가 말했다.

"정말 의혹을 품고 있는 겁니까?"

매스터슨 박사는 미간을 찌푸렸다.

"아니에요. 알은 스스로 목숨을 끊었다고 생각해요. 자살을 결심하고 지하실로 내려가 벨트를 풀고 바지를 벗었을 거예요. 그 벨트로 목을 맸으니까요."

"알겠습니다. 스카페타 박사, 이번에는 내가 궁금증을 풀어줄 수 있을 것 같습니다. 알이 폭력적인 성향을 보인 적은 한 번도 없었습니다. 내가 아는 한, 알이 해를 끼친 대상은 자기 자신뿐이었습니다."

나는 매스터슨 박사의 말을 믿었다. 그가 나에게 말하지 않은 것도 많을 것이다. 기억도 끊어져 희미할 것이다. 나는 짐 반스, 즉 알이 말했던 짐 짐을 떠올렸다.

"알은 이곳에 얼마 동안 있었나요?"

나는 화제를 바꾸었다.

"4개월 정도였을 겁니다."

"박사님 병동에 있었던 적도 있나요?"

"발할라 병원에는 정신병동이 따로 없습니다. 정신분열증이나 정신착

란증을 앓고 있는 환자들을 수용하는 곳이 있는데, 백홀(Backhall)이라고 부릅니다. 우리는 환자 자신들에게만 위험한 정신 이상자들은 받지만, 범죄를 저지를 만큼 위험한 정신 이상자들은 수용하지 않습니다."

"알은 그 백홀에 있었나요?"

"그는 그럴 필요가 없는 환자였습니다."

"시간 내주셔서 감사합니다. 이 기록만 복사해서 우편으로 보내주시면 감사하겠습니다."

나는 자리에서 일어서면서 말했다.

"기꺼이 그렇게 해드리겠습니다. 더 필요한 것이 있으면 언제든지 연락 주십시오."

그는 활짝 웃음을 지었지만 나를 보고 있지는 않았다.

텅 빈 긴 복도를 걸어 로비까지 오는 동안 매스터슨 박사의 말이 계속 생각났다.

내가 프랭키에 대해 묻지 않고 그 이름조차 언급하지 않은 것은 본능 때문이었다. 백홀⋯⋯. 정신분열증이나 정신착란증으로 고통받는 환자들⋯⋯. 알 헌트는 정신병동에 감금되어 있던 환자들을 면담한 적이 있다고 말했다.

헌트는 일어나지도 않은 일을 상상했거나 어떤 다른 일과 혼동한 것일까? 발할라에는 정신병동이 없었다. 그러나 프랭키라는 이름의 환자가 백홀에 감금되어 있었을 수도 있다. 혹은 알이 발할라에 있을 때, 프랭키는 병세가 호전되어 다른 병동으로 옮긴 것은 아닐까? 프랭키는 자신이 어머니를 죽였다고 상상했거나, 그러길 원했던 것은 아닐까?

프랭키는 장작으로 어머니를 때려 죽였다. 그리고 살인범은 쇠파이프로 캐리 하퍼를 때려 죽였다.

사무실로 돌아오자 날은 어두워져 있었다. 관리실 직원은 이미 퇴근한 후였다.

나는 책상에 앉아 컴퓨터를 켰다. 명령 키를 몇 번 치자 황갈색 화면이 나타났다. 그리고 잠시 후 짐 반스 사건에 대한 자료가 화면에 떴다.

9년 전 4월 21일, 그는 혼자 차를 몰고 가다가 교통사고를 당했다. 사인은 '직접적인 뇌 손상'이었다. 혈중알코올농도는 1.8로 기준치의 두 배에 가까웠다. 약물 반응 검사도 양성으로 나왔다. 짐 반스는 문제가 있는 사람임에 분명해 보였다.

아래층에 있는 컴퓨터실에는 고풍스러운 마이크로필름 리더기가 테이블 위에 부처처럼 모셔져 있었다. 나는 기계를 만지는 솜씨가 형편없었다. 인내심을 갖고 필름 보관함을 뒤진 결과 내가 찾던 필름을 겨우 발견할 수 있었다.

나는 그 필름을 리더기에 끼워 넣고 불을 끈 후 필름을 들여다보았다. 흑백 화면이 휙휙 지나가 짐 반스 사건을 찾았을 때쯤에는 눈에 통증이 느껴지기 시작했다. 나는 필름을 멈추고 손으로 쓴 경찰 보고서를 화면 한가운데에 오도록 했다.

금요일 밤 10시 45분경, 반스의 BMW 자동차는 I-64번 도로를 고속으로 달리고 있었다. 오른쪽 바퀴가 도로에서 벗어나자 그는 운전 미숙으로 중앙 분리대를 들이받은 뒤 공중으로 붕 떴다.

필름을 앞으로 돌리자 법의관의 보고서가 나왔다. 법의관 브래지어운 박사의 의견란에는, 짐 반스는 사고가 일어난 그날 오후 발할라 병원에서 해고당했다고 적혀 있었다. 짐 반스는 그곳에서 심리치료사로 일하고 있었다. 그는 그날 오후 5시쯤 병원을 나섰는데 극도로 당황하고 화가 난 상태였다. 사망 당시 그는 미혼이었고 나이는 겨우 서른한 살이었다.

법의관의 보고서에는 두 명의 증인이 있었다. 브래지어운 박사는 그 두 사람과 면담했을 것이 분명하다. 한 사람은 매스터슨 박사였고, 다른 한 사람은 지니 샘플이라는 병원 직원이었다.

살인 사건을 다루다 보면 가끔 길을 잃어버린 것 같은 느낌이 들 때가 있다. 아무리 멀리 떨어져 있더라도 그 끝이 보이면 가야 한다. 운이 좋을 때면, 길을 따라가다가 큰길을 만나기도 한다. 9년 전에 죽은 심리치료사가 어떻게 베릴 매디슨과 캐리 하퍼의 살인범과 연관이 있을까? 그러나 나는 무언가를 느꼈다. 무언가 연결되어 있다는 것을.

나는 매스터슨 박사 밑에서 일하는 직원들을 추궁하려고 하지는 않았다. 그들은 이미 주의를 받았을 것이므로, 내가 전화해도 얌전히 침묵을 지킬 것이다.

다음 날 토요일 아침, 나는 존스 홉킨스의 이스마일 박사에게 전화를 걸었다. 신호음이 울리는 동안에도 나는 이 문제를 무의식적으로 계속 생각하고 있었다.

다행히 이스마일 박사는 사리에 있었고, 내 예상이 맞았다고 했다. 미스 하퍼의 위액과 혈액을 검사한 결과, 사망 직전 레보메소르판을 투여한 것으로 드러났다.

혈액 1리터당 8밀리그램은 치명적인 수치였다. 그녀는 스스로 목숨을 끊은 것이다. 일반적인 상황이었다면, 아무도 그 사실을 밝혀내지 못했을 것이다.

"덱스트로메소르판과 레보메소르판은 독물 반응에는 모두 덱스트로베소르판으로 나온다는 것을 미스 하퍼는 알았을까요?"

나는 이스마일 박사에게 물었다.

"그런 이야기는 나눈 기억이 없습니다. 하지만 미스 하퍼는 자신의 치료법과 약물에 많은 관심을 가지고 있었습니다. 의학 도서관에서 조사했을 가능성도 있습니다. 내가 레보메소르판을 처방해주었을 때 그녀가 많은 질문을 했던 것이 기억납니다. 3~4년 전 일인데…… 실험 단계인 약이었기 때문에 호기심이 있었을 겁니다. 걱정이 되었을 수도 있고……."

이스마일 박사가 자기변명을 늘어놓을 때 나는 그의 말을 귓전으로 흘려들었다. 내가 발견할 수 있는 장소에 미스 하퍼가 고의적으로 기침약을 둔 것인지는 증명할 길이 없었다. 그녀는 위엄 있게, 그리고 비난받지 않고 죽고 싶었을 것이다. 하지만 혼자 있을 때 죽고 싶지는 않았던 것이다.

전화를 끊은 뒤 나는 부엌으로 가서 뜨거운 홍차를 끓였다. 부엌을 왔다 갔다 하던 나는 걸음을 멈추고 12월의 따사로운 햇살을 바라보았다.

새미가 또 내 새장의 먹이를 강탈하고 있었다. 새미는 리치먼드에 몇 마리밖에 없는 선천성 색소결핍증에 걸린 다람쥐였다. 우리 둘은 잠시 눈이 마주쳤다. 털이 복슬복슬한 다람쥐의 볼은 정신없이 움직이고 있었다. 새 모이가 다람쥐 발톱 아래로 쏟아져 내렸다. 다람쥐의 흰 꼬리는 파란 하늘을 배경으로 물음표를 반대 방향으로 그리고 있었다.

우리가 서로 알게 된 것은 내가 작년 겨울 창문을 바라보고 있었을 때였다. 새미는 몇 번이고 나뭇가지에서 뛰어내렸지만 원추형 지붕의 새장에서 계속 미끄러지고 말았다. 떨어지지 않으려고 있는 힘을 다해 발톱으로 지붕을 붙잡기도 했다. 그렇게 몇 차례나 엉덩방아를 찧더니 새미는 드디어 먹이를 먹을 수 있었다.

그 뒤로 나는 종종 새미에게 땅콩 한 줌을 던져주곤 했다. 생각해보니 오랜만에 새미를 보는 것이었다. 새미가 먹이를 몽땅 가져가려고 다시 나타난 것을 보자 나는 갑자기 뛸 듯한 기쁨을 느끼고 마음이 편안해졌다.

나는 식탁에 앉아 종이와 연필을 준비한 다음 발할라 병원의 전화번호를 눌렀다.

"지니 샘플 양 부탁합니다."

나는 내 신분을 밝히지 않고 말했다.

"이곳 환자인가요?"

안내원이 곧바로 물었다.

"아뇨, 직원입니다. 몇 년 동안 못 만났는데, 아마 아직도 그곳에서 일할 거예요."

"잠시만 기다려주십시오."

잠시 후 안내원의 목소리가 다시 들렸다.

"그런 이름을 가진 사람은 저희 병원에 없습니다."

젠장! 법의관의 보고서에는 지니 샘플의 이름 옆에 발할라 병원의 전화번호가 적혀 있었다. 법의관인 브래지어운 박사가 실수를 한 것일까?

그때 문득 사건이 일어난 게 9년 전 일이라는 사실을 떠올렸다. 9년이라면 많은 일들이 일어날 수 있는 시간이다. 지니 샘플은 이사를 갔을 수도 있고, 결혼해서 이름이 바뀌었을 수도 있다.

"죄송합니다. 샘플은 처녀 적 성입니다."

"결혼 후의 이름을 아십니까?"

"이런, 알아두었어야 하는 건데…….."

나는 머뭇거렸다.

"진 윌슨이라는 심리치료사가 있습니다. 잠시만 기다려주시겠습니까?"

잠시 후 안내원이 말을 이었다.

"음…… 맞아요, 결혼 전 성이 샘플이군요. 그녀는 주말에는 근무하지 않습니다. 월요일 아침 8시부터 일하는데, 메시지를 남기시겠습니까?"

"그녀와 연락할 방법이 없을까요?"

"자택 전화번호는 가르쳐드릴 수 없습니다. 전화번호와 이름을 주시면 그녀에게 전해드리겠습니다."

안내원의 목소리에 의심하는 빛이 서리기 시작했다.

"이 번호로는 전화를 받기 힘들 것 같아서요…….."

나는 잠시 머리를 굴려보았다. 그러고는 실망스럽게도 이렇게 말하고 말았다.

"다시 연락드리겠습니다. 그때쯤이면 이 전화번호로 연락이 될 겁니다. 발할라 병원의 주소로 편지를 보내면 그녀가 받아볼 수 있겠죠?"

"물론입니다. 그렇게 하십시오."

"그곳 주소는요?"

그녀는 주소를 불러주었다.

"그리고 남편의 이름은?"

안내원은 잠시 말이 없었다.

"스킵일 겁니다."

스킵은 종종 레슬리라는 애칭으로 불린다. 나는 '스킵 부인 혹은 레슬리 윌슨'이라고 중얼거렸다. 그리고 안내원에게 감사하다는 인사를 하고 전화를 끊었다.

전화번호부를 찾아보자 샬로츠빌에 사는 레슬리 윌슨이 한 명 있었다. L. P. 윌슨과 L. T. 윌슨도 각각 한 명 있었다.

나는 지체하지 않고 전화기의 버튼을 누르기 시작했다. L. T. 윌슨에게 전화를 걸자, 지니는 잠깐 외출 중이며, 한 시간 안에 돌아온다고 했다.

낯선 사람이 전화로 뭔가를 물어보면 일이 잘 풀리지 않는 법이다. 지니 윌슨은 우선 매스터슨 박사에게 전화를 할 것이다. 그러면 문제는 끝나는 것이다. 그러나 예상치 못한 사람이 집으로 찾아오면 거절하기가 어려운 법이다. 게다가 찾아오는 사람이 법의국장에다 먼저 신분증까지 보여준다면 거절하기가 더더욱 어려울 것이다.

청바지에 빨간 스웨터를 입은 지니 윌슨은 서른이 넘은 나이로는 보이지 않았다. 그녀는 거무스름한 피부에 부드러운 눈매를 가진 활달한 인상이었다. 코 위에는 주근깨가 가득했고, 긴 머리를 하나로 묶고 있었다. 현관과 연결된 거실에서는 두 남자아이가 카펫에 앉아 만화영화를 보고 있었다.

"발할라에서는 얼마 동안 일했나요?"

"아마 12년쯤 되었을 거예요."

나는 너무나 안도한 나머지 길게 한숨을 내쉴 뻔했다. 지니 윌슨은 짐 반스가 해고당했던 9년 전뿐 아니라 알 헌트가 입원했던 11년 전에도 그곳에서 일했던 것이다.

지니 윌슨은 불쑥 찾아온 내가 반갑지 않은 듯 현관에서 꼼짝 않고 서 있었다. 길에는 내 차 이외에는 차가 한 대밖에 없었다. 그녀의 남편은 외출한 것 같았다.

"베릴 매디슨과 캐리 하퍼의 살인 사건을 수사 중입니다."

내 말을 들은 지니 윌슨의 눈이 휘둥그레졌다.

"나에게 뭘 원하시는 거죠? 나는 그들을 알지도 못합니다."

"잠시 들어가도 될까요?"

"물론이에요. 들어오세요."

그녀는 나를 부엌으로 안내했다. 리놀륨 마루가 깔린 좁은 부엌에는 소나무로 만든 식기장이 놓여 있었다. 부엌은 티끌 하나 없이 깨끗했다. 냉장고 위에는 시리얼 통이 일렬로 가지런히 놓여 있고, 조리대 위에는 쿠키와 쌀, 파스타 등을 가득 넣은 커다란 유리병들이 늘어서 있었다. 식기세척기 돌아가는 소리가 들렸고, 오븐에서는 케이크 굽는 냄새가 났다.

나는 번거로운 수식을 날지 않기로 마음먹었다.

"윌슨 부인, 알 헌트는 11년 전 발할라 병원에 입원한 환자였습니다. 그리고 한동안은 이번 살인 사건의 용의자로 지목되었습니다. 알 헌트는 베릴 매디슨을 알고 있었습니다."

"알 헌트라고요?"

그녀의 얼굴에 당혹감이 스쳤다.

"기억나세요?"

그녀는 고개를 저었다.

"발할라 병원에서 12년 동안 일했다고 했죠?"

"정확히 11년 반이에요."

"앞서 말씀드린 대로, 알 헌트는 11년 전 발할라 병원에 입원한 환자였습니다."

"잘 모르는 이름인데……."

"그는 지난주에 자살했습니다."

내 말을 들은 그녀는 매우 당혹스러워했다.

"윌슨 부인, 그가 자살하기 직전 나는 그와 오랫동안 대화를 나누었습니다. 알 헌트를 치료하던 심리치료사는 9년 전 교통사고로 죽었습니다. 짐 반스라는 사람입니다. 그 사람에 대해 물어볼 것이 있습니다."

그녀의 얼굴이 붉어졌다.

"알 헌트의 자살에 짐이 연관되어 있다고 생각하나요?"

그것은 대답하기 힘든 질문이었다.

"그럴 수도 있어요. 짐 반스는 죽기 몇 시간 전에 발할라 병원에서 해고 당했습니다. 당신의 처녀 적 이름이 법의관의 보고서에 기록되어 있었습니다."

"글쎄요……. 그 당시 몇 가지가 의문스럽기는 했어요. 자살인지 단순한 사고인지……. 잘 기억나지는 않지만, 누군가가 내게 전화했었어요."

"브래지어운 박사요?"

"이름은 기억나지 않아요."

지니 윌슨이 말했다.

"그 법의관은 왜 부인과 얘기하려 했을까요?"

"그건 내가 짐을 마지막으로 본 사람이기 때문일 거예요. 그 의사가 병원 안내 데스크에 먼저 전화를 했고, 베티가 내 이름을 말해주었어요."

"베티요?"

"당시 병원 안내 담당이었어요."

"짐 반스가 해고된 일에 대해 기억나는 대로 말씀해주세요."

그녀는 자리에서 일어나 케이크가 익었는지 확인하러 갔다. 자리로 돌아온 지니 윌슨의 얼굴은 아까보다 안정되어 보였다. 그녀는 이제 더 이상 무기력해 보이지 않았다. 대신 화가 난 사람처럼 보였다.

"죽은 사람에 대해 험담하는 건 옳은 일이 아니겠지만, 짐은 그다지 좋은 사람이 아니었어요. 짐 반스는 발할라 병원의 커다란 문젯거리였죠. 진작 해고당해야 마땅했어요."

"정확히 어떤 문제가 있었나요?"

"환자들 사이에서 말이 많았어요. 환자들 말은 대개 믿을 수 없는 경우가 많아요. 어느 것이 진실이고 어느 것이 거짓인지 구분하기가 힘들어요. 환자들이 매스터슨 박사와 다른 치료사들에게 불평을 늘어놓았지만 아무것도 증명할 수 없었어요. 그런데 어느 날 아침, 어떤 일을 목격하게 됐어요. 짐이 해고되고 사고를 당한 바로 그날 아침이었어요."

"부인이 목격한 건가요?"

"네."

그녀는 부엌 저쪽을 바라보았다. 입술은 꼭 다물어져 있었다.

"무슨 일이었죠?"

"매스터슨 박사에게 볼 일이 있어서 로비를 지나가던 중이었어요. 그때 베티가 나를 불렀어요. 말씀드린 대로, 베티는 안내 담당으로 일하고 있었죠……. 애들이 오늘따라 왜 저러지? 토미, 클레이, 좀 조용히 못 하겠니!"

아이들의 고함 소리는 점점 커져갔고, TV 채널이 정신없이 돌아가는 소리가 들렸다.

윌슨 부인은 자리에서 일어나 아이들을 돌보러 갔다. 찰싹 엉덩이를 때리는 소리가 들렸고, 그 이후로 채널은 고정되었다. 만화 주인공들이 총을 쏘며 서로 싸우는 것 같았다.

"어디까지 얘기했죠?"

그녀가 다시 자리에 앉으며 물었다.

"베티 얘기를 하고 있었어요."

"아, 맞아요. 베티는 나를 불러 세우고는 짐의 어머니한테서 전화가 왔다고 말했어요. 장거리 전화였는데, 무슨 용건인지는 모르겠지만 중요한 일인 것 같았어요. 베티는 나에게 짐을 찾아보라고 했어요. 그때 그는 연회실에서 사이코드라마를 하고 있었지요. 발할라 병원에는 연회실이 있었는데, 다양한 용도로 쓰였죠. 토요일 밤에는 무도회나 파티를 열기도 했어요. 일반 무대와 오케스트라 무대도 있었어요. 그건 발할라가 호텔이었을 때부터 있었던 거예요. 나는 뒷문으로 들어갔는데, 거기서 이상한 일이 벌어지고 있었어요."

"무슨 일이었죠?"

나는 참지 못하고 물었다.

"도저히 믿어지지가 않아 나는 그 자리에 서서 쳐다보기만 했어요. 짐은 나를 등지고 있었고 무대 위에는 대여섯 명의 환자들이 있었어요. 환자들은 짐이 보이지 않는 방향으로 앉아 있었는데, 오직 한 환자만 짐을 마주 보고 있었어요. 그 환자는 리타라는 이름의 어린 소녀였어요. 아마 열세 살쯤 되었을 거예요. 리타는 양아버지로부터 강간당한 충격으로 발할라에 들어왔는데, 절대 말문을 열지 않던 아이예요. 짐은 리타에게 그때 상황을 재현해보라고 강요하고 있었어요."

"강간당했을 때의 상황을 말인가요?"

나는 조용한 목소리로 물었다.

"그 나쁜 자식…… 아, 죄송합니다, 박사님. 하지만 지금 생각해도 화가 나요."

"당연히 그러시겠죠."

"짐 반스는 자신은 부당한 일을 저지른 적이 없다고 주장했어요. 정말 나쁜 거짓말쟁이었어요. 그는 모든 것을 부인했어요. 하지만 나는 직접 목격했기 때문에 그가 무슨 짓을 했는지 정확히 알고 있었어요. 그는 양아버지 역할을 하고 있었고 리타는 너무나 겁에 질린 나머지 꼼짝도 못 하고 있었어요. 리타는 의자에서 얼어붙은 것 같았어요. 그는 리타의 얼굴을 가까이 마주한 채 낮은 목소리로 얘기했어요. 그 소리가 연회실 안에 울렸어요. 나는 모든 것을 들었어요. 리타는 열세 살치고는 무척 성숙했어요. 짐은 리타에게 이렇게 물었어요. '그가 이렇게 했니, 리타?' 그는 계속 리타의 몸을 만지면서 그런 식으로 물어보았어요. 그러고는 마치 양아버지가 그렇게 했을 것처럼 그녀를 껴안았어요. 나는 몰래 연회장을 빠져나왔어요. 몇 분 후, 매스터슨 박사와 내가 그를 대면할 때까지 그는 아무것도 몰랐어요."

매스터슨 박사가 왜 짐 반스 이야기를 꺼렸는지, 알 헌트에 대한 기록이 없었던 이유도 알 것 같았다. 이런 일은 절대 외부에 알려져서는 안 되는 일이었다. 아주 오래전 일이지만, 병원의 평판에 치명적일 수 있었다.

"짐 반스가 그전에도 그런 짓을 했을 거라고 생각하나요?"

내가 물었다.

"그전에도 환자들 사이에 그런 불만이 있었으니까, 아마 그럴 거예요."

지니 윌슨의 눈은 빛나고 있었다.

"상대가 항상 여성이었나요?"

"그런 건 아니에요."

"남자 환자들에게도 그랬다는 얘긴가요?"

"한 소년이 있었어요. 하지만 당시에는 아무도 심각하게 고려하지 않았어요. 그는 성적인 문제가 있는 환자였는데, 치한에게 당한 것 같았어요. 짐이 치료해줄 수 있는 타입의 환자였지요. 그 불쌍한 환자의 말을 아무도 믿어주지 않았으니까요."

"그 환자의 이름 기억나요?"

"글쎄요, 너무 오래전 일이라서……. 프랭크? 프랭키? 맞아요, 프랭키였어요."

프랭키? 나는 바짝 긴장했다.

"어떤 환자들은 그를 프랭키라고 불렀어요. 이름은 기억나는데, 성은 기억나지 않네요."

"몇 살이었나요?"

나는 심장이 두근거리는 것을 느낄 수 있었다.

"잘 모르겠어요. 열일곱, 열여덟 정도."

"프랭키에 대해서 어떤 것이 기억나요? 부인, 중요한 일이에요. 매우 중요한 일이에요."

타이머가 꺼지자 그녀는 의자를 밀고 일어나 오븐에서 케이크를 꺼냈다. 그리고 일어난 김에 아이들도 다시 확인했다. 다시 돌아오면서 그녀는 미간을 찌푸렸다.

"잠시 동안 백홀에 머물다가 입원 수속을 밟았던 것 같아요. 2층에 있는 남자 병동으로 옮겼어요. 나도 그를 돌본 적이 있었는데, 그는 매우 부지런했어요. 가죽 벨트와 브래지어스 러빙을 여러 개 만들었죠. 그리고 뜨개질하는 것도 좋아했어요."

"뜨개질을요?"

"네, 아주 특이했죠. 대개의 남자 환자들은 뜨개질을 하지 않아요. 하려고도 하지 않고요. 남자들은 대개 가죽 제품이나 재떨이 같은 것을 만드는 걸 좋아하거든요. 프랭키는 독창적이었고 재주도 매우 뛰어났어요. 그리고 또 눈에 띄는 점이 있었어요. 깔끔함이었어요. 그는 더러운 것을 참지 못했어요. 늘 작업실을 깨끗이 청소하고 바닥에 무언가 떨어져 있기만 해도 쓸고 닦았지요. 모든 것이 제자리에 있지 않으면 견디지 못했어요."

지니 윌슨은 말을 멈추고 나를 올려다보았다.

"프랭키가 짐 반스에 대한 불평을 늘어놓은 것이 언제였죠?"

내가 물었다.

"내가 발할라에서 일을 시작한 지 얼마 되지 않았을 때예요. 프랭키는 발할라에 입원한 지 한 달가량 지났을 즈음 짐에 대한 얘기를 했어요. 프랭키는 다른 환자에게 불평을 털어놓았죠. 매스터슨 박사에게 짐에 대한 얘기를 털어놓은 사람은 바로 프랭키의 얘기를 들은 그 환자예요."

"그 환자가 누구인지 기억나세요? 프랭키가 불평을 털어놓았던 그 환자 말입니다."

"아뇨, 기억에 없는데……."

"혹시 알 헌트가 아닐까요? 부인께서는 발할라 병원에서 오랫동안 일했다고 했죠? 헌트는 11년 전 봄여름 동안 발할라에 입원해 있었어요."

"알 헌트? 잘 기억나지 않아요……."

"두 사람은 비슷한 나이였을 거예요."

나는 덧붙였다.

"흥미롭군요. 프랭키에게는 같은 10대 친구가 있었어요. 그 소년은 금발이었어요. 수줍음을 잘 타고 조용한 소년이었는데, 이름은 기억나지 않네요."

"알 헌트는 금발이에요."

잠시 침묵이 흘렀다.

"맙소사!"

"그는 조용하고 수줍고……."

나는 그녀에게 상기시켜주었다.

"오, 맙소사! 맞아요, 그였던 것 같아요. 그런데 지난주에 자살했다고요?"

"네."

"헌트가 당신에게 짐 얘기를 했나요?"

"헌트는 짐 짐이라는 사람에 대해 얘기했어요."

"짐 짐이라…… 글쎄요, 모르겠군요."

"프랭키는 어떻게 되었나요?"

"그는 잠시 입원해 있었어요. 아마 두세 달 정도였을 거예요."

"그는 집으로 돌아갔나요?"

"그럴 거예요. 어머니에게 무슨 문제가 있었어요. 프랭키를 어렸을 때 버렸다든가, 뭐 그런 비슷한 일일 거예요. 정확하게 기억나는 건, 가정환경이 불우했다는 거예요. 하긴 발할라에 있는 대부분의 환자들이 그렇지요. 맙소사, 오랫동안 까맣게 잊었던 일들이에요. 프랭키, 그가 어떻게 되었는지 정말 궁금하네요."

지니 윌슨은 고개를 가로저으며 말했다.

"전혀 모르겠어요?"

"전혀요."

그녀는 오랫동안 나를 바라보았다. 그녀의 눈 속에 두려움이 이는 것을 나는 볼 수 있었다.

"두 사람이 살해되었는데, 설마 프랭키가……."

나는 아무 말도 하지 않았다.

"프랭키는 폭력적이지 않았어요. 내가 치료할 때도 마찬가지였어요. 아주 부드러운 성격이었죠."

그녀는 내 반응을 기다렸다. 나는 줄곧 아무 말도 하지 않았다.

"프랭키는 내게 아주 다정하고 공손하게 대했어요. 늘 내 가까이에 있었고, 시키는 일은 무엇이든지 했어요."

"프랭키는 부인을 좋아했나 보군요."

"그러고 보니 나에게 스카프를 준 적도 있었네요. 이제 기억나는군요. 빨강, 하양, 파랑 실로 뜬 스카프였어요. 까맣게 잊고 있었어요. 그걸 어떻게 했더라? 아마 구세군 같은 데에 주었을 거예요. 잘은 모르겠지만, 프랭키는 아마 나에게 반했던 것 같아요."

그녀는 어색한 웃음을 지었다.

"윌슨 부인, 프랭키의 외모는 어떤가요?"

"키가 크고, 마르고, 머리는 검었어요. 아주 눈에 띄는 얼굴은 아니었어요. 정확하게는 기억나지 않지만 특별히 잘생긴 얼굴은 아니었던 것 같아요. 아주 잘생겼거나 아주 못생겼더라면 더 잘 기억났을 텐데…… 평범한 얼굴이었던 것 같아요."

"병원 진료 기록에 프랭키의 사진이 있나요?"

"아뇨, 없어요."

다시 침묵이 흘렀다.

"맞아요! 그는 말을 더듬었어요."

그녀가 갑자기 놀란 표정으로 말했다. 그녀의 목소리는 확신에 가득 차 있었다.

"뭐라고요?"

"프랭키는 때때로 말을 더듬었어요. 극도로 흥분하거나 긴장하면 말을 더듬었어요."

짐 짐.

알 헌트는 자신이 말하려던 것을 정확하게 말했다. 프랭키가 헌트에게 짐 밴스 얘기를 했다면, 그는 분명히 몹시 화나고 당황한 상태에서 말을 더듬었을 것이다. 헌트에게 짐 밴스 얘기를 할 때마다 말을 더듬었을 것이다. 짐 짐!

　나는 지니 윌슨의 집에서 나오자마자 공중전화를 찾았다. 바보 마리노
는 볼링을 치러 나가고 자리에 없었다.

14
심리치료사

불길해 보이는 잿빛 구름이 몰려오면서 월요일이 찾아왔다. 언덕 주변을 감싼 잿빛 구름은 발할라 병원을 어둡게 덮고 있었다. 강한 바람이 마리노의 차를 때리고 지나갔다.

마리노와 내가 병원에 도착해서 차를 주차할 때는 가는 눈발이 앞 유리에 부딪히며 떨어졌다.

"젠장! 날씨 한번 고약하군."

마리노는 차에서 내리며 투덜거렸다.

"많이 내리지는 않을 거예요."

뺨에 떨어지는 차가운 눈발에 나는 멈칫했다. 우리는 바람을 피해 고개를 숙인 채 아무 말 없이 병원 정문을 향해 서둘러 발걸음을 옮겼다.

매스터슨 박사는 로비에서 우리를 기다리고 있었다. 그는 억지로 미소를 띠고 있었지만 얼굴은 돌처럼 굳어 있었다.

두 남자는 악수를 나누면서 서로를 마치 화난 고양이처럼 쏘아보았다. 나는 두 사람 사이에 감도는 긴장을 누그러뜨리기 위해 아무런 노력도 하지 않았다. 솔직히 나는 심리 게임이라면 넌더리가 날 만큼 지겨웠다.

매스터슨 박사는 우리가 원하던 정보를 갖고 있었다. 그는 있는 그대로의 정보를 우리에게 건네주었으며, 수사와 법적 소송에도 전적으로 협조하겠다고 했다. 물론 그에게는 그러지 않을 권리도 있었다.

지체 없이 우리는 그의 사무실로 갔다. 지난번과 달리 그는 사무실 문을 잠갔다.

"자, 이번에는 뭘 도와드릴까요?"

매스터슨 박사는 자리에 앉자마자 물었다.

"더 많은 정보가 필요합니다."

내가 대답했다.

"물론 드리겠습니다. 하지만 고백하건대, 내가 알 헌트에 대한 얘기를 더 해준다 해도 이번 사건에는 도움이 되지 않을 겁니다. 스카페타 박사께서는 헌트의 기록을 이미 확인했고, 나는 기억나는 모든 것을 이미 말씀드렸습니다."

매스터슨 박사는 마치 마리노가 이 사무실에 없는 것처럼 말했다. 그러자 마리노가 끼어들었다.

"아, 그렇겠지. 우리는 당신의 그 기억력을 좀 더 자극하려고 여기에 온 겁니다. 그리고 우리가 관심을 갖고 있는 사람은 알 헌트가 아니오."

"무슨 말씀인지 이해가 가지 않는군요."

"우리는 그의 친구에게 더 관심이 있소."

마리노가 담배를 꺼내며 말했다.

"친구 누구 말입니까?"

매스터슨 박사는 냉담하게 말했다.

"프랭키라는 이름 기억나시오?"

매스터슨 박사는 안경을 닦기 시작했다. 그 행동은 생각할 시간을 벌기 위해 그가 즐겨 쓰는 수법인 듯했다.

"알 헌트가 이곳에 입원해 있었을 때 프랭키라는 환자가 있었소."

마리노가 덧붙여 말했다.

"죄송합니다만, 잘 기억나지 않는군요."

"잘 기억해보시오, 박사. 프랭키가 누군지만 우리에게 말해주면 됩니다."

"병원에는 늘 3백 명가량의 환자들이 있습니다. 이곳에 입원했던 모든 환자들을 기억하는 것은 불가능한 일입니다. 특히 단기간 머물렀던 환자들은 더더욱 그렇지요."

"그렇다면, 프랭키라는 환자는 별로 오래 입원하지 않았다는 뜻이오?"

마리노가 물었다.

매스터슨 박사는 입을 다문 채 주머니를 뒤적거렸다. 파이프를 찾고 있는 것이리라. 어떻게든 이런 상황을 피하고 싶었던 게 분명해 보였다. 그의 눈에는 분노가 어려 있었다. 그는 파이프에 담배를 채우면서 다시 말문을 열었다.

"나는 어느 특정 인물에 대해 얘기하는 것이 아닙니다. 프랭키라는 그 환자에 대해 더 많은 정보를 주십시오. 그럼 어렴풋이 기억날 수도 있겠지요."

나는 두 사람 사이의 대화에 끼어들었다.

"알 헌트는 이곳에 있는 동안 친구를 사귀었어요. 알이 프랭키라고 부르던 사람이었지요. 알은 저와 나눈 긴 대화에서 프랭키 얘기를 했습니다. 그는 입원 직후 백홀에 있었던 것으로 압니다. 그러고 나서 다른 층으로 옮겼는데, 그곳에서 알을 알게 되었습니다. 프랭키는 키가 크고, 머리 색깔이 검고, 마른 체형이라고 했습니다. 그리고 남자 환자들 사이에서는 특이하게도 뜨개질을 좋아했다고 합니다."

나는 일부러 지니 윌슨의 이름을 언급하지 않았다.

"알 헌트가 그렇게 말했습니까?"

"그리고 지나치게 깔끔했다고 합니다."

나는 매스터슨 박사의 질문을 회피하며 말했다.

"환자의 취미가 뜨개질이라는 사실은 일일이 신경 쓸 일이 아닙니다."

그는 다시 파이프에 불을 붙이며 말했다.

"그리고 프랭키는 스트레스를 받거나 긴장하면 말을 더듬었다고 하더군요."

나는 조바심을 참으면서 이렇게 덧붙였다.

"음, 특이한 유형의 경련성 발음 장애를 가진 환자군요. 우선 거기서부터 시작해야겠군."

"박사, 우선 그 헛소리부터 집어치우쇼."

마리노는 무례하게 말했다.

"경위 양반, 당신이 이렇게 적의를 가지고 나를 대하는 걸 용납할 수가 없군요."

매스터슨 박사는 짐짓 마리노에게 웃어 보였다.

"나 역시 당신을 용납할 수 없기는 마찬가지요. 지금 당장에라도 영장을 발부해서 당신을 살인범 주변 인물로 처넣고 싶은 마음 굴뚝같소. 알겠소?"

"나를 향한 당신의 적의는 그 정도면 충분한 것 같군요. 그리고 경위 양반, 나는 협박에는 대꾸하지 않습니다."

매스터슨 박사는 냉혈한처럼 침착했다.

"나도 내게 함부로 하는 사람의 말에는 잘 대꾸하지 않소."

마리노가 비꼬았다.

"프랭키가 누구죠?"

나는 재차 물었다.

"모른다고 이미 말했습니다. 하지만 몇 분 정도 기다려주시면 컴퓨터에 있는 자료를 찾아보겠습니다."

"감사합니다. 여기서 기다리고 있겠어요."

마리노는 그가 문 밖으로 나가기도 전에 다시 입을 열었다.

"내 참, 더러워서."

나는 마리노의 무례한 말투가 지겨웠다.

"이 병원에는 젊은이들이 얼마 없을 거요. 이곳 환자의 75퍼센트는 예순이 넘은 노인이라고 장담하오. 그러니 젊은 환자들은 당연히 기억에 남지 않겠소? 프랭키를 잘 알고 있는 것이 분명하오. 아마 프랭키의 신발 사이즈도 알 거요."

"그럴지도 모르죠."

"그럴지도 모르는 것이 아니라 분명하다니까. 저 사람은 우리를 함부로 대하고 있소."

"그래도 살인범 주변 인물로 처넣겠다고 협박한 것은 지나쳤어요, 마리노."

"그의 관심은 끌었잖소."

"그에게 체면을 세울 기회를 주세요."

마리노는 담배를 피우면서 커튼이 드리워진 창문을 물끄러미 바라보았다.

"지금쯤이면 매스터슨 박사도 우리를 돕는 것이 최선이라고 생각할 거예요."

내가 말했다.

"그럴 거요. 하지만 나로서는 이렇게 앉아 그 사람하고 개와 고양이 놀이 따윈 하고 싶지 않소. 우리가 말하는 이 순간에도 프랭키는 거리를 활보하면서 사냥감을 찾고 있을 거요. 폭탄을 터뜨릴지도 모른다는 말이오."

조용한 동네에 있는 우리 집이 생각났다. 뒤 현관문 손잡이에 걸려 있던 캐리 하퍼의 목걸이도, 그리고 자동응답기에서 흘러나오던 속삭이는 목소리도 생각났다.

'원래 금발이야, 아니면 염색한 거야?'

얼마나 이상한가. 나는 그 질문의 의미를 곰곰이 생각해보았다. 프랭키에게 왜 그것이 중요하단 말인가?

"만약 프랭키가 범인이라면, 스파라치노와 이 살인 사건이 무슨 관계가 있는지 모르겠군요."

나는 깊게 숨을 들이쉬며 말했다.

"두고 보면 알 거요."

마리노는 다시 담배에 불을 붙이며 열려 있는 출입문을 심술궂게 쳐다보았다.

"그게 무슨 뜻이에요?"

"난 모든 사건이 서로 연결되어 있어서 놀라움을 금치 못할 지경이오."

"뭐라고요? 대체 무슨 사건이 서로 어떻게 연결되어 있단 말이에요?"

"그런데 이 작자는 도대체 어디 있는 거야? 점심 먹으러 나간 거 아냐?"

마리노는 손목시계를 보며 볼멘소리를 했다.

"프랭키의 기록을 찾아보고 있길 바라야죠."

"맞소, 그래야지."

"무슨 사건이 서로 어떻게 연결되어 있는데요? 마리노, 도대체 무슨 생각을 하고 있는 거죠? 좀 더 자세히 얘기해봐요."

나는 재차 물었다.

"이렇게 가정해봅시다. 베릴이 그 원고만 쓰지 않았더라면, 그들은 모두 살아 있을 거라는. 그 느낌을 떨쳐버릴 수가 없소. 사실, 헌트도 죽지 않았을 거요."

"그건 확실해요."

"물론 박사는 그럴 거요. 박사는 항상 객관적이니까. 하지만 나는 그렇지 않소. 알겠소? 나는 스파라치노와 그 원고가 연관되어 있다는 느낌을 지울 수가 없소. 사라진 그 원고는 우선 살인범과 베릴을 연결했고, 그 연결고리는 계속 이어지지. 범인은 베릴 다음으로 하퍼를 죽였소. 미스 하퍼는 홀로 암으로 죽어가는 것이 두려워 약을 먹고 자살했소. 그러고 나서 헌트는 속옷 바람으로 목을 매달았단 말이야."

세 잎 클로버 모양의 주황색 섬유가 갑자기 머릿속에 떠올랐다. 베릴의 원고, 스파라치노, 젭 프라이스, 파턴 의원의 아들이자 배우인 스콧, 맥티규 부인 그리고 마크…… 그들은 모두 몸과 연결된 손발처럼 따로 떼어내서 생각할 수 없었다. 서로 떨어져 있는 사람들과 사건들이 마치 마법으로 합쳐져서 프랭키로 변하는 것 같았다. 마리노 말이 옳았다. 사건은 서로 연결되어 있는 것이다. 살인은 절대 진공 상태에서 갑자기 일어나지 않는다. 어떤 악마적인 것이 필요하다.

"그 연결 고리가 무엇인지 짐작이라도 가요?"

내가 물었다.

"아니, 전혀 모르겠소."

마리노가 하품을 했다. 바로 그때 매스터슨 박사가 돌아왔다.

만족스럽게도, 그는 손에 한 뭉치의 파일을 들고 있었다.

매스터슨 박사는 우리 두 사람을 쳐다보지 않은 채 냉담하게 말문을 열었다.

"프랭키라는 이름의 환자는 없는 걸로 보아, 프랭키는 아마 별명이었던 것 같습니다. 기록들을 치료 날짜, 나이, 인종에 따라 나누었습니다. 이것은 두 분이 관심을 가진 기간에 입원했던 13세에서 24세 사이의 백인 남자 여섯 명의 기록입니다. 알 헌트도 포함되어 있습니다."

"우리가 훑어보는 동안 뒤로 물러나 파이프 담배나 피우는 게 어떻소?"

마리노의 말투는 조금 누그러들었지만 공손하지는 않았다.

"규정상 환자들의 비밀을 함부로 유출할 수 없기 때문에, 우선 환자들의 간단한 신상명세서만 주겠습니다. 그 가운데 특별히 관심 있는 환자가 있으면 따로 자세한 기록을 보여드리겠습니다. 괜찮겠습니까?"

"네, 좋습니다."

나는 마리노가 논쟁하기 전에 미리 말했다.

매스터슨 박사는 맨 위의 파일부터 시작했다.

"첫 번째 환자는 19세, 일리노이 주 하이랜드 파크에서 옴. 계속적인 헤로인 남용으로 1978년 12월 입원. 신장 177센티미터, 체중 77킬로그램, 갈색 머리, 갈색 눈동자. 치료 기간은 3개월."

"알 헌트는 다음 해 4월에 입원했습니다. 두 사람은 같은 기간에 입원하지 않았어요."

나는 그 사실을 상기시켰다.

"아, 당신 말이 옳군요. 내가 잘못 보았습니다. 그러면 이 사람은 제외시킬 수 있겠군요."

그는 책상 위에 파일을 내려놓았다. 나는 마리노를 흘깃 쳐다보았다. 그는 폭발하기 일보 직전이었다. 얼굴은 크리스마스 장식처럼 빨개져 있었다.

매스터슨 박사는 두 번째 파일을 펼쳤다.

"다음은 14세 소년. 금발에 푸른 눈. 신장 162센티미터. 1979년 2월 입원해서 6개월 후 퇴원. 내성적인 성격에 수기적으로 망상에 시달림. 정서 불안이나 사춘기적 유형의 정신분열증을 앓고 있음."

"그게 도대체 무슨 뜻인지 설명 좀 해주겠소?"

마리노가 물었다.

"앞뒤가 맞지 않는 일을 하거나 이상한 매너리즘에 빠지기도 하는 증상입니다. 다른 사람을 극도로 피하고 이상한 행동을 할 수도 있습니다. 아침에 분명 버스 정류장으로 갔지만, 오후에는 학교에 나타나지 않는 식입니다. 나무 밑에 앉아 이상하고 말도 안 되는 그림을 그리기도 하지요."

"좋소. 그리고 그는 지금 유명한 화가가 돼서 뉴욕에 살고 있겠지. 이름은…… 프랭크, 프랭클린, 또 F로 시작하는 이름이 뭐요?"

마리노는 냉소적으로 말했다.

"아뇨, 그런 사람은 아닙니다."

"그렇다면 다음 환자는 누구요?"

"다음 환자는 22세 남자. 델라웨어에서 옴. 빨강 머리, 회색 눈동자. 키는 무려 183센티미터, 체중은 68킬로그램. 1979년 3월 입원, 같은 해 6월 퇴원. 망상에 사로잡히는 증상으로 진단. 원인은 주기적인 간질과 마리화나 남용. 정서 장애에 시달렸고, 망상에 사로잡혔을 때 스스로 거세를 시도."

"정서 장애가 무슨 뜻이오?"

마리노가 물었다.

"불안, 초조, 우울과 같은 증상을 말합니다."

"그럼, 자신을 여자로 만들려고 했던 것은 그 증상 이전이었소, 이후였소?"

매스터슨 박사는 마리노의 무례함에 화를 내기 시작했다. 나는 그를 탓할 수가 없었다.

"다음."

마리노는 군사 훈련 담당 하사관처럼 말했다.

"네 번째는 18세 남자. 검정 머리에 갈색 눈. 신장 180센티미터, 체중 64킬로그램. 1979년 5월 입원. 편집증적인 정신분열증 증상. 극단적인 분노와 불안, 성 정체성 혼란 및 자신이 동성애자가 되는 것을 극도로 두려워함. 정신분열 증세는 남자 화장실에서 성적 희롱을 당한 것과 연관 있음."

"잠깐만."

마리노가 제지하지 않았더라면 내가 했을 것이다.

"이 환자에 대해 좀 더 얘기해봐야겠소. 발할라에는 얼마 동안 있었소?"

매스터슨 박사는 파이프에 불을 붙이더니 천천히 기록을 훑어보았다.

"10주 동안 있었습니다."

"알 헌트와 같은 기간이었군."

마리노가 말했다.

"그렇습니다."

"그렇다면 남자 화장실에서 희롱을 당해 불알이 없어졌단 말이오? 대체 어떻게 된 거요?"

마리노가 물었다.

매스터슨 박사는 페이지를 한 장 넘기고는 흘러내리는 안경을 올렸다.

"그의 망상은 허황되고 과장된 것이었습니다. 그는 신이 자신에게 해야 할 일을 말해준다고 믿었습니다."

"무슨 일을 말이오?"

마리노는 상체를 숙이며 물었다.

"특별한 건 없습니다. 여기엔 이상한 이야기를 한다고만 적혀 있습니다."

"그리고 편집증적인 정신분열증이라고 했소?"

마리노가 물었다.

"그렇습니다."

"그게 어떤 병인지 설명해주겠소? 어떤 징후들이 있소?"

"쉽게 말해서, 허황된 망상이나 환각 상태에 사로잡히는 것을 말합니다. 말도 안 되는 질투심, 다른 사람에 대한 극단적인 집착, 심한 언쟁, 그리고 때때로 폭력을 동반하기도 합니다."

"그는 어디에서 왔소?"

"메릴랜드."

"젠장! 부모와 함께 살았소?"

마리노가 물었다.

"아버지와 함께 살았습니다."

"편집증 환자일 뿐 다른 차이점은 없다고 생각하세요?"

내가 매스터슨 박사에게 물었다.

그것은 중요한 문제였다. 별다른 차이점을 보이지 않는 정신분열증 환자가 오히려 종종 이상한 행동을 한다. 그러나 범행을 미리 계획하고 증거를 없애는 수단은 발휘하지 못한다. 우리가 찾고 있는 범인은 치밀하게 계획을 세우고, 범행을 저지른 다음 수사를 피해가는 사람이다.

매스터슨 박사는 잠시 뜸을 들였다.

"네, 별다른 차이점은 없습니다. 흥미롭게도 이 환자의 이름이 프랭크군요."

그는 온화하게 말하며 파일을 건네주었다. 마리노와 나는 그것을 대충 훑어보았다.

프랭크 에단 에임스(Frank Ethan Aims). 또는 프랭크 E. 이어서 발음하면 프랭키였다. 나는 그렇게밖에 결론을 내릴 수 없었다. 프랭크는 1979년 7월 말에 발할라 병원을 떠났다. 매스터슨 박사의 기록에 의하면, 프랭크는 메릴랜드에 있는 집으로 돌아가자마자 곧 도망쳤다.

"그가 집에서 도망쳤다는 걸 어떻게 알았소?"

마리노가 물었다.

"그의 아버지가 매우 화를 내면서 전화했습니다."

"그러고 나서 어떻게 됐소?"

"별다른 조치를 취할 수 없었습니다. 프랭크는 법적으로 성인이었으니까요."

매스터슨 박사가 말했다.

"다른 사람이 그를 프랭키라는 애칭으로 부르는 것을 들어본 적이 있나요?"

매스터슨 박사는 고개를 가로저었다.

"짐 반스는 어땠나요? 당시 그는 프랭크 에임스 담당 심리치료사였지요?"

"그렇습니다."

매스터슨 박사는 마지못해 대답했다.

"혹시 프랭크 에임스와 짐 반스 사이에 좋지 않은 일이라도 있었나요?"

내가 물었다.

"들리는 바에 의하면 그랬습니다."

"어떤 것이었나요?"

"그러니까…… 성적인 것에 관한 이야기였습니다. 스카페타 국장님, 나는 지금 당신들을 도와주려고 하고 있습니다. 그 점만은 염두에 두시기 바랍니다."

"우리도 충분히 염두에 두고 있소, 알겠소? 언론에는 불지 않을 테니 걱정 마시오."

마리노가 말했다.

"그렇다면 프랭키는 알 헌트와 아는 사이였군요."

내가 말했다.

매스터슨 박사는 다시 머뭇거렸다. 그의 얼굴은 굳어 있었다.

"맞습니다. 알 헌트가 그 일을 고발하러 왔습니다."

"이제 맞아 들어가는군!"

마리노가 중얼거렸다.

"알이 그 일을 고발하러 왔다니…… 무슨 말인가요?"

내 말에 매스터슨 박사는 방어적인 자세를 취하기 시작했다.

"알은 이 병원의 심리치료사에 대해 불만이 많았습니다. 치료 기간 중에도 그런 말을 했습니다. 프랭크에게 물어보았지만 그는 입을 열지 않았습니다. 프랭크는 툭하면 화를 내고 내성적인 성격이었습니다. 나로서는 알이 원하던 대로 실행에 옮길 수 없었습니다. 당사자의 협조가 없으면 고발은 소문에 불과합니다."

마리노와 나는 침묵을 지켰다. 매스터슨 박사는 이제 기운이 다 빠진 것 같았다.

"미안합니다만, 프랭크의 행방에 대해서는 도와드릴 수가 없습니다. 더 이상은 아는 게 없습니다. 그의 아버지로부터 마지막으로 연락을 받았던 것이 7~8년 전입니다."

"무슨 용건이었나요?"

내가 물었다.

"프랭크 소식을 들었는지 알고 싶어 했습니다."

"혹시 들었소?"

마리노가 물었다.

"아닙니다. 프랭크로부터는 아무런 소식도 듣지 못했습니다."

"프랭크 아버지는 왜 박사님이 프랭크로부터 소식을 들었을지도 모른다고 생각했을까요?"

나는 날카롭게 질문했다.

"그냥 내가 그의 행방을 알지도 모른다는 생각에서 전화한 것 같았습니다. 프랭크의 어머니가 죽었을 때였습니다."

"프랭크의 어머니는 어디서 어떻게 죽었죠?"

"메인 주 프리포트에서 죽었습니다. 그때의 상황은 잘 기억나지 않아요."

"자연사였나요?"

내가 물었다.

"아닙니다. 자연사가 아니었던 것만은 확실합니다."

매스터슨 박사는 우리와 눈을 마주치기를 꺼리고 있었다.

마리노가 프랭크 어머니의 사인을 알아내는 데는 오랜 시간이 걸리지 않았다. 메인 주 프리포트 구역 경찰에게 전화를 걸어 알아본 것이다.

경찰 기록에 의하면, 프랭크의 어머니 윌마 에임스는 1983년 1월 15일 늦은 오후 강도에게 구타를 당해 사망했다. 식료품을 사서 집으로 돌아온 직후였다. 사망 당시 그녀의 나이는 42세였다. 작은 체구에 푸른 눈, 염색을 한 금발이었다. 사건은 미결로 남아 있었다.

나는 그 강도가 누구인지 조금도 의심하지 않았다. 마리노도 마찬가지였다.

"알 헌트가 실제로 투시력을 갖고 있었던 건 아닐까? 그는 프랭키가 어머니를 죽인 것을 알고 있었소. 그건 둘이 함께 발할라에 입원한 지 한참 후에 일어난 일이오."

마리노가 말했다.

마리노와 나는 식탁에 앉아 한가로이 창밖을 내다보았다. 다람쥐 새미가 새 모이 주변을 돌아다니며 재롱을 피우고 있었다. 마리노는 발할라 병원에서 집까지 나를 태워다주었고, 나는 그에게 커피나 한 잔 하고 가라고 권했다.

"지난 몇 년 동안 프랭키가 알 헌트의 세차장에서 일하지 않은 것은 확실해요?"

내가 물었다.

"장부에 프랭크나 프랭키 에임스라는 이름은 없었소."

"이름을 바꿨을 수도 있어요."

"어머니를 살해했다면 그랬을 거요. 경찰에게 쫓기고 있다고 생각했을 테니까. 문제는 프랭키에 대한 최근의 기록이 없다는 거요. 알 헌트의 세차장에는 수많은 사람들이 들락날락했을 거요. 이틀, 일주일, 한 달만 일하고 관두는 사람들도 많았겠지. 키가 크고 마르고 흑발인 백인 남자가 얼마나 많겠소? 이름만 쓰는 데도 아마 일주일은 걸릴 거요."

우리는 목표 지점에 거의 가까이 왔지만 여전히 멀게 느껴졌다. 미칠 지경이었다.

"섬유들은 분명 세차장과 연관이 있어요. 헌트는 베릴이 다니던 세차장에서 일했어요. 헌트는 베릴을 죽인 범인을 알았을지도 몰라요. 무슨 말인지 알겠어요, 마리노? 헌트는 프랭키가 어머니를 죽인 것을 알았어요. 발할라에서 퇴원한 이후에 서로 만났기 때문이에요. 프랭키는 알 헌트의 세차장에서 일했을 수도 있어요. 아마 최근까지 일했을 수도 있죠. 베릴이 세차하러 왔을 때 프랭키가 먼저 점찍었을지도 몰라요."

"세차장 직원은 서른여섯 명이었소. 그들 가운데 흑인을 제외하면 열한 명이오. 그 열한 명의 백인 가운데 여자가 여섯 명이오. 그러면 몇 명이 남소? 다섯이오. 그들 중 세 명은 20세 미만이니, 당시 발할라 병원에 있었다면 여덟, 아홉 살밖에 되지 않았을 거요. 그러므로 그들은 아니오. 그리고 나머지 세 명도 여러 가지 이유로 맞지 않소."

"여러 가지 이유라뇨?"

내가 물었다.

"일한 지 두어 달밖에 안 되었기 때문에 베릴이 세차하러 왔을 때는 없었다거나 인상착의가 맞지 않았소. 한 사람은 빨강 머리였고, 다른 한 사람은 박사만큼 키가 작은 난쟁이였소."

"칭찬해줘서 고마워요."

"나는 계속 조사할 생각인데…… 박사는 어떻게 할 거요?"

창밖에서 다람쥐 새미가 우리를 쳐다보고 있었다. 눈 주위가 분홍색이었다.

"어떻게 할 거라니요?"

"당신 사무실에서는 박사가 여전히 일을 하는 것으로 알고 있는 거요?"

그는 이상한 눈빛으로 나를 보았다.

"모두 잘 돌아가고 있어요."

"꼭 그런 것만은 아닌 것 같은데……."

"난 그렇다고 확신해요."

"내 생각엔 박사가 잘 해나가고 있지 않은 것 같소."

"앞으로 이틀 동안 사무실에 나가지 않을 생각이에요. 나는 베릴의 원고를 찾아야 해요. 에스리지가 관계된 일이에요. 그게 아니더라도 우리는 진실을 밝혀내야 해요. 아마 당신이 말했던 연결 고리일 수도 있겠죠."

"내가 말한 것만 명심하면 되오."

마리노는 의자를 뒤로 물리며 자리에서 일어났다.

"조심하고 있으니 걱정 말아요."

"그 괴한한테서는 연락 없었소?"

"없었어요. 전화도 없었고, 아무런 흔적도 없어요."

"베릴에게도 매일 전화하지는 않았다는 사실을 기억해두시오, 박사."

나는 그 사실을 기억해둘 필요가 없었다. 나는 마리노가 그 이야기를 다시 꺼내지 않기 바랐다.

"만약 전화가 오면 이렇게 말하겠어요. 안녕하세요, 프랭키. 어떻게 지내요?"

"이봐요, 박사. 방금 했던 말, 설마 농담이겠지?"

"물론 농담이에요."

나는 웃으며 그의 등을 두드려주었다.

"진심이오, 박사. 그런 말은 절대 하지 말아요. 전화가 오면 수화기는 절대 들지 말고 자동응답기로 그냥 듣기만 하시오."

현관문을 열고 나가려던 마리노는 너무 놀라 그 자리에 얼어붙고 말았다. 그의 눈은 공포로 휘둥그레졌다.

"이런 젠장……"

마리노는 현관 밖으로 뛰쳐나갔다. 그는 우스꽝스럽게 권총을 움켜쥔채 미친 사람처럼 주변을 뛰어다녔다.

나 역시 너무 놀란 나머지 아무 말도 나오지 않았다. 겨울 공기가 타오르는 불길로 후끈 달아올랐다.

마리노의 자동차는 검은 밤하늘을 배경으로 불타고 있었다. 불길은 초승달을 핥으며 너울거렸다.

나는 마리노의 옷소매를 잡고 그를 집 안으로 밀어 넣었다. 멀리서 사이렌 울리는 소리가 들리자마자 자동차 가스탱크가 폭발했다. 불길이 하늘로 치솟으면서 거실 창문을 밝혔다. 정원 한쪽의 관목에 불길이 번졌다.

"오, 맙소사."

순간 집 안의 전기가 나가버렸다.

무전기를 만지며 어두운 거실을 왔다 갔다 하는 마리노는 마치 성난 황소 같았다.

"빌어먹을 놈! 빌어먹을 놈!"

마리노가 그토록 아끼던 신형 자동차는 잿더미로 변해 트레일러에 실렸다. 마리노는 우리 집에서 밤을 새우겠다고 고집을 부렸지만 나는 몇몇 경찰팀이 집 주위를 순찰하는 것만으로도 충분하다고 말했다. 마리노는 나에게 호텔로 가라고 우겼으나 나는 그렇게 하지 않았다.

그는 그대로 할 일이 있고, 나도 나 나름대로 할 일이 있었다. 우리 집 정원과 진입로는 검댕 더미로 변했고, 아래층은 고약한 냄새가 나는 연기로 가득 찼다. 진입로 끝에 있는 우편함과 열 그루가 넘는 나무들이 완전히 타버렸다. 나는 마리노가 걱정해주는 것이 고맙긴 했지만 혼자 있고 싶었다.

전화벨이 울린 것은 자정이 지난 시각이었다. 나는 촛불을 켜둔 채 옷을 벗고 있었다. 자동응답기를 통해 들려오는 프랭키의 목소리는 유독한 공기처럼 내 방에 스며들었다. 그는 내가 숨 쉬는 공간에 독을 퍼뜨렸고, 내 편안한 안식처를 망쳐놓았다.

나는 침대 모서리에 앉아 자동응답기를 담담하게 지켜볼 뿐이었다. 분노가 치밀었고 심장은 빠르게 고동쳤다.

"……남, 남아서 구경했으면 좋았을 텐데. 인, 인, 인상적이었나, 케이? 대단하지 않았어? 난 네 집에 다른 남, 남자가 있는 걸 좋, 좋아하지 않아. 이제 알겠지? 이제 알겠지?"

자동응답기가 멈추고 메시지 신호가 깜박거리기 시작했다. 나는 눈을 감고 천천히 심호흡을 했다. 심장은 빠르게 고동치고 있었다. 촛불에 비친 그림자가 소리 없이 벽에 너울거렸다. 어떻게 이런 일이 내게 일어날 수 있는 걸까?

나는 내가 해야 할 일을 어렴풋이 알고 있었다. 베릴 매디슨이 했던 것과 똑같은 일이다. 그건 베릴이 세차장에서 자동차 문손잡이에 긁어놓은 하트 모양을 보고 느꼈던 그 공포를 경험하는 것인지도 몰랐다.

나는 사이드 테이블 서랍을 열어 전화번호부를 꺼냈다. 내 손은 심하게 떨리고 있었다. 나는 비행기 표를 예약한 다음 벤턴 웨슬리에게 전화를 걸었다.

"그건 옳은 방법이 아니오, 케이. 안 돼요. 어떤 경우에도 안 됩니다. 내 말 들어요, 케이."

"다른 방법이 없어요. 누군가에게 알리고 싶었어요. 원하면 마리노에게 알려도 되지만 번거롭게 하고 싶지 않아요. 부탁이에요. 원고는……."

"케이……."

"원고를 찾아야 해요. 아마 그곳에 있을 거예요."

"케이! 당신은 지금 제정신이 아니에요!"

"그럼 내가 어떻게 해야 되나요? 여기 앉아서 그놈이 집 안으로 들어오거나 내 차를 태워버릴 순간만 기다리라는 건가요? 여기 있으면 나는 죽어요. 아직도 이해 못 하시겠어요?"

"경보장치도 있고 총도 있어요. 당신이 집에 있는 한 그는 차를 폭파할 수 없을 겁니다. 마리노가 내게 전화해서 무슨 일이 있었는지 얘기해주었어요. 기름을 묻힌 누더기를 가스탱크에 집어넣었다고 하더군요. 쇠지레 자국이 발견되었어요. 그는 그것을 이용해 가스통을 열었……."

"맙소사! 벤턴, 내 말을 듣고 있지 않군요."

"제발 내 말을 들어요, 케이. 내가 사람을 보내겠습니다. 같이 지낼 여성 요원을 한 명 보낼게요, 괜찮겠죠?"

"잘 자요, 벤턴."

"케이!"

나는 수화기를 내려놓았다.

벤턴은 즉시 다시 전화했지만 나는 받지 않았다. 우두커니 앉아 자동응답기에서 흘러나오는 그의 목소리를 듣고 있었다.

진입로 위에 뱀처럼 휘어진 소방 호스로 물을 뿜어내는데도 마리노의 차는 불길에 휩싸여 훨훨 타올랐다. 그 끔찍한 광경이 다시 떠오르자 피가 거꾸로 솟았다.

그리고 진입로 끝에 조그마한 생명체가 죽어 있는 것을 발견한 나는, 가슴 밑바닥에서 무언가가 울컥 치밀어 오르는 것을 느꼈다. 자동차 가스탱크가 폭발하는 순간, 다람쥐 새미가 정신없이 깡충거리고 있었던 것이다. 그러던 어느 순간, 다람쥐 발톱이 땅에 묻혀 있던 변압기와 주요 전선을 건드렸다. 2만 볼트의 전기는 다람쥐의 몸을 금방 태워버렸고, 퓨즈도 나가버렸다.

나는 신발 상자에 다람쥐를 넣어 장미 정원에 묻어주었다. 다음 날 아침 까맣게 탄 다람쥐를 보는 것이 더 견디기 힘들 것 같아서였다.

짐을 다 꾸릴 때까지 전기는 들어오지 않았다. 나는 아래층으로 내려가 마음이 진정될 때까지 브랜디를 홀짝이며 담배를 피웠다. 술 진열장 위에 올려둔 내 권총은 랜턴 불빛을 받아 밝게 빛나고 있었다.

나는 잠을 이룰 수 없었다.

현관문을 나서면서 나는 불타버린 정원 쪽으로는 눈길도 돌리지 않았다. 차를 향해 걸어가는 동안 여행 가방이 발에 채였고 발목까지 물에 젖었다. 조용한 집 앞길을 달리는 사이 나는 한 팀의 순찰대도 발견하지 못했다.

새벽 5시가 조금 지나 공항에 도착한 나는 여자 화장실로 들어가 손가방에서 권총을 꺼냈다. 그리고 총알을 빼낸 다음 여행 가방 안에 넣었다.

15
원고의 행방

　비행기의 탑승 통로를 빠져나온 나는 햇살 가득한 마이애미 국제공항의 붐비는 인파 속으로 걸어 들어갔다. 비행기는 정오에 도착했다.

　나는 〈마이애미 헤럴드〉를 한 부 사고 커피를 마시기 위해 발걸음을 멈추었다. 화분 야자수로 절반쯤 가려진 테이블에 앉아서는 겨울 외투를 벗고 소매를 걷어 올렸다. 몸은 땀으로 흠뻑 젖어 있었다. 옆구리와 등으로 땀방울이 흘러내렸다. 잠을 못 잔 눈은 심하게 충혈되었고 머리는 지끈거렸다. 신문을 펼쳤지만 컨디션은 좀처럼 나아지지 않았다.

　신문 1면 왼쪽 아래에는 소방관이 불타는 마리노의 차량에 물을 뿜어대는 사진이 실려 있었다. 아치를 그리며 뿜어대는 물, 자욱한 연기, 정원 구석의 타버린 나무 등을 담은 사진 밑에는 다음과 같은 기사가 실려 있었다.

경찰 차량 폭발

리치먼드의 소방관이 불길에 휩싸인 차량을 진화하고 있다. 리치먼드 경찰청 강력계 형사의 것으로 밝혀진 이 차량은 조용한 주거지에 주차해둔 상태였다. 사고 당시 차량에는 아무도 타고 있지 않아 인명 피해는 없었다. 이번 사건은 방화로 추정된다.

누구의 집 앞에서 무슨 이유로 주차했는지에 대한 언급은 없었다. 정말 다행이었다. 그러나 어머니는 신문에 난 사진을 보고 내게 전화할 것이다.

'케이, 난 네가 마이애미로 돌아왔으면 좋겠다. 리치먼드는 끔찍하더구나. 케이, 이곳에 있는 법의국 빌딩이 얼마나 근사한지 모른단다. 마치 영화에 나오는 것 같아.'

어머니는 그렇게 말할 것이다. 이상하게도 어머니는 스페인어를 사용하는 고향 마이애미가 버지니아보다 더 위험하다는 것을 전혀 모르시는 것 같다. 마이애미에서는 살인 사건, 총격 사건, 마약 밀매, 인종 차별, 강간, 강도와 같은 강력 사건이 버지니아 주보다 훨씬 더 많이 발생했다.

나는 나중에 어머니에게 전화를 드리기로 했다. 죄송하지만, 지금은 도저히 어머니에게 전화할 기분이 아니었다.

나는 다시 가방을 챙기고 담배를 비벼 끈 다음 남국의 옷을 입은 사람들 속으로 걸어 들어갔다. 면세점 쇼핑백을 든 사람들이 스페인어로 얘기를 주고받으면서 지나갔다. 나는 핸드백을 옆구리에 꼭 끼었다.

몇 시간이 지났지만 긴장은 풀리지 않았다. 렌트카를 타고 세븐 마일 브리지를 지나자 차츰 마음이 편안해졌다. 차를 몰고 남쪽으로 더 내려가자 한쪽에는 멕시코 만, 다른 한쪽에는 대서양이 펼쳐졌다.

마지막으로 키웨스트에 온 것이 언제였는지 기억을 더듬어보았다. 나는 전 남편 토니와 함께 마이애미의 가족을 방문하곤 했었다. 우리는 이 여행에서만큼은 이견이 없었다. 그러나 마지막으로 이 길을 달린 것은, 분명 마크와 함께였다.

마크는 해변과 바다와 태양을 정열적으로 사랑했다. 자연이 인간에게 축복을 내리는 것이 가능하다면, 마크는 그 축복을 받은 사람이었다.

언제였는지는 잘 기억나지 않지만, 마크는 마이애미에서 우리 가족과 함께 일주일을 함께 보냈다. 헐렁한 흰색 수영복을 입은 마크와 함께 모래사장을 걷던 것이 어제 일처럼 선명했다. 해변을 걷는 동안 그는 내 손을 꼭 잡아주었다. 구릿빛으로 그을린 피부에 하얀 치아가 눈부실 만큼 빛났었다. 챙이 넓은 모자를 쓴 내가 미소를 지어 보이면, 그는 하얀 치아를 드러내며 웃어주었다. 무엇보다 잊히지 않는 건, 나는 세상의 그 누구보다 마크 제임스라는 이름의 청년을 사랑했다는 사실이다.

무엇이 그를 바꾸어놓은 걸까? 마크가 적의 진영으로 넘어갔다는 사실이 믿기지 않았다. 하지만 에스리지는 분명 그렇게 말했고, 나는 그 사실을 받아들일 수밖에 없었다.

마크는 늘 귀여움을 받으며 성장한 사람이었다. 좋은 가정에서 자란 잘난 아들이라는 호칭이 늘 그를 따라다녔다. 그는 세상의 모든 기쁨을 다 누리면서도 늘 정직했다. 그는 절대 잔인하지 않았다. 자신보다 더 가난한 자들을 거만하게 내려다보지도 않았다. 그리고 자신의 매력에 빠지는 사람들을 잘 다룰 줄도 알았다.

그가 저지른 유일한 죄는, 나를 충분히 사랑해주지 않았다는 것이다. 중년이 된 지금 돌이켜보면, 그것은 용서할 수 있는 것이었다. 내가 용서할 수 없는 것은 부정직함이었다. 한때 내가 존경하고 사랑했던 사람이 소인배로 전락한 것을 용서할 수 없었다. 그가 더 이상 옛날의 마크 제임스가 아닌 것을 용서할 수 없었다.

나는 미국 해군 병원을 지나 북루스벨트 대로로 이어지는 아름다운 해변가를 달렸다. 얼마 지나지 않아 차는 미로처럼 얽힌 키웨스트로 들어섰다. 좁은 길거리는 눈부신 태양으로 새하얗게 빛났다. 도로 위에 우거진 열대 나무 잎사귀들이 산들바람에 흔들렸다. 나무 잎사귀들이 파란 하늘 아래로 끝없이 이어졌다. 거대한 야자수와 마호가니가 초록색 팔을 벌린 채 주택들과 상점들을 감싸 안고, 히비스커스 꽃이 자줏빛과 빨간빛으로 보도를 물들이고 있었다. 천천히, 나는 반바지에 샌들을 신은 사람들을 지나갔다. 모터가 달린 자전거들이 끝없이 이어졌다. 어린아이들은 거의 없었고, 남자들이 여자들보다 훨씬 많았다.

라 콘차는 고층 호텔로, 탁 트인 공간에 키 큰 열대 나무들이 서 있는 곳이었다. 방을 예약하는 데는 아무런 문제가 없었다. 3주간의 연말 휴가가 아직 시작되지 않았기 때문이다. 나는 절반은 비어 있는 주차장에서 나와 한산한 로비로 걸어 들어갔다. 순간 마리노가 했던 말을 떠올리지 않을 수 없었다.

나는 그렇게 많은 동성 커플들을 본 적이 없었다. 건강해 보이는 이 작은 섬은 실제로는 질병의 온상임이 틀림없었다. 어디를 둘러보든 죽어가는 사람들이 보이는 것 같았다. 나는 간염이나 에이즈에 걸릴 거라는 공포심은 없었다. 오래전, 풍토병에 대처하는 법을 배웠기 때문이다. 나는 동성연애자들을 개의치 않았다. 나이가 들면 들수록, 사랑은 다양한 방법으로 경험할 수 있다는 생각이 들었다. 사랑하는 데는 옳고 그른 방법이 없다. 다만 표현하는 방법이 다를 뿐이다.

프런트에서 신용카드를 돌려받은 다음 나는 엘리베이터 위치를 물었다. 그러고는 엘리베이터를 타고 5층에 있는 내 방으로 올라갔다. 속옷을 벗고 침대 속으로 기어들어 간 나는 열네 시간 동안 내리 잠만 잤다.

그다음 날 날씨는 화창했다. 나는 다른 관광객과 비슷한 옷차림이었다. 주머니에 권총을 넣은 것을 제외하고는. 내가 스스로에게 부과한 임무는, 이 섬에 사는 3만 명의 사람들 가운데서 두 사람을 찾아내는 것이었다. PJ와 월트가 그들이었다. 베릴이 8월 중순에 썼던 편지에 의하면, 그 두 사람은 베릴과 함께 하숙집에 살던 친구들이었다. 나는 그 하숙집 위치에 대한 아무런 단서도 가지고 있지 않았다. 루이 레스토랑에 있는 누군가가 알기만을 기도할 뿐이었다.

나는 호텔 선물 가게에서 산 지도를 들고 걸었다. 듀발 가를 따라 걸어가자 상점과 레스토랑이 줄지어 이어졌다. 레스토랑마다 테라스가 딸려 있는 모습을 보자 뉴올리언스의 프랑스 구역이 생각났다. 길가에는 공예품과 이국적인 화초들, 실크, 초콜릿 등을 파는 여러 상점들이 있었다.

신호등 신호가 바뀌기를 기다리는데 노란 관광차들이 덜컹거리며 지나가는 것이 보였다. 왜 베릴 매디슨이 키웨스트를 떠나려 하지 않았는지 이해할 수 있을 것 같았다. 발걸음을 뗄 때마다 프랭키의 위협이 서서히 사라지는 것 같았다. 사우스 가로 들어섰을 즈음에는, 차가운 12월의 리치먼드 날씨처럼 프랭키도 멀어져 버린 것 같았다.

루이는 하얀색으로 꾸민 레스토랑이었다. 한때 주택이던 건물을 개조한 것으로, 길모퉁이에 있었다. 원목 바닥은 깨끗했고, 옅은 복숭아색 리넨 커버를 덮은 테이블에는 이국적인 생화가 꽂혀 있었다. 나재로운 색감으로 물든 푸른 수평선을 바라보자 머리가 어지러울 지경이었다. 처마 아래로 매달아놓은 화초 바구니가 바람에 흔들리면서 바다 내음을 풍겼다. 한 치 발아래가 바로 대서양이었다. 해변 가까운 곳에서는 정박한 배들이 햇빛을 받아 빛났다.

나는 테라스에 차려진 야외 바 근처에 자리를 잡고 럼과 토닉을 주문했다. 베릴의 편지들을 떠올리자, 내가 앉은 자리가 혹시 베릴이 편지를 썼던 바로 그 자리가 아닐까 하는 생각도 들었다.

대부분의 테이블은 이미 손님들로 가득 차 있었다. 내 자리는 울타리 맨 구석이어서 사람들로부터 고립된 느낌이었다. 왼쪽에 있는 야외 바 바로 앞에서는 수영복을 입은 젊은 남녀들이 여유롭게 쉬고 있었다. 노란색 삼각 수영복을 입은 건장한 청년이 물속으로 담배를 툭 던져 넣고 노곤하게 기지개를 켰다. 잠시 후 청년이 몸을 일으켜 구레나룻 바텐더에게 가서 여러 잔의 맥주를 주문했다. 나이가 들어 보이는 바텐더는 자신의 일을 지겨워하는 듯한 표정이었다.

나는 샐러드와 조개 수프를 먹었다. 내가 식사를 마친 한참 후에야 그 젊은이들은 다시 계단으로 내려가 요란하게 물속으로 뛰어들었다. 그들은 정박한 보트를 향해 헤엄쳐 갔다. 나는 계산을 한 다음 바텐더에게로 다가갔다. 그는 지붕과 이어진 차양 아래에서 의자에 기댄 채 책을 읽고 있었다.

"뭘 드릴까요?"

뜸 들이던 바텐더는 마지못해 자리에서 일어나며 읽고 있던 책을 내려놓았다.

"혹시 담배를 파는지 알고 싶어서요. 안에는 담배 자판기가 없더군요."

내가 말했다.

"네, 팝니다."

그는 등 뒤에 있는 몇 가지 담배를 보여주었다. 나는 그 가운데 하나를 골랐다. 그는 담배를 올려놓으며 나에게 2달러씩이나 요구했다. 팁으로 50센트를 더 얹어주었지만 그리 고마워하는 표정이 아니었다. 그의 초록색 눈동자는 쌀쌀맞아 보였고, 얼굴은 오랫동안 햇빛에 노출되어 검게 그을려 있었다. 구레나룻은 회색빛이었다. 그는 무례하고 거칠어 보였으며 키웨스트에서 오래 산 사람 같았다.

"뭐 하나 물어봐도 될까요?"

내가 말했다.

"벌써 물어보지 않았습니까?"

그의 대답에 나는 웃고 말았다.

"당신 말이 맞군요. 이미 물었네요. 그럼 한 가지 더 물어볼게요. 루이에서는 얼마 동안 일했나요?"

"5년 동안 일했습니다."

그는 수건으로 바를 닦기 시작했다.

"그렇다면 스트로라는 이름의 젊은 여자 손님을 알겠군요."

베릴의 편지를 읽어보면, 그녀는 이곳에 있는 동안 실명을 사용하지 않았다.

"스트로라고요?"

그는 미간을 찌푸리며 말을 이었다.

"별명이에요. 금발에 날씬하고 아주 예뻤죠. 올여름에는 거의 매일 오후 이곳에 들렀어요. 이 테라스에 앉아 글을 쓰곤 했죠."

그는 바를 닦던 손길을 멈추고 나를 뚫어지게 바라보았다.

"그녀와는 무슨 관계입니까? 친구인가요?"

"그녀는 내 환자였습니다."

나는 그렇게 대답했다. 대답에 대한 회피도 아니고 거짓말도 아닌 말은 그것뿐이었다.

"뭐라고요? 환자라고요? 당신이 그녀의 주치의란 말입니까?"

그의 눈썹이 치켜 올라갔다.

"네, 그래요."

"그렇다면 미안한 말이지만, 의사 양반은 이제 그녀를 치료할 일이 없을 텐데요."

그는 의자에 앉아 몸을 기대며 내 답을 기다렸다.

"나도 알아요. 그녀는 이미 죽었어요."

"그 소식을 듣고 나도 무척 놀랐습니다. 2주 전, 경찰들이 이곳으로 들이닥쳤습니다. 이곳 사람들은 스트로에게 무슨 일이 일어났는지 아무도 모른다고 말했습니다. 그녀는 정말 조용하고 아름다운 여자였습니다. 바로 저 자리에 앉곤 했습니다. 늘 저 자리에 앉아 자신의 일에만 열중했습니다."

그는 근처 테이블을 가리키며 말했다.

"그녀와 친하게 지낸 사람은 없나요?"

"물론 있습니다. 우리는 다 같이 맥주를 마시곤 했습니다. 그녀는 코로나 맥주에 라임을 넣어서 마셨습니다. 하지만 그녀를 개인적으로 아는 사람은 아무도 없었습니다. 그녀가 어디에서 왔는지, 왜 이곳에 와 있는지 아는 사람도 없었습니다. 다만 추운 지방에서 왔다는 것만 알았습니다."

"버지니아 주 리치먼드예요."

"이곳은 많은 사람들이 스쳐 지나가는 곳입니다. 키웨스트는 흘러가는 그대로 두는 곳이지요. 배고픈 예술가들도 많이 있습니다. 스트로는 내가 만난 여러 사람들과 다르지 않았습니다. 다만, 살인 사건으로 죽은 것만 빼고요. 젠장! 정말 상상할 수가 없습니다. 그렇게 사람을 해치다니."

그는 구레나룻을 만지작거리며 천천히 고개를 가로저었다.

"세상에는 상상할 수 없는 일들이 많이 일어나지요."

나는 담배에 불을 붙이며 말했다.

"맞습니다. 당신이 담배를 피우는 것도 마찬가지입니다. 의사들은 좀 나을 줄 알았더니……."

"건강에 해로운 나쁜 습관이죠. 그 정도는 나도 알아요. 럼주에 토닉 넣은 것도 한 잔 만들어주세요. 술도 마시고 싶으니까. 바방쿠르 럼주로 부탁해요."

"4년산, 8년산, 어느 것을 좋아하십니까?"

그는 내가 술에 대해 높은 안목을 지녔는지 시험하는 듯했다.

"가지고 있다면 25년산으로 주세요."

"안 됩니다. 25년산은 아이티 섬에만 있거든요. 너무 부드러워서 탄성이 절로 나오는 것이지요."

"그렇다면 이곳에 있는 것 중에서 제일 좋은 걸로 주세요."

그는 손을 뻗어 술병을 집었다. 별 다섯 개가 붙어 있는 호박색 유리병이었다. 15년산 럼주였는데, 베릴의 부엌 찬장에서 본 것과 같은 것이었다.

"정말 근사하겠군요."

내가 말했다.

그는 씩 웃더니 갑자기 기운차게 자리에서 일어났다. 술병을 잡은 그의 손이 마치 마술사처럼 민첩하게 움직였다. 그는 작은 잔으로 양도 재지 않고 아이티 섬의 황금빛 액체를 길게 따랐다. 그다음에 토닉을 따르자 작은 거품이 일었다. 그는 라임을 완벽한 비율로 썰었다. 그 라임은 나무에서 막 딴 것처럼 싱싱했다. 그는 라임을 짜 넣고 레몬 껍질을 칵테일잔에 꽂은 다음 수건으로 손을 닦더니 낡은 청바지 허리춤에 다시 수건을 찔러 넣었다. 그리고 종이 냅킨을 깔고 자신의 작품을 내게 건넸다. 그것은 이제까지 마셔본 것 중 최고의 럼 토닉이었다.

나는 그에게 최고라고 칭찬하며 10달러짜리 지폐를 내밀었다. 그러나 그는 손을 내저으며 거절했다.

"이것은 내가 특별히 만든 것입니다. 담배를 피울 줄 아는 스트로의 주치의라면 언제든지 만들어드리겠습니다."

그는 바 밑에서 담배를 꺼냈다.

"담배나 몸에 해로운 음식을 조심하라는 이야기는 이제 듣기 지겹습니다. 내 말 무슨 뜻인지 아시겠습니까? 사람들은 담배 피우는 사람을 마치 범죄자 대하듯 하죠. 산다고 마음먹으면 살고, 죽는다고 생각하면 죽는다, 이것이 내 모토입니다."

"맞아요, 무슨 뜻인지 잘 알아요."

우리는 굶주린 사람처럼 깊이 담배 연기를 빨아들였다.

"사람들은 늘 상대방을 심판하려 듭니다. 무엇을 먹는지, 무엇을 마시는지, 누구와 데이트하는지 등등."

"맞아요, 사람들은 늘 상대방의 일에 간섭하려 들죠."

내가 대답했다.

"내 말이 그 말입니다."

그의 머리 위로 태양이 뜨겁게 내리쬐었다. 그는 다시 차양 그늘 아래에 앉았다.

"그런데 스트로의 주치의가 이곳에 뭐 하러 왔는지 물어봐도 됩니까?"

"그녀가 죽기 직전의 상황을 여러모로 생각해볼 수 있는데 매우 혼란스러워요. 전 그녀의 친구들이 이 점을 해결해주길 바라요."

"잠시만요, 의사라고 했는데 무슨 과 의사입니까?"

그는 내 말을 막으며 자리에서 일어났다.

"그녀를 검사했습니다……."

"언제 말입니까?"

"그녀가 죽은 후에."

"이런, 젠장! 그럼 장의사란 말입니까?"

그는 믿기지 않는다는 표정이었다.

"나는 법의학자예요."

"그럼, 검시관입니까?"

"그럴 수도 있지요."

"젠장, 그럴 거라고는 짐작도 못 했는데."

그는 나를 아래위로 훑어보았다. 그게 칭찬인지 그 반대인지 확실히 알수 없었다.

"사건이 있을 때마다 경찰들은 법의학자를 파견합니까? 그래서 지금처럼 정보를 알아냅니까?"

"나를 보낸 사람은 아무도 없어요. 나는 자발적으로 이곳에 온 거예요."

"이유가 뭐죠? 이곳은 리치먼드에서 아주 먼 길입니다."

그는 또다시 내게 의심의 눈길을 보냈다.

"그녀에게 일어난 일에 신경이 쓰여요. 아주 많이……."

"그럼 경찰이 보낸 게 아니란 말입니까?"

"경찰에게는 그럴 권한이 없어요."

"아하, 그거 마음에 드는군."

그는 웃음을 터뜨렸다.

나는 술잔을 만지작거렸다.

"그들은 약한 사람을 못살게 구는 나쁜 놈들입니다. 자신들이 람보라고 생각하죠. 모두들 고무장갑을 끼고 이곳으로 왔으니 우리 손님들이 어떻게 봤겠습니까? 그들은 이곳 웨이터였던 브렌트를 만나러 갔습니다. 그는 죽어가고 있었는데, 경찰들이 어떻게 했는지 아십니까? 그놈들은 브렌트가 장티푸스 환자라도 되는 것처럼 수술용 마스크를 쓰고 3미터는 떨어져서 질문을 했습니다. 맹세컨대, 베릴에게 일어났던 일에 대해 알았더라도 나는 절대 가르쳐주지 않았을 겁니다."

나는 그의 입에서 튀어나온 베릴이라는 이름을 듣고 깜짝 놀랐다. 눈이 마주치자, 그는 자신이 방금 아주 중요한 실수를 했다는 것을 알아차린 것 같았다.

"베릴이라고요?"

내가 물었다.

그는 아무 말 없이 의자에 몸을 기댔다.

"그녀의 이름이 베릴이라는 것을 아는군요."

나는 그를 압박해갔다.

"앞서 말했던 대로, 경찰이 이곳으로 몰려와 그녀에 대해 이것저것 물어보았죠. 그때 알았습니다."

그는 초조해하며 다시 담배에 불을 붙였다. 그는 내 눈을 피하고 있었다. 그 바텐더 친구는 허술한 거짓말쟁이였던 것이다.

"경찰이 당신과도 얘기를 나눴나요?"

"아닙니다. 나는 일이 진행되는 것을 보고 슬쩍 떠났습니다."

"왜죠?"

"경찰들은 질색이라고 이미 말하지 않았습니까. 어렸을 때부터 주변에서 늘 경찰들을 봐왔습니다. 이유는 잘 모르겠지만, 나는 경찰이 쏴대는 총소리에 늘 놀라곤 했습니다. 이런저런 이유로 딱지를 떼이기도 했죠. 그들은 TV 드라마에 나오는 스타처럼 늘 총을 차고 선글라스를 낀 채 주변을 휘젓고 돌아다닙니다."

"당신은 그녀가 이 레스토랑에 드나들 때부터 그녀의 이름을 알고 있었죠? 그녀가 살아 있을 때부터 그녀의 이름이 베릴 매디슨이라는 것을 알고 있었던 거예요."

"그래서 어쨌다는 겁니까? 도대체 궁금한 게 뭡니까?"

"베릴은 자신의 이름을 비밀에 부쳤어요. 이곳 사람들에게 자신의 정체를 감추려 했기 때문에 절대 본명을 쓰지 않았지요. 그녀는 모든 것을 현금으로 지불했어요. 그러니 신분을 밝혀야 하는 신용카드나 수표는 쓸 필요가 없었겠지요. 베릴은 겁에 질려서 이곳으로 도망 온 거예요. 그녀는 죽고 싶지 않았어요. 그러니 제발 당신이 알고 있는 것을 말해주세요. 부탁이에요. 난 당신이 베릴의 친구였다는 느낌이 들어요."

그는 눈을 크게 뜨고 나를 바라보았다. 그리고 아무 말도 없이 자리에서 일어나 바에서 나왔다. 그는 내게 등을 돌린 채 젊은이들이 먹고 간 빈 병과 접시 들을 치우기 시작했다.

나는 술을 마시며 그의 등 뒤로 펼쳐진 바다를 바라보았다. 해변에는 구릿빛으로 그을린 청년이 감색 보트를 타고 바다로 나갈 준비를 하고 있었다. 야자수가 산들바람에 흔들리고, 검은색 래트리버가 꼬리를 흔들며 해변을 뛰어다니고 있었다.

"줄루."

나는 그 개를 보며 무심코 중얼거렸다.

바텐더는 하던 일을 멈추고 나를 쳐다보았다.

"방금 뭐라고 했습니까?"

"줄루. 베릴은 편지에서 줄루와 고양이 얘기를 썼어요. 루이에 있는 네 발 달린 동물은 사람들보다 더 잘 먹는다고 했어요."

"무슨 편지 말입니까?"

"베릴은 이곳에 있는 동안 몇 통의 편지를 썼어요. 그녀가 살해된 후 침실에서 발견되었지요. 이곳 사람들이 가족 같다고 썼더군요. 베릴은 이곳이 세상에서 가장 아름다운 곳이라고 생각했어요. 그녀가 리치먼드로 돌아오지 않고 계속 이곳에 있었더라면 좋았을 텐데……."

내 목소리가 마치 다른 사람의 목소리처럼 울렸다. 눈앞도 희미해졌다. 잠이 부족하고 스트레스가 잔뜩 쌓인 데다, 럼주 기운이 올라오고 있었다.

바텐더는 차양 밑의 바로 되돌아왔다. 그는 조용한 목소리로 말문을 열었다.

"뭐라고 말해야 할지 모르겠습니다. 맞아요, 난 베릴의 친구였습니다."

"고마워요. 나도 베릴의 친구라고 생각하고 싶어요. 아니, 난 베릴의 친구예요."

나는 그를 올려다보며 말했다.

그는 고개를 숙였다. 그의 얼굴은 많이 누그러져 있었다.

"누가 좋은 사람이고 누가 안 좋은 사람인지 도저히 알 길이 없습니다. 요즘은 그걸 구별하기가 정말 어렵습니다."

나는 피곤했지만 그의 말뜻을 분명히 알아들을 수 있었다.

"안 좋은 사람들이 베릴에 대해 물어보았나요? 경찰과 나 이외에 또 누군가가 왔었나요?"

그는 콜라를 한 잔 따라 마셨다.

"왔었나요? 누구죠?"

나는 정신이 번쩍 들어 재차 물었다.

"이름은 모릅니다. 아주 잘생긴 청년이었는데, 20대로 보였습니다. 검은 머리에 옷차림이 고급스럽고 화려했습니다. 해군에서 바로 나온 것 같은 모습이었습니다. 아마 2주 전일 겁니다. 그는 사립 탐정이라고 했습니다. 베릴이 이곳에 있을 때 어디에 살았느냐고 묻더군요."

나는 파틴 의원의 아들을 떠올렸다.

"그에게 말해주었나요?"

"상대도 안 했습니다."

"다른 사람이 말해주지 않았을까요?"

"그렇지 않을 겁니다."

"왜죠? 참, 당신 이름조차 말해주지 않을 작정인가요?"

"베릴이 어디에 살았는지는 나와 내 친구 이외에는 아무도 모릅니다. 당신 이름을 말해주면 내 이름도 가르쳐주겠습니다."

"케이 스카페타예요."

"만나서 반갑습니다. 내 이름은 피터입니다. 피터 존스. 친구들은 PJ라고 부르죠."

PJ는 루이에서 두 블록 떨어진 작은 집에 살았다. 집은 열대 정글로 뒤덮여 있었는데, 잎사귀들이 너무나 빽빽이 우거져 있어서 그 안에 집이 있으리라고는 상상도 하지 못했다. 앞에 주차된 차를 보고서야 주택임을 겨우 짐작할 수 있었다. 그 차를 보면 왜 경찰이 그 차 주인을 계속 물고 늘어졌는지 알 것 같았다. 지나치게 큰 자동차 바퀴는 지하철에서나 볼 수 있는 낙서투성이였고, 스포일러와 헤더도 달려 있었다. 그리고 차 뒷부분은 높게 올라가 있었다. 자동차 모양도 이상할 정도로 특이한데, 페인트도 60년대 유행하던 환각적인 색깔로 직접 칠한 것이었다.

"이게 내 귀염둥이입니다."

PJ는 자동차의 보닛을 툭 치며 말했다.

"아주 특별한 것이겠군요."

"16살 때부터 죽 내 곁에 있었습니다."

"그럼 영원히 지키세요."

나는 진심으로 말했다. 나는 PJ를 따라 허리를 숙이고 나뭇가지 밑을 지나 시원한 나무 그늘 안으로 들어갔다.

"대단한 곳은 아닙니다. 베릴이 묵던 2층 방은 당분간 존이 쓰고 있습니다. 침실이 하나 남아 있는데, 다시 사람을 들여야 할 것 같습니다. 하지만 나는 사람을 고르는 데 아주 까다롭습니다."

PJ는 문을 열면서 말했다.

거실은 폐품 처리장에서 가져온 가구들로 뒤죽박죽이었다. 분홍과 초록색의 소파와 두툼한 의자, 고둥과 조개 모양의 이상한 램프들은 서로 어울리지 않았다. 그리고 커피 테이블은 버려진 문짝으로 만든 것 같았다. 페인트를 칠한 코코넛, 불가사리, 신문, 신발, 맥주 캔 등이 어지럽게 흩어져 있었다. 눅눅한 공기는 시큼한 냄새가 났다.

"베릴은 당신이 방을 세놓는지 어떻게 알았죠?"

나는 소파에 앉으며 물었다. 그는 램프의 스위치를 켰다.

"루이에서 알게 되었습니다. 베릴은 처음 며칠 동안은 오션 키에서 묵었습니다. 듀발 가에 있는 멋진 호텔이지요. 그런데 오래 머물면 비용이 상당할 거라고 생각했던 모양입니다. 아마 그녀가 세 번째로 루이에 점심 식사를 하러 왔을 때일 겁니다. 그녀는 샐러드를 먹으며 바다를 바라보고 있었습니다. 그때는 글도 쓰지 않았습니다. 그냥 무료하게 돌아다니는 것 같았습니다. 베릴을 제외한 우리들은 오후가 되면 이런저런 얘기를 오랫동안 나누곤 했습니다. 그녀는 바에서 서성거리다가 난간에 기대 바다를 바라보았습니다. 나는 그녀가 안돼 보였습니다."

"왜죠?"

내가 묻자 그는 어깨를 으쓱했다.

"그녀는 길을 잃어버린 사람처럼 보였습니다. 무언가에 낙담한 것 같기도 했습니다. 그래서 그녀에게 말을 걸었죠. 그녀는 쉽게 접근할 수 있는 여자가 아니었습니다."

"맞아요."

"베릴은 편안한 대화를 나누기가 무척이나 힘든 여자였습니다. 전 우선 두어 가지 단순한 질문을 했습니다. 여기는 처음인지, 어디에서 왔는지 그런 것들을 물어보았죠. 그런데 베릴은 대꾸조차 하지 않을 때도 있었습니다. 내가 그 자리에 없는 것처럼 무시하기도 했어요. 하지만 재미있었습니다. 이유는 모르겠지만, 그녀와 얘기하고 싶었습니다. 나는 그녀에게 무엇을 마시고 싶은지 물었습니다. 우리는 다양한 주제에 대해 얘기하기 시작했습니다. 그녀의 긴장을 풀고 관심을 끌어내는 과정이었습니다. 나는 그녀에게 몇 가지 술을 권했죠. 첫 번째는 라임을 넣은 코로나를 주었는데, 땅콩을 안주 삼아 마셨습니다. 그다음에는 당신에게 만들어준 럼주를 주었습니다. 아주 특별한 술이지요."

"그걸 마시고 그녀는 긴장을 풀었겠군요."

그는 미소 지었다.

"맞습니다. 술은 긴장을 푸는 데 제격이죠. 꽤 강하게 만들어주었거든요. 우리는 여러 가지에 대해 수다를 떨었습니다. 베릴은 이 근처에 묵을 만한 곳이 없느냐고 물었습니다. 나는 우리 집에 방이 하나 있으니 원하면 지나가는 길에 잠깐 들르라고 했습니다. 그날은 일요일이었는데, 일요일에는 이곳 일을 일찍 마칩니다."

"베릴은 그날 저녁 방을 보러 왔나요?"

내가 물었다.

"나도 깜짝 놀랐습니다. 그녀가 올 거라고는 생각하지 않았거든요. 그런데 차도 얻어 타지 않고 집까지 걸어온 겁니다. 그때 월트도 집에 있었습니다. 월트는 어둑해질 때까지 광장에서 이상한 물건들을 파는데, 막 들어온 참이었습니다. 우리 셋은 얘기를 시작했고, 뜻이 잘 맞았습니다. 우리들은 올드 타운으로 나가 돌아다니다가 마지막으로 슬로피 조로 향했습니다. 작가라서 그런지 그녀는 헤밍웨이에 대해 끝도 없이 이야기를 늘어놓았습니다. 정말 똑똑한 아가씨였죠."

"월트는 맬러리 광장에서 은 장신구를 팔았죠?"

"그걸 어떻게 압니까?"

PJ는 깜짝 놀라며 물었다.

"베릴이 썼던 편지에서요. 슬로피 조도 언급했더군요. 베릴이 당신과 월트를 아주 좋아한다는 인상을 받았어요."

"맞습니다. 그날 우리 세 사람은 슬로피 조의 맥주가 동이 날 때까지 마셨습니다."

그는 바닥에 있는 잡지를 주워 커피 테이블에 올려놓았다.

"당신 두 사람이 베릴에게는 유일한 친구였을 거예요."

"베릴은 아주 특별한 여자였습니다. 그녀와 비슷한 사람을 한 번도 만난 적이 없는데, 아마 앞으로도 그럴 거예요. 그녀를 가로막고 있는 벽만 넘으면, 그녀는 정말 상냥한 여자입니다. 그리고 아주 똑똑하죠. 나는 그녀의 얘기를 듣는 것이 참 좋았습니다. 그녀는 내가 10년 동안 생각해도 떠올리지 못할 말을 했습니다. 내 누이도 그랬어요. 지금은 덴버에서 학생을 가르치는 국어 선생님이죠. 나는 말에는 젬병입니다. 바텐더로 일하기 전 나는 건설 현장에서 벽돌도 쌓고 목수 일도 했습니다. 도자기에 잠시 손을 댔다가 굶어 죽을 뻔한 적도 있습니다. 이곳으로 온 것은 월트 때문입니다. 믿으실지 모르겠지만, 난 월트를 미시시피의 한 버스 정류장에서 만났죠. 우리는 얘기를 나누면서 루이지애나까지 같이 갔습니다. 그리고 두어 달 후, 우리는 이곳으로 내려왔습니다. 참 이상하군요. 벌써 10년이나 됐다니…… . 이제 나에게 남은 건 이 허름한 집뿐입니다."

"PJ, 당신은 파란만장한 인생을 살았군요."

나는 부드럽게 말했다.

"그러네요."

고개를 들어 천장으로 향한 그의 두 눈은 감겨 있었다.

"월트는 지금 어디에 있나요?"

"마지막으로 소식을 들었을 때는 로더데일이라고 했는데 지금은 어디 있는지 모릅니다."

"안됐군요."

"다 그런 거지요."

잠시 침묵이 흘렀다.

나는 이 순간을 기회로 삼기로 결심했다.

"베릴은 이곳에 있을 때 책을 쓰고 있었어요."

"단도직입적으로 말하는군요. 베릴은 우리와 어울리지 않을 때면 늘 글을 썼습니다."

"그 원고가 사라졌어요."

내 말을 들은 그는 아무 대꾸도 하지 않았다.

"사립 탐정이라고 하는 그 사람을 비롯해서 여러 사람들이 그 원고에 지대한 관심을 갖고 있더군요. 아마 당신도 알 겁니다."

그는 눈을 감은 채 더 이상 말을 하지 않았다.

"PJ, 나를 안 믿어도 좋지만 내 얘기는 들어주세요. 나는 베릴이 이곳에서 썼던 그 원고를 찾아야만 해요. 베릴은 키웨스트를 떠나 리치먼드로 돌아올 때 그 원고를 가지고 오지 않았어요. 나를 도와줄 수 있어요?"

그는 눈을 뜨고 뚫어지게 나를 바라보았다.

"존경하는 스카페타 박사님, 내가 알고 있다 하더라도 왜 그걸 말해야 합니까? 내가 왜 약속을 어겨야 한단 말입니까?"

"PJ, 원고가 어디에 있는지 절대 말하지 않겠다고 베릴과 약속했나요?" 내가 물었다.

"그런 건 중요하지 않습니다. 그리고 질문은 내가 먼저 했어요."

나는 심호흡을 하면서 바닥에 깔린 더러운 황금색 카펫을 바라보았다.

"PJ, 당신이 친구와의 약속을 어길 만한 타당한 이유는 없다고 생각해요."

"젠장! 타당한 이유가 없다면 묻지 마세요."

"베릴이 당신에게 그 남자에 대한 이야기도 했나요?"

"베릴을 귀찮게 했던 그놈 말입니까?"

"네."

"그에 대해서라면 나도 알고 있습니다. 당신에 대해서는 모르지만…….
맥주나 한잔하죠."

그는 갑자기 자리에서 일어서며 말했다.

"네, 한잔 주세요."

나는 럼주 때문에 머리가 어지러웠지만 그의 호의를 받아들이는 것이 더 중요하다고 생각했다.

부엌에서 돌아온 그는 얼음처럼 차가운 코로나 맥주 한 병을 내게 내밀었다. 긴 병목에는 라임 조각이 떠 있었다. 맥주 맛은 일품이었다. PJ는 자리에 앉아 말문을 열었다.

"스트로, 아니 베릴이라고 부르는 것이 더 낫겠군요. 베릴은 겁에 질려 있었습니다. 솔직히 말하자면, 나는 베릴이 협박받았다는 이야기를 듣고 놀라지 않았습니다. 대신 색다른 흥분에 사로잡혔죠. 나는 베릴에게 우리 집에서 지내라고 말했습니다. 월트와 나는 그녀와 함께 지내면 재미있을 것 같다고 생각했습니다. 베릴은 우리의 여동생 같았어요. 그런데 그놈은 베릴뿐 아니라 나도 괴롭혔습니다."

"무슨 말이죠?"

그가 갑자기 목소리를 높이자 나는 깜짝 놀라 물었다.

"월트가 떠났거든요. 베릴이 살해되었다는 얘기를 들은 후 월트는 변했습니다. 물론, 베릴 외에 다른 이유가 있었겠죠. 우리 두 사람 사이에 문제가 있었거든요. 어쨌든 월트는 베릴의 죽음 때문에 충격을 받은 것 같았습니다. 그는 내게 거리를 두기 시작하더니 말도 하지 않았습니다. 그리고 어느 날 아침, 떠났습니다. 그냥 그렇게 떠나버렸어요."

"그때가 언제였죠? 경찰이 루이로 찾아왔던 몇 주 전인가요?"

그는 고개를 끄덕였다.

"PJ, 나도 그 일 때문에 괴롭힘을 당하고 있어요. 정말 끔찍하게 괴롭히고 있죠."

"그게 무슨 말입니까, 박사님? 어떻게 그 일이 당신을 괴롭힌단 말이죠?"

"나는 지금 베릴 매디슨의 악몽 속에서 살고 있어요."

나는 말도 나오지 않을 지경이었다.

그는 맥주를 한 모금 마시고 강한 눈빛으로 나를 바라보았다.

"나도 지금 베릴처럼 쫓겨서 도망쳐 온 것 같아요."

"젠장, 머리가 잘 돌아가지 않는군요. 박사님, 도대체 무슨 말을 하는 겁니까?"

"오늘 아침 〈헤럴드〉 1면에 나온 사진 봤어요? 리치먼드의 경찰 차량 방화 사건……."

"본 것 같기도 합니다."

"바로 내 집 앞이었어요. 차가 폭발했을 때 그 형사는 우리 집 거실에서 나와 얘기를 나누고 있었죠. 이번 일이 처음이 아니에요. 그는 나를 쫓고 있어요."

"도대체 누가 그랬습니까?"

나는 PJ가 알 거라고 생각했다. 그런데 그는 오히려 내게 묻고 있었다.

"베릴을 살해한 사람이에요. 그다음에는 베릴의 스승인 캐리 하퍼를 잔인하게 죽였어요. 하퍼에 대해서는 아마 당신도 들었을 거예요."

"여러 번 들었습니다. 젠장! 믿기지가 않는군요."

"제발 나를 도와줘요, PJ."

"내가 어떻게 해야 박사님을 돕는 건지 모르겠습니다. 도대체 그놈이 왜 박사님을 쫓는 겁니까?"

PJ는 너무 화가 나는지 자리에서 일어나 거실을 왔다 갔다 했다.

"그는 망상적인 질투심에 시달리고 있어요. 편집증적인 정신분열증 환자죠. 베릴과 연관된 사람은 누구든지 증오하는 것 같아요. PJ, 이유는 잘 모르겠지만, 난 그가 누구인지 밝혀내야만 해요. 나는 그를 찾아야 해요."

내가 말했다.

"나는 그가 누구인지, 어디에 있는지 모릅니다. 만약 안다면 찾아내서 머리를 부숴놓을 겁니다."

"나는 그 원고가 필요해요, PJ."

"그 원고가 도대체 범인과 무슨 상관이 있단 말입니까?"

그가 항변했다.

나는 그에게 모든 걸 말해주었다. 캐리 하퍼와 그의 목걸이에 대해서. 협박 전화와 주황색 섬유에 대해서. 베릴이 쓰고 있던 자전적인 소설에 대해서. 내가 그 원고를 훔쳤다는 혐의로 고소당한 것에 대해서…….

내 마음은 두려움으로 움츠러들었지만, 나는 베릴을 둘러싼 사건에 대한 모든 것을 그에게 털어놓았다. 나는 수사관과 검사들을 제외하고 어느 누구와도 이 사건에 대해 이렇게 자세하게 얘기한 적이 없었다. 내 말이 끝나자 PJ는 말없이 방을 나갔다. 잠시 후, 그는 군용 배낭을 들고 돌아왔다. 그는 그 배낭을 무릎 위에 올려놓으며 말했다.

"이렇게 하지 않겠다고 맹세했었는데……. 미안해, 베릴. 정말 미안해."

그가 중얼거렸다.

배낭 안에는 1천 페이지 분량의 타이핑된 원고가 들어 있었다. 손으로 쓴 주석들도 많았다. 컴퓨터 디스켓도 넉 장 들어 있었는데, 모두 두꺼운 고무 밴드로 묶여 있었다.

"베릴은 자신에게 무슨 일이 일어나더라도 원고만은 아무에게도 주지 말라고 했습니다. 나는 그렇게 하겠다고 약속했고요."

"고마워요, PJ. 그런데 마지막으로 물어볼 게 있어요. 베릴이 M이라고 부른 사람이 있었나요?"

그는 조용히 앉아 맥주만 쳐다보고 있었다.

"M이라는 사람이 누구인지 알아요?"

나는 다시 물었다.

"나 자신입니다."

"그게 무슨 뜻이죠?"

"M은 Myself(나 자신)의 약자입니다. 베릴은 자기 자신에게 편지를 쓴 것입니다."

"베릴이 살해된 후 침실 바닥에서 발견된 두 통의 편지는 M에게 보낸 것이었습니다. 거기엔 당신과 월트에 대한 이야기도 쓰여 있었어요."

"알고 있습니다."

그는 눈을 감으며 말했다.

"어떻게 알죠?"

"줄루와 고양이 얘기를 할 때 박사님이 그 편지를 읽었다는 걸 알았습니다. 그때 나는 당신이 좋은 사람이고 나를 속이지 않을 거라고 믿었습니다."

"그렇다면 당신도 그 편지를 읽었단 말이에요?"

나는 깜짝 놀라 물었다. 그는 고개를 끄덕였다.

"하지만 원본은 발견되지 않았어요. 우리가 발견한 건 복사본이었어요."

"그건…… 베릴이 모든 것을 태워버렸기 때문입니다."

그는 심호흡을 하며 마음을 가라앉혔다.

"하지만 베릴은 그 원고는 태우지 않았어요."

"맞습니다. 베릴은 그 괴한이 여전히 자신을 쫓고 있다면 이제는 어디로 가야 할지, 어떻게 해야 할지 모르겠다고 했습니다. 나중에 내게 전화해서 원고를 부칠 주소를 가르쳐주겠다고 했습니다. 만약 전화가 없으면 그 원고를 그냥 보관하고 아무에게도 주지 말라고 했습니다. 그런데 그녀에게서 전화가 오지 않았습니다. 젠장, 끝내 오지 않았습니다."

그는 얼굴을 한쪽으로 돌리고는 눈물을 훔쳤다. 잠시 후에 그가 말을 이었다.

"그 원고는 그녀의 희망이었습니다. 베릴은 늘 희망을 갖고 모든 것이 잘될 거라고 생각했습니다."

"베릴이 불태운 것이 정확히 무엇이었나요?"

"일기장 같은 것이었습니다. 자기 자신에게 썼던 편지들도 불태웠습니다. 그 편지는 자신을 치료하기 위해 썼던 것이므로 아무에게도 보여주고 싶지 않다고 했어요. 그 편지에는 아주 개인적이고 비밀스러운 생각들이 담겨 있을 겁니다. 그녀는 떠나는 날 모든 편지를 태웠습니다. 두 통만 제외하고."

"내가 보았던 그 두 통이군요. 그런데 그것은 왜 태우지 않았을까요?"

"나와 월트를 위해서였습니다."

"기념으로 말인가요?"

그는 고개를 끄덕이면서 맥주로 손을 가져갔다. 그리고 다른 한 손으로 흐르는 눈물을 훔쳐냈다.

"편지는 그녀의 분신이었습니다. 이곳에 있을 때의 생각을 그대로 기록한 것입니다. 그녀는 떠나기 하루 전날, 밖에 나가 그 두 통의 편지를 복사했습니다. 그녀는 복사본을 가졌고 우리에게 원본을 주었습니다. 그 편지는 우리를 서로 맺어주는 것이라면서……. 우리가 그 편지를 갖고 있는 한, 우리 세 사람은 늘 함께일 거라고 했습니다."

잠시 후 PJ가 나를 배웅해주었다. 나는 고마운 마음으로 그와 포옹했다.

해 질 무렵 나는 호텔로 향했다. 야자수들이 넓게 퍼진 노을을 배경으로 서 있었다. 사람들이 듀발 가에 늘어서 있는 바를 향해 시끌벅적하게 걸어갔다. 음악 소리, 웃음소리, 환한 조명으로 가득 찬 거리는 마치 마법에 걸린 듯했다. 내 발걸음에도 힘이 넘쳐나는 것 같았다. 내 어깨에는 군용 배낭이 들려 있었던 것이다. 몇 주 만에 느끼는 행복인지 몰랐다. 그러나 내 방에서는 예상치도 못한 일이 나를 기다리고 있었다.

16
상처받은 영혼

방에는 불이 켜져 있었다. 불을 켜두고 나간 기억이 없기 때문에 나는 호텔 청소 담당 직원이 시트를 바꾸고 청소를 마친 다음 스위치를 끄지 않은 것이라고 생각했다. 나는 문을 잠그고 콧노래를 흥얼거리며 욕실로 향했다. 바로 그때, 나는 이 방에 나 이외의 다른 사람이 있다는 것을 깨달았다.

창가에 마크가 앉아 있었던 것이다. 의자 근처에는 서류 가방이 열린 채 놓여 있었다. 순간, 나는 어디로 발걸음을 떼야 할지 갈피를 잡을 수 없었다.

침묵 속에 마크와 나의 시선이 마주쳤다. 내 심장은 빠르게 뛰기 시작했고 나의 몸은 공포로 얼어붙었다.

차가운 회색 양복을 입은 마크의 얼굴이 창백해 보였다. 방금 공항에서 도착했는지 그의 여행 가방이 침대 맞은편에 놓여 있었다. 마크의 머릿속에 금속 탐지기가 있다면, 내 군용 배낭은 분명 미친 듯이 경보음을 울렸을 것이다. 스파라치노가 마크를 보낸 것이리라. 나는 핸드백에 들어 있는 권총을 생각했다. 그러나 나는 방아쇠를 당길 순간이 와도 마크 제임스에게 총을 겨눌 수 없다는 것을 알았다.

"어떻게 들어왔어?"

나는 그 자리에 가만히 서서 물었다.

"난 당신의 남편이야."

마크는 주머니에서 호텔 방 열쇠를 꺼내 보여주었다.

"나쁜 사람."

나는 낮은 소리로 말했다. 심장은 더 세차게 뛰고 있었다.

마크의 얼굴은 창백했다. 그는 내 시선을 피했다.

"케이   ."

"당신, 정말 나쁜 사람이야."

"케이, 벤턴 웨슬리가 보내서 왔어."

그러고 나서 마크는 자리에서 일어났다.

나는 마크가 여행 가방에서 미니 위스키를 꺼내는 것을 놀란 표정으로 바라보았다.

마크는 내 옆을 지나 바로 가서 술잔에 얼음을 채우기 시작했다. 마크는 더 이상 나를 흥분시키지 않기 위해 최선을 다하는 것처럼, 천천히 그리고 절도 있게 움직였다. 그의 얼굴이 아주 피곤해 보이기도 했다.

"저녁은 했어?"

마크가 술잔을 건네주며 물었다.

나는 그를 지나 화장대로 가서 군용 배낭과 핸드백을 아무렇지도 않은 듯 내려놓았다.

"나는 배고파 죽을 것 같아. 젠장, 비행기를 네 번이나 갈아탔어. 아침을 먹은 뒤로 땅콩밖에 못 먹었어."

그는 넥타이를 느슨하게 풀더니 셔츠의 단추도 풀었다.

나는 아무 말도 하지 않았다.

"당신 것도 함께 주문했어. 음식이 올 때쯤이면 아마 식욕이 생길 거야."

그는 창가로 다가가 키웨스트의 올드 타운을 내려다보았다. 올드 타운 위로는 자주색과 회색으로 노을 진 구름이 깔려 있었다. 마크는 의자를 당겨 앉아 구두를 벗은 뒤 침대 모서리로 다리를 뻗었다.

"내 설명을 들을 준비가 되면 말해줘."

마크는 말하고 나서 술잔의 얼음을 천천히 흔들었다.

"마크, 난 당신이 무슨 말을 하든 믿지 않아."

나는 냉담하게 말했다.

"그럴 만도 해. 나는 거짓말을 하는 대가로 살아가고 있어. 나 자신도 믿어지지 않을 만큼 잘 해내고 있지."

"그래, 당신은 믿어지지 않을 만큼 잘 해내고 있어. 도대체 어떻게 나를 찾아낸 거지? 벤턴이 보냈다는 말은 믿을 수 없어. 벤턴은 내가 어디 묵고 있는지 몰라. 게다가 이 섬에는 호텔과 게스트하우스가 1백 군데도 넘어."

"맞아, 그 정도로 많을 거야. 하지만 난 전화 한 통으로 당신을 찾을 수 있었어."

나는 패배한 심정으로 침대에 걸터앉았다.

그는 안주머니에서 뭔가를 꺼내 내게 건넸다.

"많이 보던 것 아냐?"

그것은 마리노가 베릴의 침실에서 찾아낸 관광 안내서였다. 나는 키웨스트로 오기 이틀 전에 급히 그 안내서를 생각해냈다. 안내서 한 면에는 레스토랑, 관광지, 상점들의 리스트가 나와 있었고, 다른 면에는 광고가 곁들여진 시가지 지도가 있었다. 그 광고에 있던 호텔을 보고 나는 이곳에 묵게 되었다.

"여러 번 시도해서 결국 벤턴과 전화가 연결되었어. 그는 무척 화가 나 있었는데, 당신이 이곳으로 떠났다는 거야. 그래서 우리 두 사람은 당신의 행방을 추적했어. 벤턴이 보관하고 있던 파일에 이 여행안내서의 복사본이 들어 있었어. 당신도 그 복사본을 갖고 있을 거라고 생각했지. 그래서 당신이 이 안내서를 사용했을 거라고 결론 내린 거야."

"이건 어디서 구했지?"

나는 안내서를 돌려주며 물었다.

"공항에서. 안내서에는 이 호텔밖에 나와 있지 않았어. 호텔로 전화하니까 당신 이름이 있더군."

"알았어. 그러니까 나는 도망치는 실력이 형편없었군."

"최악이었어."

"그래, 이 안내서를 보고 호텔을 찾았어. 베릴의 서류를 몇 번씩이나 반복해서 봤기 때문에 이 안내서가 기억난 거야. 베릴이 키웨스트에 처음 도착했을 때 이 호텔에 묵은 것은 아닐까 생각했기 때문에 기억하고 있었다고."

나는 그 사실을 인정하면서 화를 냈다.

"실제로 베릴이 이곳에 묵었어?"

마크는 술잔을 들어 올리며 물었다.

"아니."

마크가 얼음을 가지러 가기 위해 막 일어섰을 때 노크 소리가 들렸다. 마크가 몸을 숨기며 뒷주머니에서 권총을 꺼내자 내 가슴은 뛰기 시작했다. 그는 권총을 어깨 위로 올리고 구멍을 통해 밖을 내다보더니 권총을 다시 뒷주머니에 넣은 뒤 문을 열었다. 두 사람의 저녁 식사가 도착했다.

"감사합니다, 스카페타 씨. 맛있게 드십시오."

마크가 현금으로 지불하자 젊은 여자가 환하게 웃으며 말했다.

"왜 내 남편인 것처럼 말하고 들어왔지?"

"나는 바닥에서 잘게. 어쨌든 당신을 혼자 둘 수는 없으니까."

그는 창가의 테이블에 접시를 올려놓고 와인 코르크를 딴 다음 양복 윗도리를 벗어 침대 위에 가볍게 던져놓았다. 그리고 화장대로 가서 배낭 근처에 권총을 내려놓았다.

나는 그가 자리에 앉기를 기다렸다가 권총에 대해 물어보았다.

"못생긴 작은 괴물이지만 하나뿐인 내 친구지. 권총이라면 당신에게도

38구경이 있잖아. 아마 저 배낭 속에 들어 있겠지?"

그는 화장대 위에 놓인 배낭을 흘긋 보았다.

"내 핸드백 안에 들어 있어. 그런데 내게 38구경 권총이 있는 걸 도대체 어떻게 알았지?"

"벤턴이 말해줬어. 권총을 비밀리에 소지할 수 있는 허가증도 최근 발부받았다고 들었어. 벤턴은 당신이 그 권총을 늘 휴대할 거라고 말했어."

마크는 와인을 한 모금 넘기며 맛이 괜찮다고 했다.

"벤턴이 내 옷 사이즈도 말해주던가?"

나는 소화도 되지 않는 음식을 억지로 밀어 넣으며 말했다.

"그건 말해줄 필요 없지. 당신은 여전히 8호를 입을 테니까. 조지타운 시절만큼 좋아 보여. 아니, 사실 더 좋아진 것 같아."

"그런 입에 발린 말은 그만 해주었으면 고맙겠어. 벤턴 웨슬리라는 이름은 어떻게 아는지, 두 사람이 얼굴을 맞대고 어떻게 내 얘기를 할 수 있었는지나 말해."

마크는 화난 내 눈을 보더니 포크를 내려놓았다.

"케이, 나는 당신이 벤턴을 알기 오래전부터 그를 알았어. 아직도 모르겠어? 그걸 꼭 내 입으로 말해야겠어?"

"그래. 제발 분명하게 말해줘, 마크. 난 도대체 뭘 믿어야 할지 모르겠어. 이제는 당신이 누구인지도 모르겠다고. 이제 난 당신을 믿지 않아. 사실, 난 지금 당신이 너무나 무서워."

마크는 의자에 몸을 기대며 한숨을 쉬었다. 그의 표정은 어느 때보다 더 심각했다.

"케이, 날 무서워하다니…… 나를 믿지 않는다니…… 미안해. 내가 누구인지 아는 사람은 거의 없어. 그리고 때때로 나 자신도 내가 누구인지 잘 모르겠어. 미리 말해줄 수 없었지만, 이제는 모든 것이 끝났어. 벤턴은 당신을 알기 오래전부터 아카데미에서 나를 가르쳤어."

"그럼 당신이 요원이란 말이야?"

나는 믿기지가 않았다.

"그래."

"아니야. 그럴 리 없어. 이번만큼은 정말 당신 말을 믿지 않겠어. 정말 못 믿겠어."

그는 아무 말 없이 자리에서 일어나 침대 옆 테이블 위에 놓인 전화기를 집어 들더니 어디론가 전화를 했다.

"이리 와."

마크가 나를 건너다보며 말했다. 그리고 나에게 수화기를 건네주었다.

"여보세요?"

나는 그 목소리를 금방 알아챌 수 있었다.

"벤턴?"

내가 말했다.

"케이? 괜찮습니까?"

"마크가 여기 있어요. 날 찾아냈어요. 난 괜찮아요, 벤턴."

"천만다행이군. 이제는 안전해요, 박사. 마크가 다 설명해줄 겁니다."

"물론 설명해주겠죠. 고마워요, 벤턴. 잘 있어요."

나는 머릿속이 몽롱했다.

마크는 내 손에서 수화기를 받아 내려놓았다. 마크는 한참 동안 말없이 내 얼굴을 바라보았다.

"재닛이 죽은 후 법률 일을 그만두었어. 지금 생각해도 왜 그랬는지 잘 모르겠지만, 그건 중요하지 않아. 잠시 동안 디트로이트에서 일한 다음, 특수 임무를 맡게 되었어. 온도프&버거에서 일한다는 건 위장이었어."

"스파라치노도 요원이라는 말은 아니겠지?"

나는 떨고 있었다.

"물론 아니야."

"마크, 그럼 스파라치노의 정체는 뭐지?"

"스파라치노는 베릴 매디슨을 속여서 계약을 위반하도록 종용했어. 스파라치노가 여러 고객들을 상대로 써먹은 수법이지. 이미 말했던 것처럼, 스파라치노는 베릴을 마음대로 조종해서 캐리 하퍼와 맞서게 한 거야. 예전에 그랬던 것처럼 또 하나의 커다란 스캔들을 만들고 있었던 거지."

"그럼 뉴욕에서 당신이 말했던 것은 사실이네."

"모두 다 사실은 아니야. 그땐 당신에게 모든 것을 말해줄 수 없었어."

"스파라치노는 내가 뉴욕에 온 것을 알고 있었어?"

"내가 그렇게 꾸몄어. 표면적으로는 당신에게 더 많은 정보를 얻어내고 스파라치노와 마주치게 하는 거였어. 스파라치노는 당신이 대화에 응하지 않으리라는 걸 알고 있었어. 그래서 내가 자발적으로 당신을 데리고 간 거야."

"맙소사!"

"나는 모든 것을 통제할 수 있다고 생각했어. 우리가 레스토랑에 갈 때까지 스파라치노가 내 일에 간섭하지 않을 거라고 생각했거든. 그런데 그때부터 일이 엉망으로 돼가고 있다는 걸 깨달았어."

"왜?"

"스파라치노가 내 뒤를 밟았기 때문이야. 나는 오래전부터 애송이 파틴이 스파라치노의 하수인이라는 것을 알고 있었어. 그 덕분에 파틴은 TV 광고나 속옷 광고에 출연할 수 있었던 거지. 그런데 스파라치노가 나를 의심하기 시작한 거야."

"스파라치노는 왜 파틴을 보낸 거야? 당신이 파틴을 알아볼 거라는 걸 몰랐나?"

"스파라치노는 내가 파틴을 안다는 걸 몰라. 레스토랑에서 파틴을 보자, 나는 알 수 있었어. 내가 당신을 실제로 만나는지, 내가 무슨 일을 하는지 스파라치노가 확인하고 있다는 것을. 젭 프라이스라는 사람을 당신 사무실로 보낸 것도 스파라치노야."

"그럼 젭 프라이스도 가난한 배우란 말이야?"

"아니. 젭 프라이스는 지난주에 뉴저지에서 체포되었어. 그자는 당분간 아무도 괴롭히지 못할 거야."

"시카고의 법의국장 다이즈너를 안다는 것도 거짓이겠군."

"사실 다이즈너는 전설적인 인물이잖아. 직접 만난 적은 한 번도 없어."

마크는 순순히 인정했다.

"그리고 리치먼드로 나를 만나러 온 것도 꾸민 일이고, 그렇지?"

나는 눈물을 삼키며 말했다.

마크는 우리 두 사람의 와인잔을 채웠다.

"나는 워싱턴에서 차를 몰고 갔던 게 아니야. 뉴욕에서 비행기로 갔어. 스파라치노가 나를 보냈지. 베릴의 살해 사건에 대해 당신이 알고 있는 것을 모두 캐내라고 했어."

나는 잠시 와인을 마시며 침묵을 지켰다. 평정을 되찾아야 했다.

"마크, 스파라치노가 베릴의 살인에도 개입한 거야?"

"처음엔 나도 그 점이 염려스러웠어. 스파라치노가 하퍼와의 게임을 너무 멀리까지 끌고 가는 건 아닌가, 하퍼가 너무 격분해서 베릴을 살해한 건 아닌가 하는 의구심이 들었지. 그런데 하퍼가 살해되었어. 그리고 스파라치노가 두 사람의 살인 사건에 연관되어 있다는 단서는 시간이 지나도 전혀 찾을 수 없었어. 스파라치노는 나에게 베릴 사건에 대한 모든 것을 밝혀내라고 했어. 그는 조바심이 났던 거야."

"스파라치노는 경찰이 베릴의 서재를 뒤질 거라고 생각하지 못했나? 그럼 그녀의 계약서에 사기성이 있다는 것이 밝혀질 텐데. 안 그래?"

"아마 생각했겠지. 스파라치노가 원했던 것은 그 원고였어. 그 가치에 대해선 두말할 필요 없지. 그 이외의 문제에 대해서는 나도 잘 모르겠어."

"그럼 스파라치노가 검찰총장을 상대로 낸 소송은 뭐지?"

"그건 광고 효과를 노린 거야. 스파라치노는 에스리지를 아주 미워했어. 그에게 모욕을 주거나 자리에서 쫓아낼 수 있다면 아주 즐거웠겠지."

"스콧 파틴이 이곳을 다녀갔어. 얼마 전에 이곳에 와서 베릴에 대해 물어봤대."

"재미있군."

그는 스테이크를 씹으며 그렇게만 말했다.

"스파라치노와 알고 지낸 건 언제부터야?"

"2년이 좀 넘었어."

"맙소사!"

"FBI에서는 매우 신중하게 모든 계획을 짰어. 나는 폴 파커라는 이름의 변호사로 신분을 위장했지. 한탕 노려 큰돈을 벌려는 변호사 역할이었어. 나는 스파라치노에게 미끼를 던지고 기다렸어. 스파라치노는 미끼를 덥석 물더군. 하지만 몇몇 자세한 사항이 밝혀지지 않자 그는 직접 나를 찾아왔어. 나는 가명을 쓰고 있고, 연방 증인 보호 프로그램에 의해 보호받고 있는 중이라고 털어놓았지. 자세히 설명하기는 어렵지만, 스파라치노는 내가 이전에 탤러해시에서 불법 행위에 연루되어 수감되었다고 믿었어. FBI 요원들이 증언의 대가로 내 신분을 위조해주었다고 말이야."

"실제로 불법 행위를 한 적이 있어?"

"아니, 없어."

"에스리지는 당신이 불법 행위를 했고 감옥에도 갔다고 했어."

"케이, 그건 놀랄 일이 아니야. 연방 보안관도 FBI의 일에 상당히 협조적이야. 서류상으로 보면 당신이 알던 마크 제임스는 아주 나쁜 사람으로 변했어. 변호사 자격을 박탈당하고 2년 동안 감옥에 있었던 걸로 돼 있지."

"스파라치노가 온도프&버거와 연관되어 있는 건 세상의 이목을 끌기 위한 거야?"

"맞아."

"이유가 뭐지? 대중 조작보다 더 큰 이유가 있었을 텐데."

"스파라치노는 경찰로부터 돈세탁을 했다는 혐의를 받고 있어. 마약 밀매와 관련된 돈이지. 그리고 카지노 조직의 범죄와도 연결되어 있다는 혐의를 받았어. 정치가들, 판사들과 검사들도 포함되어 있는 믿기지 않는 연결망이었어. 우리는 이미 오래전에 이 사실을 포착했지만 수사 조직이 다른 수사 조직을 공격한다는 것은 매우 위험한 일이야. 범죄를 저질렀다는 충분한 증거가 있어야 했어. 그 때문에 내가 투입된 거야. 조직에 더 깊이 침투할수록 증거는 더 많이 드러났지. 3개월 계획이 6개월로 변했고, 그게 벌써 몇 년이 된 거야."

"이해가 안 가. 마크, 스파라치노가 다니는 곳은 합법적인 회사잖아."

"뉴욕은 스파라치노의 작은 왕국과도 같은 곳이야. 스파라치노에게는 힘이 있어. 온도프&버거는 그가 무슨 일을 하는지 전혀 몰라. 당신도 알다시피 나는 그 회사에서 일한 적이 없어. 그 회사는 내 이름조차 모르고 있어."

"하지만 스파라치노는 당신 이름을 알잖아. 그가 당신을 마크라고 부르는 걸 들었어."

"맞아. 그는 내 본명을 알고 있어. 이미 말했듯이 FBI는 매우 신중했어. 나의 과거를 다시 쓰고 서류를 조작했지. 그래서 당신이 전혀 알아볼 수 없는 마크 제임스로 바뀐 거지. 스파라치노는 당신과 있을 때는 나를 마크라고 부르기로 했어. 나는 그의 가족들과 한동안 같이 살기도 했어. 나는 그의 충실한 아들 같았지. 적어도 그는 그렇게 생각했을 거야."

"온도프&버거에서는 당신 이름을 들어본 적도 없다고 했어. 뉴욕과 시카고에 있는 사무실로도 전화해봤지만 마찬가지였고. 그다음에는 다이즈너에게 전화했지. 그도 모른다고 했어. 내가 도망치는 실력이 형편없다면, 당신의 염탐 실력도 별 볼 일 없는 것 같군."

마크는 한동안 말이 없었다.

"어쨌든 FBI는 나를 파견해야 했어. 당신이 사건 현장에 나타나자 내게는 여러 번의 기회가 생겼지. 그런데 나는 감정적으로 흔들렸어. 당신이 개입되어 있었기 때문이야. 난 어리석었어."

"어떻게 대답해야 할지 모르겠군."

"케이, 그냥 와인을 마시고 키웨스트에 떠 있는 달을 쳐다봐. 그게 답을 얻을 수 있는 최선의 방법일 거야."

"하지만 마크, 이해할 수 없는 중요한 사실이 있어."

나는 이제 마크에게 무기력하게 사로잡혀 있었다.

"당신이 영원히 이해할 수 없는 사실들이 아주 많을지도 몰라. 우리 두 사람 사이에는 많은 시간이 흘렀어. 하루 저녁에 다 설명할 수는 없겠지."

"스파라치노는 내 머릿속에 있는 정보를 캐내기 위해 당신을 보냈다고 했어. 우리가 서로 아는 사이라는 것을 그가 어떻게 알았지? 당신이 말한 거야?"

"스파라치노는 베릴의 살해 소식을 들은 직후에 당신 얘기를 했어. 당신이 버지니아의 법의국장이라고 하더군. 나는 공포에 휩싸였어. 그가 당신을 엉망으로 망치는 것을 원하지 않았어. 그래서 내가 하는 편이 낫다고 생각했지."

"그 기사도 정신에 감사해야겠군."

나는 역설적으로 말했다.

"나는 우리가 예전에 사귀던 사이라고 털어놓았어. 스파라치노가 당신을 내게 넘겨주길 바랐던 거야. 그리고 그는 정말 그렇게 했어."

"그게 전부야?"

내가 물었다.

"그럴 거야. 그런데 유감스럽게도 내가 계획했던 것들이 마구 뒤섞인 것 같아."

"뒤섞였다고?"

"당신을 다시 볼 수 있다는 생각에 마음이 흔들렸어."

"그전에도 그렇게 말했어."

"거짓말했던 게 아니야."

"그럼 지금 거짓말하고 있는 거야?"

"그렇지 않아. 맹세해."

나는 그제야 내가 폴로셔츠에 반바지 차림이라는 것을 깨달았다. 피부는 땀으로 끈적거렸고 머리도 엉망이었다. 나는 욕실로 들어가 30분 동안 샤워를 한 후 두툼한 목욕 가운을 입고 나왔다. 마크는 침대에 기대 잠든 것 같았다.

그는 신음 소리를 내며 자고 있었다. 나는 침대에 걸터앉았다. 그가 눈을 떴다.

"스파라치노는 매우 위험한 인물이야."

나는 천천히 그의 머리카락을 만지며 말했다.

"물론이야."

마크는 졸린 음성으로 말했다.

"스파라치노는 파틴을 이곳으로 보냈어. 그가 베릴이 이곳에 있었다는 걸 어떻게 알아낸 거지?"

"베릴이 이곳에 있을 때 스파라치노에게 전화를 했거든. 그는 처음부터 모든 걸 알고 있었어."

나는 고개를 끄덕였다. 그다지 놀라지도 않았다. 베릴은 스파라치노에게 의존하다가 비참한 최후를 맞았다. 그러나 베릴은 그를 의심하기 시작했던 것이 분명하다. 그렇지 않았다면 원고를 바텐더 PJ가 아닌 그에게 넘겨주었을 것이다.

"만약 당신이 여기 있는 걸 스파라치노가 알면 어떻게 할까? 이 방에서 나와 얘기하고 있다는 것을 알면……"

"질투심으로 미치겠지."

"진지하게 대답해."

"할 수만 있다면 우리를 죽이려 들겠지."

"그럴 수 있는 사람이야?"

그는 나를 가까이 끌어당기며 목덜미에 대고 말했다.

"그럴 일은 없어."

다음 날 아침, 우리는 강렬한 햇살에 눈을 떴다. 그리고 다시 한 번 사랑을 나눈 다음 서로의 품속에 안겨 10시까지 잠을 잤다.

마크가 샤워와 면도를 하는 동안 나는 창밖을 바라보았다. 바깥 풍경이 그만큼 환하게 빛난 적도 없었다. 키웨스트의 작은 앞바다에는 태양이 아름답게 빛나고 있었다. 나는 평생 동안 마크와 사랑을 나눌 콘도를 한 채 사고 싶었다. 어릴 적 이후로 타지 않았던 자전거도 타고, 그만두었던 테니스도 다시 시작하고 싶었다. 그리고 담배도 끊고 싶었다. 더 열심히 일하고 가족들과도 잘 지내고 싶었다. 루시는 자주 우리 집에 찾아올 것이다. 나는 루이에 가서 저녁을 먹고 PJ와도 친구가 될 것이다. 이따금 수평선에 노을이 지는 것을 바라보며 베릴 매디슨이라는 여인을 위해 기도하겠지. 그녀의 끔찍한 죽음은 내 인생에 새로운 의미를 가져다주었고 다시 사랑하는 법을 가르쳐주었다.

우리는 호텔방에서 아침 겸 점심을 먹었다. 나는 배낭에서 베릴의 원고를 꺼내 마크에게 보여주었다. 마크는 믿기지 않는다는 표정이었다.

"이게 그거란 말이야?"

"그래, 당신이 생각하는 바로 그거야."

"케이, 도대체 어디서 찾아낸 거야?"

마크는 자리에서 일어났다.

"베릴이 친구에게 맡겨놓았어."

우리는 원고를 사이에 두고 베개에 기대앉았다. 나는 PJ와 나눈 모든 이야기를 들려주었다.

오후에도 우리는 그대로 방 안에 있었다. 복도에 접시를 내놓고 샌드위치와 간식을 주문한 것이 전부였다. 우리는 베릴 매디슨의 삶이 그대로 녹아든 원고를 읽어나가는 몇 시간 동안 거의 아무 말도 하지 않았다.

베릴의 소설은 정말 대단했다. 나는 솟아오르는 눈물을 몇 번씩이나 참아야 했다.

베릴은 폭풍 속에 태어난 한 마리 새였다. 끔찍한 인생이라는 가지에 매달려 있던, 아름다운 색을 가진 상처받은 영혼이었다. 베릴의 생모는 죽었고 그녀의 아버지가 새로 맞은 여자는 베릴을 학대했다. 자신이 살아가는 세계를 참을 수 없었던 베릴은 자신만의 세계를 창조하는 기술을 터득해 나갔다. 글쓰기는 그녀가 세상에 대처해 나가는 방법이었다. 그 재능은 청각 장애자가 예술 작품을 더 섬세하게 창조하고, 맹인이 음악을 더 예민하게 듣는 재능과 마찬가지였다.

하퍼와의 관계는 너무 강렬했기 때문에 빗나가 버렸다. 베릴이 강가에 있는 그 고색창연한 집에 함께 살게 되었을 때, 그 세 사람은 서로를 파괴할 수 있는 폭탄처럼 위험한 존재가 되었다. 캐리 하퍼는 베릴을 위해서 그 저택을 사들여 개조했다. 하퍼는 내가 잤던 그 침실에서 베릴의 처녀성을 짓밟았다. 그때 그녀는 열여섯 살이었다.

다음 날 아침, 베릴이 아침을 먹으러 내려오지 않자 스털링 하퍼는 2층으로 올라가 보았다. 베릴은 태아처럼 웅크린 채 울고 있었다. 자신의 남동생이 딸 같은 아이를 강간했다는 사실을 받아들일 수 없었던 미스 하퍼는 그 사실을 애써 외면하며 그 괴물 같은 집과 맞서 싸웠다.

그녀는 베릴에게 아무 말도 하지 않았고, 울지 말라고도 하지 않았다. 밤이 되자 조용히 문을 닫고 잠자리에 들었을 뿐이다. 그러나 미스 하퍼는 계속 뒤척이며 잠을 이루지 못했다.

베릴에 대한 하퍼의 성적 학대는 계속되었다. 하지만 시간이 지날수록 횟수가 줄어들었고, 퓰리처상 수상과 함께 끝이 났다. 그는 성불구자가 되었다. 이제 그는 기나긴 밤을 술로 보냈고 마약에 손을 대기도 했다. 인세와 상속받은 재산으로는 더 이상 그런 생활을 계속할 수 없게 되자, 그는 친구 조지프 맥티규에게로 돌아섰다. 맥티규는 하퍼를 성심성의껏 돌봐주었고, 어려운 재정 문제도 해결해주었다. 하퍼는 맥티규 덕분에 생활비를 해결할 수 있었을 뿐 아니라, 최고급 위스키와 코카인도 원하면 언제든지 즐길 수 있었다.

베릴의 원고에 의하면, 미스 하퍼는 베릴이 그 집에서 나온 이후에 벽난로 위의 초상화를 그렸다. 순결을 빼앗긴 어린 소녀의 초상화였다. 의식적이었든 무의식적이었든, 자신의 동생에게 영원한 고통을 주기 위해서 였다.

하퍼는 시간이 지날수록 술을 더 많이 마셨고, 글을 쓰지 못했다. 그리고 불면증에 시달렸다. 하퍼는 누이의 권유로 컬페퍼 술집에 드나들게 되었다. 그 시간 동안 미스 하퍼는 베릴과 전화 통화를 하면서 남동생을 상대로 음모를 꾸몄다. 최후의 반격은 극적으로 찾아왔다. 스파라치노의 말에 용기를 얻은 베릴이 계약을 파기한 것이다.

그것은 그녀의 인생을 자력으로 되찾는 방법이었다. 그리고 그녀의 표현에 따르면 '억센 들꽃 같았던 스털링 하퍼에 대한 기억들을 더듬어 글로 남기는 것은 좋은 친구가 되어주었던 그녀의 아름다움을 영원히 간직할 수 있는 방법'이기도 했다.

베릴은 미스 하퍼가 암 진단을 받은 직후에 이 원고를 쓰기 시작했다. 그들의 관계가 끊을 수 없을 만큼 단단하고, 서로에 대한 사랑이 아주 깊었음을 원고 곳곳에서 확인할 수 있었다.

베릴이 죽은 후 그녀의 침실 화장대에서 발견되었던 몇몇 원고들의 정체도 밝혀졌다. 나는 베릴이 무슨 생각을 했는지는 정확히 알 수 없었다. 하지만 그녀의 원고가 너무나 대단하다는 것은 분명히 알 수 있었다. 그리고 캐리 하퍼를 겁에 질리게 하고 스파라치노가 열을 내며 쫓아다닐 만큼 충격적인 내용도 많았다.

그러나 한 가지 알 수 없었던 것은, 계속 커지는 프랭키에 대한 의혹이었다. 원고에는 결국 그녀의 인생을 마감시킨 그 심판자에 대한 언급이 없었다. 아마도 그녀는 생각할 것이 너무나 많았을 것이다. 쓰고 싶었지만, 시간이 흐르면서 기억이 희미해졌는지도 모른다.

나는 원고의 마지막 부분을 읽고 있었다. 그때 갑자기 마크가 내 팔에 손을 올렸다.

"케이, 이것 좀 봐."

내가 원고에서 눈을 떼지 못하자 마크는 내가 읽고 있던 페이지 위에 다른 페이지를 올리며 말했다.

그것은 내가 이미 읽었던 25장의 첫 페이지였다. 나는 차이점을 바로 알아차렸다. 그것은 깨끗하게 복사된 복사본이었다. 다른 페이지는 모두 직접 타이핑한 원본이었다.

"이 페이지만 복사본인 것 같지 않아?"

마크가 물었다.

"아무래도 그런 것 같은데?"

"베릴이 복사본을 만들고 원본과 섞은 게 아닐까?"

"그럴 수도 있겠지. 그렇다면 복사본은 어디 있는 거지? 아직까지 발견되지 않았는데."

"모르겠어."

"스파라치노에게 없다는 건 확실해?"

"물론이야. 스파라치노가 가지고 있었다면 내가 모를 리 없어. 스파라치노가 없을 때 사무실을 샅샅이 뒤졌거든. 그의 집도. 그리고 그는 나를 동지라고 생각했을 테니 만약 갖고 있었다면 나에게는 말했을 거야."

"PJ에게 물어보는 게 좋을 것 같아."

그날은 PJ가 쉬는 날이었다. 그는 루이에는 물론 집에도 없었다. 마침내 슬로피 조에서 그를 찾아냈을 때 키웨스트 섬에는 어둠이 내리고 있었다.

그는 얼근히 취한 상태였다. 나는 바에 앉아 있는 PJ의 손을 잡고 테이블로 와 앉았다.

"여기는 내 친구 마크 제임스예요."

나는 서둘러 PJ에게 마크를 소개했다.

PJ는 고개를 끄덕이며 맥주병을 치켜들고 건배를 외쳤다. 그는 앞이 잘 보이지 않는 것처럼 눈을 몇 번 껌뻑였다. PJ가 나의 매력적인 동반자 마크를 감탄스러운 눈길로 바라보는 동안, 마크는 상대방의 눈길을 전혀 의식하지 못했다.

사람들의 시끄러운 얘기 소리와 밴드의 음악 소리 때문에 나는 목소리를 높여야 했다.

"PJ, 베릴이 여기 있을 때 원고를 복사해두었나요?"

"모릅니다. 그런 얘기는 못 들었어요."

그는 맥주를 쭉 들이켜면서 음악에 맞춰 몸을 흔들었다.

"하지만 그럴 가능성이 있지 않을까요? 당신에게 주었던 그 편지를 복사하면서 원고도 복사한 것은 아닐까요?"

그는 어깨를 으쓱했다. 관자놀이에서 땀이 흘러내리고, 얼굴은 붉게 달아올라 있었다. PJ는 술에 취한 정도가 아니었다. 완전히 인사불성이었다.

마크가 담담하게 바라보고 있는 동안, 나는 다시 한 번 물었다.

"베릴이 편지를 복사하러 갈 때 원고도 가져갔나요?"

PJ는 대답 대신 테이블을 두드리며 거친 바리톤 음성으로 노래를 따라 불렀다.

"PJ!"

나는 소리쳤다.

"이봐요, 이건 내가 제일 좋아하는 노래예요."

그는 무대 쪽으로 눈길을 돌려버렸다.

나는 의자에 몸을 기대고 PJ의 노래가 끝나기를 기다렸다. 공연의 막간을 이용해 다시 물어보는 수밖에 없었다. PJ는 남은 맥주를 한 방울도 남기지 않고 다 마시더니 놀라울 정도로 분명한 어투로 말문을 열었다.

"기억나는 건 베릴이 그날 그 배낭을 메고 있었다는 것뿐입니다. 그 배낭은 내가 베릴에게 준 거죠. 알겠습니까? 베릴은 그 가방에 잡동사니를 넣고 다녔어요. 그녀는 복사 가게로 갔습니다. 물론 그 배낭을 메고 말이죠. 배낭 속에 원고가 들어 있었을 수도 있습니다. 그리고 편지를 복사하면서 원고도 복사했을 겁니다. 내가 아는 건 그녀가 배낭을 내게 넘겨주었다는 것뿐입니다. 언제였는지 모르지만 나는 그걸 당신에게 주었어요."

"어제였어요."

내가 말했다.

"아, 맞다. 어제였지."

그는 눈을 감고 다시 노래에 맞춰 테이블을 톡톡 쳤다.

"고마워요, PJ."

PJ는 우리가 떠나는데 쳐다보지도 않았다.

마크와 나는 바에서 나와 신선한 밤공기를 들이마셨다. 우리는 호텔을 향해 걸어갔다.

"아무 소용도 없는 일을 했군."

마크가 말했다.

"글쎄…… 베릴은 편지를 복사하면서 원고도 복사했을 거야. 베릴이 복사본도 없이 원본을 PJ에게 남겼다는 건 아무래도 상상할 수가 없어."

"그를 만나보니 나도 그런 생각이 들어. PJ는 그렇게 믿을 만한 친구는 못 되는 것 같아."

"실제로는 믿을 만한 사람이야, 마크. 그런데 오늘 밤엔 약간 취했을 뿐이야."

"약간 취한 게 아니라 고주망태더군."

"나에게 원고를 줘버렸기 때문에 그렇게 많이 마셨을 거야."

"베릴이 원고를 복사하고 그 복사본을 리치먼드에 가져왔다면, 베릴을 죽인 자가 훔쳐간 것이 분명해."

"프랭키가 훔쳤을 거야."

"그 원고를 읽었기 때문에 다음은 캐리 하퍼를 추적했던 거야. 프랭키는 질투심에 불탔을 거야. 하퍼가 베릴의 침실에 있었다고 생각하면 아마 미쳐버렸겠지. 베릴의 원고에는 하퍼가 늦은 오후가 되면 컬페퍼에 간다는 내용이 있었어."

"맞아."

"프랭키는 그 원고를 읽고 하퍼를 찾을 방법을 알아낸 게 분명해. 그를 공격할 최선의 시간을 찾아냈겠지."

"약간 술에 취한 상태에서 차에서 내릴 때니까 최고의 타이밍이지. 게

다가 아무도 없는 어두운 진입로라면 더 말할 것도 없었겠지."

"놀라운 것은, 스털링 하퍼는 죽이지 않았다는 거야."

"죽이려 했을 수도 있어."

"맞아. 다만 기회가 없었겠지."

우리는 서로의 손을 잡은 채 말없이 걸었다. 천천히 보도를 걸어가는 동안 나무들이 산들바람에 흔들렸다. 나는 이 순간이 영원히 멈추어버리기를 바랐다. 나는 우리들이 직면해야 하는 현실이 두려웠다. 호텔 방으로 돌아온 마크와 나는 와인잔을 앞에 두고 마주 앉았다.

"이제 어떻게 할 거야, 마크?"

내 물음에 마크는 창밖으로 시선을 옮겼다.

"난 워싱턴으로 가. 사실, 내일 떠나. 이제까지 있었던 일을 보고하고 다시 새로운 임무를 맡아야 해. 그다음엔 뭘 해야 할지 모르겠어."

"그다음엔 뭘 하고 싶은데?"

"모르겠어, 케이. 이번에는 어디로 파견될지 아직 몰라. 하지만 당신은 리치먼드를 떠나지 않겠지?"

"맞아, 나는 리치먼드를 떠날 수 없어. 지금은 그래. 일은 내 삶의 전부나 마찬가지니까."

"당신에게는 항상 일이 전부였지. 나에게도 일이 전부야. 우리 사이에는 협상의 여지가 없어."

그의 말과 표정은 내 마음을 아프게 했다. 나는 그가 옳다는 것을 알았다. 나는 무슨 말인가 하려 했지만 말 대신 눈물이 주르르 흘러내렸다.

우리는 서로를 꼭 껴안았다.

마크는 내 팔에 안긴 채 먼저 잠들었다. 나는 마크의 품에서 조심스럽게 몸을 빼고 창가로 가 담배에 불을 붙였다. 내 머릿속은 여러 가지 생각으로 얽혀 있었다. 어느덧 하늘이 분홍빛으로 물들면서 여명이 찾아왔다.

나는 오랫동안 샤워를 했다. 뜨거운 물로 샤워하자 긴장이 풀리면서 기운이 솟아났다.

샤워를 마친 나는 상쾌한 기분으로 목욕 가운을 입고 습기 찬 욕실에서 나왔다. 마크는 이미 잠에서 깨어나 있었다. 우리는 아침을 주문했다.

"리치먼드로 돌아갈 거야."

나는 베개에 기대고 있는 마크 옆에 앉으며 단호한 목소리로 말했다. 그는 미간을 찌푸렸다.

"좋은 생각이 아니야, 케이."

"원고도 찾았고 당신도 떠나야 하잖아. 여기 혼자 앉아서 프랭키나 스콧 파틴을 기다리고 싶지는 않아. 어쩌면 스파라치노가 직접 나타날 수도 있겠군."

"프랭기는 아직 잡히지 않았어. 너무 위험해. 이곳에서 당신을 보호해 줄 요원을 알아볼게. 아니면 마이애미에 가 있어. 그편이 더 낫겠군. 당분간 가족들과 지낼 수도 있고."

"안 돼."

"케이……."

"마크, 프랭키는 이미 리치먼드를 떠났을지도 몰라. 아마 당분간은 찾지 못할 거야. 어쩌면 영원히 못 찾을 수도 있겠지. 그렇다고 플로리다에 영원히 숨어 있을 수는 없잖아."

마크는 베개에 깊숙이 몸을 묻으며 아무 대꾸도 하지 않았다. 나는 그의 손을 잡으며 말했다.

"나는 내 인생과 내 경력을 이런 식으로 무너뜨리지는 않을 거야. 그리고 이렇게 겁에 질려 있지도 않을 거야. 마리노에게 전화해서 공항에서 만나자고 할게."

마크는 두 손으로 나의 손을 감싸 쥐며 나를 바라보았다.

"나와 함께 워싱턴으로 가자. 아니면 콴티코에 잠시 머물러도 좋고."

나는 고개를 가로저었다.

"나에겐 아무 일도 일어나지 않을 거야, 마크."

그는 나를 끌어당겨 안았다.

"베릴에게 일어났던 일이 머릿속에서 떠나지 않아."

나도 마찬가지였다.

우리는 마이애미 공항에서 작별의 키스를 했다. 나는 서둘러 그에게서 멀어졌고 뒤돌아보지도 않았다. 애틀랜타에서 비행기를 갈아탈 때를 제외하고는 내내 잠을 잤다. 정신적으로, 육체적으로 지칠 대로 지친 상태였다.

마리노는 공항에서 나를 기다리고 있었다. 그는 내 기분을 파악했는지 참을성 있게 아무 말도 시키지 않았다. 크리스마스 장식과 공항 내 상점의 윈도는 내 마음을 더욱 무겁게 했다. 나는 연휴를 기다리지 않았다. 마크와는 언제, 어떻게 다시 만날 수 있을지 알 길이 없었다. 설상가상으로, 마리노와 나는 가방이 나오는 컨베이어를 쳐다보면서 한 시간이나 기다렸다. 여행 가방을 기다리는 동안 마리노는 그동안의 경과를 얘기해주었다. 나는 점점 더 조바심이 났다. 결국 내 여행 가방은 분실된 것으로 드러났다. 분실 신고서를 자세하게 작성한 다음, 마리노와 나는 우리 집으로 돌아왔다.

마리노는 진입로에 주차를 했다. 비가 부슬부슬 내리며 어둠이 깔리자 불탄 정원이 어둠 속에 묻혔다. 내가 없는 동안 불행히도 프랭키의 소재를 파악하지 못했다는 사실을 마리노가 다시 한 번 상기시켰다.

마리노는 손전등으로 집 주변을 비추며 누군가 침입한 흔적이 없는지 살폈다. 그리고 나서 집 안으로 들어가 각 방의 불을 켜고 옷장과 침대 밑도 확인했다.

우리는 커피를 마시러 부엌으로 갔다. 그때 마리노의 무전기로 연락이 들어왔다.

"2-15, 10-30-3."

"빌어먹을!"

주머니에서 무전기를 빼내며 마리노가 내뱉었다.

무선 통신은 총알처럼 빨리 지나가 버렸다. 창밖으로 경찰 순찰차들이 제트기가 이륙하는 것처럼 빠른 속도로 달려가고 있었다. 이 근처 편의점에서 한 경관이 쓰러진 것이다. 총격을 당한 것이 분명했다.

"7-0-7, 10-30-3."

마리노는 서둘러 현관으로 나가며 무전기에 대고 말했다.

"이런 젠장! 철부지 같은 월터스가 당하다니!"

그는 욕을 하면서 빗속으로 달려갔다. 그러고는 갑자기 뒤돌아보며 소리쳤다.

"문단속 잘하시오, 박사. 지금 당장 경찰을 보내겠소."

나는 부엌을 왔다 갔다 하다가 식탁에 앉아 스카치를 스트레이트로 마셨다. 굵은 빗줄기가 지붕을 때리는 소리가 요란했고 창틀에는 빗물이 튀었다.

38구경 권총은 분실된 가방 안에 들어 있었다. 나는 마리노에게 그 사실을 말하는 걸 깜빡 잊어버렸다. 내 머릿속은 피곤이 몰려와 멍했다. 신경과민으로 잠도 오지 않았다.

나는 베릴의 원고를 다시 한 번 훑어보았다. 다행히 그 원고는 여행 가방에 넣지 않고 직접 들고 왔다. 나는 술을 마시면서 경찰이 오기를 기다렸다.

자정이 가까울 무렵 현관 벨이 울렸다. 나는 깜짝 놀라 자리에서 일어났다.

마리노가 보내주기로 한 경찰이기를 바라면서 나는 구멍으로 밖을 내다보았다. 밖에는 어두운 색 우의를 입고 모자를 쓴 남자가 서 있었다. 세게 몰아치는 비바람에 흠뻑 젖은 그는 무척 추워 보였다.

"누구세요?"

내가 큰 소리로 물었다.

"버드 공항의 오메가 운송 회사입니다. 분실하신 여행 가방을 가져왔습니다."

그가 대답했다.

나는 안도의 한숨을 내쉬고는 경보장치를 끄고 문을 열었다.

남자가 현관에 내 여행 가방을 내려놓는 순간 나는 끔찍한 공포에 사로잡혔다. 나는 공항에서 작성한 분실 신고서에 내 사무실 주소를 적었던 것이다. 집 주소가 아니었다!

17
빗속의 남자

비에 젖은 검은 머리카락이 모자 밑으로 철사처럼 내려와 있었다. 그는 내 눈을 보지 않고 말했다.

"여기 사인만 해주시면 됩니다."

그는 내게 필기판을 건네주었다. 내 머릿속에서는 온갖 목소리가 미친 듯이 울리고 있었다.

'항공사에서 하퍼 씨의 여행 가방을 분실하는 바람에 그들은 귀가가 늦어졌던 거야.'

'케이, 당신 머리는 진짜 금발이야, 아니면 염색한 거야?'

'그 남자가 여행 가방을 배달해준 다음 그 일이……'

'이제 그들은 모두 죽었어.'

'작년에 의뢰받았던 그 주황색 섬유는 로이가 검사한 결과 보잉 747의 것과 동일한 것으로 드러났어.'

'그 남자가 여행 가방을 배달해준 다음 그 일이 일어났어!'

나는 그가 건네준 펜과 필기판을 천천히 받아 들었다. 그는 갈색 가죽 장갑을 끼고 있었다.

"내 여행 가방 좀 열어줄 수 있어요? 내용물이 그대로 있는지 확인하기 전에는 사인해줄 수 없어요."

내 목소리가 마치 다른 사람의 목소리처럼 낯설게 들렸다.

순간, 창백한 그의 얼굴에 혼란스러운 빛이 스쳤다. 그는 눈을 크게 뜨더니 내 여행 가방을 내려다보았다.

그때 나는 그가 반격할 수 없도록 재빨리 그를 내리쳤다. 그리고 필기판 끝으로 그의 목을 올려친 뒤 야생동물처럼 정신없이 뛰기 시작했다.

나는 부엌으로 도망쳤다. 그가 따라오는 발소리가 들렸다. 내 심장은 심하게 방망이질 쳤다. 나는 미끄러운 바닥에 거의 넘어질 뻔하다가 모서리를 돌았다. 그리고 냉장고 근처 벽에 붙어 있던 소화기를 잽싸게 잡아당겼다.

그가 부엌으로 뛰어든 순간 나는 그의 얼굴을 향해 소화기를 뿌려댔다. 그가 두 손으로 얼굴을 감싼 채 숨을 몰아쉴 때 그의 품에서 나온 긴 칼이 마룻바닥에 툭 떨어졌다. 나는 스토브에서 강철 프라이팬을 집어 들고 테니스 라켓을 휘두르듯이 그의 복부를 강타했다.

그가 호흡 곤란으로 신음하는 동안, 이번에는 머리를 세게 내리쳤다. 하지만 빗나가고 말았다. 프라이팬 바닥에 긁힌 자국이 생긴 것 같았다. 그의 코가 부러졌고, 이도 몇 개 부러진 것 같았다. 그러나 그는 좀처럼 쓰러지지 않았다. 그는 바닥을 기면서 기침했고 소화기에서 뿜어져 나온 하얀 가루 때문에 앞을 못 보는 것 같았다. 그는 한 손으로 내 발목을 잡은 채 다른 한 손으로는 바닥에 떨어진 칼을 찾고 있었다.

나는 프라이팬을 그에게 집어던지고 칼은 멀리 차버린 다음 부엌에서 도망쳐 나왔다. 식탁 모서리에 엉덩이가 부딪히고, 문에 어깨가 세게 부딪혔다.

방향을 잘못 찾고 흐느껴 울면서도, 나는 여행 가방에서 38구경 권총을 간신히 찾아낼 수 있었다. 실린더 안에 실탄을 넣는 순간 그가 나를 거의 덮칠 뻔했다. 강한 빗소리와 그의 가쁜 숨소리가 들렸다. 세 번째 방아쇠를 당겼을 때, 그가 휘두른 칼은 내 목에서 불과 몇 센티미터밖에 떨어져 있지 않았다. 세 번째 총알이 드디어 명중했다. 발사 후 연기가 났고, 그는 복부에 총을 맞고 뒷걸음질 치다가 바닥에 쓰러졌다.

그는 일어서려고 안간힘을 쓰면서 눈물이 고인 눈으로 나를 바라보았다. 그의 얼굴은 피투성이였다. 그는 칼을 들어 올리면서 무슨 말인가 하려고 했다. 내 귓속은 윙윙거렸다.

나는 떨리는 손으로 총을 잡고 그의 가슴을 향해 방아쇠를 당겼다. 피 냄새와 뒤섞여 아리한 탄피 냄새가 났다. 프랭크 E. 에임스의 두 눈이 서서히 감기고 있었다.

나는 그 자리에 주저앉아버렸다. 창밖에서는 비바람이 강하게 몰아쳤다. 프랭키의 피가 윤기 나는 마룻바닥으로 스며들었다. 나는 흐느꼈다. 그리고 전화벨이 다섯 번 울린 다음에야 겨우 수화기를 들었다.

나는 이 말밖에 할 수 없었다.

"마리노, 오, 세상에, 마리노!"

프랭키의 부검이 끝날 때까지 나는 사무실에 나가지 않았다. 스테인리스스틸 테이블 위에 묻어 있던 그의 피는 씻겨나갔다. 그 피는 파이프를 지나 고약한 냄새가 나는 이 도시의 하수구로 흘러 들어갔을 것이다.

그를 죽인 것은 유감스럽지 않았다. 다만, 그가 이 세상에 태어난 것이 유감스러웠을 뿐이다.

사무실 책상 위에는 서류가 산더미처럼 쌓여 있었다. 마리노가 서류 더미 너머에 앉아 말문을 열었다.

"프랭키가 리치먼드로 온 것은 작년 10월이었을 거요. 적어도 그는 그때부터 레드 가에 있는 아파트에 세 들어 살았소. 그리고 2주 후, 그는 공항에서 분실된 가방을 배달하는 일자리를 구했지. 공항에 있는 오메가 운송 회사에 그 계약서가 보관되어 있었소."

나는 아무 말 없이 산더미처럼 쌓인 우편물을 정리하기만 했다.

"오메가 회사의 직원들은 업무를 볼 때 본인 차를 이용하더군. 그 때문에 지난 1월 프랭키에게 문제가 생겼소. 자신의 머큐리 자동차가 고장 났는데, 수리할 돈이 없었지. 차가 없으니 직장도 잃었소. 그러자 알 헌트에게 일자리를 부탁했던 것 같소."

"두 사람은 그 이전에도 서로 만나곤 했나요?"

내가 물었다. 나는 완전히 지쳐 멍한 상태였다.

"분명히 그랬을 거요. 벤턴도 같은 생각이오."

"어떤 근거로 그렇게 추정하는 거죠?"

"우선 프랭키는 1년 반 전 펜실베이니아의 버틀러에서 살았던 것으로 드러났소. 우리는 알 헌트의 가족이 5년 동안 사용해온 전화 청구서를 조사해보았소. 회계 감사를 대비해서 모두 모아두었더군. 프랭키가 펜실베이니아에 사는 동안, 알 헌트는 버틀러에서 걸려온 다섯 통의 수신자 전화를 받았소. 한 해 전에는 도버와 델라웨어에서 수신자 전화를 받았고, 그전에는 해거스타운이나 메릴랜드에서 대여섯 통의 수신자 전화를 받았소."

"모두 프랭키가 걸었던 건가요?"

내가 물었다.

"아직 조사 중이오. 하지만 나는 프랭키가 전화했을 거라고 믿고 있소. 프랭키는 자신이 어머니에게 저지른 일에 대해서도 알 헌트에게 말했소. 그렇게 해서 알 헌트는 그 사실을 알게 됐겠지. 젠장, 헌트는 투시력이 있는 게 아니었소. 정신분열증 친구에게 들은 이야기를 전했을 뿐이오. 프랭키는 미쳐갈수록, 리치먼드에 더 가까이 다가왔소. 그러고는 폭발한 거요. 그는 1년 전 이 도시로 들어와 사건들을 저질렀소."

"헌트의 세차장은 어때요? 프랭키는 그곳을 주기적으로 찾아갔나요?"

"세차장 직원에 따르면, 프랭키와 비슷하게 생긴 사람이 올 1월에 가끔씩 찾아왔다고 하더군. 집에서 발견된 영수증을 근거로 볼 때, 프랭키는

5백 달러를 들여 차 엔진을 수리했소. 수리비는 아마 알 헌트가 내주었을 거요."

"베릴이 세차하러 왔던 날, 우연히 프랭키가 세차장에 나타나지 않았을까요?"

"내 추측은 이렇소. 프랭키가 베릴을 처음 본 것은 지난 1월 맥티규 집으로 캐리 하퍼의 여행 가방을 배달했을 때요. 그리고 2주 후, 돈을 빌리기 위해 알 헌트의 세차장에 갔을 때 다시 베릴과 마주쳤지. 프랭키는 어떤 계시를 받은 느낌이었을 거요. 그러고는 공항에서 다시 베릴과 마주쳤겠지. 그는 분실된 짐을 가지러 수시로 공항에 출입했소. 그를 알아보는 사람은 아무도 없었지. 베릴이 미스 하퍼를 만나러 볼티모어행 비행기를 탔을 때, 프랭키는 세 번째로 그녀를 보았을 거요."

"프랭키는 알 헌트에게 베릴 얘기를 했을까요?"

"그건 알 방법이 없소. 얘기했다 하더라도 놀랄 일은 아니오. 아마 그 때문에 헌트는 목을 맸을 거요. 헌트는 자신의 친구가 베릴을 어떻게 했는지 안 거지. 그다음엔 하퍼가 살해되자 헌트는 심한 죄책감에 시달렸을 거요."

조금 전까지만 해도 손에 들고 있던 날짜 스탬프가 보이지 않았다. 나는 고통을 참으며 겨우 의자에서 일어나 서류들을 밀치며 스탬프를 찾았다. 온몸이 통증으로 쑤셨고, 오른쪽 어깨는 엑스레이를 찍어봐야 할 것 같았다. 정신도 이상했다. 다른 사람이었으면 어떻게 했을까, 생각해봐도 답이 떠오르지 않았다. 나 자신이 다른 사람처럼 느껴졌다. 가만히 앉아 있기가 너무 힘들었고, 도저히 마음이 편해지지 않았다.

"프랭키의 망상이 베릴과 우연히 만남으로써 구체화되었다는 뜻이군요. 우연한 만남이 계속되면 대단한 의미를 부여하게 되니까요. 프랭키가 맥티규 집에서 베릴을 처음 본 이후 세차장과 공항에서도 보았다면 완전히 미쳐버렸겠군요."

내가 말했다.

"맞소. 정신분열증 환자 프랭키는 신이 하는 말을 듣는다고 생각했소. 자신이 그 아름다운 금발 여인과 연결되어 있다고, 신이 말한다고 생각한 거요."

그때 로즈가 들어왔다. 나는 그녀가 건네주는 전화 메시지를 다른 메모 위에 첨부했다.

"프랭키의 차는 무슨 색깔이었죠?"

나는 우편물 하나를 뜯으며 물었다.

프랭키의 차는 우리 집 진입로 위에 주차되어 있었다. 나는 경찰이 도착했을 때 그 차를 보았는데, 빨간 경보등이 돌아가고 있어서 주변의 색깔을 구분할 수 없었다. 그 이외에 기억나는 것은 거의 없었다.

"감색이었소."

"베릴의 이웃들은 아무도 프랭키의 차를 보지 못했나요?"

마리노는 고개를 끄덕였다.

"어두울 때 헤드라이트를 끄고 있으면 알아차리기가 쉽지 않을 거요."

"그렇겠네요."

"하퍼를 살해할 때, 프랭키는 멀리 떨어진 곳에 차를 세워두고 하퍼의 집까지 걸어갔을 거요. 운전석 의자가 너무 낡아 너덜너덜하더군."

"뭐라고요?"

우편물을 훑어보던 내가 물었다.

"그는 운전석에 담요를 깔아두었소. 비행기에서 훔친 것이 분명하오."

"거기에서 주황색 섬유가 나온 게 아닐까요?"

내가 의문을 제기했다.

"지금 검사 중인데 아마 그럴 거라고 생각하오. 그 담요에는 주황색과 빨간색 줄무늬가 있었소. 프랭키는 베릴의 집으로 향할 때 그 담요를 깔고 앉았을 거요. 이걸로 테러리스트 사건에서 나온 섬유도 설명될 수 있소. 항공기 승객들은 외국 여행을 하는 동안 비행기를 갈아타는 경우가 많소. 프랭키처럼 주황색 담요를 덮고 있던 승객이, 그리스에서 비행기를 갈아탈 때 그 섬유를 묻혀 간 거요. 그래서 불행하게 살해된 해군의 피딱지에 그 섬유가 묻어 있었던 거지! 원, 얼마나 많은 섬유들이 비행기로 옮겨지는지 상상도 할 수 없소."

"정말 상상할 수 없을 정도로 많겠군요. 프랭키가 왜 그렇게 많은 섬유를 옷에 묻히고 다녔는지도 설명되는군요. 그는 물류 수송 일을 했기 때문에 여러 공항과 비행기 안을 수시로 들락거렸겠죠. 그가 무슨 짓을 하는지, 그의 옷에 무슨 부스러기들이 묻어 있는지 아무도 몰랐을 거예요."

"오메가 운송 회사는 유니폼으로 셔츠를 입소. 컬러는 황갈색, 소재는 다이넬이오."

마리노가 말했다.

"흥미롭군요."

"박사도 아마 봤을 거요. 놈이 박사의 총을 맞았을 때 그 옷을 입고 있었으니까."

마리노는 가까이에서 나를 쳐다보았다.

유니폼은 기억나지 않았다.

짙은 색 우의…… 피투성이 얼굴이 소화기에서 뿜어져 나온 허연 가루로 뒤덮였던 것만 기억났다.

"지금까지는 잘 이해가 돼요, 마리노."

나는 잠깐 사이를 두었다가 말했다.

"그런데 이해가 안 되는 것이 하나 있어요. 프랭키는 베릴의 전화번호를 어떻게 알아냈죠? 베릴의 번호는 전화번호부에 등록되어 있지 않았어요. 그런데 베릴이 10월 29일 키웨스트를 떠나 리치먼드에 도착한 것을 어떻게 알았죠? 그리고 내가 그곳으로 간 것은 도대체 어떻게 알아낸 걸까요?"

"컴퓨터요. 거기에는 여행 일정, 전화번호, 집 주소 등 승객들의 정보가 모두 들어 있소. 프랭키는 담당자가 없는 동안 컴퓨터에서 정보를 빼냈을 거요. 아마 늦은 밤이나 이른 새벽에 말이오. 프랭키에게 공항은 놀이터와 같았겠지. 그가 무슨 일을 하든 간섭하는 사람은 아무도 없었소. 프랭키는 말도 잘 하지 않는 데다, 내세울 것도 별로 없는 자요. 고양이처럼 살그머니 왔다가 빠져나가는 놈이었지."

"그의 지능지수는 평균보다 훨씬 높았어요."

나는 날짜 스탬프를 맞춰보며 말했다. 마리노는 아무 대꾸도 하지 않았다.

"그의 지능지수는 상위 20퍼센트 안에 들어요."

"알았소, 알았소."

마리노는 짜증스럽게 말했다.

"그냥 그렇다는 말이에요."

"젠장, 박사는 지능지수를 정말 진지하게 받아들이는군. 그렇지 않소?"

"신빙성 있는 검사예요."

"절대적인 것은 아니오."

"맞아요. 절대적인 것은 아니죠."

"내 지능지수가 얼마인지 모르는 게 다행이오."

"지금이라도 한번 해보세요. 아직도 늦지 않았으니까."

"관두겠소."

나는 안경을 벗고 조심스럽게 눈을 문질렀다. 두통이 느껴졌다. 오랫동안 멎을 것 같지 않은 심한 두통이었다.

"프랭키는 공항의 컴퓨터로 베릴의 전화번호를 알아내고 그녀의 여행 일정을 찾아봤을 거요. 벤턴과 나는 그렇게 결론 내렸소. 차 문에 긁힌 하트 모양을 보고 놀란 베릴이 7월에 마이애미로 간 것도 컴퓨터로 알아냈을 거요."

"프랭키가 언제 범행을 계획했을 거라고 생각해요?"

나는 휴지통을 가까이 끌어당기면서 물었다.

"베릴은 볼티모어로 갈 때 공항에 차를 주차해두었소. 볼티모어에서 마지막으로 미스 하퍼를 만난 것은 7월 초였소. 베릴이 차에 긁힌 하트 모양을 발견하기 일주일 전이오."

"그럼 베릴의 차가 공항에 주차되어 있는 동안 범행을 계획했다는 말인가요?"

"박사 생각은 어떻소?"

"그럴 가능성도 충분하다고 생각해요."

"그렇소."

"그러고 나서 베릴이 키웨스트로 날아갔고, 프랭키는 베릴이 돌아오는 비행기를 언제 예약할지 컴퓨터로 늘 확인했겠군요. 그래서 베릴이 돌아오는 날짜를 정확하게 알 수 있었고요."

"바로 10월 29일 밤이었소. 그리고 프랭키는 모든 계획을 세워놓았겠지. 아주 세세한 것까지도. 그는 승객들의 짐을 마음대로 확인할 수 있었소. 그리고 베릴이 탔던 비행기의 짐들이 컨베이어 벨트로 나오기 전에 확인했을 거요. 베릴의 이름이 적힌 꼬리표를 본 프랭키는 곧바로 그 가방을 가로챘겠지. 잠시 후, 베릴은 자신의 가방이 없어졌다는 것을 알게 되었소."

그런 설명은 내게 할 필요가 없었다. 프랭키는 나에게 똑같은 수법을 썼기 때문이다.

프랭키는 내가 플로리다에서 돌아오는 날짜를 확인한 다음 내 짐을 가로챘다. 그러고 나서 그는 우리 집 현관에 나타났고, 나는 그를 집 안으로 들였다.

우편물 중에는 주지사의 초대장도 들어 있었다. 일주일이 지난 것이었는데, 아마도 필딩이 대신 갔을 것이다. 나는 그 초대장을 쓰레기통에 던져 넣었다.

마리노는 프랭크 E. 에임스가 살던 북부의 아파트에서 발견한 것들을 자세히 설명해주었다.

프랭키의 침실에는 베릴의 가방이 있었다. 그 안에는 베릴의 피 묻은 블라우스와 속옷이 들어 있었다. 침대 사이드 테이블 대신 놓여 있던 트렁크 안에는 포르노 잡지와 캐리 하퍼의 머리를 내리칠 때 사용했던 작은 산탄 총알들이 봉투째 들어 있었다.

베릴의 컴퓨터 디스켓 여벌도 있었는데, 양면에 싼 마분지를 아직 뜯지도 않은 상태였다. 트렁크 안에는 베릴의 원고 복사본도 들어 있었다. 25장의 첫 페이지는 원본이었는데, 마크와 내가 읽었던 원본의 같은 페이지와 실수로 섞인 것 같았다.

벤턴 웨슬리의 가정에 따르면, 프랭키는 베릴이 입었던 옷을 만지작거리며 침대에서 원고를 읽었으리라. 아마 그랬을 것이다. 내가 확실히 알 수 있었던 것은, 베릴에게는 아무런 기회도 없었다는 것이다.

프랭키는 베릴의 집에 도착했을 때 그녀의 가방을 들고 있었고, 분실한 가방을 배달하러 왔다고 말했을 것이다. 캐리 하퍼의 가방을 맥티규 집으로 배달했던 사람과 동일 인물이라는 것을 베릴이 알아차렸다 하더라도, 베릴이 두 번 생각할 이유는 없었을 것이다. 내가 문을 열어주기 전까지 아무 생각도 하지 못했던 것과 마찬가지로.

"베릴이 문만 열어주지 않았더라면……."

나는 확인하던 우편물은 잊어버린 채 중얼거렸다.

"베릴은 문을 열 수밖에 없었을 거요. 프랭키는 미소를 띠며 사무적인 태도로 말했을 것이고, 오메가 회사의 유니폼과 모자를 쓰고 있었소. 베릴은 그가 가방을 찾았으니, 원고도 그 안에 들어 있을 거라고 생각했겠지. 베릴은 안도의 한숨을 내쉬며 고마워했을 거요. 그래서 경보장치를 끄고 문을 열어주었던 거요. 그리고 프랭키는 집 안으로 들어왔소."

"하지만 마리노, 베릴은 왜 경보장치를 다시 작동시켰을까요? 우리 집에도 경보장치가 있어요. 배달원이 오면 나는 경보장치를 끄고 문을 열어줘요. 믿을 만한 사람이면 곧바로 경보장치를 다시 작동시키지 않죠. 그 사람이 가고 나서 해도 늦지 않으니까요."

"차 안에 열쇠를 두고 문을 잠근 적 있소?"

마리노는 생각에 잠긴 표정으로 나를 보았다.

"그게 이 일과 무슨 상관이에요?"

"질문에 그냥 대답이나 하시오."

"물론 그런 적 있죠."

"어떻게 그런 일이 일어났겠소? 신형 차에는 열쇠를 두고 문을 잠그지 않도록 해주는 각종 안전장치들이 있소."

"맞아요. 그런 것에 너무 익숙해져서 생각 없이 문을 잠가버리는 거죠. 열쇠를 그대로 꽂아둔 채 말이에요."

"아마 베릴도 마찬가지였을 거요. 베릴은 협박을 받은 이후 그 경보장치에 매우 신경을 곤두세웠을 거요. 아마 24시간 켜놓았겠지. 현관문을 닫고 경보장치를 다시 켜놓는 순간, 베릴은 안노삼을 느꼈을 서요. 약간 이상한 점도 있긴 하오. 베릴은 권총을 부엌에 두었고, 범인을 집 안으로 들어오게 한 다음 경보장치를 다시 작동시켰으니 말이오. 그녀의 마음이 얼마나 혼란스러웠는지 보여주는 증거요. 너무 두려운 나머지 조심한다는 게 오히려 화를 불러온 거지."

나는 독물 보고서나 사망 확인서 같은 서류들을 옆으로 밀어냈다. 옆에 있는 현미경을 보자 내 마음은 다시 우울해졌다.

"이런 젠장! 내가 나갈 때까지 그렇게 계속 앉아 있을 거요? 날 미치게 할 작정이오?"

마리노는 드디어 불평을 늘어놓으며 화를 냈다.

"사무실로 돌아온 첫날이에요. 나도 어쩔 수가 없어요. 이 산더미 같은 서류 좀 보세요. 1년은 자리를 비운 것 같아요. 정상적으로 일을 보기까지 아마 한 달은 걸릴 거예요."

"오늘 밤 8시까지 시간을 주겠소. 그때까지 모든 것을 예전과 똑같이 정상적으로 만들어놓도록 해요."

"정말 고맙네요."

나는 약간 신경질적으로 말했다.

"당신에게는 좋은 직원들이 있소. 박사가 없어도 그들은 자기 할 일을 잘하고 있고. 그런데 뭐가 잘못됐소?"

"잘못된 건 아무것도 없어요."

나는 담배에 불을 붙였다. 재떨이를 찾으러 서류들을 더 옆으로 밀어냈다. 마리노가 책상 모서리에서 재떨이를 찾아 밀어주었다.

"박사가 이곳에 필요 없는 사람이라는 말은 아니오."

"필요 없는 사람은 아무도 없어요."

"맞소. 그렇게 생각할 줄 알았소."

"나는 아무 생각도 하고 있지 않아요. 그냥 멍할 뿐이에요."

나는 왼쪽 선반에 서류를 꽂아 넣으며 말했다. 로즈는 다음 주말의 모든 일정을 취소해놓았다. 그리고 그다음은 크리스마스였다. 이유도 알 수 없이 눈물이 쏟아질 것 같았다.

"베릴의 원고는 어땠소?"

조용한 목소리로 마리노가 물었다.

"독자를 정말 마음 아프게도 하고 기쁘게도 하는 글이에요. 정말 대단해요."

내 눈에 눈물이 글썽였다.

"출판되었으면 좋겠군. 그러면 어떤 방법으로든 베릴이 계속 살아 있는 거니까. 내 말 무슨 뜻인지 알겠소?"

"그럼요, 잘 알아요. 참, 마크는 이제 곧 새로운 임무를 맡을 거예요. 스파라치노는 더 이상 베릴 일에 간섭하지 않겠죠?"

"창살 신세를 지면서 간섭하면 모를까, 어림없는 소리요. 그리고 편지에 대해서는 마크에게 얘기 들었을 거요."

"네, 들었어요."

마리노는 스파라치노가 베릴에게 보냈던 사업상의 편지 한 통을 발견했다. 이미 원고를 읽었던 마크가 그 편지의 새로운 의미를 알아냈던 것이다.

베릴, 조지프 맥티규가 캐리 하퍼를 돕고 있다니 아주 흥미롭소. 캐리가 집을 샀을 때 두 사람을 서로 소개해주었던 사람이 바로 나 자신이니 더욱 기쁘오. 하긴 이상할 것도 없지. 조지프는 내가 만나본 사람들 중에 가장 관대한 사람이었으니까 말이오. 그럼 또 소식 기다리고 있겠소.

몇 줄 안 되는 이 단순한 편지에는 많은 의미가 숨어 있었다. 베릴이 조지프 맥티규에 대한 얘기를 쓸 때, 나는 그녀가 스파라치노의 세력권 안으로 더 가까이 다가간 것은 아닐까 의구심이 들었다. 그의 세력권 안에는 돈세탁을 용이하도록 하기 위한 불법적인 협력자도 포함되어 있을 것이다.

마크는 거대한 자산과 부동산을 소유하고 있던 맥티규가 스파라치노의 불법 행위를 모르지 않았을 거라고 생각했다. 그러나 절박한 상황에 처한 하퍼에게 주었던 맥티규의 재정적인 도움은 불법적인 것이 아니었다.

베릴의 원고를 보지 못했던 스파라치노는 베릴이 자신도 모르는 사이에 그 원고를 공개할까 봐 노심초사했던 게 분명하다. 그래서 원고가 사라지자, 스파라치노는 그 원고를 손에 넣으려고 탐욕 이상으로 날뛰었던 것이다.

"베릴이 죽은 채로 발견되자 스파라치노는 그날을 행운의 날로 여겼을 거요. 자신이 책 내용을 마음대로 날조해도 베릴은 더 이상 간섭할 수 없을 테니까. 그러고 나서 책을 만들어 날개 돋친 듯 팔아치웠을 거요. 그가 조작한 광고에 관심을 가지지 않을 사람이 어디 있겠소? 사건의 결말도 말해주지 않은 채 놈은 아마 하퍼 남매의 시체를 타블로이드 신문에 실을 수도 있었을 거요. 안 그렇소?"

"천만다행으로, 스파라치노는 젭 프라이스가 찍은 사진을 손에 넣지 못했어요."

"일이야 어찌 되었든, 나는 그 원고를 구하러 정신없이 뛰어다녔지만 20년 동안 책은 한 권도 사지 않았소이다."

"안타깝군요. 독서란 참 좋은 거예요. 언제 한번 읽어보세요."

로즈가 들어오자 마리노와 나는 그녀를 올려다보았다. 그녀의 손에는 화려한 빨강 리본으로 묶은 하얀 상자가 들려 있었다. 내 책상 위에는 더 이상 놓을 자리가 없자 로즈는 그 상자를 내게 직접 건네주었다.

"도대체 이게……."

머릿속이 하얘지는 것 같았다.

나는 의자를 약간 뒤로 물린 후 그 뜻밖의 선물을 무릎 위에 올려놓고 리본을 풀기 시작했다. 그런 나를 로즈와 마리노가 지켜보고 있었다. 상자 안에는 길쭉한 병에 담긴 미니 향수가 스무 개도 넘게 들어 있었다. 초록색 종이로 포장한 그 향수들은 마치 보석처럼 빛나고 있었다. 나는 몸을 숙여 눈을 감은 채 그 향기를 음미했다. 그러고 나서 안에 꽂혀 있는 작은 봉투를 열었다.

'어려운 일이 닥치면 그냥 흘려보내도록 해. 크리스마스가 지나면 아스펜에 있을 거야. 꼭 한 번 들러줘.'

카드에는 그렇게 쓰여 있었다.

"사랑해, 마크."

〈끝〉

옮긴이의 말

1억 독자를 사로잡은 스카페타 시리즈

'스카페타 시리즈'를 읽은 독자라면 누구나 소설의 여주인공 케이 스카페타(Kay Scarpetta)와 작가 퍼트리샤 콘웰(Patricia Cornwell)이라는 이름을 늘 함께 떠올릴 것이다. 스카페타는 콘웰이 창조해낸 캐릭터이지만 10년이 넘는 세월 동안 이 작품을 써오면서 어느새 작가 콘웰에게는 무엇과도 비교할 수 없는 절대적인 존재가 되었기 때문이다.

퍼트리샤 콘웰은 30대 중반이었던 지난 1990년 자신의 처녀작 《법의관(Postmortem)》을 발표한 이후 2004년 《흔적(Trace)》을 내놓을 때까지 무려 13권에 달하는 스카페타 시리즈를 발표해왔다. 스카페타 시리즈는 각 권마다 새로운 사건이 펼쳐지는 흥미로운 스릴러로, 유능하고 매력적인 여성 법의국장 케이 스카페타가 주인공으로 등장하기 때문에 주로 스카페타 시리즈라고 묶어서 부른다. 각 권마다 다른 사건과 구성이 돋보여 따로 읽어도 무방하지만, 콘웰의 애독자라면 케이 스카페타를 비롯한 주변 인물들이 15년이 넘는 세월을 통해 변해가는 모습을 지켜보는 또 다른 즐거움이 있다. 그것은 마치 오래된 친구를 곁에서 지켜보는 듯한 푸근함이다. 10년이 넘는 시간 동안 스카페타 시리즈를 읽어온 독자들도 이러한데 하물며 작가 퍼트리샤 콘웰에게 스카페타는 어떤 인물일까? 한 마디로 대답한다면 아마 그녀의 전부일 것이다.

퍼트리샤 콘웰. 스카페타 시리즈로 전 세계 1억 독자를 사로잡은 미스터리 소설계의 신화적인 인물. 그녀는 스티븐 킹이나 톰 클랜시 같은 테크노 스릴러 작가로 이름이 높고, 1887년 코난 도일의 '셜록 홈스' 이후 남성의 장르로 여겨졌던 스릴러계에 혜성처럼 나타나 법의학 스릴러라는 새로운 장르를 개척했다. 그리고 천문학적인 인세와 우리 돈으로 1천억 원이 넘는 영화 저작권료로 '해리 포터'의 롤링과 견줄 만한 부호 작가가 되었다. 하지만 작가로서의 그녀의 출발은 많은 유명 작가들이 그랬던 것처럼 지극히 험난했다. 작가가 되기 이전의 삶이 그랬던 것처럼, 유명 작가가 된 이후에도 그녀의 삶은 유난히 굴곡이 많았다.

부모의 이혼과 가난한 어린 시절

퍼트리샤 콘웰은 1956년 플로리다 마이애미에서 태어났다. 2005년 현재 우리 나이로 50세밖에 되지 않았는데, 작가로서 얻을 수 있는 모든 명성과 부를 다 누렸다고 해도 과언은 아닐 듯하다. 그러나 콘웰이 얻은 명성과 부는 많은 상처와 역경의 대가였다. 콘웰 인생에 최초로 다가온 역경은 부모의 이혼이었다. 부모의 이혼이 자식에게 적잖은 영향을 미치는 건 거론의 여지가 없지만, 콘웰의 경우는 너무나 혹독했다. 콘웰이 6세 때 맞은 크리스마스 날, 변호사였던 아버지 샘 대니얼스는 임신한 여비서와 새 가정을 꾸리기 위해 아내와 3남매를 버리고 집을 떠난다. 콘웰의 어머니 패트 대니얼스는 이후 심한 우울증에 시달렸을 뿐 아니라, 3남매와 함께 심각한 빈곤에 맞닥뜨렸다. 콘웰은 어머니가 치료받는 석 달 동안 오빠와 남동생과 함께 다른 집에 맡겨지기도 했다. 인간답지 못한 대접을 받았던 당시의 기억을 콘웰은 수십 년이 지난 지금까지도 마음속에 담아 두고 있다.

역자는 10권이 넘는 스카페타 시리즈를 읽으면서 이 분노야말로 작가의 가장 큰 원동력이라는 인상을 지울 수가 없었다. 살인은 '인간이 타인에게 휘두를 수 있는 최악의 횡포'이기 때문이다. 법의국장 스카페타는 끊임없이 시체를 부검하고 그 시체를 단서로 범인을 추적해 나가는 일을 한다. 가장 명확하고도 끔찍한 범죄의 증거인 시체. 그것을 손에 쥔 법의국장 스카페타. 그녀는 살인이라는 횡포를 파헤치기 위해 수사를 펼쳐 나간다.

여기에서 독자들에게 법의국장에 대해 잠시 소개하고자 한다. 우리나라에서 법의관은 주로 수사 기관의 의뢰로 부검을 해주는 역할을 한다. 이웃 일본에서는 검시관이라고 부르는데, 우리나라나 일본에서와는 달리 소설의 무대가 되는 미국에서의 위상은 사뭇 다르다. 법의관에게는 체포권만 없을 뿐, 시체를 부검하고 수사 기관과 법정을 넘나들며 사건을 수사할 수 있는 전면적인 권리가 주어진다. 법의국장은 각 주마다 있는 법의국의 최고 책임자로서 수십 명에 달하는 법의관들을 관리하는 행정 요직이기도 하다.

소설 속의 법의국장 스카페타는 FBI와 CIA 등 여러 수사 기관을 넘나들면서 사건을 파헤쳐 나간다. 그러나 스카페타가 추구하는 것은 단순한 권선징악이 아니다. 콘웰은 인간 내부에 있는 가장 잔인하고 추악한 면을 캐내면서, 그것이 과연 어디에서 왔는지 깊이 있게 추적해 나간다. 콘웰의 스릴러는 대부분의 스릴러들이 그렇듯이 매우 흥미롭고 빠르게 읽힌다. 그러나 비위가 상할 만큼 끔찍한 시체와 더러운 인간 내면을 들여다보고 있노라면, 어느새 작가의 분노가 느껴진다. 왜 세상은 이토록 가혹하고 잔인한 것일까? 스카페타 시리즈는 작가 콘웰이 이 세상에 두 발을 딛고 있는 사람들에게 외치는 거칠고 강렬한 항변이다.

전도사 빌 그레이엄 부부와의 만남

상처와 분노로 응어리져 있던 콘웰에게 따뜻한 손길을 보낸 사람은 빌 그레이엄 전도사의 아내 루스 그레이엄이었다. 콘웰은 9세 때 그녀를 처음으로 만났다. 보일러 기름마저 바닥났던 어느 추운 겨울날, 콘웰의 어머니는 3남매를 데리고 눈보라 길을 걸어 그레이엄 전도사 집을 찾아간다. 생활고에 시달리다 못해 자식들을 다른 사람에게 떠넘기기 위해서였다. 결국 그 계획은 무산되고 말았지만 자식들에게는 지울 수 없는 아픈 상처를 남겼을 것이다.

어린 콘웰을 가엾이 여긴 루스 그레이엄은 콘웰이 성인으로 성장할 때까지 그녀에게 큰 위로가 되어주었다. 후에 콘웰은 '내 인생에 변화를 가져다준 유일한 사람이 있다면 그것은 루스 그레이엄이다'라고 말하기도 했다. 최고의 반열에 오른 작가의 인생을 변화시킨 것은 가족이나 남편도 아니었다. 자신이 초라하고 한없이 작게만 느껴지던 힘든 시절, 자신에게 늘 특별한 사람이 될 거라며 격려해주던 온화한 부인이 콘웰에게는 세상 무엇과도 바꿀 수 없는 위안이었던 것이다. 콘웰이 세상에 처음으로 내놓은 책도 루스 그레이엄에 대한 것이었다. 소설가로 데뷔하기 7년 전인 1983년 콘웰은 루스 그레이엄의 전기인 《A Time for Remembering》을 출간하기도 했다.

평범한 작가의 이력에는 어울릴 것 같지 않은 테니스 선수 경력. 그러나 퍼트리샤 콘웰이라면 왠지 어울린다. 10대의 콘웰은 고등학교 시절 최우수 테니스 선수상을 받는 등 프로 테니스 선수를 꿈꾸었다. 테네시 주 브리스틀에 있는 킹 칼리지를 다닐 때 그녀는 대학 내에서 유일한 여자 테니스 선수였다. 6년 동안 파리에 머물렀던 역자는 해마다 5월이 되면 롤랑 가로스에서 펼쳐지는 파리 오픈을 보러 갔던 테니스 팬이다. 세계 유명 선수들의 경기도 흥미진진했지만, 80년대 최고의 전성기를 누렸던 여자 테니스 스타 나브로틸로바가 마흔을 훨씬 넘긴 나이에 복식에서 우승하던 장면은 정말 인상적이었다. 프로 테니스 선수의 꿈을 접은 콘웰이지만, 그녀에게서는 철녀 나브로틸로바에 필적하는 힘과 패기가 느껴진다.

그러나 콘웰은 오랫동안 꿈꾸어왔던 프로 테니스 선수의 꿈을 접고 대학을 중퇴했다. 그리고 테니스 강사로 일하던 20대 초반, 콘웰은 식욕 부진과 다식증, 우울증에 시달리며 힘든 시간을 보냈다. 그때마다 루스 그레이엄은 따뜻한 위로가 되어주었다.

대학 편입과 기자로서의 첫 출발

그러던 중 콘웰에게 뜻밖의 행운이 찾아온다. 우연한 기회로 접수한 노스캐롤라이나의 명문 대학 데이비슨 칼리지에 편입생으로 입학한 것이다. 학비도 없었던 콘웰을 편입생으로 받아주었던 데이비슨 칼리지. 콘웰은 유명 작가가 된 후 모교에 1백만 달러에 달하는 장학금을 기부하며 그때의 고마움을 표현하기도 했다. 영어를 전공한 콘웰은 졸업 직후 17세 연상인 자신의 교수 찰스 콘웰과 결혼해서, 퍼트리샤 대니얼스에서 퍼트리샤 콘웰로 이름을 바꾼다. 남편은 41세, 그녀의 나이는 24세였다.

졸업 후 콘웰은 〈옵서버〉지 기자로 사회에 첫발을 내디딘다. 곧바로 경찰서 출입기자로 자리를 옮긴 그녀에게 범죄는 자신의 일과 삶에 많은 생각을 가져다주었을 것이다. 실제로 작가가 된 이후 콘웰은 성폭행 피해자들의 증언을 촉구하는 의미에서, 자신이 5세 때 경비원으로부터 성추행을 당했다는 사실을 밝히기도 했다. 그리고 콘웰이 〈옵서버〉 기자 시절 사법기관에서 일하던 사람에게 강간을 당했다는 주변의 증언이 나오기도 했는데, 자세한 내막은 밝혀지지 않았다. 이렇듯 콘웰은 어린 시절은 물론 사회생활을 할 때도 직접적이든 간접적이든 많은 폭력과 범죄를 가까이에서 지켜보아야 했다.

목사가 되기로 결심한 남편 찰스를 따라 퍼트리샤 콘웰은 리치먼드로 이주한다. 범죄에 대해 끊임없는 관심을 가지고 있던 퍼트리샤 콘웰은 이

때 친구의 권유로 우연히 버지니아 주 리치먼드의 법의국을 방문하게 된다. 그 일을 계기로 콘웰은 그곳에 취직해서 법의관들의 업무를 보조하는 허드렛일을 시작했다. 그리고 많은 노력 끝에 정식 직원으로 채용되어 컴퓨터 분석관으로 일했다. 콘웰이 법의국의 시체안치소에서 일했던 기간은 무려 6년이었다. 콘웰은 기자 시절 처음으로 총을 쏴보았고, 경찰 자원봉사자로 일하면서 다양한 경험을 쌓았다. 6년 동안 법의국의 시체안치소에서 일했던 경험은 이후 작가로서의 그녀의 이력에 중요한 밑거름이 된다.

콘웰은 6년 동안 무려 6백 회에 달하는 부검을 지켜보았다. 그리고 현재 버지니아의 법의학연구소 고문이기도 한 그녀는 지금도 가끔 부검에 참여한다고 하며, 다이애나 왕세자비의 부검에 공식적으로 참여하기도 했다. 법의국에서 일하던 시절, 콘웰은 소설 쓰기를 시작했다. 물론 범죄를 다룬 스릴러였다. 콘웰은 4년 동안 세 권의 소설을 써서 여러 출판사에게 보냈지만 보기 좋게 모두 거절당했다. 하지만 콘웰은 좌절하지 않고 새로운 선택을 감행한다. 1988년 찰스 콘웰은 텍사스 주의 어느 교회로부터 목사직 제안을 받았지만, 퍼트리샤는 함께 떠나지 않았다. 두 사람은 1989년 별거를 시작했으며 결국 1990년에 이혼했다.

무명의 신인 작가가 모든 상을 휩쓸며 문학적 스캔들을 일으키다

콘웰에게 다시 혹독한 시간이 찾아왔다. 10년 동안의 결혼 생활을 끝낸 그녀는 이후 8년 동안 전 남편과 말도 한 마디 하지 않았다고 한다. 그리고 힘겨운 직장 생활을 계속하면서 써낸 자신의 소설을 단 한 곳의 출판사도 눈여겨보지 않았다. 침울한 시체안치소를 배경으로 하는 그녀의 소설은 세상으로부터 철저히 외면당했다. 수많은 출판사에 원고를 보냈지만 그녀에게 되돌아온 것은 편집자 프리드에게서 온 편지 한 통이 전부였다. 주인공인 남자 탐정의 역할을 줄이고 여성 법의관인 스카페타의 비중을 넓혀보라는 격려가 담긴 편지였다. 이에 고무된 콘웰은 또다시 책상에 앉아 글과의 싸움을 시작한다. 그렇게 쓰인 작품이 처녀작《법의관》이었다. 하지만《법의관》역시 여러 출판사들로부터 거절당한 끝에 결국 단돈 7천5백 달러에 팔렸다.

그러나 콘웰의 처녀작을 맞는 세상의 반응은 대단했다. 법의학 스릴러라는 새로운 장르를 선보인 콘웰의 데뷔작은 부검을 소재로 한 스릴러는 실패할 것이라는 출판 전문가들의 예상을 깨고 미국 내에서만 수백만 권이 팔려 나갔다. 콘웰은 말 그대로 혜성처럼 문단에 등장하면서 전 세계적으로도 수많은 독자들을 확보해 나갔다.

퍼트리샤 콘웰의 소설은 흥미신신한 사건 진행과 속도감 있는 문체로 독자들을 사로잡았고, 다채로운 사건 구성과 독창적인 장르로 평단의 주목도 한몸에 받았다. 콘웰은 데뷔작《법의관》으로 그해 최고의 미스터리 작가에게 주어지는 에드거 앨런 포 상을 비롯해 영국의 존 크리시 상, 앤서니 상, 매카비티 상, 프랑스 탐정소설 상을 받았다. 무명의 신인 작가가 미스터리 소설가에게 주어지는 모든 상을 데뷔하자마자 휩쓸어버린 것이다. 그것은 사상 초유의 문학적 스캔들이었다. 언론은 화려한 스포트라이트를 콘웰에게 퍼부었고, 콘웰은 일약 전 세계의 독자들 사이에서 유명 작가로 떠올랐다. 작가로서 이보다 더 행복한 출발은 없었을 것이다. 콘웰의 명성은 여기서 그치지 않았다. 이후에 이어진 여러 작품들도 그 화려한 출발 못지않게 많은 주목을 받았다. 후속 작품들의 인세가 수십 배, 수백 배 오른 것은 물론, 시리즈 5권과 6권을 계약했을 당시 받았던 선금이 무려 450만 달러, 우리 돈으로 50억에 달했다. 작가로서 콘웰이 위대한 것은 처녀작 못지않게 뛰어난 이후의 시리즈들이 있었기 때문이다. 베스트셀러 작가의 반열에 오르는 것도 물론 힘들지만 그 자리를 계속 유지하는 것은 더 힘든 일일 것이다.

콘웰의 무기는 철저한 리서치

콘웰은 6년 동안 시체안치소에서 일한 경험을 토대로 스카페타 시리즈를 써나갔다. 그러나 그 경험만으로는 분명 한계가 있기 마련이다. 콘웰은 베스트셀러 작가라는 위치에 안주하지 않고 끝없는 리서치를 통해 작품을 써나감으로써 경험이라는 한계를 넘은 작가다. 콘웰은 자신의 소설의 원동력을 묻는 기자의 질문에 '리서치'라고 주저하지 않고 대답했다. 그리고 자신을 '논픽션 작가'로 부르기도 했다. 실제로 그녀는 글 쓰는 시간보다 글을 쓰기 위해 리서치하는 시간이 훨씬 많다고 한다.

콘웰은 글을 쓰기 위한 리서치에 막대한 비용을 아낌없이 투자하는 작가로도 유명하다. 1888년 런던에서는 다섯 명의 창녀가 연이어 살해되는 끔찍한 사건이 일어났다. 피해자의 창자가 길거리에 버려지는 등 극단적인 엽기 살해 행각이 이루어졌던 그 사건은 1백 년이 지난 지금도 미결로 남아 있는 악명 높은 사건이었다. 콘웰은 그 사건을 역추적해 나가는 논픽션 《Portrait of a Killer》를 쓰기 위해 무려 6백만 달러, 우리 돈으로 60억이 넘는 자비를 들였다. 그것은 타이태닉 호를 건져 올려 수사한 비용과 맞먹는다고 한다. 벌기도 힘든 금액이지만 쓰는 것도 만만치 않을 것 같아 그 경비를 조사해보니, 영국과 프랑스를 스무 차례나 넘게 왕래했으며, 범인으로 추정되는 화가의 그림을 서른 점 이상 사들였고 여러 개인 소장품들도 사들였다고 한다. 게다가 DNA 검사 등 각종 첨단 장비를 동원해 한 세기를 훌쩍 넘은 당시 사건을 추적해 나갔다. 조사 과정에는 전직 경찰들과 감정가 등 여러 전문가들이 총동원되기도 했다. 이 같은 과감한 투자와 끈질긴 열정이 콘웰의 법의학 스릴러에서만 느낄 수 있는 무게를 더해줌은 두말할 나위가 없다.

스카페타 시리즈는 법의국장을 주인공으로 하기 때문에 다른 작가들의 미스터리 소설에서는 볼 수 없었던 색다른 즐거움이 많이 있다. 법의관은 이미 시체로 변한 주인공들을 역추적해 나간다. 그에 따라 끝없이 펼쳐지는 작가의 상상력과 추리력이 한층 돋보인다. 그리고 그 상상과 추리는 현실 세계에서의 철저한 리서치를 바탕으로 하고 있기 때문에 긴장감이 강하다. 작가의 리서치는 작품 전반의 근간을 지탱해주고 현실 세계와의 튼튼한 연결 고리 역할을 한다.

콘웰은 각종 서류와 사건 자료를 리서치하기도 하지만, 작품을 위해 직접 많은 경험을 쌓는 작가이다. 스릴러 소설에 빈번하게 등장하는 총기를 몸소 익히기 위해, 작품에 등장하는 대부분의 총을 직접 소유하고 있으며 연습도 한다고 한다. 역자는 총기가 나오는 부분을 번역하면서 어려움을 겪기도 했는데, 직접 본 적도 사용해본 적도 없었기 때문이다. 정확한 번역인지 의문이 들어 전문가의 조언을 받기도 했는데, 그 과정을 겪으면서 역자는 콘웰이 왜 그렇게 다양한 총기를 소지하고 있는지 이해할 수 있었다. 콘웰은 총기뿐 아니라 헬리콥터 조종을 배워 스스로 비행도 하고 있다. 스카페타 시리즈 후반에 가면 조카 루시가 헬기를 운전하는 장면이 여러 군데 나오기 때문이다.

프로 테니스 선수를 꿈꾸었던 콘웰이기에 가능하겠다 싶지만, 실제로 콘웰은 폐소공포증과 고소공포증이 있다. 개인적인 기호와 성취도 따르겠지만 작품에 대한 욕심이 무엇보다 컸기 때문에 그런 공포증에도 불구하고 위험을 무릅쓰고 배웠을 거라고 생각한다. 헬리콥터도 손수 운전할 정도니 콘웰은 작품을 쓰기 위해서라면 이루 헤아릴 수 없는 경험을 통과 의례처럼 겪었을 것이다. 10년이 넘게 스카페타 시리즈를 써나가면서도 작품의 힘을 계속 유지할 수 있는 것은 아마 작가로서의 그런 기질과 열정 덕분일 것이다.

초기 걸작으로 손꼽히는 《소설가의 죽음》

그러나 리서치가 아무리 풍부하다 해도 그것을 엮는 것은 어차피 작가의 상상력 몫이다. 퍼트리샤 콘웰은 빈틈을 남기지 않는 완벽한 작가는 아니다. 그녀의 두 번째 소설 《소설가의 죽음(Body of Evidence)》도 퍼즐처럼 꼭 맞아떨어지는 스릴러라기보다는 퍼즐마다 약간의 틈을 남기면서 다채로운 여러 인물들의 관계를 추적해 나간다. 그 틈을 예상해보며 채우는 것도 독자들이 누릴 수 있는 특권이다. 이 작품《소설가의 죽음》에서는 독자들과의 지적 게임을 즐기며 소설 속 인물들의 행동과 심리를 추적해 나가는 작가의 역량이 한껏 돋보인다.

콘웰 소설의 가장 뛰어난 미덕을 꼽으라면 역자는 단연 '살아 있는 캐릭터들'이라고 대답할 것이다. 어느 비평가는 콘웰의 작품이 전문적인 분야와 사건에 치중해 인물들이 덜 드러난다는 비판을 하기도 했다. 그러나 이 작품에서는 얘기가 달라진다.

이 소설은 화려하게 데뷔한 콘웰의 야심 찬 두 번째 작품으로, 콘웰 초기 시절의 최고작으로 꼽힌다. 시체안치소를 중심으로 전개되는 사건을 다룬《법의관》은 잘 짜인 소설이지만, 굳이 단점을 들자면 법의관의 직업적 특성상 어려운 전문용어가 많이 나오고 상황 전개가 다소 딱딱하다는 것이다. 사람들에게 전혀 알려지지 않았던 법의국의 시체안치소를 소개하기 위해 많은 노력과 시간을 투자해야 했기 때문이다. 그러나 이 책《소설가의 죽음》에서부터 콘웰은 이런 짐을 벗어버린 채 사건과 드라마를 전면으로 내세워 소설은 더욱 흥미진진하게 읽힌다. 특히 혈흔이 낭자한 시체와 서슬 퍼런 잔인한 사건들이 펼쳐지는 무대 한가운데에서 느끼는 여성 특유의 감성이 압권이다. 그것은 어느 스릴러 작가에게서도 느낄 수 없었던 서늘한 감동이었다.

이 작품에서 스카페타는 살해된 젊은 여류 작가 베릴 매디슨의 죽음을 거슬러 올라간다. 사춘기 문학 지망생 시절, 불행한 가정을 벗어나기 위해 자신의 문학적 우상이던 퓰리처상 수상작가인 소설가 캐리 하퍼의 집으로 들어간 베릴이 30대 초반의 나이에 아름다운 여류 작가의 모습으로 정체불명의 범인에게 살해당한다. 그 살인 사건을 추적하는 과정이 여러 인물들을 통해 다양한 각도로 그려져 있다. 소설가 캐리 하퍼와 그의 누이, 스카페타를 미궁에 빠뜨리는 옛 애인 마크, 천재의 머리와 악마의 혀를 가진 변호사 스파라치노, 베릴을 먼발치에서 바라보았던 맥티규 노부부 등. 혐의를 받고 있던 주변 인물들마저 연쇄적으로 살해되고 급기야 베릴과 관계있는 모든 사람들이 죽음의 위험에 직면한다. 그 위험은 베릴의 죽음을 수사하던 스카페타의 목까지 죄어온다. 스카페타는 베릴의 사인을 밝히기 위해 여러 구의 시체를 부검하고, 첨단 과학 장치를 이용해 사건을 분석하고, 주변 인물들을 탐색한다. 잔인하고 비정할 것만 같은 혐의자들의 내면에도 여린 상처와 고통이 그늘져 있어 독자들의 마음을 아리게 한다.

이 모든 것을 가장 가까운 거리에서 지켜보며 사건을 이끌어가는 스카페타. 그녀는 사건의 열쇠를 찾기 위해 어떤 위험도 무릅쓴 채 혼자 길을 떠난다. 마이애미 해변과 디트로이트 등을 넘나들며 펼치는 추적 과정이 마치 한 편의 로드무비를 보는 것처럼 시원한 이미지로 그려진다.

1천억에 영화 판권이 팔리다

케이 스카페타는 어쩌면 작가 퍼트리샤 콘웰이라는 이름보다 더 강하게 독자들의 기억에 남을지도 모르겠다. 시체를 부검하는 것으로 하루의 일과를 시작하는 케이 스카페타. 그녀는 논리적인 성격과 일에 대한 강한 열정으로 독자들에게 강한 인상을 남긴다. 그러나 불우했던 어린 시절과 원만하지 못한 가족 관계 때문에 고통받고, 대학 시절의 첫사랑 마크 제임스 앞에서는 여느 여자처럼 감상적인 마음을 가누지 못한다. 이 섬세함은 사건을 조명하는 각도에서도 따뜻하게 배어 있다. 짧은 금발 머리에 검은색 가죽 재킷을 입은 퍼트리샤 콘웰의 모습은 법의국장으로 성공한 삶을 살아가는 케이 스카페타의 모습을 연상시키기에 부족함이 없는 듯하다.

형사 피트 마리노도 스카페타 시리즈에서 빼놓을 수 없는 중요한 캐릭터다. 여성이면 무조건 억누르려는 마초인 데다 배가 남산만 하게 나온 매력 없는 중년의 경찰이지만, 오랜 세월 동안 스카페타와는 떼려야 뗄 수 없는, 어울리지 않는 단짝이다. 스카페타 시리즈의 또 다른 마스코트 피트 마리노의 코믹한 모습도 독자들에게 또 다른 즐거움을 선사한다.

콘웰은 1990년 《법의관》을 시작으로 거의 해마다 한 권씩 스카페타 시리즈를 발표해왔다. 최근 〈USA Today〉가 집계한 '최고의 미스터리 베스트셀러 25선'에 콘웰의 스카페타 시리즈 작품이 무려 6권이나 선정되는 기염을 토하기도 했다. 한 작가의 한 작품도 오르기 힘든데 콘웰의 작품은 무려 여섯 편이나 동시에 오른 것이다. 발표된 지 수년이 지나서 이루어진 통계였지만 《소설가의 죽음》도 당당히 15위에 랭킹되면서 독자들의 꾸준한 사랑이 있었음을 증명해주었다. 이처럼 10년이 넘는 오랜 세월 동안 1억 명의 세계 독자들은 스카페타 시리즈에 열광했다. 스카페타 시리즈는 이탈리아와 프랑스 등 유럽 각국에도 번역되었고, 이웃 일본에서만 1천만 부가 팔렸을 정도로 전 세계적으로 많은 독자층을 확보했다.

매권 1백만 부의 초판을 발행한 스카페타 시리즈의 천문학적인 원고료와 영화 계약료 등으로 콘웰은 이 시대 최고의 부호 작가 가운데 한 명이 되었다. 그 부는 여느 작가들보다 더 갑자기 찾아왔다. 단시간에 얻은 세계적인 명성과 천문학적인 부에 겨웠던 콘웰은 혹독한 대가를 치르기도 했다. 일상을 이탈하는 대형 사고가 난 것이다. 그녀는 1993년 캘리포니아에서 에이전트와 술을 마신 뒤 음주운전을 했다. 그녀가 타고 있던 벤츠는 길가에 서 있던 트럭과 차량 두 대를 연이어 들이받으면서 세 번이나 굴렀고, 그녀는 헬리콥터에 실려 구조되었다. 다행히 목숨에는 지장이 없었지만 콘웰은 힘들게 그 혹독한 과정을 견뎠을 것이다. 이후에도 콘웰의 사생활은 종종 세인의 관심을 끌었다. 콘웰은 2000년 소니 사로부터 스카페타 시리즈를 영화화하는 저작권료로 1억 달러, 우리 돈으로 1천억 원이 넘는 돈을 받기도 했다. 콘웰은 스카페타 역으로 거론됐던 조디 포스터를 직접 만나 작품에 대한 얘기를 나누었고, 데미 무어는 소설의 무대가 된 버지니아 주 리치먼드의 법의국을 직접 방문하기도 했다. 현재

메이저 영화사에서 제작이 검토되고 있다고 하니, 스카페타 시리즈 독자들은 소설 속의 여주인공을 스크린으로 만날 기대를 가져봄직하다.

빌 클린턴이 사랑하는 작가, 콘웰

세계적인 작가이면서 대단한 부를 축적하고 있으니, 세인들에게는 그녀의 씀씀이가 궁금할 법도 하다. ABC 방송사의 대담 프로그램을 보니 앵커가 콘웰에게 '당신은 왜 내일 죽을 것처럼 돈을 쓰느냐'라고 묻는 장면이 나왔다. 그런 걸 보면 콘웰은 손이 꽤 큰가 보다. 그녀는 자가용 헬리콥터를 구입하고 수천만 원에 달하는 보석과 가구를 사들이기도 하지만, 사회 기부 또한 그 씀씀이가 크다. 어려웠던 시절 자신을 받아준 모교에 1백만 달러를 기부한 것은 물론, 스카페타 시리즈와 연관된 범죄 수사와 과학 발전을 위한 기부도 많이 하고 있다. 버지니아 과학박물관에 신설된 생명과학관도 콘웰의 기부금으로 만들어졌으며, 리치먼드의 법의학연구소도 그녀로부터 많은 후원을 받고 있다. 그 이외에 여러 사회복지 단체에도 많은 기부금을 내고 있으며, 헌혈 공익광고에 출현하는 등 헌혈 운동에도 앞장서고 있다고 한다. 기부에 대한 재미있는 에피소드 한 가지. 콘웰은 영국의 한 레스토랑에서 12.5파운드(약 1만5천 원)짜리 식사를 하면서 무려 5천 파운드(약 8백만 원)의 팁을 준 적이 있다고 한다. 식사를 하던 중 호텔 직원들을 위한 후원회 소식을 들었기 때문이라니 그녀의 성격이 얼마나 호방한지 알 수 있는 대목이다.

콘웰은 자신이 직접 설립한 프로덕션 회사 '벨 비전 비주얼 커뮤니케이션'의 CEO이기도 하다. 이 회사에서 제작하는 프로그램 가운데는 여러 수사 기관에 대한 다큐멘터리도 다수 포함되어 있다. 글을 쓰든, 제작사의 대표로 있든 퍼트리샤 콘웰의 머릿속에는 늘 범죄와 수사라는 축이 레미콘처럼 쉴 새 없이 돌아가고 있는 듯하다. 전 세계 독자들이 PC라는 애칭으로 기억하는 그 이름은 좌충우돌하며 혜성처럼 나타났지만, 10년이 넘는 세월을 훌쩍 넘긴 지금까지 그 빛을 발하고 있다.

철녀처럼 강해 보이는 여류 작가 퍼트리샤 콘웰. 24시간 범죄와 수사에 대해서만 생각할 것 같은 그녀에게도 사실 보통 여자의 모습은 있다. 시체가 너무 무서워 20세가 될 때까지 장례식에는 한 번도 참여하지 않았다는 그녀가 어떻게 6백 번이 넘는 부검에 참가했을까? 무엇이 그녀를 그렇게 변하게 했을까? 그것은 분노였을 것이다. '인간이 인간답지 못하게 대접받고 약자가 횡포에 시달리는 것에 대한 분노.' 그녀는 그 분노를 자신의 경험과 작가적 상상력으로 힘겹게 삭이면서 스카페타 시리즈를 이끌어왔다. 웬만한 끔찍한 시신을 지켜보아도 끄떡하지 않을 것 같은 그녀. 그러나 콘웰은 잔혹한 사건에 대한 리서치를 할 때면 아직까지도 늘 악몽에 시달린다고 한다. 스카페타 시리즈에는 크리스마스 전후로 잔혹한 사건이 벌어지는 설정이 많다. 그것은 혹시 어린 시절, 여섯 살의 나이로 감당하기 어려웠을 크리스마스에 대한 악몽 때문이 아닐까? 그런 생각을 하니 마음이 싸해진다.

이혼 후 8년 동안 말 한 마디 하지 않았던 남편 찰스 콘웰은 지금 퍼트리샤 콘웰의 편집자로 일하고 있다. 콘웰은 어느 인터뷰에서 자신의 전 남편을 '작품을 쓰는 도중에 유일하게 의논할 수 있는 사람'이라고 했다. 스카페타 시리즈를 통해 수많은 인물을 창조해내고, 전 세계의 독자들로부터 사랑받은 퍼트리샤 콘웰. 그녀는 현재 버지니아 주 리치먼드에서 네 마리의 불도그와 한 마리의 보스턴테리어와 함께 살고 있다고 한다.

케이 스카페타라는 법의학 스릴러의 최고 캐릭터를 창조해낸 퍼트리샤 콘웰. 빌 클린턴은 재임 시절 휴가가 되면 뭘 하고 싶냐는 기자들의 질문에 퍼트리샤 콘웰의 소설을 실컷 읽고 싶다고 대답하곤 했다. 1990년대 후반 국내에 부분적으로 소개되어 아쉬움을 남겼던 스카페타 시리즈가 이제 알에이치코리아에서 전권으로 소개된다니 역자로서 그리고 독자로서도 매우 기쁜 소식이다. 이번 《소설가의 죽음》도 독자로서는 즐거운 책 읽기였지만 역자로서는 조심스러운 마음이 앞선다. 다양한 리서치와 전문가들의 조언을 바탕으로 열심히 번역했고 편집자 홍효은 씨로부터 적지 않은 서포트를 받았다. 그리고 꼼꼼히 원고를 봐주신 오미경 선생님에게도 이 자리를 빌려 감사드린다.

옮긴이 홍성영

소설가의 죽음

스카페타 시리즈 Vol. 2

1판 1쇄 발행 2005년 1월 17일
2판 1쇄 발행 2010년 9월 27일
2판 2쇄 발행 2018년 2월 21일

지은이 퍼트리샤 콘웰
옮긴이 홍성영

발행인 양원석
편집장 김지연
디자인 RHK 디자인팀 지현정, 김미선
해외저작권 황지현
제작 문태일
영업마케팅 최창규, 김용환, 정주호, 양정길, 이규진, 김보영, 김양석, 신우섭, 임도진

펴낸 곳 ㈜알에이치코리아
주소 서울시 금천구 가산디지털2로 53, 20층 (가산동, 한라시그마밸리)
편집문의 02-6443-8846   **구입문의** 02-6443-8838
홈페이지 http://rhk.co.kr
등록 2004년 1월 15일 제2-3726호

ISBN 978-89-255-4025-2 (04840)
        978-89-255-3038-3 (SET)